Los viajes del capitán Rezanov

GERARDO OLIVARES JAMES

Los viajes del capitán Rezanov

El encuentro de dos imperios

Dibujos originales de
Gerardo Olivares James

ॐ
ALMUZARA

COLECCIÓN NOVELA HISTÓRICA
EDITORIAL ALMUZARA

Director editorial: Antonio E. Cuesta López
Edición al cuidado de Rosa García Perea

www.editorialalmuzara.com
pedidos@almuzaralibros.com — info@almuzaralibros.com
Imprime: Black Print

ISBN: 978-84-18205-51-4
Depósito Legal: CO-454-2020
Hecho e impreso en España — *Made and printed in Spain*

Índice

Prólogo 9

I. VERANO, SAN PETERSBURGO 13
  Los Rezanov 17
  Oranienbaum 25
  Una emperatriz amante de la cultura 38
  Ann Marie 43
  Un viaje poco triunfal.. 55
  La atracción del océano.. 62

II. OTOÑO, SIBERIA.. 69
  El Conde Zubov.. 71
  Las islas Aleutianas 76
  Gravilia Derzhavin 82
  Irkutsk 87
  Siberia de oeste a este: un viaje singular.................. 92
  La Compañía Ruso-americana................................. 97
  El lago Baikal..105
  Anniuska Shelíkhova 113
  Nuevas conversaciones imperiales...........................116
  El compromiso 125

III. INVIERNO, LA RUSIA AMERICANA....................133
  Un dolor irreprimible 136
  Natalia..138
  Henrich von Langsdorff..149
  Novo Arcángel...154
  Muerte de una emperatriz.......................................159
  Pavel I, Imperator..163
  El conde Rumyantsev...167
  Malas noticias de palacio..177
  La tragedia..184
  El zar Alejandro...192

De nuevo en acción 202
Nagasaki 215
Un recibimiento inesperado 222
Novo Sitka 239

IV. PRIMAVERA, A ALTA CALIFORNIA 249
Yerba Buena / San Francisco 251
El Presidio 263
La Misión 271
Ohlones y secuoyas 277
El comandante José Darío Argüello 284
Dos compromisos delicados 290
Un matrimonio cismático 300
«El Proyecto R» 305
Baránov, gobernador de la Rusia americana 311
Último día en Yerba Buena 322
El Arca de Noé 326

V. UN LARGO Y GÉLIDO VIAJE 331
Tan lejos como España 333
Entre tempestades, hielos y stanitsas 337
Natalia 340
Adagio molto lamentoso 358

KRASNOYARSK: Último acto 355

Epílogo 359

Anexo I 365

Anexo II 377

PRÓLOGO

A principio de los años ochenta del pasado siglo tuve la oportunidad de leer «*Las cincuenta Américas*», un libro del escritor y periodista francés Raymond Cartier en el que contaba, de forma amena pero rigurosa —algo habitual en su obra—, la historia de cada uno de los *Cincuenta Estados* de ese gran puzle que conforma la más antigua de las democracias modernas: Los Estados Unidos de Norteamérica.

Mi interés aumentó cuando, al llegar al capítulo dedicado al *Estado de California*, descubrí algo en lo que antes no había reparado: durante más de medio siglo —segunda mitad del XVIII, principios del XIX— Rusia y España tuvieron fronteras cercanas, separadas tan solo por territorios considerados «*tierra de nadie*». Y no en el continente europeo al que pertenecían ambas naciones, sino en el otro extremo del planeta: lo que en la actualidad es el estado de California conocida entonces como «*Nueva España del Norte*» o «*La Alta California*».

A mediados del siglo XVIII, el imperio ruso se extendía desde Europa hasta el océano Pacífico, ocupando Siberia, es decir, todo el norte del continente asiático, incluidas las islas Aleutianas en el Pacífico septentrional. Unos territorios que posteriormente ampliaría saltando al continente americano, apoderándose de Alaska y de la costa occidental de Canadá hasta rebasar, por el sur, el paralelo 55 grados. España, en sus conquistas por el centro y el norte del continente, había superado el paralelo 47 grados. Fue entonces cuando los dos imperios más extensos y poderosos del planeta quedaron separados solo por unos territorios que, en teoría, no pertenecían a nadie.

Sin embargo, lo que verdaderamente avivó mi interés fue lo que Cartier contaba del *romance que había surgido entre un diplomático ruso y una joven española* en Yerba Buena, una pequeña aldea costera, californiana, de apenas doscientos habitantes, que luego se convertiría en la espléndida ciudad de San Francisco. Una historia de amor que, en opinión de Cartier, *podría haber cambiado el destino de esa parte del mundo, si hubiese tenido un final distinto al que tuvo.*

Este suceso, al que el escritor francés no daba excesiva importancia, a mí, como español interesado en la pequeña historia, me pareció tan sugestivo, que creí merecería la pena intentar entrar en sus detalles. Pero por aquella época yo tenía que dedicarme a mi profesión que nada tenía que ver, ni con la investigación ni con la historia... *Quizá algún día...* Ese día llegaría bastantes años después cuando ya liberado de mi trabajo profesional, tenía tiempo y salud suficiente para poder introducirme, de lleno, en tan apasionante tarea. Cuando empecé a buscar en libros de historia (incluidos los especializados en ese periodo y en los países en los que se habían desarrollado los hechos) descubrí que la información que encontraba era más bien escasa: pero también suficientemente atractiva como para que mi interés aumentara. Después de meses metido de lleno en la faena intentando establecer la línea de los acontecimientos me invadía una mezcla de sentimientos que iban desde el más desesperante pesimismo, por la dificultad de encontrar información fiable, al optimismo más entusiasta por el interés de lo que iba descubriendo. Me impresionaba la calidad humana de su protagonista: un personaje tan interesante como insólito, lo que me llevó a bucear en sus orígenes, en su educación, en su carácter... Intentaba entender los motivos de un comportamiento que lo había empujado a aventuras y a situaciones a veces increíbles. Cuando conseguí esta meta, supe que tenía que contar su historia. Pero quería hacerlo de forma honesta, relatando con fidelidad los hechos comprobados y poniendo mi imaginación solamente para llenar las lagunas indocumentadas.

Este libro contiene el relato que *Nikolai Petrovich Rezanov* podía haber escrito, si hubiese tenido tiempo y voluntad de hacerlo.

Al final del texto aparecen dos anexos. En el primero describo el acaecer de los personajes, así como el desenlace de algunas historias que quedan sin cerrar en el texto. El segundo, es el «quien es quien» de los personajes que aparecen —la mayoría de ellos reales—, ampliando su biografía.

Cuando en mi juventud visité el palacio de Oranienbaum a orillas del Mar Báltico y a unas verstas de San Petersburgo, reparé en cuatro espléndidas estatuas de mármol blanco, situadas en uno de sus más bellos jardines: cuatro figuras de mayor tamaño que el natural que representaban las Cuatro Estaciones del Año.

Pasado el tiempo y ya en la madurez de mi existencia, comprendí que las cuatro estaciones representaban cuatro periodos de mi azarosa vida. Cuatro etapas relacionadas con otros tantos escenarios de nuestro inmenso planeta, en los que colmaría mis ansias de conocimiento, mi necesidad de libertad, y que marcarían mi destino final.

Nikolai Rezanov
Yerba Buena (Alta California) 1804

I

VERANO

SAN PETERSBURGO

«Tempo impetuoso d'estate»
[Vivaldi— 315. —Presto— 3º mov.]

EL RIO NEVA A SU PASO POR SAN PETERSBURGO -
❧ 1770 ❧

El río Neva a su paso por San Petersburgo

LOS REZANOV

Mi nombre es Nikolai Petrovich Rezanov. Nací el ocho de abril del año del Señor de 1764 —según el calendario ruso— en la ciudad de San Petersburgo, la nueva capital del imperio fundada, medio siglo antes, por el Zar Pedro I el Grande (que Dios guarde en Su Gloria)

Mi padre Piotr Gavrilovich Rezanov, un reputado abogado de San Petersburgo procedía de una distinguida familia, pero sin título nobiliario; adinerada en otro tiempo, pero con poca fortuna en la actualidad.

Mi abuelo, Gavrilia Ivanovich Rezanov, había vivido en tiempos del zar Pedro el Grande interviniendo, como ingeniero militar, en la construcción de la nueva capital en unos terrenos elegidos por el propio zar en la desembocadura del río Neva; terrenos pantanosos, pero de gran belleza en los que el zar, aprovechando el río y sus canales, pretendía construir lo que sería la Venecia del Norte; pero aún más grandiosa y bella que la ciudad italiana ya que sería la nueva capital del imperio, el más extenso y poderoso del planeta en aquel momento.

Cierto día en el que mi padre me llevó a *Petropavloskaia,* —la fortaleza situada en la otra orilla del Neva y la primera construcción de la nueva ciudad— me contó que, cuando en su interior se iba a iniciar la construcción de la catedral, el zar ordenó al arquitecto Trezzini que la torre del campanario fuese la primera construcción que se levantara. Una vez terminada, el Zar, acompañado del arquitecto y del abuelo Gavrilia, subía los doscientos escalones que conducían hasta la cima; una atalaya perfecta desde la que podía seguir las obras por las explicaciones que le daban sus técnicos.

Pero la obsesión del emperador por mantenerse informado llegaba a más: hizo construir, en su proximidad, una pequeña vivienda de madera, una especie de *domik* donde pasaba días enteros, incluso algunas noches.

Trezzini, buen conocedor de la ciudad de Venecia, le contaba que su idea era convertir el brazo principal del Neva en el Gran Canal veneciano, una vía fluvial a la que pudieran acceder grandes naves, y a la que se abrirían los principales edificios de la capital: palacios, museos, edificios oficiales y academias. El palacio imperial (que luego se conocería como *el Palacio de Invierno*, la residencia oficial de los zares) y el edificio del Almirantazgo formarían el núcleo de lo que sería el centro cívico de la ciudad: el equivalente al foro de las grandes ciudades romanas. De él partirían, radialmente, las grandes avenidas que saltarían canales y brazos del Neva, lo que obligaría a construir una gran cantidad de puentes. Luego el arquitecto añadía algo que acababa de colmar el entusiasmo del zar Pedro: «*Cuando la ciudad esté terminada, tendrá más canales y más puentes que la misma Venecia*».

Pero siendo esto fascinante, lo que en opinión del abuelo más parecía interesar al emperador era cuando le explicaba las grandes obras de ingeniería que se estaban realizando para acondicionar aquellos terrenos pantanosos; unas obras que incluían el dragado del Neva hasta su desembocadura en el Báltico, lo que permitiría la entrada de grandes naves hasta el brazo principal del río. La labor la realizaban aquellas enormes barcazas provistas de grandes palas de hierro que continuamente se veían desfilar por el río. Procedían de Inglaterra, igual que todo el equipo de ingenieros y operarios que las acompañaban: un personal muy preparado para este tipo de obra, y que unos años más tarde construirían la red de canales que se abrirían en la campiña inglesa para mejorar sus comunicaciones.

En el caso de la nueva ciudad, los canales actuarían como reguladores del caudal de las aguas del Neva, variable por los cambios de mareas, las lluvias y las grandes avenidas producidas por los deshielos. Y algo que dejaría totalmente satisfecho al zar: para poder construir con garantía sobre estos terrenos pantanosos y blandos, se estaba empleando una técnica similar a la utilizada en la ciudad italiana: consolidar el suelo con la hinca de miles de pilotes de madera, fabricados con los troncos de los árboles de los cercanos bosques.

Tan satisfecho quedó el zar con la marcha de las obras y el trabajo que estaban realizando sus técnicos, que cuando estos concluyeron, quiso premiarlos concediéndoles el título de conde: una distinción que el abuelo, delicada pero firmemente, rechazó.

El argumento con el que lo justificó: lo único que había hecho era cumplir con su obligación.

Pero, según me contaría mi padre más tarde, la realidad era que el abuelo, persona muy sensible en cuestiones humanitarias, estaba indignado por la cantidad de vidas perdidas, inútilmente, durante las obras: miles de trabajadores —la mayoría prisioneros suecos— murieron o quedaron inválidos por la impaciencia del zar, que los obligaba a trabajar al límite de sus fuerzas y en precarias condiciones de seguridad. En algún momento, mi abuelo tuvo la valentía o, quizá, cometió la imprudencia, de comentárselo al mismo zar que, después de mirarlo, sorprendido, se limitó a decirle: «*Usted preocúpese de hacer bien el trabajo por el que se les paga, y no entre en cuestiones que no son de su competencia*».

Mi abuelo, sumiso pero indignado, rechazó el título sabiendo que lo más probable era que no volviera a trabajar para el zar, como así sucedió: pero se ganó el respeto de sus compañeros y, especialmente, el de los obreros; algo muy importante para él. Ese sentido de la ética y de la honradez que tenía el abuelo Gravilia —y que mi padre heredó convirtiéndolo en dogma y norma de su comportamiento— fue el que él, a su vez, trató de inculcarme desde mi infancia.

Pero esa misma rectitud también indicaba que nuestra situación económica, no muy boyante por aquellas fechas, tenía pocas posibilidades de mejorar: como es bien sabido, solo actitudes relajadas y poco escrupulosas son las que proporcionan esos cambios *milagrosos* que se producen en las fortunas de tantas familias a los que asistimos con demasiada frecuencia. Mi padre, consecuente con su postura de inquebrantable probidad, se negó incluso a beneficiarse de la fortuna de mi madre, poseedora de un capital importante que había heredado de su familia, unos destacados terratenientes del *oblast de Gomel* en Bielorrusia, los mayores cultivadores y exportadores de patatas del imperio. Su intención era que esa fortuna pasase, íntegra, a sus hijos —mis dos hermanas y yo— cuando mi madre falleciera: su dignidad le obligaba a sacarnos adelante solo con el esfuerzo de su trabajo.

Mi madre Irina Azbyl descendía, por parte paterna, de la ya mencionada familia de terratenientes bielorrusos; y por línea materna de una familia originaria de *Anhalt Zerbst*, uno de *los principados* de Alemania: el mismo al que pertenecía la familia de nuestra amada emperatriz Catalina II, con la que no tenía ninguna vinculación familiar. Y, como tantas damas originarias de esta región, era de una gran belleza —la emperatriz sería la excepción que confirmaba la regla— lo que provocaba la envidia de muchas damas de la alta sociedad (incluida la propia zarina) al estar considerada como una de las mujeres más distinguidas de San Petersburgo, una ciudad famosa por ser también la capital de las mujeres más bellas del imperio.

Los inconvenientes que en la economía familiar pudiera producir la excesiva honradez de mi padre tuvo también su recompensa al ser persona bien considerada y valorada en las altas esferas gubernamentales. El entonces *Administrador General* de la emperatriz Catalina Nikita Panin, sin darle cargo oficial alguno, lo convirtió en su hombre de confianza al que consultaba todos los asuntos legales relacionados con la administración de palacio. Esta relación obligaba a mi padre a acudir a la corte con relativa frecuencia, tanto al *Palacio de Invierno* —residencia habitual de la emperatriz— como a cualquier otra de las muchas residencias imperiales en la capital o en las afueras, a las que su majestad se trasladaba por distintos motivos entre los que no faltaban sus famosos y frecuentes encuentros amorosos: unos encuentros que venían produciéndose incluso desde antes de enviudar del zar Pedro III.

Poco después de que el zar fuera asesinado en extrañas circunstancias —magnicidio en el que, en opinión de muchos, pudo estar implicada la propia zarina, y, por supuesto (y de esto no había la menor duda), su amante Gregory Orlov— Catalina, saltándose todos los protocolos y tradiciones vigentes, se convertiría en *Catalina II emperatriz de todas las Rusias*.

Nikita Panin, un honorable funcionario de origen polaco, inteligente y culto —la emperatriz lo llamaba *su enciclopedia particular*—, era de las pocas personas en quién Catalina confiaba plenamente, hasta el punto de haberle encomendado la tutoría de su hijo el zarevich Pavel, futuro zar de Rusia. Pero esta buena relación naufragó cuando Panin, creyendo que tenía suficiente confianza con la emperatriz, le mostró su desacuerdo con la *política de repartos* que estaba llevando a cabo en su Polonia natal; algo que desagradó a la orgullosa mandataria, aunque siguiera manteniéndolo a su servicio porque era honrado, y, sobre todo, entendía y sabía llevar al nada fácil zarevich.

Por la época a la que me estoy refiriendo —principios de la década de los setenta— eran habituales las largas estancias de Catalina en el Palacio de Oranienbaum, un edificio construido a orillas del Mar Báltico a unas cuarenta *verstas[1]* al oeste de San Petersburgo. En verano, una estación que para la emperatriz se iniciaba cuando desaparecían las últimas nieves y que terminaba cuando estas volvían, Catalina, ya viuda, había empezado a frecuentarlo.

El Palacio, un bello edificio de estilo neoclásico —el estilo que se había convertido en el preferido de los zares—, y cuya construcción había terminado el italiano Rinaldi, fue muy visitado por el malogrado Pedro III y sus amistades, pero nunca por su esposa Catalina. Pero al morir Pedro lo convirtió en su *dacha particular* como ella misma decía; y desde luego —aunque no lo decía era bien sabido— en *su picadero personal*: allí hizo trasladar su interesante colección de muebles eróticos con bajorrelieves que representaban falos y escenas de sexo explícito: un regalo de su buen amigo el conde Rossi, italiano encantador, buen escultor y mejor amante. Y aunque tuvo la delicadeza de colocarlos en su gabinete privado del *Pabellón Chino*, esto no significaba que no los mostrase, con la mayor naturalidad, en la primera oportunidad que se presentaba.

Catalina no ocultaba ni su apetito sexual ni su promiscuidad, y había que reconocer, y así lo hicieron todos los que la trataron, que hablaba del sexo con naturalidad, desparpajo y un gran sentido del humor: cuando lo hacía, nadie se sentía ni ofendido ni violentado. Y sin ser una belleza en el sentido clásico del término, todos los que la trataban se sentían cautivados y atraídos por su personalidad abierta y divertida: y posiblemente hubiesen dado la mitad de sus fortunas por acompañarla a su legendario lecho.

Y esa fue la tragedia y la gran amargura de su administrador Panin que, enamorado sempiterno, presenciaba el continuo desfile de amantes camino de los aposentos imperiales... pero entre los que nunca se encontraba él a pesar de que, de

---

1 Unidad de longitud que equivale a 1070 metros. *La braza*, otra medida de longitud empleada en el texto, equivale a setenta centímetros aproximadamente.

distintas formas y en diferentes oportunidades, se lo había insinuado.

Nikita, al ser su consejero particular, era la persona que más trato directo tenía con ella, una circunstancia que propició que se estableciera cierta confianza entre ambos. Confianza que, mal interpretada por el enamorado Panin, le animó a declarar sus sentimientos, a la que él llamaba *su dueña*. Para su desgracia, de *su dueña* solo recibió una reprimenda y la amenaza de que, si seguía insistiendo, conseguiría que lo apartase del cargo para el que ya tenía el sustituto perfecto: el juez Piotr Rezanov, mi padre, al que la emperatriz había conocido a través de Panin y por el que sentía un gran respeto, y posiblemente algo más. Panin desistió de sus pretensiones no sin que su orgullo, e incluso su salud, se resintieran.

En todo lo relacionado con su actividad sexual Catalina era muy particular y tenía normas muy estrictas que se debían respetar: con los amantes que por orgullo o celos se rebelaban contra ella, era implacable: no admitía actitudes posesivas por parte de nadie. Con los más jóvenes, en cambio, se mostraba encantadora, casi maternal. Además, presumía de hacerles un triple favor: les enseñaba todos los secretos del arte de amar, no les cobraba ni por el placer ni por la enseñanza; y lo más importante: aparte de regalos materiales sustanciosos, como podía ser un buen cargo público —a Stanislas Poniatovsky lo había convertido en el monarca de Polonia— les permitía jactarse de haber sido *amantes de la emperatriz*.

A pesar de la amenaza de Catalina a su consejero, la relación de mi padre con Panin seguía siendo buena, por lo que un día, sabiendo el administrador de mi existencia (hijo varón único y la pesadilla de mi padre, según él mismo le había confesado más de una vez) le pidió que yo lo acompañase en una de sus visitas a palacio. Más tarde mi padre se enteraría de que la invitación no había partido de Panin, sino de la propia emperatriz: a Panin le había oído hablar de mi carácter inquieto, indisciplinado y divertido, y pensó que, a pesar de la diferencia de edad, —yo era bastante más joven—, mi influencia podía ser beneficiosa para el zarevich Pavel, cuyo carácter era todo lo contrario: buena persona, atractivo y agradable, pero tímido e introvertido.

En opinión de Panin —que conocía muy bien al zarevich y era muy certero enjuiciando personas y situaciones— su carácter taciturno se debía al poco interés que la emperatriz mostraba por su hijo. La realidad era que ella tampoco había amado a su padre, el difunto zar Pedro quien, según la opinión general —muy difundida entre la nobleza y la clase alta, pero seguramente infundada— era impotente. Incluso se decía que *no era el padre* del zarevich algo que la propia emperatriz no se molestaba en desmentir: incluso en una carta enviada a Voltaire, uno de sus amigos intelectuales franceses, insinuaba que era fruto de su relación con uno de sus primeros amantes, el conde Saltykov.

Pero el parecido del zarevich con el zar Pedro era evidente: no solo en su aspecto físico, también en carácter, gestos y comportamiento.

¿Por qué Catalina hizo correr este rumor? Nadie lo entendía: solo se podía pensar que era por el odio hacia el zar, al sentirse menospreciada y sabiendo que él nunca la había amado y que, posiblemente, no le había dado todo el placer que ella necesitaba. Esto la hizo urdir esta mezquina falsedad, como una forma de venganza con la que pretendió herirlo en su orgullo y en su prestigio. Y al comprobar que su marido no reaccionaba ante lo que ella consideraba la máxima ofensa que le podía infligir, su frustración y su soberbia la llevarían a dar un paso más en su afán de venganza, provocando su muerte.

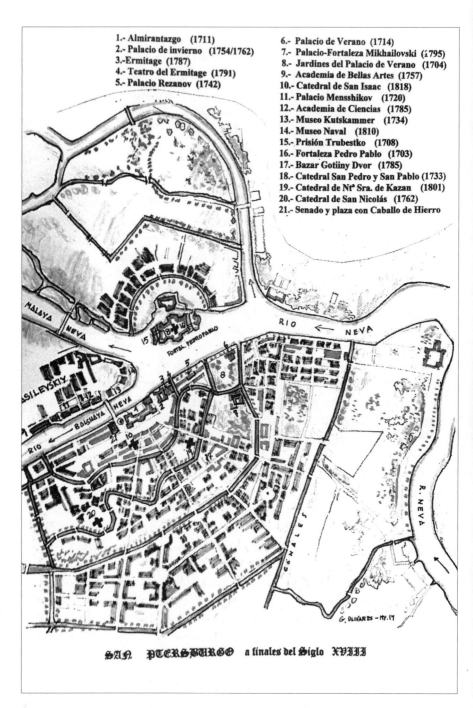

1.- Almirantazgo   (1711)
2.- Palacio de invierno   (1754/1762)
3.-Ermitage (1787)
4.- Teatro del Ermitage (1791)
5.- Palacio Rezanov (1742)

6.- Palacio de Verano (1714)
7.- Palacio-Fortaleza Mikhailovski (¿795)
8.- Jardines del Palacio de Verano (1704)
9.- Academia de Bellas Artes (1757)
10.- Catedral de San Isaac (1818)
11.- Palacio Mensshikov   (1720)
12.- Academia de Ciencias (1785)
13.- Museo Kutskammer   (1734)
14.- Museo Naval   (1810)
15.- Prisión Trubestko   (1708)
16.- Fortaleza Pedro Pablo (1703)
17.- Bazar Gotiiny Dvor (1785)
18.- Catedral San Pedro y San Pablo (1733)
19.- Catedral de Nª Sra. de Kazan   (1801)
20.- Catedral de San Nicolás (1762)
21.- Senado y plaza con Caballo de Hierro

G. OLIVARES - NY. 14

SAN PTERSBURGO a linales del Siglo XVIII

Mapa general de San Petersburgo

ORANIENBAUM

El ocho de abril de 1774, el día que cumplía diez años, mi padre me sorprendió llevándome al Palacio Oranienbaum. Fue un viaje largo y cansado, pero en un día soleado y transparente que me permitió contemplar, durante unas horas, la belleza del paisaje de los alrededores de San Petersburgo y sus magníficos bosques de abetos que dejaban entrever la orilla del mar Báltico. Otro momento imborrable fue cuando atravesamos el impresionante *Palacio Peterhof*—posiblemente el más hermoso de todos— donde paramos para descansar y refrescarnos.

He de reconocer que me extrañó este inesperado regalo. La impresión que tenía era que mi relación con él no pasaba por uno de los mejores momentos: ni por los resultados escolares —ese año habían sido francamente malos— ni por el comportamiento que tenía con mis hermanas mayores que se quejaban de que siempre les *espantaba* a sus posibles pretendientes. Yo opinaba todo lo contrario: les hacía un gran favor; los pretendientes que yo conocía eran una pandilla de mequetrefes vanidosos e inútiles que no se merecían a mis hermanas, dos bellezas encantadoras y buenas personas. ¿No se daban cuenta de que entre los jóvenes de la alta sociedad de San Petersburgo era donde se encontraba el mayor número de cretinos que únicamente sabían hablar de simplezas y solo cuando estaban borrachos? Yo estaba dispuesto a presentarles a unos cuantos amigos míos; sí, más jóvenes que ellas, pero divertidos y siempre inventando cosas emocionantes como ir a patinar al Neva cuando, al empezar el deshielo, podías acabar dentro de aguas heladas.

Oranienbaum era un gran palacio. No de los más grandes, pero sí de los más bonitos. Desde luego no tenía la importancia del de *Peterhof* que habíamos visitado por la mañana; pero los bosques que lo rodeaban eran impresionantes.

Curiosamente en Oranienbaum no vi ningún naranjo: los había habido, me dijeron, pero no se habían adaptado a las bajas temperaturas del invierno. Aunque no entiendo mucho de arquitectura, a mí me pareció majestuoso. Esas escalinatas y esos jardines que me recordaron los grabados franceses que había en casa de mis padres. Tenía muchas fuentes y estatuas de mármol que representaban figuras humanas y animales, pero más grandes que el tamaño natural. Me impresionaron, sobre todo, las cuatro magníficas estatuas que representaban las cuatro estaciones del año.

El único palacio que yo había conocido hasta entonces, aparte del ya mencionado de Peterhof, había sido el Palacio de Invierno, en San Petersburgo, donde habitualmente vivía la emperatriz Catalina. Cuando yo era más pequeño había ido con mi padre a una reunión con el señor Panin. Recuerdo que solo mi padre entró en el interior del palacio; a mí me dejaron en una habitación, a la entrada, oscura, fría y que olía a humedad y a papeles viejos. Pasé más de una hora sentado en una silla incómoda que me dejo el culo dormido.

Oranienbaum era otra cosa; por lo menos lo que yo veía era distinto, con aquellas sirvientas, tan bellas, que te sonreían cada vez que te las cruzabas. Cuando llegamos a la puerta principal, el señor Panin enseguida se nos acercó y saludó a mi padre con una sonrisa y un fuerte apretón de manos. A mí, lo de siempre: pasarme la mano por el pelo y decir eso de «*que chico tan guapo*». Luego tuvimos que esperar hasta que Panin apareció de nuevo y nos hizo pasar a otra habitación que me pareció igual que en la que habíamos estado: en medio de ella, de pie y muy quieto, estaba el joven zarevich Pavel. A pesar de ser mayor que yo, solo era un poco más alto. Estaba con una sonrisa forzada y mirándome con curiosidad. Pero cuando, tímidamente, me acerqué, dio un paso hacia mí, me extendió la mano y dijo: *¿Cómo estas Nikolai?* Así, con ese sencillo saludo, comenzaría una amistad que iba a durar muchos años, y en la que habría altibajos, incluso enfrentamientos, pero en la que siempre prevalecería el cariño mutuo y la voluntad de que nuestra amistad perdurara.

Después de la presentación, el señor Panin le comentó a mi padre que «*la emperatriz no podía recibirnos muy a su pesar; esa tarde estaba muy ocupada*». A nosotros nos pidió que fuéramos a dar una vuelta por los jardines, mientras él despachaba con mi padre. La idea era que permaneciéramos unos días en palacio, para que nos conociéramos.

Al principio yo estaba un poco retraído, pero como vi que nadie me iba a comer, pensé que lo mejor era sacar el mayor provecho de la situación y pasármelo lo mejor posible. Enseguida me di cuenta de que le voz cantante la tenía que llevar yo porque, aunque el príncipe me dio buena impresión, no me pareció ni demasiado entusiasmado ni muy divertido: pero, aunque él era príncipe, en ese campo, yo era emperador.

¿Qué podíamos hacer? De entrada, le propuse que me enseñara la *Katálnayo Gorka* —la Colina Deslizante—, algo de lo que todo el mundo había oído hablar, pero que muy pocos conocían. Se quedó un tanto sorprendido, pero en seguida reaccionó: «*no nos iban dejar subir a ella*», me dijo. Me dieron ganas de preguntarle si él hacía caso de todo lo que le prohibían, pero solo le dije que *lo único que quería era verla*.

Caminamos un largo trecho —allí todo estaba lejos— hasta que llegamos a una zona de árboles que atravesamos, apareciendo ante nosotros la impresionante mole de la *Colina Deslizante*: en realidad eran una serie de montículos de distintas alturas, unidos. El más alto era una colina que al principio creí natural; luego me enteré de que estaba hecha con los escombros de las distintas obras —demoliciones y ampliaciones— realizadas en el palacio. El arquitecto, con buen criterio y teniendo en cuenta que todo el terreno era una gran explanada, mandó amontonar y compactar todo el material de derribo, formando un montículo artificial de bastante altura, al que luego añadiría tierra vegetal, y al que se podría subir por una escalera de madera. Sería un interesante belvedere desde donde contemplar el palacio, los jardines y los bosques, incluso el cercano Báltico y el pequeño puerto.

Los otros montículos, también artificiales, pero más pequeños, se hicieron con posterioridad; entre los tres ocuparían media *versta* de longitud. El montículo mayor tendría unas cincuenta *brazas* de altura: los tres formaban una única montaña, sinuosa; el más pequeño, no tendría más de diez brazas de altura. En la parte alta del montículo mayor había un pequeño templete de madera del que arrancaba, descendiendo, una especie de tobogán, también de madera, que iba adaptándose a las sinuosidades de las colinas hasta llegar al nivel del terreno. En invierno los montículos se llenaban de nieve y el juego consistía en lanzarse desde arriba con un trineo en el que cabían tres o cuatro personas. Cuando no había nieve, el trineo se deslizaba sobre una pista de madera, pulimentada y engrasada. La verdad era que el conjunto tenía un aspecto impresionante, todo cubierto de vegetación y con árboles a cada lado de la pista de madera.

Pavel me confesó que solo se había subido una vez, y porque su madre lo había obligado: ¡no me lo podía creer!

Pero había un problema: todo el recinto estaba cercado con una valla como si fuera un picadero de caballos. Lo del «*problema*» era relativo ya que saltar la valla era bastante fácil. Pero si para Pavel era un problema, yo no era quién para llevarle la contraria. Me dijo que, para poder entrar, tendríamos que ir a buscar al *yegüero mayor*, un viejo cosaco que cuidaba del tobogán y el único en el que su madre confiaba para que aquello no se convirtiera en una feria. Totalmente prohibida su utilización sin su permiso: se habían producido bastantes accidentes, incluso alguna muerte, al ser utilizado por personas que habían bebido más de la cuenta o por niños incontrolados.

Al día siguiente, temprano, fuimos a las caballerizas y allí conocí a Pantelei Sulima, *yegüero mayor de palacio:* una persona que me impresionó desde el principio y una caja de sorpresas y de sabiduría. No era tan viejo. Decía que habría nacido alrededor de los años veinte, por lo que andaría un poco por encima de los cincuenta. Aunque era recio de constitución, su rostro y su piel denotaban que había llevado una vida dura, permaneciendo más tiempo a la intemperie que resguardado entre cuatro paredes y un techo.

Efectivamente, era cosaco: «*cosaco del Don*» dijo con orgullo. Cuando le pregunté quiénes eran los cosacos, me respondió que *eso nadie lo sabía*:

«Somos un pueblo libre, sin jefes ni reyes a los que tengamos que obedecer ni reglas que respetar —dijo—. Nuestras leyes no están escritas porque casi ninguno de nosotros sabemos leer. Seguimos lo que la tradición y la vida diaria nos van enseñando y trabajamos para el que mejor nos pague. Pero cuando aceptamos un trabajo, somos responsables como el que más y podemos dar hasta la vida cumpliendo con nuestro deber».

Luego, dirigiéndose al zarevich, añadió:

«Su antepasado el Gran Zar Pedro (que Dios tenga en Su Gloria) concedió un escudo a los cosacos que habían formado parte de su ejército y que habían luchado contra los suecos, entre los que se encontraban mi padre y mi abuelo. El escudo tenía un lema que decía: *"Heridos, pero nunca rendidos"*. El que nos emplee —continuó con orgullo— nunca se convertirá en nuestro amo: será nuestro *ataman*, nuestro jefe, pero nunca nuestro dueño. Según la leyenda, las primeras cosacas parían a sus hijos encima de los caballos: por eso todos somos patizambos —terminó con una amplia sonrisa».

Era un hombre fuerte, no muy alto pero ancho, con unos ojos hundidos del mismo color que el acero de los sables que, cuando miraban, te atravesaban con la misma fuerza. Y efectivamente: era patizambo.

Según él creía, había nacido el día de Navidad cerca del río Don, en la *stanitsa* de *Novocherkassk*. Pero no sabía en qué año. A los cosacos ese dato les importaba poco; ellos se entienden por «*el año* que *ahorcaron a fulano*», o «*el año de tal batalla*», o «*cuando Pugáchov se sublevó y se hizo pasar por el asesinado zar Pedro*». De aquella zona procedía su familia, al menos eso le había oído decir a su padre. Se había casado con una mujer de una *stanitsa* cercana. Pero unos años después, en un ataque nocturno de los *abreks*, una tribu chechena de piratas y ladrones, su mujer y su hija murieron asesinadas. Él, y su hijo pequeño, se salvaron porque, el día anterior, habían ido a recoger unos caballos que tenían que llevar a un campamento militar cercano, y no durmieron en la casa.

Su vida eran los caballos; cuando en el campamento le ofrecieron quedarse de yegüero aceptó el puesto, más que nada para que su hijo no estuviera solo. Después de muchos años como era un buen yegüero, el *ataman* se lo llevo a la capital donde estuvo trabajando unos años en las *caballerizas Imperiales* hasta que la emperatriz lo envió a Oranienbaum. Y allí estaba llevando una vida plácida, cuidando de los pocos caballos que había y de la colina deslizante. Y acordándose todo el tiempo de su hijo, del que hacía años que no sabía nada.

Mientras Pantelei hablaba descubrí que Pavel lo miraba con el mismo interés y la misma sorpresa con la que yo lo hacía. Luego me confesó que era la primera vez que hablaba con el yegüero: como no le interesaban los caballos ni el tobogán, nunca iba por esa zona. ¡No me lo podía creer! ¡Estaba desperdiciando la principal fuente de diversión! ¡Si solo por oír sus historias habría que pagar dinero!

Nos contó que, cuando su hijo cumplió la mayoría de edad, se fue a vivir por su cuenta. Él intentó que se quedase y siguiera en el cuartel ya que con sus condiciones físicas podían tener futuro. Hasta el *ataman* del regimiento, cuando pasó de inspección por el cuartel se había fijado en él y en su excepcional constitución física. Para satisfacer a su padre, se había quedado un tiempo en el cuartel, pero un día desapareció. Un compañero suyo le dijo a Pantelei que había cambiado últimamente: muchas noches se despertaba gritando y repitiendo un nombre de mujer: *Marianka*. Era el nombre de su hija asesinada, confirmándole lo que desde hacía tiempo se temía: su hijo vivía obsesionado con la muerte de su madre y de su hermana. Siendo todavía un muchacho, le había dicho a su padre que no descansaría hasta que vengase sus muertes. Ya habían pasado bastantes años desde la última vez que lo vio y no había vuelto a tener noticias suyas.

Estuvimos escuchándolo un buen rato, yo feliz porque veía al zarevich tan interesado como yo en sus historias. Pero yo quería ver de cerca la *colina deslizante,* así es que el viejo cosaco nos abrió el recinto y entramos, siempre acompañados por él. Nos permitió acercarnos a la escalera, pero no que subiéramos por ella. Nos contó que la idea de la *colina deslizante* se le había ocurrido a un ingeniero finlandés: al ver la colina artificial, toda nevada y cerca de donde estaban trabajando sus carpinteros ampliando los establos y reponiendo el techo de los antiguos, se le ocurrió usar un trineo viejo y, en las horas de descanso, él y sus operarios se deslizaban por la pendiente. Los que trabajaban en los establos, todos expertos carpinteros, arreglaron el trineo y empezaron a organizar competiciones entre ellos. Pronto se corrió la voz del divertido juego y después del trabajo acudían los sirvientes de palacio que querían probarlo. Como estaba en una zona bastante escondida, permaneció como un secreto entre ellos y los obreros, hasta que algún criado se fue de la lengua y se acabó el secreto.

Curiosamente, la reacción de los jefes y administradores fue distinta de la que ellos esperaban: les pareció un juego divertido y, conociendo el carácter del Zar Pedro III, supusieron (y acertaron) que le iba a gustar: él, su amante Elizaveta Vorontsova y unos pocos amigos de confianza, eran los que más visitaban el nuevo entretenimiento. El zar estaba tan entusiasmado que pidió al ingeniero que lo ampliara y mejorara: fue cuando construyeron los otros dos montículos y la pista de madera, para poder deslizarse cuando no hubiese nieve. Uno de los atractivos de la corte, desde entonces, fue invitar a amigos a pasar unos días en palacio con el aliciente del tobogán. Y en verano, completaban la diversión con un baño en el cercano Báltico. El juego tuvo un entusiasta admirador en el embajador francés que importó la idea a su país y construyó uno parecido en París, todo de madera, al que llamó la *Montaña Rusa*.

¿Me atrevería a pedirle a Pantalei que nos dejara subir, aunque solo fuera a la colina pequeña? Sí, me atreví; y la respuesta del cosaco tampoco fue la esperada: nos dijo que, primero, subiría él y bajaría con el trineo hasta el último montículo, desde allí nos podíamos deslizar, siempre en su compañía. ¡Qué maravilla! ¡No me lo podía creer! ¿Y qué pasaría con el zarevich? ¿Le daría miedo? Otra sorpresa: estuvo encantado, *siempre que fuéramos los tres juntos*. Yo creo que ese día Pavel maduró más que en todos los años de su vida. Y tengo que confesar que yo me sentía muy satisfecho, incluso orgulloso, por lo que había hecho por mi nuevo amigo.

Fue una época espléndida. Íbamos a pescar al arroyo que pasaba por la finca —Pavel me confesó que la pesca siempre le había gustado— y a bañarnos al cercano mar Báltico, pero siempre acompañados de un criado que sabía nadar. Le enseñé a saltar con pértiga y ya nunca utilizábamos el puente para cruzar el arroyo. Un día que intentamos saltar los dos juntos, se rompió la pértiga y caímos al agua. Llegamos al palacio empapados: pero ¡oh, sorpresa! ¡Nadie nos regañó!

Pavel estaba entusiasmado, y el señor Panin le confesó a mi padre que hasta la emperatriz había notado el cambio de su hijo. De lo que no estaba tan seguro el administrador era de sí, a la madre del futuro zar, le parecía bien tanto cambio. Su temor era, en opinión del señor Panin, que el zarevich empezara a pensar por su cuenta y ella perdiera el control de su hijo que, hasta entonces, se había manifestado dócil y, aunque quizá no muy feliz, siempre sumiso. Más de una vez le había oído decir a la emperatriz Catalina, «*con gran cinismo, por cierto* —decía a mi padre cuando estaban solos— *que la felicidad personal de quien gobierna el mayor imperio sobre la tierra no debería ser una prioridad: por encima, debía de estar la felicidad de sus súbditos*».

Cuando al finalizar la temporada de verano nos despedimos, noté en la mirada del zarevich cierta tristeza, pero no me dijo nada. Yo sabía que me había convertido en alguien importante para él y que, con esa mirada, me estaba pidiendo que no lo olvidara.

Años después he pensado con frecuencia en aquella relación, en nuestra amistad y en la personalidad del zarevich. Estoy convencido de que, aunque tímido y retraído, era una buena persona y nuestra amistad sincera. Aunque me gustaría añadir que, a veces, tenía arrebatos de mal genio cuando se enfadaba conmigo por tonterías como era perder una carrera nadando. O si yo le contaba algo que no entendía y, al darme cuenta, me reía. Eso lo enfurecía hasta el punto de que traté de evitar que sucediera porque me di cuenta de que era su forma de reaccionar ante su inseguridad.

Cuando caminábamos juntos y yo le adelantaba, le molestaba si no lo esperaba. Entonces reaccionaba dándome voces o soltando palabras malsonantes, aunque su repertorio era más bien corto y moderado. Yo no le hacía caso: cuando se calmaba, reaccionaba siempre de la misma manera: corría detrás de mí, y cuando me alcanzaba, me abrazaba por la espalda y dejaba que lo arrastrase un rato. Luego me pedía perdón y nos reíamos.

—Si quieres insultar —le decía—, tienes que aprender palabras más fuertes.

—Enséñame tú.

Yo recurría a mi extenso repertorio y escogía las que me parecían más descriptivas o graciosas, aunque siempre le advertía que no las dijera delante de personas mayores.

—¿Entonces delante de quién las puedo decir? —me preguntaba.

—¡Pues de tus amigos, joder!

—¡Es que tú eres el único amigo que tengo!… ¡joder también! —me decía con tristeza. Aquello me impresionó y me entristeció

—Bueno, pues te doy permiso para que me las digas cada vez que me veas, pero si estamos solos.

Y nos echamos a reír.

Un día que fuimos a pescar, Pavel cogió el pez más grande. Un verdadero ejemplar. Cuando regresábamos, él iba caminando unos metros delante de mí, eufórico. De vez en cuando, se paraba, sacaba de la mochila el pescado, lo miraba, y sin darse la vuelta, extendía y el brazo para que yo lo viera. Creo que esos fueron los momentos más felices de su vida. Poco antes de llegar a palacio, me paró, y poniéndome la mano en el pecho, dijo:

—Niko. Prométeme que siempre seremos amigos y que nos seguiremos viendo.

Yo tenía un nudo en la garganta y solo acerté a decirle:

—¡Por supuesto que nos veremos! —Luego le mentí— Precisamente el otro día, el señor Panin me dijo que este invierno me traería con él algún fin de semana y que cuando fuerais a vivir a San Petersburgo, él me avisaría.

Se quedó un rato mirándome fijo para ver si lo decía de verdad. Luego, se acercó y me dio un abrazo. Yo tuve mucho cuidado, al despedirme de Panin cuando mis vacaciones terminaron, de contarle lo que habíamos hablado el zarevich y yo, para que no lo cogiera desprevenido.

Y así lo hicimos: nos volvimos a ver unas cuantas veces, unas en Oranienbaum y otras en San Petersburgo. Lo peor era que, en cuanto me veía, empezaba a gritar: *¡Hijo de una puta! ¡Cabrón! ¡Qué te den por el culo!*... O sea, toda la retahíla de palabrotas que yo, en un momento de debilidad, le había enseñado. Y no se olvidaba de ninguna.

Para la emperatriz Catalina, ese año y el siguiente fueron años gloriosos: había vencido a las tropas turcas, veía a su hijo feliz (quizá por primera vez) y tenía un nuevo amante: el mariscal Gregory Aleksandrovich Potionkin. Esto no significaba, por supuesto, que el tiempo pasado entre el amante anterior y este nuevo hubiese sido un periodo de abstinencia cuaresmal. Continuaron los escarceos ocasionales como no podía ser de otra forma, conociendo su insaciable necesidad de sexo. Pero eran intermitentes, caprichos rápidos y variados; los que más gustaban a Catalina... y los que más dolían al enamorado Panin.

La victoria sobre los turcos significaba, según me explicaría más tarde mi padre, que el *Kanato de Crimea*, con la estratégica península del mismo nombre al norte del Mar Negro, volvía a ser independiente: lo que en ruso paladino podía traducirse como *«que volvía a pertenecer a Rusia»*. Esto suponía controlar de nuevo el Mar Negro, con lo que Rusia se garantizaba la salida, a través del Bósforo, al Mediterráneo: el *Mare Nostrum* romano, cuna de la civilización occidental que, como buena germana, tanto suponían para la culta Catalina, al tiempo que se abría un mercado con infinitas posibilidades: Grecia, Italia, Francia, España y la costa Dálmata a disposición del imperio, amén de todo el norte del continente africano que, aun cuando países correligionarios de los derrotados turcos, no renunciarían a beneficiosos intercambios comerciales *«por insignificantes discrepancias religiosas»*.

Tal como había quedado la situación territorial, la emperatriz Catalina hacía honor a su apelativo de *«grande»*: por el oeste su imperio estaba defendido por Polonia, un país que a pesar de las frecuentes revueltas internas, se mantendría como aliado mientras permaneciera en el trono su antiguo amante Stanislas II Poniatowsky. Muy cerca, los reinos alemanes de donde ella procedía y con los que Rusia había establecido, desde tiempo atrás, una buena relación, consolidada con acertados enlaces matrimoniales. Por el norte tenía salida, a través del Báltico, al Mar del Norte desde el que se podía acceder a los Países Escandinavos, Inglaterra y Francia; y rodeando la Península Ibérica, regresar a Rusia atravesando el Mediterráneo y el ya controlado Mar Negro.

Hacia el este, el imperio era inmenso: la mitad norte de Asia —toda Siberia— le pertenecía. Varias rutas terrestres permitían llegar hasta la península de Kamchatka en el océano Pacífico. La principal atravesaba lo que era *la Rusia Asiática* la cual, una vez pasada la ciudad de Irkutsk —la capital de la Siberia oriental—, se dividía en dos ramas: la *norte* que se dirigía hacia el nordeste en dirección a Kamchatka, de donde partía un rosario de islas volcánicas, las Aleutianas, que al principio se llamaron *Islas Catalina*: un archipiélago formado por un millar de islas e islotes que empezaban a tener importancia comercial por ser la base y el caladero principal del negocio de pieles de nutrias, unos valiosos mamíferos que poblaban sus orillas.

El archipiélago terminaba en América del Norte, en una región de hielos que llamaban *Alaska*; en su lengua, algo así como *«la tierra que resiste los envites del mar»*: recuerdo que cuando me lo tradujeron, me pareció un significado demasiado largo para una palabra tan corta. Pero así son algunas lenguas.

La otra rama de la ruta transiberiana, la *ruta sur*, llegaba hasta el pueblo de *Kyakta* en la frontera con Mongolia. Para llegar a China había que atravesar el *gran desierto mogol* y la *Muralla China*, lo que solo se conseguía uniéndose a alguna de las caravanas de camellos de las tribus que controlaban ese lucrativo negocio.

Esta ruta, interminable, enrevesada y peligrosa, adquirió protagonismo cuando se convirtió en la *Ruta del Té*, uno de los más importantes negocios de Rusia, y principal proveedora y distribuidora en toda Europa de esa planta china cuya bebida se consumía, por toneladas, en la mayoría de sus países. Aparte de té, también se comerciaba con otros productos chinos como la cerámica artística, la codiciada seda cruda y todos los apetecibles productos exóticos procedentes de este país, muy demandados por los ricos y caprichosos europeos.

Catalina II, que había heredado un gran imperio, estaba orgullosa de haberlo ampliado. Su antecesor el zar Pedro, que también había merecido el apelativo de *el Grande* —con bastante más mérito ya que había sido el que lo inició y consolidó— no podría estar descontento de lo que había conseguido su sucesora, una extraordinaria mujer que no tenía una sola gota de sangre Romanov, que ni siquiera era rusa y de la que nadie se explicaba cómo había llegado a convertirse en emperatriz.

Pala...
La Coli...

NIEM BAUM —
nte (Katálnayo Gorka) (Siglo XVIII)

La colina deslizante

UNA EMPERATRIZ AMANTE
DE LA CULTURA

Cuando cumplí catorce años mi padre me propuso que, ya que me había negado a seguir la carrera judicial, como hubiese sido su deseo, entrara en la academia militar. Dado mi carácter inquieto y mi afán de aventura, creyó que sería feliz dentro de la institución militar donde, por otro lado, estaría sometido a una disciplina que no me vendría nada mal. Sabía que mi futuro dentro del ejército estaba asegurado: Panin le había prometido que mi entrada en *la guardia personal* de la emperatriz, estaba garantizada.

Cuando me lo propuso le dije que me parecía bien; pero la verdad era que tampoco estaba muy seguro de ser feliz en una profesión en la que disciplina y obediencia son sus principales *virtudes*. En cualquier caso, por probar, no perdía nada.

Desde los veranos en Oranienbaum, yo había cambiado radicalmente. Haber vivido en aquel ambiente cortesano rodeado de personas importantes e influyentes, en el corazón del Imperio donde se decidían y resolvían los asuntos de estado más importantes, mi cercanía a la emperatriz (aunque he de decir que nunca hablé con ella) y, sobre todo, mi amistad con el zarevich, produjeron en mí un cambio radical: no había perdido ni vitalidad ni ansias por disfrutar de la vida, pero me había vuelto más sensato y más consciente de que había, además de la diversión, otras cosas importantes en la vida y que tenía que pensar menos en mi satisfacción personal y más en los demás, incluyendo a mi familia y especialmente a mi padre al que tanto había defraudado.

Ese cambio que se estaba produciendo en mí no implicaba que renunciara a lo que constituía la esencia de mi personalidad: la curiosidad y el interés por conocer y tratar de asimilar todo lo nuevo que estaba apareciendo en este siglo privilegiado en el que me había tocado vivir, cuando la ciencia, la investigación, los nuevos descubrimientos e inventos estaban cambiando nuestro planeta y reduciendo su tamaño por los grandes avances realizados en transportes y comunicaciones. Todo ello me fascinaba y bajo ningún concepto estaba dispuesto a renunciar a las posibilidades y a las experiencias que se me presentaban. Fue entonces cuando se despertó en mí el interés por viajar, por conocer idiomas y por acercarme a aquellas personas de las que pudiera aprender, o con las que pudiera vivir nuevas experiencias.

Debo de insistir en que mi relación con el príncipe Pavel también influyó en este cambio, sobre todo cuando fui testigo de cómo un ser inocente como era el zarevich, que parecía tener todo lo que cualquier ser humano desearía —excepto, quizá, algo tan importante como el cariño de su madre— era víctima de las más terribles desgracias: al año siguiente de nuestro último verano lo casaron, en un matrimonio de conveniencia, con una princesa que casi no conocía, pero muy importante para los planes de su madre: su matrimonio con la alemana Guillermina de Hesse-Darmstadt, una joven de dieciséis años muy delicada de salud, reforzaría los lazos con Prusia.

La princesa Guillermina, que así se llamaba hasta que, siguiendo la tradición rusa, tomó el nombre ortodoxo de *Natalia Alekseievna*, murió junto con su hijo, en su primer parto. Y por si no fuera suficiente desgracia, al poco tiempo un fuerte ataque de tifus tuvo al zarevich al borde de la muerte. Cuando finalmente se recuperó, tenía el rostro tan desfigurado que era difícil reconocerlo.

Al enterarme de lo sucedido —todo se había llevado con gran sigilo— quedé profundamente afectado. Enseguida fui a visitarlo a pesar de que me advirtieron de que estaba alterado, insoportable, a veces incluso cruel con los que le rodeaban y que, lo más probable, era que no quisiera verme. Pero me recibió; y nada más encontrarnos me abrazo y rompió a llorar. Confieso que yo también lo hice. Lo único que recuerdo es que, en algún momento, me dijo que *cómo era posible que en tan poco tiempo hubiese pasado de ser la persona más feliz sobre la tierra, a la más desgraciada.* Supuse que cuando hablaba de felicidad, se refería a los veranos en Oranienbaum, lo que me llenó de satisfacción. A pesar de mis defectos, al menos había contribuido a hacer feliz a aquel inocente muchacho al que tanto apreciaba.

Un año después lo volverían a casar con otra princesa alemana: Sofía de Gutemberg-Stuttgart que tomaría el nombre de *María Fiodorovna*, una joven de quince años muy inteligente, culta y que fue para Pavel una verdadera compañera y una buena esposa que le dio diez hijos.

La emperatriz Catalina, quizá por congraciarse con la pareja, les propuso un largo viaje por Europa que harían de incógnito, como unos condes rusos en viaje de novios. Al regreso del viaje, Catalina, que parecía haberse sensibilizado con las desgracias de su hijo, los sorprendió regalándoles un palacio al que había puesto su nombre: palacio *Pavlovsk* que ella misma se había encargado de acondicionar y decorar. Pero muy pronto, su nuera María, una persona que, a pesar de su juventud, tenía un gran carácter y sus propias ideas, cambió la decoración recargada de la emperatriz por otra más sobria, dándole el aspecto de un verdadero hogar, lo que ella creía que necesitaba su esposo. De entrada se deshizo de toda la parafernalia de muebles y retratos de antepasados y en su gabinete solo conservó dos cuadros: un retrato de ella, obra de un pintor alemán, y el regalo de boda que les había hecho el rey de Francia, Luis XVI: un espléndido grabado de *Don Quijote de la Mancha*: su figura entrañable, que me había atraído desde que leí el libro, aparecía cabalgando entre molinos de viento.

Por aquella época, la emperatriz Catalina estaba muy ocupada en algo muy importante para ella: la ampliación del Palacio de Invierno al que iba a añadir un pabellón que llamaría el *Nuevo Ermitage*. En él alojaría la colección de arte del palacio que no cabía ya en el viejo edificio: personalmente se había encargado de ampliarla de una forma considerable.

Mi padre, consciente del cambio que yo había experimentado (solo tenía que ver las calificaciones que recibía en la academia y las observaciones y comentarios de los profesores que hablaban de «*un muchacho disciplinado y respetuoso que destaca en ciencias, idiomas y deportes*») estaba dispuesto a satisfacer mis deseos que pasaban por aprender algo que me gustaba y que sabía que se me daba bien: idiomas. El alemán lo hablaba desde pequeño, no solo por ser la segunda lengua de mi madre, sino porque siempre habíamos tenido en casa una *fraülein* alemana (elegidas por mi madre, solían ser mayores y feas) que se encargaba de hablarlo con mis hermanas y conmigo. El inglés, aunque no con demasiada soltura, lo entendía y lo hablaba.

En mis estancias en Oranienbaum había tenido la oportunidad de acceder a la magnífica colección de libros de la emperatriz, una gran lectora y amiga personal de muchos de los escritores y filósofos franceses de ese periodo que llamaron *de la Ilustración*: Voltaire, Diderot, D'Alambert o Montesquieu, eran algunos de ellos. Con Voltaire, en particular, tenía una relación muy cercana y mantenía una fluida correspondencia epistolar. A Diderot y a D'Alambert, que por entonces estaban intentando terminar el voluminoso trabajo de *L'Encyclopedie* sorteando, como podían, las muchas trabas que les ponía su propio gobierno, les prometió que su magna obra la editaría ella, en caso de que no pudieran hacerlo en Francia. También prometió nombrar a Diderot director de la nueva *Biblioteca Imperial de Rusia,* con un sueldo de mil libras anuales, si tuviera problemas con las autoridades y quisiera salir de su país.

A pesar de su carácter aparentemente frívolo, Catalina había fundado más de veinte instituciones culturales en San Petersburgo. Acababa de inaugurar el magnífico edificio para la *Nueva Academia de Ciencias Rusas,* al tiempo que construía la *Academia de las Artes,* y ya pensaba en su siguiente proyecto: la *Nueva Biblioteca* —sería la mayor de Europa— en la que los enciclopedistas franceses serían sus asesores. Para realizar estas importantes obras, Catalina se había rodeado de los más prestigiosos arquitectos y jardineros europeos —italianos, ingleses o franceses— y algunos nativos. Estaba dispuesta a mejorar la ciudad. Por eso, cuando la emperatriz hablaba de San Petersburgo, decía con orgullo (y con toda propiedad) que «*había heredado una ciudad de ladrillo y madera y la había convertido en una ciudad de mármol y granito*». Y, como habían previsto el arquitecto Trezzini y mi abuelo Gravilia, *todos los edificios importantes se abrían al esplendido brazo del río Neva: el Gran Canal de San Petersburgo.* Una ciudad que se estaba convirtiendo, en opinión de la mayoría de los extranjeros que la visitaban, en una de las más bellas de Europa.

Sin embargo, me gustaría añadir que la relación de Catalina con los intelectuales franceses era un tanto peculiar: para congraciarse con ellos les seguía el juego y en las cartas que enviaba a Voltaire decía cosas tan curiosas como falsas. Por ejemplo, que «*en Rusia había total libertad y el pueblo ruso, en particular la clase campesina, vivía muy bien ya que prácti-*

camente, no pagaba impuestos... lo que le permitía hacerlo de forma desahogada y comer pollo casi a diario».

Diderot, que había pasado una larga temporada en San Petersburgo invitado por la propia emperatriz, pudo comprobar que la situación real del campesinado, de *los mujiks* —por no hablar de los esclavos—, era totalmente distinta. Diderot no se calló y, de forma educada pero tajante, se lo recriminó, a lo que ella le contestó muy tranquila: «*Vos trabajáis sobre el papel que lo resiste todo, pero yo, mi querido Denis, soy la emperatriz y trabajo sobre la piel de mis súbditos, irritables y que se rebelan fácilmente*».

Este cinismo era lo último que necesitaba soportar la delicada salud de Diderot para acabar de hundirlo física y moralmente. No aguantaba ni el clima de San Petersburgo, ni el ostentoso y frívolo lujo de la corte ni, por supuesto, la hipócrita actitud de su anfitriona: todo ello le estaba provocando un malestar y una inquietud que afectaban a su salud, por lo que decidió regresar a su país. A partir de ese momento se enfrió su relación, y también la de los demás intelectuales franceses, con la emperatriz, que vio cómo se iba enfriando el interés de estos cuanto descubrieron que Catalina, quizá por miedo a enfrentarse a la nobleza y al ejército, se había convertido en una vulgar burguesa que jugaba a intelectual.

A pesar de sus contradicciones, es de justicia decir que Catalina era una persona inteligente y muy interesada en la cultura, porque sabía que era señal de progreso, aunque creyese de corazón, que el pueblo ruso todavía *no estaba preparado para asimilar ese progreso*. Gran lectora, también hacía sus incursiones en la escritura llevando un copioso diario que, al querer escribirlo en ruso —su lengua materna, no lo olvidemos, era el alemán— estaba lleno de faltas de ortografía. Las cartas que escribía a sus amigos de Francia, las escribía en francés. pero tenía mucho cuidado de que, antes de que salieran, las revisara su profesor particular, un nativo del país galo.

Personalmente, reconozco que el poder acceder a la biblioteca de la emperatriz me convirtió en un asiduo lector, especialmente de la literatura francesa e inglesa. Pero la mayoría de los libros a los que tenía acceso eran malas traducciones al ruso, por lo que decidí leerlos en su lengua original. Este afán de aprender bien el francés y de mejorar mi inglés, daría pie a una nueva experiencia de gran importancia en mi futuro.

ANN MARIE

Cuando mi padre me propuso que ingresara en la academia militar, le pedí que, puesto que todavía era muy joven y tenía tiempo de sobra para hacerlo, me permitiera antes completar mi formación humanista, y satisfacer mi interés por aprender idiomas. Me interesaban, especialmente, las lenguas latinas: francés, español e italiano, países a los que admiraba cultural y artísticamente, pero a los que Rusia, seducida por los países sajones, especialmente Alemania, parecía ignorar. Quizá con la excepción de Francia.

La idea le pareció esplendida y la consideró como una muestra más de mi madurez y del cambio favorable que se estaba produciendo en mí. Mi padre, que viajaba con frecuencia a otros países, estaba de acuerdo en que el conocimiento de idiomas ahora que el mundo se estaba haciendo cada vez más pequeño, era fundamental para prosperar en la vida, cualquiera que fuera la profesión elegida. Empezaría por el francés, ya que era la lengua que más me apetecía y en la que estaban escritos mis libros favoritos.

Casualmente mi padre había hecho amistad con Jean Baptiste Le Blond, el arquitecto francés autor, junto con el italiano Rastrelli, del proyecto del palacio Peterhof que tanto me había impresionado: ahora se encargaba de su mantenimiento y del de otros palacios de San Petersburgo y los alrededores, por lo que vivía en esta ciudad. Alguna vez le había comentado a mi padre que tenía una hija que vivía en Paris, pero que pasaba los veranos con ellos en Rusia. Había estudiado piano, era muy culta y hablaba bastante bien el ruso, por lo que podría darme clases de francés; una forma agradable de sacarse un dinero y de mejorar su ruso. A mí me pareció una buena idea. Por la edad del arquitecto, deduje que sería una muchacha joven, y siendo francesa, esperaba que no fuera tan fea como las *fraülein* alemanas que elegía mi madre. No me equivocaba: *Mademoiselle*

Ann Marie Le Blond resultó ser una joya: joven, buena figura, desenvuelta, simpática… y una auténtica belleza. Yo acababa de cumplir quince años y creo que, cuando la vi por primera vez, sentí algo especial dentro de mí.

Las clases fueron un éxito: Ann Marie me confesó que nunca había conocido a nadie que aprendiese tan rápido. Como explicación decía que el conocer otros idiomas ayudaba mucho a aprender uno nuevo; pero lo que más le sorprendía era mi buen acento, lo que la hacía pensar que se debía a mi buen oído, algo fundamental para los idiomas. Me preguntó si me interesaba la música, porque, si era así, todavía estaba en edad de aprender algún instrumento; el violín, por ejemplo. Para llegar a dominarlo había que tener un excelente oído, algo que no era tan importante para otros instrumentos como, por ejemplo, los de percusión; ella había estudiado piano y no violonchelo, que era lo que le hubiese gustado, porque no tenía el buen oído necesario. Me dijo que conocía a un violinista armenio, Karat Sayatian, que había tenido cierta fama como pianista y sobre todo como violinista, aunque había empezado como organista en la iglesia de su pueblo en Armenia. Era un excelente profesor de violín y estaba segura de que no tendría inconveniente en aceptarme como alumno. A mis padres les pareció muy bien la idea de que tomara clases de música que podría compaginar, fácilmente, con las de francés.

Algunas veces Ann Marie me acompañaba a las clases porque, según me decía, le gustaba ver como progresaba. Un día me dijo que el maestro Sayatian le había comentado algo que ella ya sabía: mi oído era excepcional y si seguía adelante podría llegar a ser un buen violinista; y añadió que yo había nacido para la música y que sería lastimoso que lo dejase. Pero yo sabía que había nacido para otras actividades; quizá menos artísticas, pero más emocionantes. Sin embargo, el violín nunca me abandonaría: me acompañaría, pero como un amigo; y también como una medicina que me reconfortaría en los momentos bajos de mi vida. Y he de reconocer que el tocar ese instrumento tan popular en Rusia me abriría muchas puertas en ciertos ambientes culturales y en muchos salones de la alta sociedad.

Las clases de francés con Ann Marie eran muy entretenidas. Con frecuencia traducíamos textos de los clásicos y de los escritores y filósofos actuales que me interesaban y que me resultaban más difíciles de entender. Pero Ann Marie todo lo hacía fácil y divertido: las clases las acompañaba de cantidad de anécdotas que conocía de estos autores, especialmente del sarcástico Voltaire del que me contaba que disfrutaba ridiculizando a la burguesía francesa. Incluso había recurrido a firmar con otros seudónimos —Voltaire ya lo era— pensando en el escándalo que podían provocar sus escritos: «*Cándido*», por ejemplo, lo publicó con el seudónimo de «*Monsieur le docteur Ralph*». Era un libro entretenido que quedó en mandarme en cuanto regresara a París.

Al maestro Sayatian, una bellísima persona y una enciclopedia viva de conocimientos musicales, solo se le podía poner una objeción: su modestia y su excesiva timidez. Después de mi clase de violín, el maestro tenía un último alumno (en este caso una alumna) de piano: una joven condesa, gordita pero no fea, que acudía acompañada de un gigante mogol con un diente de oro y unos movimientos muy amanerados, poco acordes con su aspecto feroz. Cuando nos cruzábamos alguna vez, ella se ponía colorada y hacia un gesto extraño con la boca que quise interpretar como un intento de sonrisa. Ann Marie, que lo había notado, me dijo:

—El día menos pensado te violan.

—¿Quién? ¿La condesita? — pregunté riéndome

—Los dos —dijo muy seria

Y nos reímos. Al maestro Sayatian le hizo gracia el comentario, y por primera vez lo vimos reírse.

—A pesar de que no es muy agraciada —nos dijo— esta niña tiene unas dotes especiales para la música y sería una buena concertista si se lo tomara en serio; pero falta mucho a clase. Menos mal que tiene la cortesía de avisarme cuando no va a venir.

Si esto sucedía y Ann Marie estaba con nosotros, Sayatian nos pedía que nos quedáramos y le acompañáramos a tomar el té, con lo que solíamos pasar un buen rato hablando de música. Mejor sería decir *oyéndole a él hablar de música*. Debido a su timidez, era difícil sonsacarle algo de su vida personal. Sabíamos que vivía solo desde que murió su mujer, rusa y también violinista, a la que había conocido en la Academia de Música de San Petersburgo. Tenían una hija enfermera que vivía en Yerevan casada con un médico, también armenio, que había conocido en la Academia de Medicina de Moscú. Cuando se licenciaron, se fueron a Armenia a ejercer la profesión.

Ann Marie se había enterado por su padre que Sayatian había estudiado en Italia, y que había conocido a Vivaldi, el violinista veneciano considerado como uno de los más fecundos e importantes compositores del momento. Eso nos interesaba mucho así es que, si al maestro le costaba hablar, ahí estaba yo para sonsacarle… Y al final habló.

Nos contó que había nacido en un pueblecito de Armenia cerca de Yerevan, en el seno de una familia de músicos conocidos por ser excelentes organistas. El más famoso era su tío Aaron, canónigo y maestro organista de la catedral.

—Cuando mi madre murió siendo yo niño —continuó— y a mi padre lo tuvieron que internar en un manicomio por intento de suicidio, me fui a Yerevan para vivir con el tío Aaron, canónigo y organista mayor de la catedral. Con él empecé a estudiar música; pero ya tomándomelo en serio, pensando que sería mi profesión y de la que iba a vivir en el futuro como habían hecho mi padre, mi tío y, antes, mi abuelo. El sonido del órgano era algo que me había acompañado desde que nací y que me gustaba porque me recordaba a mis padres, mi casa y mi infancia feliz en el pueblo. Así es que tomé la enseñanza de este bello instrumento con agrado e interés.

Sayatian se tomó respiro y luego continuó su relato.

—Aprendí rápidamente hasta el punto de que, al tercer año, mi tío me dijo que en Armenia no había maestros, incluyéndose él mismo, que pudieran enseñarme más de lo que ya sabía, pero que sería lamentable no aprovechar mis dotes y avanzar más. Si yo estaba de acuerdo, estaba dispuesto a enviarme a Italia, país que conocía por haberlo visitado en reuniones de maestros organistas y que, en su opinión era, junto con Alemania, donde estaban los mejores músicos y profesores. Incluso me dijo que antes de hablar conmigo había escrito a su buen amigo el canónigo organista de la catedral de Verona, preguntándole si podría ayudarnos, y que le había contestado que lo haría con mucho gusto. Naturalmente, nosotros tendríamos que sufragar los gastos de mantenimiento, pero mi tío tenía una buena posición económica —cobraba del obispado como canónigo y como organista— y yo había heredado algún dinero a la muerte de mi madre, dinero que administraba el tío Aaron. Eso, por tanto, no sería un problema. Yo estaba feliz porque la idea de seguir estudiando, además en Italia, me atraía mucho.

»A las pocas semanas de haber salido de Armenia, cargado con una bolsa con ropa, una gran cesta llena de comida meticulosamente seleccionada y preparada por la señora que cuidaba de mi tío, el dinero escondido entre la tela y el forro de mi caftán, y unos buenos y sabios consejos del «canónigo Sayatian», llegué al bullicioso puerto de Rímini donde me estaba esperando don Cósimo, su amigo. Era más o menos de su edad, pero más bajo, más grueso y más calvo. Me recibió con una sonrisa bonachona.

»Cuando ya llevaba un tiempo practicando y avanzando en el conocimiento de ese instrumento tan especial (don Cósimo decía que *lo había inventado el mismo Dios para que los hombres pudiéramos comunicarnos con Él)*, tuvimos una agradable sorpresa: la visita del *Petre Rosso* que era como se conocía al cura y músico veneciano Antonio Vivaldi por el color de su pelo. Había pasado por Verona, lo que hacía con cierta frecuencia para saludar a su buen amigo don Cósimo y comprobar, de paso, si había entre sus jóvenes organistas, algún *niño prodigio*. Vivaldi tuvo la paciencia de escucharnos a los seis que en aquel momento integrábamos la clase. Después de oírme, le comentó a don Cósimo que sin duda llegaría a ser un buen organista, pero que él creía que debería intentar aprender otros instrumentos, quizá alguno de arco como el violín o el chelo. A mí la idea me gustó, creo que no tanto a don Cósimo, aunque la aceptó de buen grado. Al maestro Vivaldi le dije que me interesaría el violín, su instrumento favorito y para el que estaban escritos la mayoría de sus conciertos. Ese fue, quizá, el momento más trascendente de mi carrera profesional, porque fue mi paso del órgano a un instrumento aparentemente distinto, pero con más posibilidades y ventajas.»

Ann Marie y yo estábamos fascinados escuchándolo y aunque yo quería hacerle algunas preguntas, no me atrevía a interrumpirle. Pero en aquel momento había parado, quizá para tomar fuerzas y continuar o porque ya había terminado lo que quería contarnos.

Le pregunté que había sido lo más interesante de su estancia en Venecia, aparte de vivir en la ciudad más bella del mundo. Sin pensárselo mucho, contestó:

—Sin duda, lo que me contó el maestro de la última obra que estaba componiendo: cuatro conciertos para violín y pequeña orquesta —un cuarteto de cuerda y bajo continuo— inspirados en *las cuatro estaciones* del año. En realidad, hacía tiempo que los había compuesto, pero todavía no los había publicado porque, según me explicó, continuamente se le ocurrían cosas que cambiar o añadir. Tenía noticias de que había salido una publicación, pero sin corregir y sin su consentimiento. Vivaldi quería que la obra fuera perfecta; y también quería demostrar que el violín es un instrumento que tiene vida propia, con el que se pueden transmitir sensaciones físicas, como sonidos de la naturaleza: la lluvia, el viento, la tormenta, la tempestad del mar, el trueno de un rayo, cantos de aves…, y por supuesto sensaciones de felicidad o de tristeza. Y estaba convencido de que había sonidos que sugerían colores. Esto sucedía —añadió con tristeza— en el año 1738. A los pocos años, creo que en el 1741, Vivaldi murió en Viena donde había ido para dar un concierto, posiblemente a estrenar su obra de «*Las cuatro estaciones*», aunque de esto no estoy seguro.

»El día al que me estoy refiriendo me llené de valor y le pregunté si podía estudiar esas partituras. Me dijo que, en cuanto las terminara, me daría, encantado, una copia. Y mis queridos amigos: debo deciros que tuve el honor de estrenar, en este país, *Las Cuatro Estaciones* de mi admirado Vivaldi, acompañado de la orquesta de cámara de esta ciudad en la que tocaba mi querida Elena, que en gloria esté.

Emocionados, no sabíamos qué decir. Ann Marie rompió el silencio:

—¿Porque no la aprendes, Nikolai? Sería el broche perfecto a tu aprendizaje.

—Para mí sería un honor —añadió en seguida el maestro—. Aunque la parte de violín es bastante difícil, tu podrías con ella. Sería un pequeño homenaje al *Petre Rosso* que tanto bien ha aportado a la música, a los huérfanos y, por supuesto, a este pobre viejo. Además, recientemente he hecho un arreglo de la parte orquestal —cuarteto y bajo continuo— para órgano o piano. Yo mismo, o mejor aún, Ann Marie —rectificó— podría hacerte el acompañamiento a piano.

Y así lo hicimos; y tengo que admitir que su aprendizaje, a pesar de su dificultad, fue una de las mejores experiencias musicales que he tenido.

Después de la clase, si Ann Marie estaba con nosotros como fue ese día, la acompañaba a su casa que me cogía de paso para la mía. Luego continuaba por la orilla del Moyka a la avenida Gorokhóvaya, hasta llegar a la plaza del Palacio de Invierno, y continuar hasta mi casa. Algunas tardes, paraba en la puerta de palacio a charlar con los oficiales de guardia: uno de ellos cortejaba a mi hermana pequeña y me daba mucha coba. Sus compañeros me recibían siempre con la consabida broma de *qué, ¿ya te has cansado de la francesita?*, y cosas por el estilo. A veces me invitaban a una copa de vodka, la mía *bautizada* —como ellos decían— con un poco de agua, lo que la convertía en una bebida verdaderamente asquerosa; pero tenía que bebérmela para que no se rieran de mí y demostrar que era todo un hombre.

Ese día Ann Mari y yo estábamos particularmente felices, y un tanto conmovidos con la historia que nos había contado el maestro Sayatian de su experiencia en Italia. Cuando llegamos a su casa, seguimos charlando en la puerta un buen rato: cuando ya me iba a despedir, me preguntó si quería entrar. Yo conocía a su padre, así es que dije:

—Me parece muy bien, así conoceré a tu madre y a tus hermanos.

Para mi sorpresa, contestó:

—No, mis padres están navegando con mis hermanos pequeños. A mí no me atrae mucho el mar, por eso me he quedado. Estoy sola, pero supongo que eso no te asustará —dijo en broma—. Podrás ver mi colección de libros. Algunos ya los conoces, pero no todos.

No solo no me asustaba, sino que me hacía muy feliz. Tenía interés en saber dónde vivía esta fantástica mujer. Me enseñó la planta baja porque quería que viera los cuadros y otras piezas interesantes de la colección de su padre. La casa decorada y amueblada en el que supuse sería *estilo francés*, el estilo que la mayoría de las casas importantes trataban de imitar. Cuando se lo pregunté, me dijo que era cierto y con ironía añadió que nada que ver con las imitaciones rusas.

Luego subimos a su dormitorio donde tenía su biblioteca particular en la que pude ver, aparte de libros, una buena colección de partituras. Una biblioteca no muy numerosa, pero muy variada con libros de filosofía, historia, viajes, biografías…, y romance que es como los franceses llaman a los libros de ficción con historias de amor. Me llamó la atención que muchos de ellos estaban escritos por mujeres, algo difícil de encontrar en Rusia. Estaba sorprendido de que una mujer como Ann Marie, joven, bella y de familia acomodada, tuviera tanto interés por la cultura, por el arte y por tantas cosas que los rusos, en general, no considerábamos propios de una mujer normal. Pero ya sabía que Ann Marie tenía poco de normal. ¿Podía imaginarme a una joven rusa, de la buena sociedad, invitándome a su casa sin que estuviesen sus padres y llevándome a su dormitorio? Impensable.

Cuando terminamos de ver los libros, se acercó a la cama y se sentó en el borde. Me dijo que me sentara a su lado que quería enseñarme algo. La obedecí, pero me pidió que dejara sitio entre los dos. Luego se agachó, y de debajo de la cama, sacó una colección de carpetas de tamaño normal, y otra de color azul, más pequeña.

—Estos son los dibujos que hacía cuando estudiaba pintura en París —me dijo.

—¿Y esa otra? —pregunté señalando la azul

—Ya la verás. Cada cosa a su tiempo.

Abrió una de las carpetas y empezó a sacar dibujos, la mayoría a carboncillo o a lápiz, pero también aguadas y dibujos a plumilla. Temas variados, pero todos tomados del natural: calles con personas caminando, gente sentada en una terraza, mendigos a orillas del Sena, un dibujo de la catedral y de otros edificios de Paris, etc. También bocetos y apuntes rápidos de distintos personajes. Era sorprendente que, con cuatro líneas, consiguiera dar expresión a sus rostros. Desde luego, esa mujer era una caja de sorpresas

Cuando llevábamos un rato viendo dibujos, no pude contenerme más, y pregunté.

—¿Y la carpeta azul?

Se agachó, la cogió y la abrió: eran dibujos de desnudos, apuntes a lápiz, y también algunas aguadas, de hombres y mujeres en distintas posiciones. Notó mi sorpresa y dijo:

—En las academias de pintura, al menos en las de París, hay modelos profesionales que posan vestidos o desnudos, para estudiantes, e incluso para pintores profesionales, y que cobran por su trabajo. Es una profesión como otra cualquiera. Verás que no solo son modelos jóvenes y atractivos: hay de todo. Este, por ejemplo, es un viejo y esta otra, una mujer mayor ya entrada en carnes. Se trata de dibujar el cuerpo humano como hacían Leonardo y tantos pintores del renacimiento. Es un motivo que siempre ha atraído a los artistas, tanto a pintores como a escultores.

Entre los muchos dibujos, había uno que me llamó la atención. Lo saqué con mucho cuidado del montón y lo miré detenidamente: un dibujo frontal de una joven desnuda, pero sin terminar Del rostro únicamente aparecía el óvalo de la cara y el esbozo de una cabellera abundante que le llegaba a los hombros.

—Esta eres tú —dije muy seguro y noté su sorpresa.

—¿Qué dices? No se ve la cara y, que yo sepa, nunca me has visto desnuda. ¿Cómo puedes estar tan seguro?

—Porque ese es el óvalo de tu cara; y el peinado es el mismo que llevabas antes. Al menos el que llevabas el día que te conocí en casa de mis padres.

Se quedó perpleja y con los ojos muy abiertos. Luego se levantó, se acercó a mí, y me besó.

—Nikolai, eres un observador increíble —dijo—. Sí, soy yo: no sé cómo me has reconocido.

Sin quitarme la mirada de encima y sin cambiar su gesto, mezcla de sorpresa y de interés, añadió:

—Es un autorretrato que hice aquí mismo, en esta habitación mirándome en aquel espejo —dijo señalando a uno enfrente de la cama—. Es una forma cómoda de practicar si no tienes un modelo cerca. Por eso no dibujé la cara, no quería que se me reconociera, pero no contaba con tu perspicacia. Desde luego eres increíble.

Como me vio callado, preguntó si me pasaba algo.

—Yo no he visto nunca a una mujer desnuda —dije en voz baja y forzando una sonrisa.

—¿Te gustaría?

—Sí, pero no a cualquiera.

—¿A mí, por ejemplo?

—Sí, a ti…por ejemplo —continué.

Me miró un rato, sonriente. Luego me preguntó:

—¿Lo harías por curiosidad o por algo más?

—Por las dos cosas —dije rápido.

—Pero si yo me desnudo, tú también tienes que hacerlo —dijo—. Es muy violento para una mujer estar desnuda delante de un hombre vestido. Además, yo también quiero verte desnudo.

—Si tú quieres lo hago. A mí no me importa —luego añadí—. ¿Te puedo hacer una pregunta?

—Por supuesto.

—¿Me quieres ver desnudo solo por curiosidad?

—Como tú dijiste antes, por las dos cosas.

Empezó ella a desnudarse, y yo la seguí. Uno frente al otro. Pero estaba tan nervioso que no acertaba a desabrocharme los pequeños botones de la camisa. Ann Marie se dio cuenta y me ayudó. Me hablaba con voz suave creo que con la intención de que me relajase. Cuando terminamos, permaneció frente a mí, de pie, sin moverse, para que pudiera contemplarla desnuda. No sé si por pudor o por no parecer demasiado descarado, la realidad es que yo miraba más su cara que su cuerpo. Así estuvimos un rato. Sin decir nada. Luego despacio y sin apartar sus ojos de los míos, avanzó hacia mí con los brazos extendidos. Suavemente empezó a empujarme hasta que los dos caímos sobre la cama. Ella encima de mí. Luego todo sucedió de una forma tan natural que tuve la sensación de que ya me había pasado antes, y que sabía lo que tenía que hacer en cada momento. Pero era ella la que seguía llevando la iniciativa, de lo me alegré. Me dijo algo que tenía que ver con un posible embarazo, pero no la entendí bien; y tampoco estaba en condiciones de pedir que me lo repitiera. Pero fuera lo que fuera lo que hiciera, lo hizo con tanta delicadeza que casi no lo noté. Solo recuerdo que el final fue algo glorioso y que nunca había sentido tanto placer. Estaba tan feliz y tan relajado, que permanecí tumbado de espaldas, mirando las flores y estrellas pintadas en el techo, sin pensar en nada. Solo disfrutando del maravilloso momento. Ann Marie, muy pegada a mí, me miraba mientras pasaba suavemente su dedo pulgar por mí pecho, Luego dijo:

—Tienes un perfil muy clásico. Como el de una estatua griega. Cuando seas mayor, vas a ser un hombre muy guapo… Bueno, en realidad ya lo eres.

No hice ningún comentario porque no quería romper la magia de aquel momento. Solo cerré los ojos. Poco después, se puso encima de mí de nuevo. Aunque estaba tan excitado como la primera vez, sin embargo, ahora yo era más consciente de lo que hacía y todo resultó mejor y más prolongado. Y me sorprendió que me dejara llegar hasta el final dentro de ella. Permanecimos callados, en la misma postura en la que habíamos terminado. Ann Marie rompió el silencio, y con él, ese momento mágico que, por primera vez, me había envuelto en una nube de un placer desconocido. Se incorporó, me besó en la frente, en la nariz y en los labios: luego dijo:

—Ha sido fantástico, pero ahora debes irte a casa. Es tarde y quiero dormir un rato; mañana tengo que madrugar.

Sin decir nada, hice lo que me pidió.

La noche era fresca pero despejada y nunca había visto tantas estrellas en el cielo. Siempre me ha gustado San Petersburgo a esas horas de oscuridad, en la que solo las antorchas iluminan las calles y sus edificios se reflejan en las aguas de sus canales.

Una noche perfecta que ponía fin a un día perfecto.

Muchos pensarán, y con razón, que una mujer como Ann Marie me tendría fascinado. Y así era.

Una vez oí a una de mis hermanas preguntarle a mi madre porqué llamaban a Paris la capital del amor. Ahora lo entendía perfectamente: una parisina me había enseñado una nueva forma de amar, había arrebatado mi virginidad, al tiempo que me ayudaba a entrar en una fase nueva de mi existencia. Supe que mi infancia había acabado, que empezaba mi vida adulta.

Ann Marie fue la mujer que más influyó en mí, la que más me marco y de la que más aprendí. Llegamos a tener tanta confianza que podía hablar con ella de todo, y hacerle toda clase de preguntas: incluso sobre temas delicados. Me gustaba oírla; y me daba cuenta de que cada vez más, me iba sintiendo atraído, física y emocionalmente, por aquella excepcional criatura. Cuando me contaba su vida en Paris, comprendía que su mundo nada tenía que ver con el mío. Y que era un mundo al que me gustaría haber pertenecido. Los célebres salones literarios organizados por damas cultas interesadas en la literatura, en el arte, la ciencia, la filosofía, la música…, incluso en la política: las famosas *saloniers* que abundaban en Paris, organizadoras de tertulias caseras capaces de congregar a las mentes más selectas del momento. Voltaire, Rousseau, el matemático D'Alambert, el químico Lavoisier, incluso el futuro presidente americano Tomás Jefferson o su compatriota el político e inventor Benjamín Franklin, eran habituales contertulios. Ann Marie me contaba que también había mujeres que destacaban en sus respectivas actividades, que eran casi las mismas que las de los hombres. Lugares en los que se compartía el debate con la música y la buena comida, y donde se hablaba de todos los temas —divinos o humanos—, con entera libertad, sin miedo a censuras o represalias: así era París en aquel privilegiado periodo. ¿Se entiende mi interés por haber podido vivir en la que, más tarde se conocería como la *Ciudad de la Luz*?

Ann Marie, a pesar de su juventud, pertenecía a ese mundo al que había accedido de la mano de su primera profesora de dibujo, Elisabeth Vigée Lebrum: una pintora tan bella como rebelde —había llegado a ser la pintora de cámara de Luis

XVI y había realizado los más bellos retratos de la malograda Marie Antoinette—, y que provocaba arrebatos amorosos entre muchos de los contertulios.

En cuanto a mis sentimientos hacia ella, que por mi juventud y falta de experiencia no podía disimular, Ann Marie reaccionó como persona inteligente y sensible que era. Un día me dijo algo que, aunque me dolió profundamente, me demostró su inteligencia y sensibilidad.

—Todavía eres muy joven, y a tu edad, Nikolai, no se tiene clara la diferencia entre amor y atracción física. Ya tendrás tiempo de descubrir lo que es el verdadero amor y verás que es más, mucho más, que una necesidad física. Aunque ahora puedas confundirlos te aseguro que, cuando lo encuentres, lo reconocerás. Ahora en lo que debes pensar es en terminar tu formación, conocer mundo y aprovechar ese don especial que Dios te ha dado con ese oído excepcional que tienes. Si te dedicas a la música, triunfarás, pero también lo harás si eliges otro camino. Estoy convencida de que ante ti se abre un futuro que posiblemente ni tú mismo puedas imaginar. Yo lo que haré, será regresar a París donde hay alguien esperándome.

Palabras muy sensatas, pero que terminaron de hundirme.

—Entonces, ¿yo que he significado para ti? —pude preguntar— ¿Un juego, el capricho de un momento?

—No, Nikolai. Tú has sido para mí un amigo muy especial: un joven inteligente y sensible que merecía tener su primera experiencia amorosa con alguien que lo entendiera y lo apreciara, y no con una prostituta de cualquier burdel del puerto de San Petersburgo. Y pase lo que pase en el futuro, puedes estar seguro de que recordaré este día tan especial, como uno de los momentos más completos y felices de mi vida.

Unas bonitas palabras que agradecí, pero que en nada hicieron cambiar mis sentimientos ni calmar mi tristeza. Estaba seguro de que lo que yo sentía, era verdadero amor. Y... sí, también otras sensaciones que me abrasaban cuando, por las noches, pensaba en ella. Tardaría mucho tiempo en superar esta decepción y pasaría muchas horas de sufrimiento intentando olvidar a esa mujer.

UN VIAJE POCO TRIUNFAL

La lengua española —*el castellano* como la llaman los nativos— la aprendí en la academia militar con un oficial que la hablaba bien por haber vivido en España como escolta del embajador,

Mi interés por esa bella lengua era consecuencia de mi empeño por conocer mejor a un personaje que siempre me había fascinado: *Don Quijote de la Mancha,* el caballero, el aventurero…, el gran soñador.

Es curioso que la figura de don Quijote sea tan conocida y admirada en mi país: Un personaje con el que el pueblo ruso se identifica fácilmente. Es más, yo diría que, de todos los grandes personajes de la literatura universal, «*el Caballero de la Triste Figura*» ha sido el más popular, el que hemos sentido más cercano a nosotros. Y por algún motivo que se me escapa, siempre he pensado que *La Mancha,* el escenario donde se desarrollan gran parte sus aventuras, debía parecerse a nuestras *estepas* cuando lo más probable, es que no tengan nada en común.

Mis años en la academia militar pasaron con relativa rapidez, y aparte del aprendizaje de un nuevo idioma —y comprobar que la disciplina podía tener sus ventajas en determinadas ocasiones—, tengo que decir que sin pena ni gloria. Había ingresado en el *Regimiento de artillería Izmailovosk,* el cuerpo que me pareció más interesante porque me permitía utilizar todo tipo de armamentos, incluidos los de pólvora, algo que siempre me había atraído.

Por aquella época, en Prusia se estaban produciendo importantes avances en la fabricación de armas de fuego, cañones especialmente, que el ejército y la marina rusa adquiría con facilidad, consecuencia de nuestras buenas relaciones con los prusianos, sus inventores y fabricantes, y posiblemente los que más sabían de armamento.

La parte negativa de mi experiencia militar fue que me detectaron algo que me iba a amargar muchos momentos en el futuro: una úlcera en el estómago que me provocaba fuertes dolores, incluso hemorragias, cuando bebía más de la cuenta o cuando, bruscamente, cambiaba el tiempo. Algo que también tuvo su lado positivo al tener que controlar mi consumo de alcohol, nada fácil en el ambiente militar.

Cierto día, con ocasión de una visita de la emperatriz a la academia, al efectuar el recorrido de rigor y presentarle armas, se paró delante de mí y, mirándome, dijo:

—A este oficial lo conozco.

Como estaba prohibido que nos dirigiéramos a la emperatriz, el coronel que la acompañaba fue el que la informó de que era el alférez Nicolai Rezanov. Solo comentó:

—Ah, el amigo del zarevich.

Más adelante me enteraría de que nada había sido casual: todo estaba preparado de antemano y tenía relación con la visita que la emperatriz planeaba realizar a Crimea, un viaje triunfal para celebrar la victoria sobre los turcos. Mi padre —que parecía estar enterado de todo lo que pasaba en el imperio— me había contado su versión sobre esta guerra, una versión que seguramente sería la que más se acercaba a la verdad.

La guerra contra el imperio otomano que había conducido a la recuperación del *Kanato de Crimea* para Rusia, en opinión de mi padre tuvo su origen en las hostilidades del entonces sultán de los turcos, Mustafá III, quien alentado por los rebeldes polacos enemigos de Stanislas II Poniatovsky —antiguo amante de la emperatriz y quien lo había colocado en el trono— habría conseguido que un grupo de disidentes, que resultaron bastante menos eficaces de lo que el sultán hubiese deseado, se unieron al ejército turco.

Rusia contaba con el apoyo de Gran Bretaña que estaba interesada en poder entrar en el Mar Negro y dispuesta a conquistar Constantinopla —la antigua Bizancio y la capital del imperio otomano— controlando de esta forma la puerta de entrada y salida al Mediterráneo. Pero lo que verdaderamente interesaba a la emperatriz, en opinión de mi padre, era que una vez vencidos los turcos, podría anexionarse la península de Crimea controlando, de esta forma, el tráfico del Mar Negro. Mientras, el general Alexandr Suvórov, uno de los grandes generales rusos que en la academia nos lo ponían como ejemplo de militar excepcional —nunca perdió una sola batalla— sofocaría, por el oeste, la rebelión polaca conquistando Cracovia y sometería el país, al tiempo que el mariscal Orlov —antiguo amante de Catalina— derrotaba a la escuadra turca en el mar Egeo, obligando al sultán a firmar la paz.

Una paz muy inestable ya que Crimea seguía siendo un polvorín a punto de estallar por la tensión entre los partidarios de los rusos, los de los turcos y los independentistas. Pero Catalina estaba convencida de que con una visita suya demostrando su poder y su autoridad, la situación cambiaría, y si bien sus consejeros más realistas y sensatos le advirtieron que esta visita podía ser perjudicial, ya que los turcos la tomarían como un innecesario acto de humillación, prevaleció su criterio y el de su nuevo amante, Potiomkin, dando la orden de organizar el espectacular viaje: algo que pudiera impresionar a los crimeos y atemorizar a los turcos.

Por esta época ya había aparecido en escena un nuevo personaje. Atractivo y ambicioso, el general Gregory Potiomkin, su amante y nuevo consejero, llegaría a tener mucha influencia sobre la emperatriz. Por hacer méritos ante ella y satisfacer su conocida ambición, fue el que con más tesón apoyó la idea del viaje de la emperatriz, si es que no había sido, él mismo, quien se lo había sugerido. Y sería el propio Potiomkin quien se encargaría, personalmente, de organizarlo.

Y aquí era donde yo entraba en el juego: la emperatriz quería que *una guardia personal, especial,* la acompañase. Estaría formada por los mejores oficiales del regimiento —sus palabras *reales* parecían haber sido «*los más atractivos*»—, entre los que se encontrarían el teniente Rezanov (del que todo el mundo hablaba porque era el amigo del zarevich Pavel) y otro oficial del regimiento poco conocido entonces: Platon Zubov, un teniente algo más joven que yo, listo, guapo... y muy ambicioso.

Tengo que admitir que esa noticia me sorprendió, aunque mi padre se la esperaba. Era cierto que la emperatriz nunca había hablado conmigo, pero me conocía de sobra de los veranos en Oranienbaum, y de lo bien que me había portado con su hijo. Además, mientras Nikita Panin fue tutor del zarevich, solo oyó de su boca elogios sobre mi persona y del bien que mi amistad estaba haciendo al zarevich. Si unimos esto a que, como yo sospechaba, Catalina había prometido a mi padre que entraría a formar parte de su guardia personal, todas las piezas encajaban.

Según Panin, el mariscal Potiomkin era *la única persona a la que la emperatriz verdaderamente había amado*. Procedía de una familia de militares de la *stanitsa* de *Smolensk*, poseedora de algún pequeño título nobiliario pero no con demasiada fortuna. A pesar de estas circunstancias, sus cualidades personales —inteligente, ingenioso e impulsivo— le facilitaron su rápido ascenso dentro del ejército, y su atractivo físico y su edad —diez años más joven que la emperatriz— el ascenso, más rápido aún, a la cama de Catalina. Y debió no defraudarla, porque su majestad no se reprimía en proclamar que era *de los pocos hombres que la habían satisfecho plenamente*. Pero esa fogosidad, el mariscal no la descargaba únicamente con la emperatriz: Potiomkin tenía fama de promiscuo y de que le gustaba rodearse de las más hermosas damas de la corte entre las que incluía, sin el mínimo pudor, a sus tres bellas y libertinas sobrinas, repartiendo entre todas ellas, sus innegables dotes de buen semental.

Catalina, que no solía ser celosa —a cambio exigía que sus amantes tampoco lo fueran— ahora si lo estaba, lo que se traducía en ataques de mal humor que los más cercanos los relacionaban con las continuas infidelidades de su amante. Y lo que más la soliviantaba: *siempre con mujeres muy jóvenes*. En estos inesperados ataques de celos se basaba Panin para pensar que estaba verdaderamente enamorada del mariscal: incluso corrió el rumor de que, en secreto, habían contraído matrimonio en la Iglesia de Sansonevski, en una ceremonia que habría celebrado un pope, amigo y confidente, al que habría obligado a jurar, ante la cruz, que nunca lo revelaría. Pero después de la boda —si es que la hubo ya que no se encontraron documentos que lo confirmasen— las infidelidades continuaron; pero ahora ya por ambas partes. Así es que Catalina volvió a su juego favorito de adiestrar a jóvenes inexpertos, entre los que se encontraba el teniente Zubov.

Potiomkin siguió siendo su hombre de confianza y del que más se fiaba, aunque Panin siempre creyó que se había equivocado apoyando ese viaje a Crimea. Sin embargo, acertó cuando aconsejó a su amante que mandase construir en el Mar Negro unos buenos astilleros para completar la *Flota del Sur,* o flota *del Mar de Azov,* que, con el tiempo, se convertiría en la más importante del imperio. La del Norte tenía el inconveniente de que en invierno, con el mar helado y los peligrosos témpanos de hielo flotando incontrolados, la navegación era muy peligrosa, a veces imposible. En cambio, desde el Mar Negro, abierto ya al Mediterráneo, la flota podía navegar por todos los mares del planeta y llegar a todos los rincones del imperio.

Dada la importancia de esta zona y la dificultad de acceso de la armada rusa situada mayormente en el Báltico, Potiomkin había recomendado la construcción de una nueva ciudad, un nuevo puerto y unos importantes astilleros para la construcción de lo que sería la armada del Mar de Azov. Odessa, sería la nueva capital del oblast de Crimea, y el lugar en el que, con el pretexto de su fundación, la emperatriz Catalina II la Grande realizaría su entrada triunfal.

La expedición a Crimea fue un tanto atípica. El clima que se respiraba no resultaba muy tranquilizador, y éramos tantos los que protegíamos a la emperatriz, entre su guardia personal, la caballería y el ejército, que resultaba difícil ver entre los asistentes al desfile, a algún crimeo. La impresión que teníamos los de la *«guardia especial»* era que los habían quitado de en medio, dejando solo unas pocas autoridades cuya fidelidad estaba garantizada.

La emperatriz no fue ajena a esta situación, y cuando terminó el desfile estaba de tan mal humor que no había quien se atreviera a acercarse a ella, y menos aún, a hablarle. Se recluyó en su tienda de campaña, confortable y lujosa, y no quiso recibir a nadie. Bueno, a casi nadie. Luego nos enteramos de que pasó la noche con su joven y nuevo amante, el teniente Platon Zubov. Sin embargo, el último día de la *«triunfal visita»* la emperatriz, seguramente ya más reconfortada y satisfecha con los cuidados de su joven y vigoroso teniente, nos reunió por la tarde en su tienda—palacio para agradecernos el comportamiento *tan profesional* que habíamos tenido y nos comunicó que, con nuestra presencia, *«se había sentido, en todo momento, segura y protegida».* Cuando nos hablaba, se dirigía solamente a Zubov y a mí. Al final, en un gesto de agradecimiento, nos invitó a que, si teníamos algo que preguntarle o comentarle, lo hiciéramos con entera libertad. Todos estábamos callados, así es que, por romper el hielo y que no pareciéramos un batallón de sordomudos, le pregunté cómo se encontraba el zarevich Pavel. Me miró con una expresión más bien seca, y solo dijo:

—El zarevich está bien.

Luego dio por finalizada la reunión y se retiró a sus aposentos. Nada más irse —y antes de que nos marchásemos— entró el coronel al mando:

—Esta será la última noche en Odessa —nos comunicó—. Mañana saldremos temprano, antes de lo previsto, para regresar a San Petersburgo. El viaje no lo haremos por el río sino por tierra, y para mayor comodidad de la emperatriz, en varias etapas, parando en algunas ciudades o en campamentos. Pero el lugar exacto de las paradas será una información que recibirán en el último momento y que deberán guardar como *secreto de estado*, incluso a costa de sus vidas. Creemos que no tendremos problemas —concluyó—, pero esta noche tienen que estar muy precavidos. He organizado turnos de guardia formados por dos oficiales y cuatro soldados que se reemplazaran cada tres horas.

Antes de que nos retirásemos, dirigiéndose a mí, dijo:

—Teniente Rezanov, acompáñeme. La emperatriz quiere verle.

En mi turno de guardia coincidí con el alférez Zubov, lo que me gustó porque era una persona agradable y con mucho sentido del humor. Lo primero que me dijo cuando volví de la reunión con la emperatriz, fue:

—¡Vaya una mierda de viaje! Si esto es un viaje triunfal, yo soy el Archimandrita del Monasterio de las Cuevas de Kiev.

Nos estuvimos riendo un buen rato del comentario. Luego, como de pasada, me preguntó por la audiencia de la emperatriz. Yo, que esperaba la pregunta —lógica en un amante que podía estar celoso— le contesté la verdad:

—Como me interesé por su hijo, sabiendo la amistad que nos unc quería darme más noticias de él.

No dije más. Por eso me sorprendió la reacción de Platon:

—El zarevich es un *ingrato hijo de puta* que le está amargando la vida a su madre —me espetó.

Pensé que parte del calificativo no era del todo desacertada, pero como me he encontrado otras veces en circunstancias similares, hice lo que suelo hacer en estas ocasiones: no dije nada ni hice ningún comentario. Sabía que las confidencias que podías recibir de una persona importante o que podía llegar a serlo, en un momento de euforia o de borrachera, serian espadas colgadas que te perseguirían durante toda tu vida. A ningún poderoso le gusta pensar que *alguien* pueda ser dueño de sus secretos. Y recordé un viejo consejo de mi padre: sé muy cauto con las confidencias de los poderosos y evítalas siempre que puedas.

Cuando, años más tarde, Platon Zubov se convirtió en el amante oficial de la emperatriz y, ya superada la etapa de Potiomkin, en su principal consejero y en el hombre más poderoso de Rusia, me acordé y valoré lo acertado de mi decisión. Gracias a ella, mi relación con Zubov siguió siendo como lo era hasta entonces: cordial e incluso amistosa.

Para terminar, añadiré que *«la mierda de la visita a Crimea»* como la calificó Zubov, fue, efectivamente, un tremendo error. Al poco tiempo los turcos atacaron de nuevo, iniciándose la segunda guerra otomana. Lo que más les había indignado y soliviantado había sido, por supuesto, la provocadora *visita triunfal,* especialmente la llegada al Mar de Azov bajando el último tramo del río Don con una espectacular flota formada por media docena de galeras tripuladas por centenares de remeros que bogaban al ritmo de tambores y timbales, seguidos de medio centenar de barcos de acompañamiento. Y en medio de ese despliegue, la nave de la emperatriz Catalina que, para destacar, iba pintada de rojo y oro y adornada con banderolas de sedas chinas que ondeaban al viento con los colores de los Romanov. En el interior, un gran salón, un comedor como para cincuenta comensales y dos dormitorios, completaban las dependencias de la imperial nave.

El propio Potionkim se había preocupado de que, en el trayecto, cuando la nave se acercase a las distintas *stanitsas* que atravesaríamos, los cosacos del Don formaran en la orilla y cantasen sus patrióticas canciones mientras bellas cosacas, vestidas con sus coloridos trajes de fiesta, bailaban.

Y para completar la humillación, al desembarcar en Crimea, el *Batallón de Caballería de Cosacos del Mar Negro,* con sus llamativos uniformes de gala, nos escoltaría hasta Odessa atravesando, triunfalmente, toda la península. Tal ostentación de poderío fue lo que soliviantó a los turcos y encolerizó a su ejército. El pretexto justo que el sultán necesitaba para atacar de nuevo.

LA ATRACCIÓN DEL OCÉANO

1778, el año en el que tuvo lugar la segunda guerra y también la segunda derrota otomana, fue mi último año en el ejército, licenciándome con el rango de capitán.

Haber pertenecido a la guardia personal de la emperatriz me había liberado de acudir al campo de batalla, lo que, por un lado, me vino bien por la tranquilidad que suponía para mis padres. Pero también era cierto que, en algún momento, había echado de menos la falta de actividad, un poco de aventura. En cualquier caso, el haber pertenecido a la guardia imperial tampoco me había aportado mucha felicidad. Más allá que éxitos entre las damas de la alta sociedad, era una actividad bastante aburrida, por lo que, a la primera oportunidad que tuve, pedí la excedencia y me dediqué a buscar ocupaciones más atractivas.

Desde que ingresé en la academia militar y abandoné la capital, no había vuelto a ver a Ann Marie aunque, en alguna ocasión, había visitado al maestro Sayatian, mi profesor de violín. La última vez que lo hice me comentó que, después de la muerte del arquitecto Le Blond, había visto a Ann Marie solo una vez, cuando vino a recoger sus cosas de casa de sus padres. Venía acompañada de un niño de pocos años fruto, al parecer, de su matrimonio con un arquitecto que había trabajado con su padre. Me contó que le había preguntado por mí con mucho interés. Sabía que estaba en el ejército, pero no que había entrado en la guardia personal de la emperatriz.

—Cuando se lo dije —continuó el maestro— se quedó sorprendida y como contrariada. No se creía que tú, una persona inteligente y sensata, *hubieras podido caer en las redes de la emperatriz Catalina una auténtica devoradora de hombres y con un apetito sexual insaciable*, palabras textuales. La noté molesta, incluso alterada, algo que me sorprendió, aunque también me sirvió —continuó con una mirada pícara— para que se me aclararan algunas dudas en cuanto a la relación que podía haber habido entre vosotros durante el periodo de las clases de violín.

—¿Como está ella? —pregunte sin darme por enterado.

—Si te refieres a *físicamente*, más bella que nunca. Tú sabes (o deberías saber) que a las mujeres les pasa lo que a la mayoría de los instrumentos musicales: hasta que no se han utilizado y no se han realizado plenamente (en el caso de la mujer la realización pasa por la maternidad) no muestran sus mejores cualidades, su total belleza. Y como dato adicional, añadiré que la impresión que sacó este viejo —inexperto, por supuesto, en cuestiones amorosas—, es que verdaderamente quería saber de ti. Incluso me dijo que se pasaría por la casa de tus padres.

—Pues no debió de ir —dije—. Al menos mis padres no me han comentado nada. ¿Y cómo es el marido?

—No tengo ni idea. Ella vino sola con su hijo que es igual que ella: guapo y muy simpático, extrovertido y nada tímido.

Me contestó mirándome fijamente, quizá esperando que le preguntara si se parecía a mí… pero me callé. Luego hablamos de música. Me dijo que ya no daba clases, que se sentía muy mayor y que su intención era irse a Moscú a vivir con su hija y su yerno que habían vuelto de Armenia para estar más cerca de él.

Antes de despedirnos me llevó a su estudio, la habitación donde dábamos las clases. Todo seguía igual: el piano, los grabados de Yerevan, una litografía de la catedral y otra del órgano donde había aprendido, unos cuantos grabados de Venecia, partituras por todas partes y una carta, enmarcada, de Vivaldi. Y, por supuesto, su magnífica colección de instrumentos musicales entre los que destacaban sus tres violines, tres obras de arte y piezas únicas. Acercándose a uno de ellos, lo tomó con delicadeza.

—En mi familia ya no quedan músicos, así es que he llegado a un acuerdo con la Academia de San Petersburgo para que, cuando muera, la colección pase al museo de la academia. Pero siempre pensé que este violín, sé que era tu favorito, fuera para ti.

Demasiadas emociones para un solo día. Me abracé a él y lloré como un niño. Sería la última vez que lo viera.

Unos meses después, me enteré de que el maestro Karat Sayatian había muerto. El fallecimiento se había producido en Moscú donde, como me anticipó aquel día, se había ido a vivir con su hija. Pero él quería que lo enterrasen en San Petersburgo, al lado de su esposa, así es que pude asistir al funeral que se celebró en la nueva *Catedral de San Andrés,* en la isla Vasilievski, cerca de donde siempre había vivido y donde dábamos las clases. Me enteré de que, unos años antes, en la inauguración del nuevo templo, había dado su último concierto de órgano, el instrumento con el que inició su carrera musical.

Me sentí muy afortunado de poder acompañarlo en este momento y poder darle el último adiós a un ser tan excepcional, del que tanto había aprendido. Pero tengo que confesar que también acudí con la secreta esperanza de encontrarme con Ann Marie. Estaba seguro de que, si se había enterado con suficiente tiempo, sin duda asistiría. Por desgracia, Ann Marie no apareció.

Pero sucedió algo curioso. Al salir de la catedral, una voz chillona empezó a gritar mi nombre. Cuando me volví, una joven de mi edad, opulenta, aunque con un bello rostro, se me acercó corriendo y sonriente. Venía un tanto sofocada por la carrera, así es que, cuando se paró a mi lado, puso una de sus manos sobre su abundante pechera, apretándola como para impedir que el corazón se le fuera a escapar o que uno de sus espléndidos senos reventara, mientras que con la otra me sujetaba por la muñeca.

—¡Querido Nikolai! ¡Qué alegría! ¿No te acuerdas de mí? —dijo muy emocionada—. Espero no haber cambiado tanto.

Ni idea por mi parte. Me sonaba la cara, pero no era capaz de ponerle nombre. Cuando iba a rendirme y a decirle que no me acordaba, se nos acercó un señor mayor, delgado, pelirrojo y con un rostro inexpresivo... y detrás de él, alguien con un niño en brazos, que fue el que me sacó del aprieto: ¡el gigante mogol, amanerado y con el diente de oro!

—¡Claro que me acuerdo! —dije como la cosa más natural— Tú eres la *condesita*, la alumna de piano que tanto faltaba a clase.

Bueno, bueno. ¡Estaba emocionada al ver que me acordaba de ella! Como de pasada, me presento a aquel señor desabrido —tenía el color de una langosta a medio cocer— como su marido, *conde de no sé qué*, alemán de Westfalia y agregado de la embajada de su país en la corte de San Petersburgo. El niño, que iba con el gigante, era su hijo de tres años, cuyo nombre, alemán, tampoco entendí. Luego me tomó del brazo, y con el mayor descaro me separó del grupo al que se había acercado otro matrimonio que charlaba con su marido. Y empezó a hablarme sin parar. Yo hacía como que la escuchaba, aunque solo estaba pendiente de la gente que salía del templo, la última oportunidad de ver si aparecía la única persona que me interesaba encontrar. Pero no. nadie más salió.

A cambio el cielo me estaba *compensando* con esta inesperada sorpresa. Después de un rato, viendo que el marido y el criado se nos acercaban me dijo, hablando deprisa, *que todavía iba a estar unos días en San Petersburgo antes de regresar a Alemania, y que teníamos que vernos porque debía contarme muchas cosas...* Y, unos segundos antes de que llegara su marido me entregó un papel doblado en el que venía una dirección y escrito a mano: «El *viernes a las seis*». Pero ¿cuándo lo había escrito? pensé sorprendido. ¿O es que llevaba unos cuantos, ya preparados, y los repartía entre los jóvenes que le apetecían? Vaya con la mosquita muerta de la «condesita» ¡Como había cambiado!

Por supuesto que no acudí a la cita ni volví a verla, aunque en algún momento pensé que a lo mejor me quería hablar de Ann Marie a la que había conocido, igual que a mí, en el periodo de las clases; incluso algunas veces las había visto, juntas, charlando, *«para practicar mi francés»* solía decir.

Pero estaba seguro de que, no respondiendo a su invitación, había hecho lo correcto.

Desde mi infancia, siempre había algo que me había atraído y que, viviendo en una ciudad portuaria y tan marinera, parecía natural tratándose de un joven inquieto y con espíritu aventurero: navegar.

Cuando ingresé en el ejército pedí el cuerpo de artillería, precisamente porque había leído que se estaban instalando en la cubierta de los barcos de guerra, unos cañones nuevos y de una gran eficacia, inventados por los prusianos, pero que los rusos también poseíamos. Una de las muchas ventajas de los *matrimonios de estado*.

En el periodo de mi estancia en Oranienbaum, en la biblioteca de la emperatriz había leído una biografía del marino ruso Semion Dezhniov, y creo que fue el libro que me descubrió la belleza de la navegación y despertó mi vocación marinera.

Dezhniov —curiosamente de origen cosaco—, había recorrido en 1648 toda la costa ártica de Rusia y Siberia como comandante de una expedición de naves *kochers*, especiales para navegar en aguas heladas. Con esta flotilla había llegado hasta la parte más oriental de Asia, comprobando, cien años antes de que lo hiciera el danés Vitus Bering, que Asia y América estaban separadas por un estrecho al que, posteriormente, se le daría el nombre de *Estrecho de Bering*, una lengua de mar que algunos inviernos se helaba, lo que hacía posible pasar caminando, de un continente a otro. Un descubrimiento que dio pie a una nueva teoría de que los primeros americanos procederían de Siberia, cuyos habitantes habrían atravesado el estrecho helado y se habrían extendido, durante cientos o miles de años, por todo el continente: por eso sus rasgos físicos eran mongólicos. Según esta nueva teoría, —muy bien recibida por los académicos rusos— ellos, o al menos los habitantes de uno de sus territorios, *habrían sido los verdaderos descubridores del nuevo continente.*

Fue un relato que me fascinó y que me marcaría para toda la vida. Recuerdo que cuando en una de las visitas que hice al zarevich Pavel le conté la historia de Dezhniov, se quedó entusiasmado y me dijo que sería marino: ¡era la primera vez que había oído hablar de uno de los héroes de su país! Mas tarde, en agradecimiento, me regalaría un bello grabado de la *Nave Insignia Goto Pdestinatsia,* una magnífica nave de cinco palos y tres puentes, de la *Flota del Mar de Azov.*

La flota rusa se había desarrollado durante el reinado de Pedro I el Grande, como respuesta a las poderosas flotas francesa, inglesa y española, si bien esta última se había debilitado mucho después de la derrota infringida por los ingleses en la batalla del Canal de la Mancha. El Zar Pedro, persona inteligente y bien informada, había aprendido de los españoles y de los ingleses que si quería mantener un gran imperio, tenía que empezar por construir una gran flota para defenderlo. Consecuente con esta idea, cuando terminó su reinado la flota rusa era la tercera en tamaño y potencial bélico, después de la inglesa y pisándole los talones a la francesa. Contaba con más de trescientos navíos entre fragatas, bombarderos y barcos de reconocimiento, además de una gran cantidad de galeras de remos que salían de los veinticuatro astilleros, distribuidos entre el Báltico y el Mar Negro. En el puerto de Jerson, a orillas de este mar, se había instalado, a propuesta del mariscal Potiomkin, el más importante de todos.

Los marinos rusos se formaban, en su mayoría, en la *Escuela de Ciencias y Matemáticas Navales* que, curiosamente, estaba en Moscú y no en San Petersburgo. Casi todos pertenecían a la nobleza o eran hijos de marinos. Pero también había extranjeros: alemanes y nórdicos principalmente, contratados por el almirantazgo consciente de que los que salían de la academia rusa ni eran suficientes ni tenían buena preparación. Esta escasez de buenos marinos sería siempre el punto débil para desarrollar la potente armada que se pretendía. Para mí fue fácil enrolarme en un buen barco ya que, tras pasar por el ejército y especializarme en artillería, me liberaba de muchas pruebas y trámites burocráticos que habría debido soportar de ser alguien desconocido o sin experiencia.

Uno de los aspectos más gratificantes de esta etapa fue la oportunidad de poder disfrutar de la sabiduría y de la calidad humana de muchas de las personas con las que navegué. No solo marinos, también científicos e incluso escritores que se embarcaban para llevar a cabo labores de investigación, o simplemente para vivir experiencias que luego verterían en sus relatos. A muchos me los volví a encontrar en otros cruceros que realicé. Siempre aprendía de ellos cosas nuevas e interesantes, no solo sobre el mar y la fauna marina, también de las tierras por las que pasábamos y de sus habitantes. Y como se daba la circunstancia de que era de los pocos que se interesaban por sus descubrimientos e investigaciones, solían acudir a mí como niños emocionados que han descubierto algo y tienen que contárselo a alguien. En aquella época yo era un saco sin fondo de curiosidad, un buen oyente y una especie de esponja que empapaba toda la información que me llegaba.

Tuve la oportunidad de conocer a muchos marinos, entre ellos, al joven capitán Adam Krusenstern, un marino, alemán de nacimiento, con el que siempre mantendría una fraternal amistad. Su experiencia y su sabiduría en todo lo relacionado con el mar eran proverbiales. Con él aprendí todo lo que sé de navegación. Me contó que a pesar de no haber llegado a conocer a Vitus Bering (murió antes de que él naciera), conocía su odisea, como la conocían todos los marinos del planeta. Bering había muerto en una de las islas Aleutianas —un archipiélago que él mismo descubrió—, después de un trágico naufragio en el que perecieron veintiocho de sus hombres. Él no murió ahogado, sino de escorbuto unas semanas después.

—Sus restos, o su tumba, si es que llegaron a enterrarlo, nunca se descubrieron —continuó el capitán—. Pero se conoce la isla en la que naufragó, incluso se le puso su nombre y muchas veces he pensado en ir a buscar sus restos. Algún día lo haré.

No pude reprimirme y le dije que, si no tenía inconveniente, me gustaría acompañarle en ese viaje.

—No solo no tengo inconveniente —contestó— será un verdadero placer y esté seguro de que le avisaré.

II

OTOÑO

SIBERIA

«Ballo e canto delle villani»
[Vv 293, *Allegro* 1º mov.]

EL CONDE ZUBOV

Mi experiencia marinera no pudo ser más satisfactoria. Navegando con profesionales experimentados y bien preparados como el capitán Krusenstern, mi afán de aventura y mi interés por aprender quedaron sobradamente satisfechos. Al cabo de unos años me había convertido en un experto en todo lo relacionado con la navegación y conocía gran parte del Pacífico Norte, los territorios limítrofes, y los puertos y ciudades que se abrían a este inmenso océano. Prácticamente había recorrido todo el litoral oriental del continente asiático, incluso había bajado, por la costa de China, hasta Guangzhou, uno de los pocos puertos en los que se nos permitía comerciar.

Durante estos cruceros tuve le oportunidad de visitar algunas de las islas del archipiélago de las Aleutianas, colonizadas por Rusia, que llegaba hasta la de San Lorenzo, ya en el continente americano: un territorio al que llamaban Alaska.

Esa era mi situación cuando el conde Zubov, mi compañero de la academia militar, actual amante de la emperatriz Catalina y buen conocedor de todo lo que pasaba en el país —algo indispensable para mantener su situación de consejero imperial—, se enteró de mis incursiones navales. No era extraño, por tanto, que un día recibiese una invitación suya citándome en el almirantazgo para que le hablase de ellas: concretamente le interesaba tener información de las islas Aleutianas y de Alaska, es decir, de lo que se conocía como la *Rusia Americana*. Quería conocer mi opinión de la situación en esa parte del imperio, lejana y bastante ignorada incluso por el propio gobierno. Sabía que en esa zona se estaba desarrollando una importante actividad con el comercio de pieles de mamíferos y a la emperatriz le interesaba tener información de estas actividades comerciales sobre las que la corona tenía poca información, y la poca que tenía, le preocupaba.

La reunión se celebró en el almirantazgo, y fue francamente agradable. Conté a mi antiguo compañero de armas todo lo que sabía relacionado con esa zona, lo que había visto y oído que no era mucho. Lo que parecía interesarle, especialmente, era la relación que los rusos mantenían con los nativos, ya que a la emperatriz le habían llegado noticias del maltrato que estos recibían de tramperos y cazadores, la mayoría de ellos rusos o siberianos, pero también aventureros de otros países. Me pidió que le redactara un informe de lo que le acababa de contar para que lo viera la emperatriz. También me dijo que permaneciera en San Petersburgo porque seguramente me volvería a llamar. Y así fue. Pero esta vez nos reunimos en el Palacio de Invierno y con la asistencia de la propia Catalina.

El recibimiento que me dispensó la emperatriz fue extremadamente amable, diría que incluso demasiado amable: estoy seguro de que eso es lo que debió pensar Zubov a juzgar por la cara que puso. Pero enseguida entró en el tema que le importaba.

—Nunca he sentido interés por el comercio y los trapicheos que se traen mis súbditos en esa zona del imperio, ni creo que para Rusia sean importantes —dijo con total franqueza—. No entiendo, por tanto, la necesidad de incrementarlo como algunos pretenden, y menos ahora que hemos abierto relaciones comerciales con países europeos: estos sí son importantes para Rusia —enfatizó—. Pertenecemos a Europa, el único continente con países cultos y, además, amigos.

A continuación, abrió la carpeta que le había entregado. Despacio y con mucho interés, empezó a leer mi informe.

Lo que yo contaba del maltrato que recibían los nativos, había intentado suavizarlo, pero me interesaba que la emperatriz conociera la realidad de lo que estaba pasando, según mis noticias, con el tratamiento que estaban recibiendo sus habitantes, ya súbditos de la corona; inadmisible viniendo de un país cristiano y civilizado.

Cuando terminó la lectura, y después de un rato de meditación, empezó a hacerme preguntas sobre el tema. Zubov, callado desde el principio, me observaba de forma inexpresiva que no denotaba ni aprobación ni rechazo. Por mi parte, adopté la postura que me pareció más razonable: mantenerme neutral y objetivo, no hacer ningún comentario, y limitarme a escuchar y a contestar las cuestiones que se me planteaban. Como consecuencia de aquella reunión, a la que la emperatriz pareció darle más importancia de la que yo había creído, a los pocos días me volvieron a convocar en palacio. Después de unas breves palabras de introducción, la emperatriz me ordenaba que organizara una expedición naval —que sufragaría la corona— con un solo objetivo: conocer, con detalle, la situación real de las actividades comerciales en la zona, quiénes eran los promotores o responsables de las empresas que se dedicaban a ese negocio, cómo estaban organizados, cómo funcionaba... En una palabra, quería tener toda la información sobre permisos oficiales, impuestos que pagaban a la corona, o el trabajo que realizaban los nativos y, sobre todo, cómo eran tratados. Muy importante: toda la investigación debería realizarla con la mayor cautela para no levantar sospechas.

Y esta vez sí me pidió que me involucrara. Quería que, junto al informe, expusiese mi apreciación personal.

Cuando la emperatriz me hablaba, notaba que lo hacía sin consultar, ni tan siquiera mirar, a su acompañante. Zubov intervenía de vez en cuando intentando aumentar su protagonismo, aunque siempre se encontraba con las palabras de la emperatriz que, al contrario, quería recalcar mi responsabilidad porque, según dijo en algún momento, era una persona de la que se fiaba *plenamente*: yo me encargaría de organizar la expedición, para lo que tendría libertad absoluta, siendo responsabilidad mía seleccionar al personal que me acompañaría, elegir la nave en la que viajaríamos y al capitán que la gobernaría.

Zubov, intentando mejorar el papel secundario que había jugado en la reunión, al salir me dijo con una sonrisa y echándome un brazo por el hombro:

—Bueno Nikolai: ya has visto la confianza que *hemos* depositado en ti; *esperamos que no nos* defraudes.

Como en aquel momento me sentía fuerte, le contesté con otra sonrisa y no hice ningún comentario. Era consciente, sin embargo, que la tarea encomendada no era nada fácil. Pero me gustaba el desafío, y me propuse llevarlo adelante de la mejor forma posible.

Con el pretexto de que la emperatriz quería aclararme algunos detalles o que yo necesitaba concretar algún extremo con ella, volvimos a reunirnos en varias ocasiones. Su orden era clara y rotunda: ella sería mi única interlocutora. Zubov acudía a algunas reuniones pero, en otras, estábamos los dos solos.

Consciente de lo delicado de la situación en la que me encontraba, tomé una de esas decisiones que, en general, me han dado buen resultado: no llevar nunca la iniciativa, no dar ningún paso ni decir nada que pudiese dar pie a un malentendido. He de reconocer que me preocupaba Zubov y temía que pudiera pensar que estaba intentando desplazarlo de su posición privilegiada. Lo que el amante no sabía —y por supuesto no se le podía decir— era que para mí la emperatriz, como mujer, no tenía el más mínimo interés, y mis proyectos no contemplaban el hacer méritos especiales para aumentar ese interés. Las cosas me iban bien y a mi padre le había oído decir más de una vez que *los atajos te pueden conducir directamente al precipicio.*

Independientemente de esta postura mía, que dadas las circunstancias me pareció bastante sensata, quería analizar, fríamente, la situación real de aquella extraña relación entre la primera dama del país y dueña de medio mundo, y mi persona, un modesto *exoficial* del ejército cuyo único mérito era el haber sido amigo de su hijo. En ese aspecto pude comprobar que cuando Zubov estaba presente y se trataban temas secundarios, el peso de la conversación lo llevaba él. Pero quedaba suficientemente claro que el control general lo mantenía Catalina quien, a veces, queriendo que quedara clara su autoridad se convertía en la única interlocutora. Por eso no me resultó extraño que, cuando Zubov no podía asistir, las reuniones se siguieran celebrando, incluso más relajadas, pero siempre con seriedad y hablando solo de temas relacionados con mi misión.

Y ahora viene la pregunta que, posteriormente, me he hecho más de una vez: ¿en algún momento noté algo en su mirada, en el tono de su voz o en algún gesto que indicase que me estaba mandando algún tipo de señal que me diera motivo para pensar otra cosa? ¿Cambiaba su actitud cuando estaba presente Zubov o si estábamos los dos solos? Honestamente tengo que decir que no... Pero con algún matiz: hubo momentos en los que tuve la sensación de que ella estaba pendiente de mis reacciones —no me quitaba la mirada cuando yo hablaba o cuando esperaba alguna respuesta mía—, o si yo mostraba algún interés en su persona, o cómo aceptaba alguna broma, tengo que decir que poco frecuentes a pesar de su fama de dicharachera e incluso de descarada.

Insisto en este punto porque, conociendo al personaje, quiero que quede clara la relación que tuvimos, que yo definiría como *puramente profesional*. Por un lado, me alegré de que hubiese sido así, sobre todo por mi relación con Zubov, una persona peligrosa si la tenías de enemigo. Pero con igual sinceridad tengo que reconocer que mi autoestima y mi vanidad salieron bastante deterioradas, y aunque no sea ni un consuelo ni una justificación, tengo que decir que el atractivo de Catalina había sufrido un significativo deterioro desde la última vez que la vi: los años y los excesos no perdonan. Ni siquiera a las más egregias damas.

LAS ISLAS ALEUTIANAS

Los últimos meses de 1793 transcurrieron mientras preparaba la misión que se me había encomendado. Era complicada porque tendría que recorrer, y posiblemente más de una vez, todo el arco que dibujaban las islas Aleutianas y entrevistarme con comerciantes, cazadores y también con misioneros llegados a los asentamientos rusos: los únicos que se habían preocupado de aprender su lengua; una tarea nada fácil porque, aunque la base era la lengua aleutí, en las distintas islas se hablaban diferentes dialectos. Por eso era fundamental conocer la opinión de los misioneros, ya que eran los que podrían darme más información sobre los nativos y sus problemas con los colonos ya que se habían ganado su confianza. La veracidad de esta información era lo que más interesaba a la emperatriz. Yo estaba convencido de que su *plan oculto* no era otro que llenarse de razón para acabar con el comercio de las pieles o de cualquier otro tipo de mercadeo que se desarrollarse en esa zona. Le preocupaba todo lo que sucediera en esta parte de su imperio que era, por su lejanía, era difícil de controlar. Temía que estos negocios no estuviesen en las manos adecuadas lo que, según las noticias que recibía, parecía ser cierto.

Pero mi situación era delicada: después de haber hablado con tantas personas en los tres meses que estuve en las islas, y de haber acumulado tanta información sobre muchos de los implicados en la actividad comercial, mi opinión había cambiado en un sentido que no era, seguramente, el que esperaba la emperatriz. Pero tenía que ser objetivo y contar la verdad: al lado de la parte negativa como era la explotación de los nativos por parte de algunos cazadores, también había visto cosas positivas que podían ser beneficiosas para el pueblo aleutí, algo que también reconocían los propios misioneros. Se trataba, en consecuencia, de que cambiara la actitud y el trato de los cazadores hacia ellos. Para los misioneros, por otro lado, era muy importante su misión evangélica: una tarea sencilla en un pueblo con unas creencias muy elementales, fáciles de incorporar al dogma cristiano.

Era cierto que se habían cometido abusos, y que el comportamiento había sido a veces inhumano, hasta el punto de haber provocado algunas muertes. Como también era cierto que se habían producido escaramuzas por parte de las tribus más hostiles, atacando los campamentos de los cazadores, y que estos, a su vez, habían reaccionado con excesiva crueldad.

Los *tlingits*, los nativos que controlaban la región más oriental cercana al continente americano, eran los más peligrosos por su agresividad y por ser los que estaban mejor preparados para la lucha. Hasta la fecha habían sido los que controlaban la zona y querían seguir haciéndolo, y ser ellos los que manejasen el negocio de las pieles. Las otras tribus, los *aleutas* y los *koniacs* eran, por el contrario, pacíficas y dóciles, aunque a veces se desesperaban e irritaban cuando los cazadores separaban a las familias mandando a sus miembros a islas distintas; y todo, según los misioneros, por no molestarse en organizar, con un poco de sentido común y de humanidad, el reparto del trabajo.

Los misioneros eran gente muy valiosa y dispuesta a proteger a los nativos. Esta actitud ya les había costado algún enfrentamiento, no tanto con los comerciantes que ni entraban ni se interesaban por estas cuestiones, sino con los propios cazadores y los tramperos, algunos de la peor calaña. Había rusos, pero los que más abundaban eran siberianos del oblast de Kamchatka, una región muy pobre cuyos habitantes descubrieron, con este trabajo, una forma fácil y relativamente cómoda de ganar dinero al descubrir que las faenas más pesadas y peligrosas las podían realizar los nativos. Por no hablar de los aventureros que aparecían por los caladeros con el único objetivo de ganar un dinero rápido y que solían ser los peores.

Al principio, incluso los misioneros sufrieron los ataques de los isleños que desconfiaban de aquellos señores con barba y vestidos todos igual. Pero cuando comprendieron que eran amigos y que solo querían ayudarles, los reconocieron como sus mejores defensores. También los cazadores acabaron por valorar la labor de estos entregados religiosos y los empleaban como intermediarios en las negociaciones con los nativos. Esta intervención supuso un paso muy importante en la normalización de la situación: en muchos litigios, los misioneros actuaban como jueces imparciales y ellos mismos me reconocían que, en muchos sentidos, la vida de los nativos había mejorado, y mejoraría más, añadían, si tuvieran el apoyo oficial y alguna ayuda económica.

Conmovido por su actitud humanitaria, les prometí que haría lo imposible para que así fuera; y lo decía de corazón. Aunque mis creencias religiosas no fuera muy firmes, sin embargo tenía que reconocer que estos seres bondadosos, entregados en cuerpo y alma a esta causa, o tenían esa fe ciega que a mí me faltaba, o estaban hechos de otra materia distinta a la de los demás mortales; solo así se entendía esa entrega para ayudar a personas que no conocían y que vivían en regiones inhóspitas, cuando, ellos, podrían llevar una vida contemplativa y cómoda en cualquiera de esos espléndidos monasterios que abundan en nuestro país.

El informe que al final entregué a la emperatriz fue lo más imparcial que pude redactar.

Expuse, como se me había pedido, las cosas malas que se debían cambiar; pero también indicaba las ventajas que este comercio, bien llevado, podía reportar a la corona y a los nativos. Mejoraría —como ya estaba sucediendo— su calidad de vida, especialmente en lo concerniente a la salud y a la supervivencia infantil.

A mi regreso, volví a tener algunas reuniones en palacio; pero ahora con la presencia de Platon Zubov que, por arte de magia, ya había ascendido a la categoría de *príncipe*.

Una vez entregado el informe me anunció, muy feliz, que mi trabajo había terminado y que, por el momento, no me molestarían más. La emperatriz y él mismo, me agradecían los servicios prestados. Y añadió que, como favor especial, personalmente se había encargado de buscarme un nuevo empleo que, estaba seguro, me satisfaría plenamente.

Unos días después recibí la comunicación de que Su Graciosa Majestad Catalina II la Grande, emperatriz de todas las Rusias, me había concedido la distinción de *Caballero de la Orden de Santa Ana en Primer Grado,* con una asignación anual sustanciosa y la propiedad de unas cuantas «*almas*» (léase, esclavos). No seguí la actitud altruista de mi abuelo Gavrilia y acepté la *medalla de Santa Ana;* y fue muy bien recibida la dotación económica ya que, por primera vez, me permitía disfrutar de una situación desahogada. En cuanto a la tercera, por supuesto la rechacé: la esclavitud era algo que siempre me había repugnado.

El nuevo destino que me había buscado Zubov dejaba bien claro que estaba dispuesto a mandarme lo más lejos posible de la Corte, o sea, de la emperatriz Catalina: nada menos que al otro extremo de Siberia. Pero lo que realmente me llenó de satisfacción y me confirmó el acierto de mi informe fue cuando, más tarde, me enteré de que muchas de mis sugerencias se habían tenido en cuenta en el «*mandato*» que emitió la emperatriz: se había incrementado el número de misiones ortodoxas en varios puntos estratégicos de toda el área de la colonia, y aumentado el número de misioneros. Paralelamente, se había creado el cargo de *gobernador de la colonia rusa-americana*, responsable directo del trato que recibieran los nativos. Para este puesto incluso habían pensado en mí; pero decidieron que sería más conveniente nombrar a una persona con más experiencia y que conociera bien el negocio de las pieles, dándole un plazo prudente a la compañía para encontrar a la persona idónea.

Las estipulaciones que incluía el mandato imperial iban acompañadas de una tajante advertencia de la propia emperatriz: al menor incumplimiento de aquéllas, el comercio de las pieles se acabaría y todos los implicados en el negocio, ya fueran rusos, siberianos o de cualquier otra nacionalidad, abandonarían la colonia. Es decir: la emperatriz permitiría la actividad de las empresas peleteras en la Rusia americana, siempre que acataran lo estipulado. Pero no lo prohibía —que era lo que temíamos—, quizá porque en el informe dejaba claro que «la idea del comercio con estos pueblos no era tan descabellada y, desde el punto de vista humanitario, estaba más que justificada ya que suponía un beneficio para los nativos —súbditos rusos de hecho— al mejorar su nivel de vida por la posibilidad de enseñar a los niños, mejorar la alimentación y tener acceso a los avances en la medicina rusa, lo que suponía mejorar su sanidad».

A pesar de la vigencia del manifiesto, la propia emperatriz dejaba claro que su aprobación era provisional, hasta que se redactase el correspondiente *ukaz*, es decir, *el documento oficial en el que se establecieran las condiciones definitivas de la explotación*. El documento sería ejecutivo cuando la emperatriz lo firmase, después de la aprobación por el senado, lo que llevaría algún tiempo. La buena noticia era que, mientras tanto, la compañía podía continuar con la actividad.

Mientras yo desarrollaba esta complicada misión, habían tenido lugar algunos acontecimientos familiares importantes. La carrera profesional de mi padre había ido viento en popa, incluyendo su carrera política. Estaba recogiendo ahora los frutos de su comportamiento serio, honrado y discreto, unas cualidades que en las altas esferas se valoraban mucho, quizá porque no abundaban. Resultado: acababa de recibir su designación de *Senador de la Corte*.

Pero la realidad era que a mi padre no le interesaba la política ni tenía ninguna aspiración en ese terreno. Conocía muy bien ese mundo y no le atraía lo más mínimo; incluso le provocaba cierta aversión. Estaba seguro de que, en ese ambiente lleno de presiones, abusos, caprichos e incluso amenazas, no sería feliz. Por eso me alegré cuando me enteré de su nuevo destino dentro de la profesión: fue nombrado *Presidente de la Audiencia Judicial* en la ciudad de *Irkutsz* —la capital de la Siberia oriental— con un objetivo que le dejaron claro sus superiores: organizar la judicatura en aquella zona: un territorio que por su lejanía, estaba bastante abandonado, pero que estaba incrementando su riqueza —y su importancia— a raíz del exitoso negocio de pieles y las importación de productos, tanto chinos como mogoles. Un trabajo que, en definitiva, y conociendo a mi padre, sabía que le gustaría.

En cuanto a mí, una irreprimible vanidad me llevó al convencimiento de que fue mi informe el que había despertado el interés del gobierno, incluida la propia emperatriz, por esta parte del imperio. Cuando se lo comenté a algunos amigos de mi padre me dijeron, no sé si por simpatía o quizá porque de verdad lo pensaban, que estaban convencidos de que mi informe había tenido, sin duda, una gran influencia.

Entonces me acordé de los nativos y de los misioneros; y, además de orgullo, sentí felicidad.

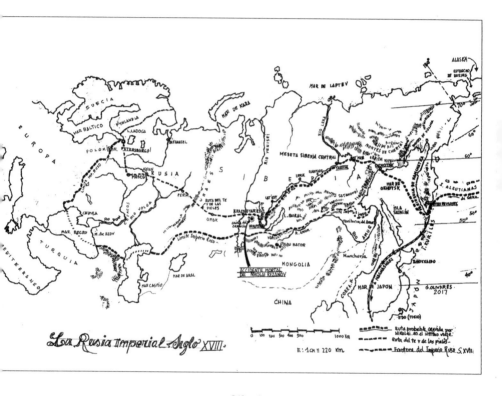

Siberia

GRAVILIA DERZHAVIN

Por una de esas casualidades que a veces nos proporciona la vida, Irkutsz iba a ser el destino final que Zubov había planeado para mí futuro; ¿cómo premio al éxito de mi misión, o como castigo por mi *aproximación* a la emperatriz? El tiempo lo diría.

En cualquier caso, mi incorporación no sería inmediata: antes, y como preparación, fui nombrado secretario personal de un personaje muy particular que desempeñaba el cargo de *Director de la Oficina del Memorial del Senado*, el departamento responsable de estudiar las peticiones de particulares o de sociedades que debían ser analizadas por la cámara alta, para su aprobación o rechazo. Lo que se conocía, coloquialmente, como el *Negociado de Peticiones*. Un puesto de mucha responsabilidad por la trascendencia de sus resoluciones y para el que la emperatriz había nombrado a alguien de su entera confianza y de reconocido prestigio: el escritor y erudito Gravilia Romanovich Derzhavin. Y sería él, quién después de haber tenido conocimiento de que yo era el autor del informe del que todos hablaban, y necesitando a alguien de confianza a su lado, me reclamase.

La fama y el prestigio del nuevo director del departamento le venían, no tanto por su historial político, como por algo tan diferente como era el ser uno de los poetas de más prestigio de Rusia, dentro y fuera del país. Había escrito varios libros de poesía y de prosa: *La muerte del Príncipe Merscherky, Oda a Dios, La Cascada,* o *Felitsa*. Este último, *Felitsa*, era el más conocido porque, aunque no la nombraba explícitamente, era *un canto a la emperatriz Catalina* a la que Derzhavin admiraba, o había admirado en el pasado. Yo había leído algo suyo, aunque con cierta prevención porque, según mis noticias, rechazaba abiertamente la literatura francesa contemporánea. Incluso en escritos o de palabra, se lamentaba de la excesiva influencia de los libros de la llamada *ilustración francesa,* en las nuevas generaciones de escritores rusos. Sin embargo, y a pesar de esta circunstancia, me gustaba como escritor, en particular su lírica poética. *Felitsa,* un canto *a una dama llena de maravillosas cualidades,* me costó identificarla con nuestra gran Catalina, sin que esto suponga desmérito para nuestra egregia dama.

Cuando tuvimos más confianza, Derzhavin me confesó que le había sorprendido mi afición a la lectura siendo yo una persona con fama de gustarle la buena vida y la aventura. Pero lo entendió cuando le conté que había sido mi profesora de francés, una parisina de la que me había enamorado en mi juventud, la que me inició, entre otras muchas cosas, en la lectura de los clásicos y de los contemporáneos franceses. Su comentario —que hizo con una amable sonrisa— fue que *una bella mujer podía conseguir lo que era incapaz de hacer el más hábil de los profesores.* Esta circunstancia dio pie a que hablásemos con frecuencia de literatura, historia y filosofía. Y tengo que decir, en honor a la verdad, que no era tan radical como me lo habían descrito. Derzhavin reconocía, de buen grado, que había pensamientos en Voltaire, Rousseau o Montesquieu muy interesantes y con los que se identificaba plenamente, especialmente con este último, aunque enseguida añadía que «*a un convencido monárquico como era él, no le gustaba el excesivo liberalismo que encerraban muchos de sus escritos».*

Le comenté que el primer libro que me había impresionado de los filósofos franceses contemporáneos había sido, precisamente, «*Las cartas persas»* de Montesquieu. Me pareció interesante la opinión que los orientales —ahora que parecían estar de moda entre los escritores y eruditos europeos— tenían de nosotros, los occidentales, y de los defectos y contradicciones que encontraban en nuestra sociedad, nuestras instituciones y nuestras monarquías, en este caso referida a la francesa.

—El tener a mi lado a mi profesora de francés —le aclaré— fue fundamental para poder leerlo en el idioma original y enterarme bien de su contenido. Con todos mis respetos para los traductores rusos, las versiones en nuestra lengua son bastante malas. También leímos a Voltaire, que según supe más tarde, había sido el favorito de nuestra emperatriz. Me interesó especialmente lo que el autor contaba del carácter de los ingleses y de sus cualidades éticas, como su obsesión por la libertad de pensamiento y la falta de prejuicios, lo que les permite aceptar y tratar de comprender otras opiniones y otros credos religiosos: una tolerancia muy necesaria para la convivencia.

—Supongo que te refieres a sus «*Cartas filosóficas*» —me interrumpió— Estoy de acuerdo en que tiene razonamientos impecables, que yo acepto plenamente. Pero lo que rechazo, también con la misma plenitud, es su exagerado anticlericalismo, su ataque indiscriminado a la religión. Aun reconociendo que pueda haber sido causa de muchos males por su intolerancia, también conviene recordar todo lo que ha aportado de positivo a nuestra cultura. Empezando por admitir que el cristianismo ha sido el vehículo que nos ha transmitido la filosofía y la ética de la cultura helenística y su sentido de la justicia, a través del derecho romano, porque en él están basadas las leyes de muchos países europeos, incluido el nuestro. ¿Y qué fue el *renacimiento* sino la culminación de esa cultura grecorromana latente durante siglos, y que estalla, con toda su fuerza, en el siglo quince? ¿Fue una casualidad que esto sucediese, precisamente, en el país donde se había producido el ocaso de esa cultura, pero donde el cristianismo tenía más fuerza? En la historia, querido Nikolai, se producen pocos hechos por casualidad, siempre son consecuencia de acontecimientos anteriores. Es cierto que tuvo poca o ninguna penetración en nuestro país. Sin embargo, es igualmente cierto que nuestras leyes están muy influenciadas por el derecho romano, que nos llegó a través del derecho romano-bizantino, transmitido, ¡qué casualidad!, por la iglesia ortodoxa.

»En cuanto al cristianismo —continuó Derzhavin— analizado objetivamente e incluso prescindiendo de su mensaje sobrenatural —del que sé que tienes tus dudas, muchas de las cuales seguramente yo también comparta— los evangelios nos hablan de cosas tan elementales, lógicas y necesarias para la convivencia como son el amor, la creencia en la igualdad de todos los seres humanos. Y algo tan fundamental para la convivencia como el rechazo al egoísmo, un instinto común a todos los animales, pero cuyo control nos distingue de ellos.

El escritor hizo una breve pausa como para matizar su reflexión.

—Y, por último, y para mí quizá lo más importante: el respeto al prójimo, algo tan simple como el *no hacer a los demás lo que no quisieras que te hicieran a ti mismo* ¿Habrá algo más sencillo de entender que esto último? Y sin embargo es, al parecer, el mandamiento más difícil de practicar a pesar de que todos somos conscientes de que, su olvido o su incumplimiento, son la causa de la mayoría de los males que suceden en nuestro mundo. Por eso me indigna el comportamiento de nuestras clases altas que, por su educación, deberían ser las primeras en practicar las enseñanzas del cristianismo cuando, por el contrario, son las que más se alejan de él, admitiendo la esclavitud como algo natural, incluso sagrado.

Permanecí callado. Necesitaba solo escuchar. Era consciente de que él estaba a otro nivel intelectual al que yo no podía llegar, pero del que sí podía aprender mucho.

—Sobre mi opinión de la influencia de los llamados *ilustrados* en nuestros jóvenes escritores, y sé que muchos me critican por ello, te diré, querido Nikolai —continuó, ya en un tono más sosegado—, que lo que más me molesta —y eso reconozco que no es culpa de los franceses— es que nuestros escritores los imitan, no por convicción, sino porque *están de moda* en Europa. Muchos hablan de ellos solo por referencias, por lo que han oído, pero no porque los hayan leído. Como decías con toda razón, hay muy pocas traducciones al ruso, incluso de sus escritos más importantes como los que has mencionado; y estoy de acuerdo en que, las pocas que hay, son malas. Y tampoco somos muchos los que hablamos y conocemos el francés lo suficientemente bien como para leer y entender a Rousseau, Voltaire o Montesquieu en su propia lengua. Y añadiré que si hay algo que admiro de estos escritores es, precisamente, que conocen y saben de lo que hablan: Voltaire puede hablar de los ingleses porque visitó Inglaterra y se interesó por sus gentes y sus costumbres.

Aunque pudiera discrepar en algunas cuestiones —muy pocas cuando, detenidamente, las pude analizar— había algo en Gravilia Derzhavin, aparte de su sólida cultura y su humanismo, que hacía que lo admirara y que sintiera un gran respeto por él: su búsqueda continua de la verdad, su rectitud de pensamiento. Fue sin duda una de las personas, junto con mi padre, al que más admiré y aprecié; y de las que más aprendí. Me sentía muy afortunado por poder estar tantas horas escuchándole y enriqueciéndome con su sabiduría.

La mayor dificultad con la que me encontré para realizar mi trabajo burocrático en condiciones digamos, *normales,* fueron las continuas presiones que recibía del exterior que incluían, desde intentos de soborno, a amenazas personales algo de lo que ya me había advertido el propio Derzhavin. Cuando eran *personajes menores* a los que veía venir, los despachaba sin contemplaciones. Pero a veces, la presión venía de alguien importante que lo primero que hacía era dejar claro su categoría y su poder. Yo sabía que contaba con el apoyo de mi superior por lo que no me amedrentaba y trataba de resolverlo sin molestar a mi jefe. Pero había ocasiones en las que no tenía más remedio que acudir a él. El resultado era que el personaje salía mal parado, convencido de que su intento de influir en nuestra decisión le había perjudicado, consiguiendo solo que su solicitud fuera rechazada o retrasada. Derzhavin, a su vez, se sentía fuerte sabiendo que contaba con el apoyo de la emperatriz que le había dejado muy claro que *a todos los tratase con justicia y equidad,* y que si ella tenía interés en un caso particular se lo comunicaría directamente: «*Hay asuntos* —le había dicho— *que por razones de Estado son merecedores de un tratamiento especial, o de su aprobación inmediata*».

Cuando llevaba casi un año en mi puesto de trabajo y ya controlaba plenamente la situación —las presiones o intentos de soborno prácticamente habían desaparecido porque los solicitantes sabían a lo que se exponían—, Derzhavin me comunicó que me preparase para un largo viaje. El destino sería Irkutsk y el asunto, una misión bastante delicada y en la que la *propia emperatriz* tenía un interés especial. Derzhavin sabía que mis padres vivían en esa ciudad por lo que suponía que, aunque el viaje fuese largo y pesado, la idea de verlos y de poder estar con ellos un tiempo, aliviaría las incomodidades.

A continuación me transmitió el alcance del delicado asunto: en Irkutsk tenía la sede la *Compañía Ruso-americana de Pieles* y, al parecer, mi informe había interesado a una parte importante e influyente de las altas esferas del gobierno, siendo muchos los que querían que se aprobara el *ukaz.* Estaban convencidos de que la actividad de la empresa podía ser beneficiosa tanto para la economía rusa como para los habitantes de esa región, muy pobres, pero que ya eran súbditos rusos y que, por tanto, no podían ignorarse. Querían, por tanto, que investigara a la empresa que controlaba el negocio.

IRKUTSK

El acelerado crecimiento que se estaba produciendo en la capital de Siberia oriental, estaba provocando situaciones urbanas que traían de cabeza a sus gobernantes.

Gracias a su ubicación estratégica, Irkutsk se había convertido en el nudo de comunicaciones más importante de las principales rutas de Siberia: *la ruta del té,* que se iniciaba en el norte de China —al sur de la Gran Muralla—, y *la ruta de las pieles,* que comenzaba en *Petropavlosk,* la capital de la península de Kamchatka y puerto de recepción de toda la mercancía de pieles de los caladeros de las Aleutianas y Alaska. Estas dos rutas continuaban, ya unificadas, hasta Moscú y San Petersburgo, desde donde los productos se distribuían a los países europeos.

Pero siendo estas rutas las más importantes, no eran las únicas dentro del enorme territorio siberiano. También se aprovechaban *las rutas fluviales* que ofrecían los principales ríos de Siberia —Volga, Obi, Genisey, Lena o Amur— para desplazarse en troicas o canoas, según la estación del año. Cuando los ríos no estaban helados y se podía utilizar el trasporte en canoa, el más cómodo, las tribus de los distintos *oblast* se encargaban del tránsito terrestre de unas cuencas fluviales a otras, servicio por el que cobraban buenos precios, ya que era la única fuente de ingresos de la que disponían para sobrevivir en aquella tierra inhóspita.

El perfeccionamiento del sistema judicial encomendado a mi padre formaba parte de un plan de modernización de la ciudad de Irkutsk que incluía, como aspecto primordial, la reordenación del trazado urbano y el incremento de sus equipamientos, una actuación que las autoridades municipales estaban convencidas que había que acometer con urgencia, si querían que el control de la ciudad no se les escapase de las manos.

Era cierto que la economía de la ciudad y de todo el oblast había mejorado como consecuencia de la actividad comercial que se estaba desarrollando en toda la zona. Pero esta mejora y este crecimiento económico también habían traído un aumento de la delincuencia y, sobre todo, de los pleitos civiles, lo que había obligado a mejorar y ampliar, además de los servicios judiciales como era la creación de una nueva y mejor dotada audiencia, la seguridad local y la de todo el oblast. Para esto último, había que incrementar la policía civil y la militar recurriendo, en muchos casos, a la formación de nuevas brigadas integradas por cosacos que eran los que mejor conocían la región porque ya hacía tiempo que vivían en la zona. A ellos se encomendó, especialmente, la protección de caminos y propiedades, una actividad tradicional que solían realizar con mucha eficacia.

El comercio local fue otro de los grandes beneficiados por esta bonanza económica: el número de locales comerciales crecía como los hongos en el bosque, convirtiéndose en otro servicio que, en opinión de las autoridades, debía ser reordenado y reglamentado. Pero querían que las cosas se hicieran bien, por lo que encargaron al arquitecto Giacomo Quarenghi —traído de Italia por Catalina para encomendarle el proyecto de la *Academia de las Ciencias* y del *Teatro del Ermitage* en San Petersburgo— un edificio en el que pudiesen instalarse no menos de doscientos nuevos comercios: el *Gostiny Dvor* sería el primer centro comercial que se construiría en territorio ruso.

En vista del éxito de esta primera actuación, se le encargaría, al mismo arquitecto, el proyecto de un edificio administrativo. El nuevo edificio alojaría distintos servicios y oficinas, entre otros, la nueva audiencia que presidiría mi padre. Para su ubicación se eligió un terreno a orillas del río Angará, un afluente del río Genisey que, a su vez, se alimentaba de las aguas del cercano lago Baikal: un edificio de una gran belleza, de color blanco al que enseguida llamaron *la Casa Blanca* y que se convertiría, junto con el mercado, en referente y orgullo de la ciudad.

El lago Baikal, uno de los más grandes en cuanto a capacidad de agua dulce embalsada y que, con sus dos mil brazas de profundidad, está considerado el más hondo de los conocidos en nuestro planeta, es también famoso por tener las aguas más limpias y transparentes. Los habitantes de la zona lo llamaban el «*Ojo azul de Siberia*». En sus orillas abundan las *dachas*, casas de madera confortables, algunas lujosas, en las que veranean muchos vecinos de la ciudad y de pueblos y aldeas cercanos. Por la misma zona se encuentran unos pequeños astilleros, famosos porque en ellos se construyen los *doschaniks*, unas barcas de fondo plano en el que suelen colocar un cristal grueso para poder contemplar la fauna marina, una visión única gracias a la claridad del agua. Con sus más de seiscientas verstas de largo y casi setenta de ancho, cuando navegas por el centro de esa inmensa masa de agua dulce y pierdes de vista sus orillas, tienes la sensación de estar en medio del océano: pero de un océano de aguas limpias, transparentes, y casi siempre, tranquilas.

Cuando se fundó la *Compañía Ruso-americana* para el negocio de las pieles de nutrias, la oficina principal se estableció en Irkutsk. Allí vivían sus fundadores, y allí iba a acabar yo cuando el celoso Zubov me quiso alejar de la corte, algo por lo que, aunque él ni lo sospechara, siempre le estaría agradecido. En Irkutsk vivían mis padres, ya mayores, y solos. Mis hermanas se habían casado. Elena, que lo hizo con el oficial de la guardia del Palacio de Invierno y al que yo visitaba cuando acompañaba a Ann Marie a su casa, vivía en Moscú. Olga, la mayor, en San Petersburgo, casada con un abogado que había trabajado de pasante con mi padre. Al final habían elegido a dos buenos hombres que nada tenían que ver con la alta sociedad de San Petersburgo.

IRKUTS

y Divor" ≈ 5. XVIII

Irkutsk

SIBERIA DE OESTE A ESTE:
UN VIAJE SINGULAR

El viaje que tuve que realizar hasta llegar a mi destino, fue verdaderamente una experiencia. Duró casi un mes, ya que suponía atravesar Siberia de un extremo al otro, cambiando hasta cuatro veces de carruaje. Resultó largo y cansado, pero me alegré de haberlo realizado. Siendo la primera vez que visitaba esa parte del imperio, tan inmensa como desconocida para mí, decidí tomar notas de todo lo que viera y de lo que me contaran los compañeros de viaje y, por supuesto, de lo que pudiese hablar con los paisanos y mujiks que encontraría en el trayecto. Pero había un problema: la dificultad de entendimiento por la diversidad de lenguas o dialectos que se hablaban una vez que se traspasaban los Montes Urales. Una gran mayoría de sus habitantes no hablaban el ruso.

Descubrí, o al menos en ese momento fui consciente, de la grandiosidad y la diversidad de mi amada patria, de la variedad de sus paisajes y de sus gentes. Y quizá por primera vez, me sentí afortunado por haber nacido en este heterogéneo y bello país. Pero al lado de la belleza de sus paisajes, de la espectacularidad de aquellos atardeceres en las estepas cuando la suave brisa mecía las yerbas que te cubrían hasta las rodillas y formaban pequeñas olas como si se tratase de un inmenso océano de aguas verdes y doradas, o de aquellos caminos bordeados de setos de álamos y sauces, también pude ver mucha miseria, autentica pobreza. Los que viajaban conmigo que eran de la zona, me reconocieron que había años de excesivas nieves —aquel había sido uno de ellos— en los que se malograban las cosechas y en los que la gente pasaba hambre. Muchos niños morían por desnutrición, por frío, o por ambas causas. La stanitsas situadas más al sur, pobladas la mayoría por cosacos, intentaban socorrerlos y se organizaban expediciones dispuestas a llevar ropa, medicinas y alimentos. Pero había pueblos y aldeas a los que era imposible acceder. Esta situación —me dijeron— propiciaba la piratería, los asaltos a los viajeros.

La seguridad de los caminos estaba relativamente garantizada por los cuarteles de cosacos que se habían establecido en algunas *stanitsas* de la ruta que, según me informaron, funcionaban bien. La solución era agrupar a varios carruajes formando caravanas a la que acompañaba una *guardia de cosacos*, hasta la stanitsa siguiente. Esta solución, que desde el punto de vista de la seguridad era buena, tenía el inconveniente del tiempo que se tardaba en reunir un número mínimo de carruajes que justificase la protección. Siempre existía la posibilidad de seguir el camino en solitario o en un grupo pequeño bajo la propia responsabilidad, aunque la probabilidad de ser asaltados era bastante alta, sobre todo en los años de penuria.

Afortunadamente estos piratas de tierra no solían ser gente violenta y se daban muy pocos casos de derramamiento de sangre o de secuestros. Existía una especie de acuerdo tácito entre asaltantes y asaltados que la mayoría respetaba. Cuando un grupo de asaltantes paraba el carruaje se desarrollaba casi siempre la misma escena: los salteadores, un grupo de cuatro o cinco individuos, hacían bajar a todos los pasajeros —a los cocheros ni siquiera los molestaban— y el jefe del grupo, de forma educada, les contaba siempre la misma historia: *«Ha sido un año muy malo, nuestros hijos pasan hambre y no tenemos más remedio que proceder como lo hacemos. Por tanto, si no quieren que pase algo desagradable, les rogamos que se desprendan de todo lo de valor que lleven encima… etc.».*

Como se trataba de situaciones que se repetían con frecuencia, cada parte sabía lo que tenía que hacer: las señoras no llevaban ninguna joya a la vista y los caballeros se limitaban a soltar una pequeña perorata de protesta, nada violenta ni ofensiva para los asaltantes y a continuación, con gestos exagerados de indignación, les entregaban una bolsa con una cantidad de rublos que más o menos siempre era la misma, aunque variaba según hubiese sido el año. Si había sido un año malo, la cantidad tenía que ser mayor. Por supuesto, de vez en cuando aparecía un aspirante a héroe, posiblemente alguien que no estaba informado o que quería alardear delante de alguna dama o que se negaba a pagar. La reacción de los asaltantes también se repetía:

—Mire caballero —decían muy tranquilos— estamos seguros de que Vd. lleva dinero y seguramente joyas; pero como tiene pinta de ser un cobarde, lo más probable es que se los haya dado a la señorita que lo acompaña para que los esconda. De modo que no tendremos más remedio que desnudarla para encontrarlos.

Normalmente la cosa no pasaba de ese punto, porque eran los propios viajeros, que ya habían pagado, los que reclamaban que él hiciera lo mismo.

El joven que iba sentado a mi lado, un inteligente agrimensor de Ekaterimburgo, concluyó diciendo algo muy sensato:

—Estos asaltos hay que tomarlos con filosofía, no perder los estribos y pagar. Tampoco es mucho lo que se les da. En el fondo es como un peaje que se paga por utilizar estos horribles y descuidados caminos, y que, en vez de ir a las arcas de Su Majestad, va al bolsillo de estas gentes bastante más necesitadas.

Afortunada o desgraciadamente, no tuve que padecer ninguna experiencia parecida en todo el trayecto, aunque después de escuchar al agrimensor, reconozco que no me hubiese importado vivir la experiencia.

Al llegar a Irkutsk, me dirigí directamente a la casa de mis padres, a los que hacía más de un año que no veía. Vivían en una buena casa con chimenea en todas las habitaciones, acompañados de un criado, un cosaco unos años mayor que yo. La sorpresa me la llevé cuando mi padre me dijo quién era:

—Se llama Ilia Sulima. ¿Te suena el nombre?

Me sonaba el apellido, Sulima, y su cara y su aspecto me recordaban a alguien, pero no lograba ponerle nombre.

—Tu conociste a su padre cuando eras un niño —continuó mi padre.

En ese momento caí y lo entendí todo ¡Era el hijo pródigo del yegüero mayor de Oranienbaum! ¿Cómo se llamaba?

—Sí, ya me acuerdo —dije dirigiéndome a los dos—. Tu eres el hijo de Pantelei Sulima.

Ilia se quedó sorprendido porque sabía, por su padre, que eso había sucedido hacía más de quince años. Yo añadí:

—Una gran persona que nos contaba unas historias fantásticas al zarevich Pavel y a mí. También nos habló de su hijo que había desaparecido, obsesionado con vengarse de los que habían asesinado a su madre y a su hermana. ¿Eras tú?

Ilia seguía callado, entre sorprendido y también un poco asustado por lo que yo estaba diciendo, pero afirmó con la cabeza. Más tarde me diría que su padre le había hablado de mí como de un niño de unos diez años, que yo creo que era lo que esperaba encontrarse.

Mis padres terminaron de contarme la historia. Ilia había consumado la venganza matando a uno de los hermanos *abreks*. Le había costado casi dos años dar con ellos hasta que, finalmente, lo consiguió. Preparó una emboscada, eliminó a uno de ellos e hirió al otro que logró escapar. Sin embargo, el abrek lo había visto, lo que significaba que no pararía hasta que vengara a su hermano.

Yo sabía que estas situaciones, interminables, de venganzas eran frecuentes entre los cosacos y otros grupos afines; por tanto, si Ilia quería seguir vivo, tendría que irse lejos.

Después del suceso, fue a Oranienbaum a ver a su padre. Y Pantelei le dio la solución: tenía noticias, por el administrador Panin de que el juez Rezanov estaba destinado en Irkutsk, un sitio ideal para pasar desapercibido y encontrar trabajo ya que, en toda la zona, abundaban los cosacos que se alistaban como soldados de guardia y custodia. Pero no eran cosacos del Don como él, lo que le beneficiaba en lo que se refería a su propia seguridad, ya que los *abreks* no vendrían tan lejos a buscarlo.

—Una mañana, a principios de este verano —continuó mi padre— se presentó en casa con una carta del señor Panin en la que me contaba toda su odisea. Incluso mencionaba que tú habías conocido a su padre. Me pedía que le ayudara a encontrar un trabajo, quizá en algún destacamento de cosacos lejos del Oblast del Don, donde sabía que su vida no valía ni un copec.

Mis padres, según me contaron, tuvieron una larga conversación con él convenciéndose de que era una excelente persona, bastante inteligente, fuerte y decidida. Lo que más les impresionó fue su actitud: estaba completamente hundido, y no por miedo al peligro que corría, sino por lo que había hecho.

—Todo el daño que he causado, ¿ha servido para algo? —les dijo— ¿He conseguido resucitar a mi madre o a mi hermana? No. Lo único que he conseguido es provocar más muertes. Me arrepiento de todo lo que he hecho, del tiempo que he perdido y del disgusto que he dado a mi padre. La venganza no sirve para nada. Solo para destrozar más vidas, incluyendo la del propio vengador. Un pope me dijo un día que, si quería venganza, cavara dos tumbas. Entonces no lo entendí, y cuando lo hice, ya era muy tarde. No me escondo por miedo, sino porque se lo he prometido a mi padre. Soy lo único que le queda. Pero les puedo asegurar que, si me encuentran, no me defenderé; y les juro por la memoria de mi madre y de mi hermana que para mí las venganzas se han acabado.

Palabras que sorprendieron a mis padres viniendo de un cosaco. A pesar de su vocabulario, no muy fluido, decía cosas tan razonables, tan sensatas, incluso profundas, que percibías que estabas ante una persona con una inteligencia fuera de lo normal. Y en muchas cosas, —además de en su forma *patizamba* de andar— me recordaba a su padre Pantelei.

Mi madre me contó que, después de oírlo, se le saltaron las lágrimas y fue ella la que rogó a mi padre que se quedara en la casa como sirviente; era demasiado valioso para que anduviese por los caminos jugándose la vida. Ya era hora —pensó mi madre— de que encontrase un hogar donde pudiera vivir en paz llevando una vida normal. Además, a ellos les venía muy bien tener la protección de una persona joven, fuerte y leal.

Me quedé unos días acompañándolos antes de enfrentarme a la tarea que me había traído a Irkutsk. Conversé mucho con Ilia que, a cada momento, me sorprendía con su fuerte personalidad. Incluso llegué a pensar que el tenerlo a mi servicio sería como un regalo de los dioses. Pero ¿cómo iba a quitárselo a mis padres tan felices y, sobre todo, tan seguros con él?

Por lo pronto, todo el tiempo que iba a permanecer en la ciudad podría contar con él. Pero por las noches regresaría a casa: hasta que mi madre no lo oía llegar, no se dormía.

LA COMPAÑÍA RUSO-AMERICANA

El domingo siguiente, mi último día de estar sin hacer nada —excepto dedicarme a mis padres que era lo más importante para mí—, mi madre me pidió que la acompañase a los oficios religiosos en la iglesia del Salvador, la más antigua de Irkutsk y una bella construcción de madera.

Mi madre tenía un doble interés en esa visita —luego me enteraría de que había otro más—. Por un lado, quería que conociera la iglesia antes de que la demolieran ya que iban a construir, en su lugar, una más sólida de piedra y ladrillo. Por parte de los feligreses hubo fuerte oposición a su demolición, pero al final prevaleció el buen sentido ya que el estado de conservación de la de madera era muy malo y, según había informado el arquitecto Quarenghi, podía producirse su hundimiento en cualquier momento. Aparte de algún que otro incendio —que gracias a la diligencia de los parroquianos no había llegado a mayores— la madera estaba muy deteriorada y gran parte de ella podrida, por lo que las obras de reparación y los gastos de mantenimientos eran tan elevados que ya no los podía soportar la parroquia ni con las generosas aportaciones de sus entregados feligreses. Los comerciantes de la ciudad reaccionaron, comprometiéndose a costear la construcción de la nueva iglesia, trabajo que iban a encomendar al mismo Quarenghi, muy prestigiado desde la construcción del Mercado y de la Casa Blanca.

El segundo motivo era que mi madre, conociendo mi afición a la música, quería que disfrutara de un espectáculo que quizá no se repetiría: los coros de cosacos cantando en los santos oficios. Las condiciones acústicas de esa pequeña iglesia, toda de madera, eran, según los expertos, excepcionales.

Reconozco que la experiencia mereció la pena. Hubo un momento en que fui consciente de lo afortunado que había sido adquiriendo una buena formación musical. Y en ese momento, no pude evitar acordarme de aquella bella francesita, Ann Marie, mi primer amor, y la de mi profesor de violín, el entrañable Karat Sayatian. Pero cuando el órgano empezó a sonar y aquellos magníficos coros de voces viriles y profundas, a cantar, tengo que reconocer que me sentí transportado a un plano superior, a un espacio metafísico del que me sacó mi madre cuando, ya terminada la ceremonia, me bajó a la tierra:

—¿Ves a aquella señora en la primera fila, tan elegante y a la joven que está a su lado? —me preguntó en voz baja.

Hacía tiempo que las había visto y en algún momento estuve atento por si se giraban y podía ver sus rostros, pero también era cierto que cuando empezaron los cantos, me olvidé de todo lo terrenal. Le reconocí a mi madre que, de espaldas, tenían muy buen aspecto.

—¿Quiénes son?

—Son la esposa y la hija de alguien a quien vas a visitar mañana.

—¡Vaya, qué casualidad! —comenté— ¡La familia del todopoderoso Shelikhov!

—Dos damas muy bellas y encantadoras —dijo con cierta vehemencia—. Y muy buenas personas, igual que el marido y padre, al que verás mañana. Un señor educado y muy agradable. Te aconsejo que no vayas con prejuicios a la reunión, porque te puedes equivocar.

¡Lo que son las madres! La mía, en particular, era excepcional y me conocía como si me hubiese parido. Había pronunciado una sola frase que cambiaría mi actitud en la que, en principio, pensé que podía ser una incómoda reunión.

Las oficinas de la *Compañía Ruso-americana*, dedicada a la «*captura y comercialización de pieles de animales salvajes*», estaban ubicadas en el edificio recién inaugurado: la Casa Blanca. Eran unas oficinas sencillas pero agradables y acogedoras, con unos muebles muy confortables forrados con pieles de los animales más insólitos —algunos desconocidos para mí— y las paredes llenas de *iconos* chapados de plata, una artesanía que, como me enteré más tarde, estaba muy desarrollada en Irkutsk.

Al igual que las pieles, estas pequeñas obras de arte se exportaban a la mayoría de los países de religión ortodoxa, incluso a muchos católicos como Austria o Polonia. Algunas eran verdaderas joyas que, según me contaron, había pretendido comprar el Museo de Moscú. Pero para los dos socios de la compañía que llevaban años reuniéndolas, no tenían precio y, por supuesto, no estaban dispuestos a deshacerse de ellas.

Aunque todavía no sabía la clase de personas con las que me iba a reunir, algo sí me quedó claro y me agradó: eran personas que, al menos, tenían buen gusto.

Finalmente conocí a los dos fundadores de la sociedad: Iván Atanasius Golikhov y Grigori Ivánovich Shelikhov director y gerente de la empresa, respectivamente. También asistió el señor Alexandr Baránov, empleado de confianza de la compañía, un hombre de mediana edad, más bien bajo pero recio y con una mirada penetrante e inteligente. Esta última cualidad tendría muchas oportunidades de ratificarla: en el futuro podría comprobar la categoría humana, además de la inteligencia, de este pequeño gran hombre.

Amigos desde la juventud, Golikhov y Shelikhov habían tenido —y parecía ser que seguían teniendo— un espíritu aventurero. Habían sido marinos, aunque más tarde, pasado el ímpetu de la juventud, prefirieron dedicarse a los negocios.

Shelikhov era una persona elocuente que se expresaba de forma correcta, en un tono de voz muy agradable; él fue quien inició la conversación empezando a hablarme de lo que significaban las pieles en Siberia.

—Las pieles de los mamíferos de esta parte del mundo —comenzó— con temperaturas extremas que a los que vienen de fuera les parecen, con toda razón, insoportables, suponen la mitad de la ayuda para poder sobrevivir en este infierno de hielo. Además de ser la principal mercancía con la que comercian, es decir, la que les proporciona su sustento diario, su utilización como abrigo es lo que les permite soportar y superar las terribles temperaturas. Porque no solo la utilizan como abrigo personal: con ellas protegen y hacen confortables sus modestas viviendas.

Tras una breve pausa, el industrial continuó con el mismo tono pausado.

—La ciudad de Irkutsk fundada hace más de cien años nació, precisamente, por encontrarse en un enclave privilegiado en el encuentro de varias rutas de este comercio y la ruta del té, que como sabe se origina en China. Hasta hace poco tiempo las únicas pieles con las que se comerciaba eran las de los mamíferos terrestres, afortunadamente muy abundantes: zorros, lobos, alces, renos, osos etc., y algunas focas y martas. Pero después del descubrimiento de las islas

Aleutianas, exploradores y traficantes comprobaron que las nutrias de estas islas tenían una piel distinta, suave como la seda y de una calidad muy superior: es la piel con más densidad de pelo de todos los mamíferos conocidos, un pelo que está distribuido en varias capas de distintas características que las protege, totalmente, del agua y del frío. Cuando mi amigo Atanasius y yo nos enteramos y pudimos comprobar que lo que se decía era cierto, decidimos explorar estos territorios y fundar nuestro propio negocio; los dos éramos emprendedores, estábamos bien preparados, nos gustaba navegar y conocíamos muy bien esta parte del mundo. Nos lo tomamos muy en serio y empezamos a tener éxito.

Le interrumpí para preguntarle cuál era la situación de estos territorios anterior a *la fiebre* de las pieles.

—Las islas Aleutianas, aunque descubiertas hace tiempo por el danés Vitus Bering, apenas se habían explorado porque aparentemente no tenían interés, ni estratégico ni comercial. Eran tierras pobres cubiertas de nieve la mayor parte del año, y sus pocos habitantes tenían fama de ser agresivos y poco hospitalarios lo que, en general, no era cierto. Nuestro país se las anexionó, sencillamente porque era un país colonizable y cercano. El salto a la zona continental de América, fue consecuencia del mismo proceso.

»Cuando empezamos con el negocio comprobamos que los nativos eran gente pacífica, aunque a los primeros exploradores los recibieran, lógicamente, con cierta desconfianza. Los únicos peligrosos eran los nativos de las islas más orientales que vivían a caballo entre estas y el continente: la tribu de los *tlingits*.

»Al principio las cosas marchaban bien y no solían producirse incidentes entre cazadores y nativos, al menos casos graves, aunque podían presentarse situaciones tensas, incluso violentas, pero que se resolvían sin derramamiento de sangre. Era cierto que tanto Atanasius como yo, íbamos con frecuencia a las islas y procurábamos quedarnos en ellas uno de nosotros, mientras el otro regresaba a Irkutsk donde había mucha tarea que hacer, organizando las expediciones que llegaban de la colonia y las que partían para Rusia y Europa.

»También es cierto —continuó con un tono que denotaba cierta culpa— que cuando creímos que la caza ya estaba bien organizada, nuestras estancias en las islas fueron más cortas y menos frecuentes. Y tengo que reconocer que no le prestábamos demasiada atención al comportamiento de los cazadores con los nativos. Y ese fue nuestro error: no enterarnos de los métodos que los cazadores rusos y, sobre todo, los siberianos y algunos aventureros que acudían al negocio fácil, empleaban para la caza de las nutrias. Solo sabíamos que utilizaban nativos, pero cuando estuvimos nosotros, comprobamos que eran tratados de forma adecuada.

»Reconozco que confiamos demasiado en nuestros cazadores, cada vez más numerosos y codiciosos. Al principio se les pagaba por el número de capturas, pero más tarde, y debido a la cantidad, por peso. Nuestro empleado Alexandr Baránov aquí presente, empezó a sospechar que en algunas zonas los nativos eran tratados con mucha dureza, incluso de forma inhumana haciendo trabajar a niños y separando familias que era lo que más los irritaba. Ese abuso era el que había conducido a la situación que había acabado con la sublevación de la *Bahía de Tres Santos,* en la isla de Kodiak, y que terminó con algunas muertes y muchos heridos.

El único que hablaba era Shelikhov, que desde el principio, pensé que era el cerebro de la compañía. Su socio, Atanasius Golikhov, un hombre de aspecto rudo pero apacible y complaciente, se limitaba a asentir a todo lo que decía su socio. Tuve la sensación de que eran dos personas que se complementaban y se entendían con solo mirarse. Me parecieron personas sencillas, educadas y muy directas: en especial Shelikhov. Los dos reconocían, sin paliativos, su responsabilidad en lo sucedido y se consideraban culpables por no haber estado más atentos a lo que pasaba en las islas. Como el negocio iba viento en popa, no quisieron investigar si esa bonanza se debía a la excesiva presión que se ejercía sobre los cazadores locales.

Me sorprendió Shelikhov cuando me dijo que había sabido de mi presencia en las islas cuando realicé el viaje de inspección. Él estaba ausente esos días y sintió no haberme visto para haberme informado, personalmente, de la situación. Entendía la impresión negativa que se tenía en las altas esferas, incluida la propia emperatriz, por la forma en que se estaba desarrollando la actividad en los caladeros. El propio Baránov reconoció que lo más grave había sido la violencia de la represalia por parte de rusos y siberianos, después de los sucesos de Tres Santos. Un suceso que tuvo lugar a finales del verano de 1786, fecha que pude relacionar con la llegada a palacio de las primeras noticias y que fueron las que provocaron la indignación de la emperatriz.

—Cuando Baránov regresó a Irkutsk, totalmente desecho por lo que había presenciado —siguió informándome Shelikhov—, los dos comprendimos que este comportamiento, aparte de injusto y cruel, podía acabar con el negocio de la compañía y entendimos la reacción de la emperatriz. Un país civilizado y cristiano no podía emplear los mismos métodos que los países salvajes. Las cosas tenían que cambiar y la solución debía aplicarse rápidamente, por lo que, sin esperar nada más que el tiempo necesario para organizar la expedición, los tres, incluido Baránov, nos dirigimos a la isla de Kodiak, donde estaba nuestra central.

Lo interrumpí para pedirle que me contara, con detalle, las medidas que habían tomado para cambiar la situación. Y me sorprendió su respuesta:

—Estamos haciendo lo que la emperatriz quiere que se haga que es, según tengo entendido, lo que Vd. le recomendó. Se lo digo para su satisfacción.

Me sorprendió, sobre todo, que estuviera enterado hasta de las conversaciones privadas que había tenido con la emperatriz. Solo encontré dos explicaciones: o se había enterado por ella misma, lo que me parecía bastante improbable, o lo que parecía más lógico: su amante Zubov lo había hecho. Entonces lancé una reflexión con una doble intención:

—Es una lástima que no haya Vd. conocido al príncipe Zubov. Estaba tan interesado como la emperatriz, en este asunto; con su ayuda podíamos haber adelantado mucho.

Me miro y me dijo lo que me esperaba:

—Por supuesto que lo conozco. Y le diré, mi querido amigo, que conoce perfectamente cómo estamos resolviendo el problema. Además: por él sé el papel de Vd. en este delicado asunto y el informe que redactó que me pareció certero y objetivo.

A continuación, me soltó algo que verdaderamente me sorprendió.

—El príncipe, como Vd. le llama, y al que conoce mejor que yo, lo que quiere es que sea Vd. quien informe a la emperatriz de cómo están las cosas. De lo cual sinceramente me alegro.

—¿Cómo es eso, si apenas me conoce? —reaccioné sorprendido.

—Mire, mi querido Rezanov —dijo acercándose a mí—. De Vd. sé todo lo que tengo que saber: que es Vd. igual que su padre, una persona recta, algo de lo que me he informado por quienes mejor le conocen, además de su padre al que he tratado mucho últimamente. Incluyendo al propio Zubov que siempre me ha hablado muy bien de Vd., sobre todo en lo que se refiere a su rectitud, posiblemente heredada de su padre.

—Qué raro —respondí un tanto sorprendido—, que mi padre no me haya comentado nada.

—No le extrañe. Su padre no quería influir en su criterio. Pero en cuanto se reúnan, podrá comprobar que todo lo que le digo es cierto.

Estaba tan seguro de ello, que no hice ningún comentario.

Seguimos hablando de otras cuestiones, algunas ajenas al tema principal de la reunión y que se referían a la vida en Irkutsk que, según me informaron, se estaba convirtiendo en una de las ciudades más modernas de Siberia, incluso de Rusia. Esperaban que el tiempo que permaneciera en la ciudad, la disfrutara. El otoño era una estación especialmente hermosa, cuando la nieve todavía no había hecho su aparición y se podía gozar de la exuberancia de sus bosques de alerces, pinos y abetos, y de la belleza de sus ríos y de sus lagos

—¿Conoce el lago Baikal? ¿Es aficionado a la caza? ¿Quizá a la pesca? Si es así —añadió Grigory— estaría encantado de ponerle en contacto con auténticos cazadores —él no lo era, ni ninguno de los presentes—, y con algunos militares, compañeros suyos según tengo entendido, que conocen los mejores sitios de caza y donde podrá disfrutar de los paisajes más increíbles y bellos que jamás hubiera visto.

Antes de despedirnos, concertamos otra reunión para dos días después; querían enseñarme los almacenes de pieles y explicarme como tenían organizados los envíos a Rusia, concretamente a Moscú de donde continuaban hacia San Petersburgo y los países de Europa central, o embarcaban para los Países Nórdicos, Gran Bretaña, Francia y España. Ahora que el Mar Negro se había convertido en un mar seguro y con salida al Mediterráneo —me dijo— estaban organizando expediciones a Odessa, el puerto que acababa de fundar el mariscal Potiomkin en Crimea, para desde allí poder suministrar a los países mediterráneos.

Shelikhov me acompañó hasta la puerta y, antes de despedirse, tomó mi mano entre las suyas y con un gesto un tanto paternal, pero que me pareció sincero, dijo:

—Nikolai, puede Vd. estar tranquilo de que ahora las cosas se están haciendo bien y que lo haremos aún mejor. Mi intención, nuestra intención, es nombrar al señor Baránov, al que acaba de conocer, administrador general de la empresa con plenos poderes y con base permanente en la isla de Kodiak, la más importante del archipiélago. Nosotros permaneceremos aquí organizando todo el movimiento de la mercancía y supervisando la contabilidad. Pero dos veces al año, al menos, visitaremos la colonia y dos veces vendrá el señor Baránov a la central para informarnos.

»Por otro lado, pero no menos importante —continuó— le hemos comunicado al Metropolitano de la Iglesia Ortodoxa en Moscú, nuestra intención de sufragar los gastos para la fundación de las misiones que considere necesarias, y correrá por nuestra cuenta el mantenimiento y la seguridad de las personas y los bienes que envíe. También queremos fomentar la zona continental que estamos explotando, lo que llamamos la *Rusia Americana*, que los nativos conocen como Alaska. Allí queremos fundar una ciudad para los colonos, con iglesia y escuelas.

»Pero necesitamos, y esto es importante —añadió ya más serio— que la corona emita el correspondiente *ukaz* en el que se reconozca, oficialmente, el monopolio de la *Compañía Ruso Americana* para la caza y comercialización de las pieles de nutrias. Le puedo asegurar que no se trata tanto de eliminar la competencia, como de poder hacer las cosas bien. Nos tememos que en cuanto el negocio vaya bien, que es lo más probable, van a aparecer aventureros —en realidad ya están apareciendo— no solo rusos, también ingleses, americanos e incluso españoles —los tenemos muy cerca—, que querrán meter la mano en este negocio que con mucho esfuerzo hemos conseguido levantar.

»Existe otro problema que quiero que también conozca: si no controlamos la caza de nutrias, en unos cuantos años los caladeros estarán esquilmados. Hemos enviado a naturalistas y biólogos para analizar la situación y nos han advertido de que, a largo plazo, la caza incontrolada podría acabar con las nutrias, incluso con la especie.

Me sorprendió que lo más importante que había oído esa mañana, me lo estuviera contando ahora, de pie, y en el momento de despedirnos.

Pero antes de mi partida definitiva, sujetando la puerta ya abierta, tuvo tiempo de añadir:

—Esto último que le acabo de contar es un tema muy delicado que conocen pocas personas. Le pido la máxima discreción.

EL LAGO BAIKAL

Bajé las escaleras corriendo: estaba deseando llegar a casa y contarle a mi padre los detalles de la reunión. Y, efectivamente, mi padre me confirmó todo lo que Grigory Shelikhov me había dicho, lo que no me sorprendió. No me había contado nada antes de la reunión —añadió— porque no quería influir en mi criterio. Pero una vez que mi padre consideró que ya había cumplido con el requisito de no influir, le pareció oportuno hablarme de la *Compañía,* de la que sabía más de lo que yo suponía. Pensándolo bien no me extrañaba porque en su condición de magistrado, habría tenido que dictaminar sobre muchos asuntos relacionados con la empresa, sin duda la más importante de esa inmensa colonia.

La conclusión que saqué después de oír a mi padre fue que parecía sincera la voluntad de los socios por corregir los errores anteriores y comenzar a hacer las cosas correctamente. A mi padre tanto Shelikhov como Baránov le merecían confianza. Shelikhov era muy inteligente. En cuanto a Golikhov, mi padre decía que era *el músculo* de la empresa, intrépido y capaz de llevar a la práctica todo lo que su socio le mandase. Pero la cabeza pensante, el que decidía era Shelikhov.

—Y no te olvides de su mujer Natalia —añadió—. Todo lo que tiene de guapa, lo tiene de lista y me consta que su marido la consulta con frecuencia y tiene muy en cuenta su opinión. Por cierto —continuó—, ayer vino a ver a tu madre para invitarnos a su dacha a orillas del Baikal. Pasaríamos un largo fin de semana, tres o cuatro días porque, aunque el camino está bien —le llaman *la carretera de los ricos*— se encuentra como a setenta verstas y se tardan varias horas en llegar. Pero se suele hacer una parada, al menos, en alguna de las ventas del camino. Hay aldeas en las que podemos comer bastante bien. Nosotros hemos ido un par de veces y el viaje no se hace pesado. Y es verdad que merece la pena. Si te atreves, te puedes bañar en las aguas más limpias y transparentes —también las más frías— de la tierra. Y las más profundas: casi dos mil brazas, nada menos. Pero yo creo que, si sabes nadar, lo mismo te dan dos mil que doscientos que dos, y si no sabes, ¡también te da igual porque te ahogas! —dijo soltando una carcajada.

Era la primera vez que le oía decir algo que le hacía gracia, lo que era señal de que estaba feliz.

—No obstante —terminó— si dadas las circunstancias te resulta violento, podemos dejarlo. Tu madre no ha concretado nada; dijo que nos lo comentaría y que mañana le daría la respuesta. Tú decides.

Mi madre, que hacía un rato que había entrado en la habitación y nos estaba escuchando, solo dijo como de pasada:

—Y te perderías conocer a la jovencita más bella del oblast.

La verdad era que en ningún momento había dudado de que me apetecía la excursión y conocer el lago del que tanto había oído hablar: *Baikal*, el *Ojo Azul de Siberia*. Y, además, acompañado de *las bellezas del oblast de Irkutsk*.

El viaje al lago resultó largo, como me había adelantado mi padre, pero no pesado. Íbamos en tres carruajes, cómodos y con espacio suficiente para poder estirar las piernas. Y efectivamente, cada dos o tres horas parábamos para refrescarnos o caminar un rato. En cada carruaje íbamos una familia y en el tercero los criados de los Shelikhov con los equipajes y las viandas. Ilia no nos acompañó porque mi madre prefería que se quedase al cuidado de la casa.

El paisaje no era tan espectacular como yo esperaba. Nada salvaje, estaba lleno de pequeñas huertas y campos de cereales y algunas zonas boscosas de pinos y abetos. Y sin que fuera la carretera de Moscú a San Petersburgo, había bastante tráfico: muchas familias de dinero de Irkutsk e incluso de localidades más lejanas, tenían una dacha en el lago. La llegada, en cambio, era impresionante. No se tenía la sensación de haber llegado a un lago sino a un inmenso océano, pero de aguas tranquilas y de un color que nunca había visto. Como los días todavía eran largos —estábamos a principios de otoño— era esa hora en la que la puesta del sol hace que el color del agua cambie, a cada minuto, y no puedas dejar de mirarla. Comprobé que el *Ojo «mágico» de Siberia* te atraía como el de una serpiente.

Grigori tuvo el acierto de, antes de ir a la dacha, llevarnos a la orilla, para que lo contempláramos. Como conocía perfectamente la zona desde que era niño, sabía el lugar y la hora a la que había que llegar para que sus invitados disfrutaran de un espectáculo único. Y desde luego acertaba.

Antes de salir de Irkutsk, y en la puerta de la casa de los Shelikhov, un pequeño palacete nada presuntuoso proyectado por el arquitecto de moda Quarenghi, había conocido finalmente a las dos damas de la familia, dos auténticas bellezas que me impresionaron y de las que no sabría decir cuál era más interesante: si Natalia o su hija Anna. Eran como dos versiones de un mismo modelo de mujer, ese canon de belleza medio salvaje medio noble, resultado probablemente de la mezcla de distintas razas y de distintas sangres. ¡Bendita sea esa falta de prejuicios raciales que se da con frecuencia en el sur de Siberia! —pensé para mí—. Mi padre me había informado de que dentro del oblast de Irkutsk, había una región, *Urt-Orda*, que lindaba con Mongolia y en la que habitaban muchos mogoles. No le extrañaría que Natalia tuviese sangre mogola, ya que la mezcla era frecuente.

Anna no debía de tener más de diecisiete años —luego me enteraría de que eran dieciséis— pero estaba totalmente desarrollada. Era alta y con un rostro de una belleza exótica, heredada de su madre, que cuando nos presentaron, enrojeció ligeramente. Pero siempre que nos encontrábamos en las paradas durante el viaje, tenía una sonrisa en los labios. Al principio solía ser yo el que iniciaba la conversación con las típicas preguntas que se hacen a una *casi niña* de dieciséis años: *«que estudias..., que es lo que más te gusta..., vas alguna vez a Moscú o a San Petersburgo...»*, y simplezas por el estilo. Antes de que hubiese terminado ya me estaba contestando, como queriendo parecer desenvuelta y preguntas que se podían responder con un *sí* o un *no*, ella las convertía en un pequeño discurso con un vocabulario y un acento que resultaban de lo más gracioso, pero extremadamente atractivo. Yo me reía porque me hacía gracia su forma de expresarse, así es que, en un momento dado, le pregunté algo tan absurdo como *«si alguna vez se había vaciado el lago»*. En vez de reírse por lo estúpido de la pregunta, me soltó un discurso informándome de lo que ella sabía:

—Mi profesor de geografía dice que el lago Baikal es el que tiene más cantidad de agua dulce de todos los lagos del mundo, y que es imposible que se seque.

DACHA EN LAGO BAIKAL

Dacha en el lago Baikal

Y terminó con una sonrisa como si hubiese contestado, correctamente, a una pregunta en clase. Pero como notó que yo intentaba contener la risa, se puso un poco seria y dijo:

—Te estás riendo de mí.

No lo esperaba y me sentí incomodo porque esa no había sido mi intención. Ahora el serio era yo.

—En absoluto Anna. Es que me gusta oírte hablar con ese acento tan gracioso y lo bien que cuentas las cosas; por eso me rio. Pero no creas que…

Y continué hablando, intentando justificarme, hasta que ella se echó a reír a su vez, puso su mano encima de la mía y dijo:

—Cállate ya, solo era una broma y has picado.

En ese momento sentí algo y presioné su mano entre las mías. Me eché a reír y solo dije:

—¡Touché!

Para dar un paso más y pensando en hacer lo que me parecía que me llevaría por el buen camino, le dije:

—¿Te has fijado en que nuestras madres, cómodamente sentadas a la sombra de aquellos árboles no nos quitan el ojo de encima?

Yo creo que no se había dado cuenta porque, en cuanto se lo dije, fue consciente de que todavía teníamos las manos juntas y dio un tirón para sacarla de entre las mías. Se levanto y solo dijo:

—Me tengo que ir ya.

No le di importancia. Al fin y al cabo era demasiado joven y no creo que tuviera mucha experiencia en el trato con hombres. Pero procuré, desde ese momento, tener más cuidado. No la rehuía ni mucho menos, ni ella a mí, pero procuraba que los encuentros fueran cortos y desde luego siempre con gente cerca. Y nunca hacíamos alusión a lo que había pasado aquella mañana.

Al día siguiente estaba previsto ir en barca —en los célebres *doschaniks* de fondo plano y transparente— hasta una aldea cercana donde según Grigori, podíamos tomar la mejor comida siberiano-mogólica de todo el oblast. Eran casi dos horas de travesía, pero merecían la pena. El recorrido por la orilla oeste del lago te permitía contemplar la costa y los montes cercanos cubiertos por una suave bruma, y ver, por encima de ella, las altas montañas de la cordillera que recorría toda la costa occidental.

La aldea era solo un grupo de modestas casas de madera, pero lo primero que encontrabas eran los tendederos de pescado secándose al sol que desprendían un olor bastante desagradable. Natalia, la mujer de Grigori, hizo dos cosas inteligentes: la primera tranquilizarnos informándonos de que, más adelante, los tendederos y por lo tanto el olor, desaparecían. Y luego, lo más práctico: nos dio a cada uno un pañuelo perfumado.

La comida fue interesante pero no diría que para tomarla todos los días. El plato fuerte era un pescado que solo se encontraba en ese lago: el *omul*. Lo podías tomar ahumado o fresco; en ese caso, asado al horno y acompañado de una mezcla de trigo sarraceno, maíz y una especie de requesón agrio.

Como Anna me vio dudar, me hizo una señal para que lo tomara fresco, pero noté que, menos mis padres, Anna y yo, todos los demás lo tomaban ahumado. La explicación que más tarde nos darían era que el ahumado resultaba muy fuerte, y si no estabas acostumbrado, el olor que te dejaba en las manos —se comía con los dedos— era desagradable. El *omul* asado, en cambio, si lo mezclabas con el requesón agrio y los cereales cocidos, estaba bueno.

Natalia nos contó una leyenda muy bonita sobre el lago: el *dios Altai* que moraba en las cercanas montañas de Mongolia, compadecido por la miseria en que vivía aquel noble pueblo del lago Baikal, mandó una lluvia de peces *omul* sobre el lago para que no les faltara alimento y mantuvieran las aguas limpias:

—Los peces —continuó— se alimentaban de todas las impurezas que caían en sus aguas y, cuando morían, servían de alimento a los peces vivos. Por eso las aguas están tan limpias y a sus pobladores nunca les falta alimento —concluyó.

La última tarde —estas cosas suelen pasar el último día o *en el último momento*— estábamos todos en el porche de la dacha sentados alrededor de una mesa paladeando un buen vaso de vodka y disfrutando del ultimo atardecer. En un momento dado me levanté y me fui dando un paseo hasta la orilla. Me quedé un rato, mirando el agua, hasta que sentí que alguien se me acercaba por detrás. Sin volverme, supe que era Anna.

Cuando se paró a mi lado, sin girar la cabeza para mirarla dije lo primero que acudió a mi mente, quizá un tanto rebuscado y empalagoso.

—La visión de tanta belleza como he podido contemplar en estos días es algo que, por muchos años que viva, nunca podré olvidar.

Ella se quedó callada. Luego dijo algo que nada tenía que ver con mi comentario:

—El año que viene voy a volver a mis clases de piano que abandoné después del primer año. Y me las voy a tomar muy en serio porque me gusta mucho la música y quiero aprender bien.

Mirándome con naturalidad, continuó:

—Tu madre me ha dicho que tocas muy bien el violín y que podías haber sido un buen concertista.

—¿Y te dijo por qué lo dejé?

—Sí; porque a ti lo que te gusta es la aventura.

Me tuve que reír. Ella también lo hizo. Y no tuve más remedio que preguntarle:

—¿Mi madre te ha contado muchas cosas de mí?

Sin pensárselo dijo:

—Cuando nos vemos, solo me habla de ti. Te quiere mucho. Conozco casi toda tu vida.

—¿Y te parece bien?

—Bueno, creo que ha sido muy interesante, muy parecida a la de mi padre que también le gustaba la aventura.

Luego me preguntó:

—¿Y has sido feliz?

Le contesté lo que en aquel instante sentía.

—Sí, la verdad es que, en general, he sido feliz. Pero si te soy sincero, nunca como en este momento.

Me miró, me sonrió y se puso colorada, pero no dijo nada. Ya de vuelta con las familias vi que mi madre me lanzaba una mirada interrogativa, supongo que ansiosa por enterarse de lo que había pasado. Pero esa noche no le conté nada. Cuando me acosté y repasé lo sucedido en esos tres días, llegué a la conclusión de que si no estaba todo amañado por mi madre —y, probablemente, también por Natalia— le faltaba poco. Al día siguiente volví a casa con una sensación nueva y muy agradable.

ANNIUSKA SHELÍKHOVA

Después de la experiencia de la excursión al lago Baykal volví a la vida rutinaria. Pasaba las mañanas en las oficinas de la compañía tomando datos que me iba proporcionando Baránov —una gran persona, como iba descubriendo a medida que lo trataba—, y enterándome del funcionamiento de la empresa. Me llamó la atención que, en el último año, había descendido el montante de pieles obtenidas. La explicación que me dio Baránov coincidía son lo que me había contado Grigory.

—Estamos controlando la cantidad de nutrias que cazamos porque vemos que cada vez, es más difícil encontrarlas. Ahora prohibimos la captura de animales por debajo de un determinado peso y matar hembras. Solo machos, y adultos.

Mi madre nunca me preguntó por mi experiencia en el Baykal. Solo de vez en cuando hacía un comentario como:

—Qué agradable es la familia Shelikhov, ¿verdad hijo?

—Si madre, verdaderamente encantadora.

Lo que no dejaba de ser un poco cruel por mi parte porque sabía que se moría de ganas de que le contara cosas de mi larga charla con Anna. Tenía la impresión de que, aunque no la hubiese oído, no nos había perdido de vista en ningún momento.

Un día me dio pena y sin venir a cuento, le pregunté:

—Madre ¿tú qué piensas de Anna? ¿Te cae bien?.

¡Para que se me ocurrió preguntar! Empezó a hablarme de ella, a contarme lo educada y buena persona que era, como hija y como estudiante, que sacaba las mejores notas, lo bien que vestía y lo elegante y buen tipo... No la dejé seguir.

—Está bien madre. ¡Para ya! Te quería hacer otra pregunta. ¿Tú le has contado algo de mí?

Noté que se ponía un poco nerviosa, pero me dijo:

—Bueno, he hablado un par de veces con ella y supongo

que le habré hablado de ti, como de tus hermanas... supongo —repitió.

Yo, muy serio, dije:

—Pues habrá sido padre, porque lo sabe todo sobre mí.

Como la vi un tanto desconcertada me dio pena y, abrazándola, le dije:

—Madre que es broma. Ya sé que le has contado mi vida con pelos y señales. Ella mismo me lo ha dicho.

Se tranquilizó y apretándome contra ella, me dijo:

—¡Ay, Niko! Lo que yo más deseo en este mundo es que encuentres una buena mujer y te cases con ella. Mira tus hermanas: casadas y muy felices. Y Anna es una buena chica y no me dirás que no es preciosa. Y Natalia, que también me cae muy bien y el padre.

—Y también el perro —la atajé—. No te preocupes madre —intenté tranquilizarla— Todo se andará.

—¿Y eso que quiere decir? —me preguntó.

—Pues la verdad es que no lo sé —dije riéndome.

Y para evitar que aquello continuara, salí de la habitación. Supongo que mi madre también se reiría, aunque no estoy muy seguro. Las madres estas cosas se las toman muy en serio.

Yo también las quería tomar en serio y analizar fríamente la situación, especialmente mis sentimientos porque reconocía que lo ocurrido me había afectado. Pero también era cierto que todo había sucedido en unas circunstancias bastante peculiares, lejos de mi entorno habitual y en un escenario espectacular. Y en esta situación, quería separar lo que era *la escena, el entorno,* de lo que eran los sentimientos. ¿Qué sentía realmente por aquella mujer, niña todavía? Si lo comparaba con lo que había sentido por Ann Marie, veía que no tenía nada que ver; todo fue distinto, empezando porque con Ann Marie había habido una relación física, mi primera experiencia sexual y esto lo alteraba todo. Sin contar que los años que Ann Marie me llevaba a mí en aquella relación, eran los que ahora, yo le llevaba a Anna. Pero había algo en ella que me atraía de una forma especial y que hacía que no lograse quitármela de la cabeza: ¿su juventud, su ingenuidad? ¿La pureza que emanaba de toda ella... su belleza? De esto último no tenía la menor duda: había visto pocas mujeres que tuvieran su atractivo.

En cualquier caso, quería pensarlo. Aunque comprendía a mi madre y entendía su interés en que encontrara una buena compañera —como Anna, por ejemplo— y me casara. Las madres piensan que los solteros, por fuerza, estamos condenados a una vida disoluta. Yo sin embargo pensaba que las cosas que me quedaban por hacer, las haría mejor si no estaba atado a una familia.

Por lo pronto tenía que regresar a San Petersburgo y dar cuenta a la emperatriz de todo lo que había averiguado sobre la situación de la empresa. Y lo más difícil: conseguir que firmase el correspondiente *ukaz*, concediendo a la compañía el monopolio en esos territorios. Sabía que esto último no iba a ser fácil.

NUEVAS CONVERSACIONES IMPERIALES

El viaje de regreso a San Petersburgo lo hice con mi padre. Salimos a finales de otoño, antes de que las fuertes nevadas hicieran intransitables los caminos. En realidad, tenía que haberse ido antes, ya que después del verano todos los magistrados se reunían en Moscú o en San Petersburgo con su superior, el Gobernador General Chicherin, para comentar las incidencias judiciales en los distintos oblast y organizar la nueva normativa y los criterios que regirían en la siguiente legislatura. Mi padre me explicó que estas normas no eran las mismas en las distintas audiencias al tener cada oblast sus peculiaridades. Pero como yo iba a estar en Irkutsk por esas fechas, había dicho a Chicherin que acudiría más tarde, cosa que este comprendió y no tuvo ningún inconveniente en atrasar la reunión. Pero el gobernador tenía mucho interés en conocer la marcha de la nueva audiencia, la más importante en la Siberia oriental, así es que lo había citado en San Petersburgo para estas fechas por lo que haríamos todo el viaje juntos. Aprovecharía para contarle todo lo ocurrido ese fin de semana y tratar de explicarle mis intenciones con Anna Shelikhova.

Estuvo de acuerdo conmigo y confiaba en mi buen criterio:

—Hagas lo que hagas —añadió— procura que esa muchacha no sufra. No infundas en ella falsas esperanzas si crees que esta relación no tiene futuro. Es muy joven y todo lo que le digas se lo va a creer. Me consta, porque me lo ha dicho Grigori —y tú sabes que los padres en estas cuestiones somos bastante menos impresionables y más realistas que las madres— que ella está muy ilusionada, y no me gustaría que le hicieras daño; ni por ella, ni por su familia.

Mi padre me seguía sorprendiendo con sus consejos llenos de bondad y sabiduría. Le prometí que, por supuesto, actuaría con sensatez.

Antes de la visita a la emperatriz, tenía comprometida una reunión con Zubov. Según mi padre que solía estar bien informado, *el príncipe* se había convertido en la persona más poderosa del imperio después de Catalina, aconsejándome que tuviera mucho cuidado con lo que le contaba y, sobre todo, en cómo se lo contaba.

Y añadió:

—Aunque él está a favor de aprobar el *ukaz* —en contra de la opinión de su regia amante— te querrá endosar la responsabilidad de que seas tú el que se lo pidas. Esto significa que te vas a encontrar entre la espada y la pared. No me preocupa mucho porque conozco tus dotes diplomáticas que afortunadamente, nada tienen que ver con las mías. Pero, de todas formas, ten cuidado.

¿De dónde sacaba mi padre tanta información? Me acordé de lo que Panin me había contado hacía tiempo: «Como tu padre tiene fama de sabio, de buena persona y de discreto, todo el mundo le cuenta sus problemas sabiendo que no solo les aconsejará bien, sino que nunca los difundirá. Si algún día tu padre se decidiera a hablar, o mejor todavía, a escribir sus memorias contando todo lo que sabe de las altas esferas de este país, más de uno temblaría: incluida la propia emperatriz».

Zubov me recibió de una forma exageradamente afectuosa; pero enseguida me quiso demostrar su autoridad. Con sus ayudantes y secretarios —que, por cierto, eran unos pocos— actuaba como un domador de fieras. Cuando los llamaba, que era con mucha frecuencia, entraban temblando. Pero conmigo, repito, estuvo encantador.

Después de un rato de conversación intrascendente, y de dejarme bien claro la relación magnifica que mantenía con Shelikhov, me advirtió que la emperatriz seguía teniendo dudas sobre la firma del ukaz. Me pidió que, cuando al día siguiente nos reuniéramos, intentara ser lo más persuasivo posible.

Pero de las conversaciones del día siguiente y de los dos días más en los que nos volvimos a reunir, no salió nada en concreto: la gran Catalina nunca dio una explicación razonada de por qué se oponía a la aprobación. Hablábamos mucho y yo procuraba ser lo más persuasivo posible como me había recomendado Zubov que no dijo nada que descubriera su postura. Parecía que yo fuera el único interesado en la firma del dichoso ukaz. Al principio me sorprendió, pero luego comprendí que su juego era permanecer al margen para no incomodarla y que fuera yo el que le pusiera el bozal al lobo. Pero estaba seguro de que solo, no lo conseguiría.

A la emperatriz la encontré muy cambiada, pero para mal. Había engordado, le costaba andar y había perdido aquella mirada viva que parecía querer abarcarlo todo. Conmigo estuvo amable, pero distante. Le molestaba todo: cualquier ruido, cualquier entrada de alguien en el salón donde nos encontrábamos sin que ella lo hubiese llamado. Se pasaba todo el rato gruñendo y echando maldiciones soeces algo que siempre había hecho; pero lo solía hacer con gracia, y ahora no.

Tuve la impresión de que Zubov lo pasaba mal y cuando algo de esto ocurría, me miraba con una sonrisa forzada como queriendo disculparse en nombre de su amante. Resultaba incómodo estar con ella, y me alegré cuando las reuniones terminaron.

Cuando se lo comenté a mi padre en la única ocasión en la que nos vimos en casa de mi hermana Olga, él sabía —¡cómo no!— que estaba bastante enferma, aunque no había trans-cendido la clase de dolencia. Era frecuente que en las reunio-nes se le escapasen sonoros gases que los presentes más devo-tos intentaban disimular con forzadas toses. Lo más probable era, según mi padre, que se tratara de problemas intestinales lo que no sería extraño teniendo en cuenta los excesos come-tidos tanto con la comida como con la bebida.

Mi padre regresó lo antes que pudo a Irkutsk. Decía que no quería dejar mucho tiempo a mi madre sola, aunque sabía que con Ilia y su buena amiga Natalia Shelíkhova, tendría todo lo que necesitara. Pero en realidad era mi padre el que no podía vivir sin mi madre: se trataba del típico matrimonio en el que el hombre es una persona importante que tiene autoridad en muchos campos y sobre muchas personas , y al que todos respetan, pero que cuando llega a su casa, se mani-fiesta como el más dócil perrito que espera cualquier caricia de su amo, en este caso de mi madre. Cuando entraba en la casa, una vez que se había desprendido de su enorme caf-tán, se convertía en un niño indefenso que se entregaba a mi madre. Y tengo que reconocer que ese papel mi madre lo bor-daba, no solo con mi padre, también con sus hijos y ahora, incluso con el fiel Ilia que había aceptado de buena gana, ser incluido en el privilegiado grupo de los protegidos por *la madre universal*, la gran Irina Azbyl Rezanova. Pero estaba claro que dentro del grupo había un preferido, y que ese era sin duda mi padre. Muchas veces yo había soñado que algún día encontraría una esposa como mi madre y que formaría una pareja como la que ellos formaban.

Me demoré unos días en San Petersburgo porque también quería informar a mi jefe Derzhavin. En cuanto nos encontramos lo puse al corriente de todo lo sucedido, tanto durante mi estancia en Irkutsk, como en mis reuniones en palacio. Me extrañó —y así se lo manifesté—, que él no hubiese asistido, pero me dijo que nadie lo había invitado y que su relación con «*el Príncipe*» no pasaba por el mejor momento.

Su opinión era que la emperatriz no iba a cambiar de criterio y que, mientras ella viviese, no se firmaría el *ukaz*. También sabía que Zubov tenía mucho interés en su aprobación porque, bajo cuerda, les había pedido a los dueños de la sociedad —o ellos se lo habrían ofrecido *espontáneamente*— que si se aprobaba, percibiría un porcentaje sobre las ganancias, algo que me extrañó —y me molestó—, no haberlo sabido por Shelikhov. Aunque comprendía que, si era cierto, el asunto era muy delicado y prefiriese callarse.

—Su cinismo —dijo alterado— no tiene límites, y de ahí su doble juego no queriendo apoyar el proyecto, y pasándote a ti la responsabilidad. Él sabe que conozco su juego, por eso no quiere que asista.

A Derzhavin le parecía bien la operación de las pieles tal como ahora se estaba llevando.

—Será beneficioso para la colonia, pero también para el país; y una forma de afianzar el pie que hemos puesto en el continente americano, una zona muy apetitosa para ingleses y españoles; y, desde luego, para los propios americanos que acaban de independizarse de Inglaterra — y añadió—. Si la documentación llega a la Oficina de Peticiones puedes estar seguro de que la informaremos positivamente para que pase, con la mayor rapidez, al senado y no tengo la menor duda de que la Cámara Alta también la aprobará, si nuestro informe va, como irá, bien razonado.

Y concluyó.

—Pero dudo de que llegue a nosotros.

Aprovechando que me encontraba con una de las personas mejor informadas del imperio y que mejor conocía los detalles de lo que en las altas esferas se cocía, no pude resistirme a preguntarle por el zarevich y por las noticias —o bulos, vaya usted a saber— sobre la mala relación que mantenía con su madre.

—Desgraciadamente no son bulos —empezó diciéndome—. Pero es un tema muy delicado… y peligroso. A ti te lo puedo contar, o mejor dicho, debes de estar enterado y prefiero que la historia la conozcas por mí, porque sabes que no te voy a mentir.

Y después de un rato meditando lo que iba a decirme, continuó:

—Como conozco tu amistad con el zarevich, quizá lo que te cuente no te guste, pero la realidad es que el príncipe Pavel está, ¿cómo diría para no resultar demasiado dramático?, digamos que bastante alterado mentalmente. Aquella persona que conociste, inocente y buena que, aunque algunas veces se alterase e irritase —era no lo olvidemos, un Romanov y, además, hijo de Catalina— pero que enseguida se le pasaba y volvía a ser un muchacho normal, más bien tímido, se ha convertido en un ser desequilibrado, irascible y lo que es peor, cruel. Pero después de lo que este muchacho ha pasado con la muerte de su primera mujer y de su hijo, el ataque de tifus que lo ha dejado totalmente desfigurado y el trato que ha recibido de su madre, tenía que ser un santo o una persona muy equilibrada para no perder la razón.

Luego me miró, movió la cabeza, y continuó.

—Odia a su madre, a todo y a todos los que la rodean, empezando por su amante, el cínico Zubov y los anteriores amantes que aún están vivos y que son unos pocos. Los desprecia hasta el punto de haber manifestado más de una vez, medio en broma medio en serio que, cuando sea el zar los va a mandar a todos a Siberia, los va a meter en una barca y los va a hundir *en ese lago que dicen que es el más profundo del mundo.*

También odia a su hijo Alejandro porque cree, y puede que acertadamente, que su madre quiere nombrarle su sucesor pasando por encima de él e incapacitándolo con el pretexto de que está enfermo o desequilibrado. Catalina cuenta con el apoyo de Zubov, de Potiomkin y de la mayor parte de la nobleza. En cuanto a Alejandro, nadie sabe lo que piensa, aunque es público y notorio que la emperatriz lo adora, y que este sentimiento es recíproco. Los nobles, a su vez, están asustados porque Pavel ha amenazado con que en cuanto gobierne, suprimirá la esclavitud y les quitará las prebendas de las que se benefician en la actualidad que son muchas, entre otras la de no tener que hacer el servicio militar y no pagar tributos a la corona, como siempre habían hecho hasta que su madre lo suprimió: no quería enemistarse con una clase cada vez más fuerte por el poder e independencia en sus respectivos oblast.

Bastante dolido y triste por lo que estaba escuchando, pero que sabía era cierto viniendo de él, dije:

—A mí esto último me parece muy noble por su parte: acabar con la anacrónica esclavitud restablecida curiosamente por la propia emperatriz —esa *humanitaria* persona a la que tanto parecen preocuparle los nativos de las Aleutianas—, y con los excesos y abusos de *nuestra nobleza*. Debería ser la primera en dar ejemplo.

Veía que Derzhavin hacia gestos de asentimiento a todo lo que le decía. Cuando terminé, me miró muy serio y esperó un momento:

—Estoy totalmente de acuerdo. Si hay alguien que ha sufrido las perniciosas contradicciones de la política de los últimos tiempos en nuestro país —dijo con vehemencia— ese he sido yo. Y si acepté el puesto en el que estoy y en el que no sé cuánto duraré porque empiezo a estar cansado de tanto artificio como veo a mi alrededor, es porque siempre he pensado que si queremos que las cosas cambien en este país, tenemos que empezar por hacerlo desde nuestros puestos públicos dando ejemplo de honradez como hace tu padre y como intento hacer yo y tantos funcionarios honrados que todavía hay. No es suficiente con protestar y echarle la culpa a los demás de lo que está pasando en nuestra querida Rusia, tan bella y con tanta gente buena y cumplidora como puedes encontrar entre la gente de los pueblos y aldeas, o entre los propios mujiks. Pero tengo mis dudas de que, con Pavel en el trono, las cosas mejorasen. Creo que no se atrevería a cumplir ni la mitad de lo que ha prometido.

Paró un momento, me miró y prosiguió.

—Lo siento Nikolai, pero yo no puedo aceptar ser gobernado por una persona desequilibrada que cambia de opinión de la noche a la mañana y que promete cosas, sí, muy loables, pero que no sé si lo hace por convicción o por llevarle la contraria a su madre y a la gente a la que odia, que parece ser abundante. Porque hablamos del odio que suscita entre los nobles, pero no olvidemos que esto mismo sucede entre una gran parte del ejercito que nunca lo han tomado en serio. Y él lo sabe. Las referencias que en cambio tengo de su hijo, el príncipe Alejandro, son inmejorables: un muchacho, joven todavía, pero con muchas y buenas cualidades tanto en su trato como en su buen criterio, y con ganas de aprender. Su abuela confía mucho en él; lo que, por supuesto, no es ninguna garantía.

Le pregunté algo que no estaba muy seguro de que le gustase:

—La impresión que yo tenía era que Vd. sentía una gran admiración y respeto por la emperatriz. ¿No es así?

—Estás en lo cierto, incluso escribí un poema que, aunque no la nombraba, iba dirigido a ella. Es verdad que hubo una época en la que sentí verdadero fervor por Catalina porque creía que esa aportación de sangre alemana, país al que siempre he admirado, sería beneficioso para Rusia. Y tengo que reconocer que, al principio, hizo las cosas bien, incluso ese acercamiento a los escritores y filósofos franceses me pareció un paso en la buena dirección y una apuesta por el progreso. El zar Pedro, si tuvo visión de futuro. Lo demostró mejorando y ampliando la flota naval y nuestro armamento, poniéndolos a la altura de la española, y solo por detrás de la inglesa y la francesa. Pero cuando murió, sus sucesores no parecían tan interesados en seguir progresando. Se limitaron a comprarle a los otros países, en especial a los prusianos, sus armas más avanzadas, es decir, equipamiento militar o de otro tipo inventado y fabricado por ellos, porque no éramos capaces de hacerlos nosotros mismos. No invertimos dinero en investigación, y ahí está el problema. Estamos gastando en pagar patentes y aranceles cantidades de dinero que, si las hubiésemos empleado en aprender, nos hubiese permitido tener nuestra propia industria. Incluso ser nosotros los que vendiéramos a los demás países.

Derzhavin tomó aire antes de continuar con su plática

—Cuando subió al trono Catalina, una alemana advenediza pero que se enamoró de Rusia —y también de algunos rusos, hay que decirlo—, se propuso llevar a su nuevo país al mismo nivel técnico y cultural del que acababa de abandonar. Empezó invitando a los más prestigiosos científicos y sabios europeos como Euler o Bernuilli para que la asesorasen. Yo he tenido oportunidad de hablar con Euler, y cuando en confianza le he preguntado cual era la situación de nuestro país en comparación con el resto de Europa, ma ha confesado que llevamos un retraso muy importante. Algo que, por otro lado, no entienden. Ellos creen que a nivel teórico, nuestros científicos están tan capacitados como los europeos, especialmente en el campo de las ciencias y de las matemáticas. Nos ponen como ejemplo a nuestro Mijaíl Lomonósov, considerado uno de los científicos más importantes del momento. En su opinión, nuestro problema no es tanto de personas como de organización y de estímulo.

»Te confieso que confié en nuestra emperatriz cuando vi el interés que tenía en construir universidades y bibliotecas, y fundar academias y museos. Pensé que, al final, íbamos a ser gobernados por la persona capaz de poner a Rusia a la cabeza de las naciones europeas. Pero las fuerzas más reaccionarias no estaban dispuestas a ponérselo fácil, y llegó un momento en que se sintió incapaz de superar tantos obstáculos como iba encontrando. Hizo cosas, qué duda cabe. Pero no profundizó en los verdaderos problemas del país. No solo en lo relacionado con la investigación, sino en resolver las dificultades de los campesinos, y, por supuesto, la esclavitud. Unas cuestiones que parecían ya superadas. Su última actuación que refleja claramente su actual actitud de prepotencia irracional —continuó—, ha sido la decisión de secularizar algunos conventos y apropiarse de sus bienes incluidas tierras y edificios, molesta por alguna crítica que ha recibido de la iglesia. ¡Que desastre! Y lo dice alguien que, como yo, es bastante crítico con nuestra iglesia. ¡Pero hay cosas que claman al cielo!

—Y nunca mejor dicho —apuntillé riéndome.

Al hilo de lo que estábamos hablando, le comenté una experiencia que había tenido hacía unos días, precisamente sobre el tema de la esclavitud.

—Si lo miramos objetivamente —dije— la esclavitud no deja de ser una aberración. Y no digamos si quienes la practican se declaran fervorosos creyentes y seguidores de los evangelios. El otro día vi un anuncio en *La Gaceta* que me sorprendió: se vendía un matrimonio, él de treinta años, zapatero y curtidor y ella de veinticinco, lavandera, buena cocinera y con una bonita voz para el canto. Bueno digamos que, hasta aquí, todo más o menos normal; desgraciadamente ya estamos acostumbrados a esos anuncios. Pero lo que me indignó fue lo que continuaba: en el mismo lote entraba ¡un caballo con tres años, húngaro, semental y de doma inglesa! Todo, quiero recordar, por tres mil rublos. Me pareció denigrante. ¿Nadie protesta por estas cosas? —pregunté.

—Si lo hacen, pero se arriesgan e ir a la cárcel o a algo peor como en el caso de Alexandr Raditchtchev, un gran escritor y buen amigo. Cuando publicó su libro «*De San Petersburgo a Moscú*» en el que denunciaba el cruel trato que recibían los esclavos y los sirvientes en las fincas de la nobleza, fue acusado de francmasón y difamador, y como el denunciante debía de ser alguien importante —nunca se supo su nombre— el pobre Alexandr fue condenado a muerte: gracias a la protesta de los académicos, la pena le fue conmutada por el exilio perpetuo en Siberia. Tú me conoces. ¿Piensas que, en la actualidad puedo sentir la más mínima admiración por alguien como la emperatriz Catalina?

Me sorprendió la objetividad con la que trataba los temas, incluso aquellos que le obligaban a rectificar, a dar un paso atrás en sus anteriores convicciones. Igual que mi padre, pertenecía a una *especie* de intelectuales honrados. La única quizá, que podría sacar a nuestro país de esa amalgama de contradicciones y anacronismos en la que se encontraba.

Y comprendí la importancia de lo que había dicho: solo desde los puestos de responsabilidad, y actuando con rectitud, pero también con decisión, se podrían cambiar las cosas. El pueblo ruso se lo merecía.

EL COMPROMISO

Cargado con este equipaje de buenas y malas noticias, quizá un poco decepcionado por no haber hecho las cosas suficientemente bien como para conseguir la firma del ansiado documento, emprendí el regreso a Irkutsk.

Pero feliz porque iba a ver a Anniuska.

Cuando reunidos en las oficinas de la compañía comuniqué a los socios las noticias relacionadas con mis gestiones en palacio, hubo una reacción de decepción, a pesar de que procuré dar la peor noticia, es decir la de la postura de nuestra emperatriz contraria a la firma del *ukaz*, al final, y endulzándola con palabras de esperanza. Porque la realidad era que todos, incluido Zubov, estaban de acuerdo en que la operación era beneficiosa para la corona. Estaba seguro —insistí— de que antes o después, nuestra emperatriz acabaría cediendo. Creo que conseguí tranquilizarlos cuando dije que lo más importante era que no se prohibía la actividad de la compañía. Siempre existía, por supuesto, la posibilidad de que aparecieran otras empresas no reconocidas legalmente. Pero ellos tendrían la ventaja de haber llegado los primeros y de ser los que mejor conocían el negocio.

En cuanto al compromiso con Anna, lo primero que hice fue decírselo a mis padres. La reacción que tuvieron me confirmaba que estaban felices. Pero quedaba el trámite más importante: declararme a Anna, y pedirla en matrimonio. En cuanto a cómo debíamos comunicárselo a su familia yo quería que fuera una sorpresa: mi madre propuso dar una merienda de bienvenida por mi regreso sano y salvo, a la que invitarían a los Shelikhov. Sería el momento de dar la noticia.

Sabía por mi madre que Anna había reanudado las clases de piano así es que, al día siguiente, la esperé a la salida del conservatorio y la saludé. Se sorprendió, enrojeció un poco y dijo:

—¡Qué casualidad habernos encontrado! Sabía que habías vuelto, pero como no te he visto… —y ya en broma, acompañándolo de una risita forzada, añadió— Creía que te habrías olvidado de mí.

Continuando en el mismo tono, y poniéndome falsamente serio, dije:

—No es *casualidad*, Anna. Quería verte para darte algo que te he traído de San Petersburgo. ¿Te importa que demos un paseo? Pero prométeme que, si no te gusta, me lo devuelves, y lo cambiamos por algo que te pueda hacer más feliz.

La noté que se ponía nerviosa. Así es que, para no atormentarla más tiempo, la cogí del brazo y caminamos hasta un parque a orillas del río Angará. Nos sentamos en un banco de madera y saqué una pequeña caja de mi bolsillo: la abrí y le entregué un anillo de pedida, tengo que reconocer que no muy original: un aro de oro y un pequeño brillante. Hizo aspavientos como si hubiese sido una gran sorpresa, pero yo estaba seguro de que sabía lo que iba a pasar.

—¿Te gusta —dije forzando mi seriedad— o buscamos algo más práctico?

Me echó los brazos al cuello, acercó su boca a mi oído y dijo:

—¿Tú crees que encontraría *algo más práctico* que esto que me hará feliz el resto de mi vida?

Nos besamos. A continuación, le expliqué lo que había planeado para que fuera una sorpresa para sus padres, y le hice prometer que no les diría nada: cuando vinieran a la merienda organizada para mi bienvenida, ella, como la cosa más natural, se quitaría los guantes y aparecería en su mano el anillo de pedida. La idea le gustó, le pareció «muy divertida y emocionante». Luego me miró a los ojos, me echó los brazos alrededor del cuello, y se puso a llorar.

La boda se celebró el 8 de marzo de 1794, el día en el que Anna cumplía diecisiete años. No pudo ser en la iglesia del Salvador porque la estaban demoliendo: pero si había algo que abundara en Irkutsk, eran iglesias. Y conseguí que actuara el coro de cosacos.

La iglesia de *Santa María*, donde se celebró la boda, aunque más pretenciosa que la modesta iglesia desaparecida, no tenía las mismas condiciones acústicas que aquel pequeño templo de madera que me había enamorado. Sin embargo, los coros sonaban como música celestial. Y al final, como era de rigor, tuve que tocar el violín. Improvisé —la verdad era que llevaba casi un mes ensayándolo con la complicidad de Ilia que me ayudaba a recordar la melodía— unas bellas canciones cosacas que había oído en mis prácticas militares en un campamento a orillas del Don.

El banquete nupcial tuvo que celebrarse en la casa de los padres de Anna. Se desechó la idea de hacerlo a orillas del Baikal porque era época de fuertes lluvias y podríamos tener problemas en el viaje.

La ceremonia resultó espléndida; mi madre, la madrina, estaba portentosa con su esbelta figura, su pelo rubio recogido en un moño y sus impresionantes ojos azules. Nunca la había visto ni tan bella… ni tan feliz. Grigory Shelikhov, con su elegante uniforme de marino, fue el padrino, mientras que mis hermanas y unas amigas de Anna actuaban como unas bellas damas de honor.

¿Y mi padre? Sin duda, el asistente más entrañable y feliz que destacaba, no solo por su estatura, sino por su elegante figura.

Pero sin duda alguna, la que acaparaba todas las miradas por su belleza y su elegancia, fue la novia: con un vestido inspirado en los trajes de las novias mogolas, la originalidad era que combinaba pieles, en este caso de nutrias albinas, con sedas, brocados chinos y flores naturales distribuidas por el pelo y el vestido. Un vestido nupcial que parecía escapado del cuadro *La Primavera* de Botticelli, y distinto a los anodinos trajes rusos siempre blancos; una explosión de luz y color que llenó la iglesia cuando Anna apareció del brazo de su padre.

Cuando el órgano empezó a sonar y el coro de cosacos inició sus bellos cantos ortodoxos, se hizo un silencio total, y unas voces viriles llenaron la nave del templo.

Unos días después de la boda mejoró el tiempo, lo que aprovechamos para pasar nuestra luna de miel en la dacha a orillas del Baikal. Fueron días maravillosos llenos de sol y felicidad. El lago, a medida que anochecía, empezaba a cubrirse con un manto rosa, y en su superficie aparecían miles de lucecitas que parpadeaban. Recordamos los días en los que hablamos por primera vez y nos sentamos en la misma piedra en la que lo hicimos cuando tuvimos la primera conversación bajo la atenta mirada de nuestras madres. Y nos reímos y nos amamos.

Y yo aproveché para llevar a cabo algo que llevaba tiempo queriendo hacer: pescar.

Pero si hubo alguien que fue especialmente feliz con nuestra boda, ese fue mi suegro Grigori. Ya de vuelta a la ciudad, un día me llamó a su despacho. Empezó diciéndome algo que yo ya sabía: que lo que más quería en este mundo era a su niña Anniuska y que siempre le había preocupado su futuro porque viviendo en Irkutsk, *la puerta trasera del imperio* como la llamaban, tendría pocas opciones de encontrar a alguien que estuviese a su altura; no económicamente que eso le daba lo mismo, sino por educación y por nivel cultural. Me confesó que alguna vez habían pensado en mandarla a una ciudad importante como Moscú o San Petersburgo donde pudiese tener mejor educación y relacionarse con jóvenes de su nivel, pero que solo el pensar que si le pasaba algo tardarían semanas en poder llegar a su lado, les aterraba, por lo que habían desistido.

—Nikolai —añadió—. Yo no tengo hijos varones. Mi intención es que, cuando yo falte, la compañía la dirija Natalia. Mi mujer conoce el negocio casi como yo y muchas veces le consulto cosas porque tiene mucho sentido común y va derecha al grano, unas cualidades muy buenas en los negocios. Golikhov, mi socio, es una gran persona a la que confiaría mi vida y la de mi familia, pero tiene muchas limitaciones. Es un gran ejecutivo, pero poco creativo y estoy seguro de que, sin mí, no sacaría la empresa adelante. Además, no tiene hijos —y bromeando, añadió— al menos que se sepa.

»Te cuento todo esto —continuó— porque quiero que sepas que si hubiese tenido un sueño de lo más fantástico que puedas imaginarte de cómo me gustaría que fuera el futuro de mi hija, ese sueño pasaría por encontrar a una persona como tú para ella. Nos has demostrado, tanto a su madre como a mí, que eres noble y serio. Serás un buen marido y buen padre cuando los hijos lleguen, como has sido un buen hijo. Te lo digo de corazón como se lo he dicho a tus padres. Y quiero que sepas que Natalia piensa igual.

Reconozco que me quedé un tanto abochornado. Por decir algo, respondí.

—Agradezco tus palabras, creo que un tanto exageradas en cuanto a los elogios, pero de lo que sí puedes estar seguro es de que siempre cuidaré de tu —rectifiqué—, de *nuestra* Anniuska. Pero me estás hablando como si te fueras a morir «ya».

Entonces vi que su gesto cambiaba y se puso serio.

—Ya, quizá no —respondió—. Pero te voy a contar algo que saben pocas personas. En el último viaje a Moscú fui a ver al doctor Albert Stromberg, una eminencia alemana que periódicamente visita a la emperatriz. En estos últimos meses he sentido varias veces un fuerte dolor en el pecho que se extendía por mi brazo izquierdo, un dolor que me resultaba insoportable. En cuanto le expliqué estos síntomas, tuve la impresión de que el doctor Stromberg enseguida supo lo que tenía, como si los síntomas de dolor indicaran, claramente, el mal que había detrás. Me estuvo analizando y escuchando el corazón durante un buen rato. Cuando terminó, me miró serio y me dijo que tenía una dolencia importante en el corazón. Yo me quedé de una pieza y le pregunté si tenía cura. Me dijo que cura no tenía pero que, si me cuidaba, todavía podría vivir unos años. También me dijo que esos momentos de dolor, que hasta ahora había superado, se producían cuando la sangre no circulaba correctamente por mis venas y eso era lo que producía ese fuerte dolor en el pecho y en el brazo. Eran los momentos más peligrosos, me explicó, porque si la circulación no se restablecía como, afortunadamente había pasado hasta ahora, esa interrupción me provocaría la muerte.

Grigori realizó una pequeña pausa y, tras un suspiro, continuó.

—Añadió que debía tener cuidado con la comida, por supuesto con la bebida, evitar realizar grandes esfuerzos y suprimir los berrinches; y que fuera pensando en dejar la dirección de la empresa en otras manos y me dedicara a vivir tranquilo. Luego me dijo que si me gustaba la pesca esa era la mejor actividad: tranquila y al aire libre. Y añadió que caminar era muy bueno, pero siempre que lo hiciera con moderación, sin forzarme.

Sorprendido por lo que estaba oyendo, le dije que no tenía la mínima noticia de su enfermedad. Siempre había pensado que, a juzgar por su aspecto físico, era una persona sana por la actividad que desarrollaba y la energía que transmitía.

—Bueno, intento disimular. Y la verdad es que, salvo cuando me dan esos ataques, me encuentro perfectamente. Natalia, Atanasius y tus padres son los únicos que conocen mi dolencia. Anna no sabe nada y me gustaría que siguiera así.

—¿Mis padres lo saben? —pregunté.

—Era muy importante que lo supieran. Cuando Anniuska y tú estabais en el lago, aproveché para consultarle a tu padre algunas decisiones que pensaba tomar, después de que os comprometierais y me detectaran la dolencia.

»Lo primero que quería contarle era mi dolencia y la posibilidad de que, en cualquier momento, abandonase este mundo. Y no quería hacerlo sin tener las cosas terrenales lo más ordenadas posibles.

»Mi intención era, querido Nikolai, dejar muy clara la organización de la Compañía y, sobre todo, la dirección de esta. He llegado a un acuerdo con Atanasius Golikhov para comprarle su parte; le ha parecido muy bien porque él, sin mí, no quiere continuar, aunque siempre tendrá una importante participación en la sociedad como accionista. Pero la dirección de la sociedad sería totalmente familiar y tú formarías parte de ella, y, cuando yo faltase, la dirección de la empresa la llevaseis Natalia y tú, en igualdad de condiciones. Natalia, aunque nunca ha tenido ningún puesto en la empresa, la conoce muy bien; y tengo en cuenta su opinión, porque confío en su inteligencia y buen criterio.

»Todo esto lo he hablado con tu padre. Primeo para que supiera mis intenciones en cuanto al futuro de su hijo, pero también para que me asesorara en la tramitación del cambio de dirección. Quería que la operación se realizase con todas las garantías legales. Y ahora solo falta —concluyó— que tú me digas si las condiciones te parecen justas y, lo más importante, si aceptas el cargo. Mi intención es que, lo antes posible, toméis las riendas del negocio y que yo, siguiendo los consejos del doctor, me vaya a pescar al Baikal.

Y con una sonrisa un tanto forzada, añadió:

—Mientras esté vivo, vais a comer pescado todos los días.

Creo que no comimos pescado ni un solo día, al menos peces *pescados* por Grigori. Que yo recuerde, nunca fue a pescar ni al Baikal ni a ningún otro lago o río. Lo que sí hacía era darse una vuelta por la oficina casi todos los días, aunque, fiel a su promesa, nos dejaba a Natalia y a mí que lleváramos el peso de la gestión. Pero reconocíamos que nada más que su presencia, nos daba mucha tranquilidad. Yo por mi parte, y siguiendo su ejemplo, animé a Anniuska a que viniera por las oficinas y le echara una mano a su madre que era la mejor forma de que se involucrase en la empresa, pero sin abandonar las clases de piano. Y, sobre todo, cuidándose mucho: acabábamos de enterarnos de que iba a ser madre.

Seis meses después de nuestra boda, el treinta y uno de julio de 1795 a la diez de la mañana de un día soleado, Grigori Ivánovich Shelikhov caía fulminado por un ataque al corazón, en plena calle camino de la oficina. Solo tenía cuarenta y ocho años.

Pero la tragedia solo había comenzado. Aquella muerte anunciada sería el preludio de una cadena de terribles desgracias. Unos meses después sucedería el peor de los infortunios, y que arruinaría mi vida durante muchos años: al dar a luz a nuestra hijita Olga, Anniuska tuvo complicaciones durante el parto que le provocaron fuertes hemorragias que los médicos no pudieron o no supieron contener.

Murió unos días después.

Esa tragedia, inesperada, me arrastró a un pozo de desesperación en el que perdí el concepto del tiempo y de todo lo que me rodeaba.

Mis padres estaban preocupados porque nunca me habían visto tan hundido. Ni siquiera mostraba interés en ver a mi hijita, inocente y ajena a toda aquella tragedia. Tampoco podía mirar a Natalia; pensaba que ella me consideraría culpable, en parte, de lo sucedido. Natalia estaba tan destrozada como yo pero viendo mi estado, ella no podía hundirse y con el apoyo y la ayuda de mi madre —¡que dos mujeres tan extraordinarias!— se encargaron de todos los preparativos del funeral, al tiempo que se preocupaban de que nuestra hijita tuviera todos los cuidados necesarios. Ahora en vez de una madre, iba a tener a dos abuelas completamente entregadas a ella. Incluso tuvieron tiempo y fuerzas para ocuparse de mí, que me sentía, en aquellos momentos, como un sonámbulo. Daba vueltas por toda la casa como un animal perdido, abriendo armarios y sacando las cosas de Anniuska de los cajones: las miraba un buen rato para luego, con mucho cuidado y bien doblada si era ropa, volverla a poner en su sitio.

Cuando finalmente logré recuperarme y tomar conciencia de la situación, sentí que había contraído una deuda con aquellas dos extraordinarias mujeres que no podría pagar en lo que me quedara de vida. Y por primera vez, fui consciente de que era padre de Olga, una preciosa criatura que Anniuska me había dejado como un trocito de ella misma.

III

INVIERNO

LA RUSIA AMERICANA

Largo cantábile
[Vv-297, 2º mov.]

KODIAK

Kodiak: entrada en el puerto de Tres Santos

UN DOLOR IRREPRIMIBLE

La muerte de Anniuska me dejó completamente destrozado. Me parecía cruel cortar de tajo la vida de una mujer, joven, que había transportado en su seno, durante nueve meses, una nueva vida, una criatura inocente que nunca conocería a su madre. Algo que me resultaba difícil de soportar al pensar en lo que mi madre había significado para mí.

Y he de confesar que me costaba entender esta crueldad. Soy consciente de que desgracias como esta, incluso mayores y más injustas, suceden continuamente. Pero hasta que no las sufres en tu propia carne no reflexionas sobre ellas.

¿Qué sentido tienen? ¿De qué se trata? ¿De cambiar una vida por otra? ¿Puede existir un *ser* omnipotente y piadoso que permita tanto sufrimiento a seres inocentes creados por él mismo, o tenemos que aceptar que ese *ser*, una vez hecho su trabajo, se desentiende de estas cuestiones terrenales? Y si es así, ¿por qué dice el evangelio «pedid y se os dará»? Eso significa que puede intervenir si se lo pides, por supuesto con fe. Y los que desconozcan los evangelios, no sientan esa fe, o sencillamente, pertenezcan a otras creencias ¿están condenados a no recibir nada? Seguramente hay una explicación que desconozco o que no he llegado a entender. Pero si no entiendo, ¿por qué tengo que creer? ¿Para qué se nos ha dado algo tan importante como el raciocinio si no siempre lo podemos utilizar? ¿Y quién decide cuando podemos utilizarlo o cuando tenemos que recurrir a la fe ciega? Al parecer se nos ha dotado de unos dones especiales, pero no se nos ha informado de cómo ni de cuándo recurrir a ellos.

A veces he creído que la lectura de los racionalistas franceses había influido en mi forma de pensar. Es posible, aunque creo más bien, que ha sido la influencia de mi padre que me enseñó, no a ser descreído, pero sí a analizar las cosas de forma racional y objetiva y a sacar mis propias conclusiones sin dejarme arrastrar por costumbres o creencias basadas, únicamente, en tradiciones y en rutinas poco científicas, o poco contrastadas.

A pesar de que mi madre, profundamente creyente, había querido influir en nuestra formación religiosa desde que éramos pequeños —lo que había conseguido con mis hermanas— sin embargo, siempre se había lamentado de haber fracasado con mi padre y conmigo. Yo amo a mi madre porque es buena y amorosa; incluso desearía que existiera esa otra vida, ese paraíso prometido para que, personas como ella, con esa fe inquebrantable que al mismo tiempo les proporciona tanta paz espiritual y tanta felicidad, pudieran disfrutar de él. Y he de confesar que he envidiado a tantas de esas personas de fe profunda, que he conocido y que han significado algo para mí. Por supuesto mi madre, pero también esos abnegados misioneros que viven en tierras inhóspitas sacrificados, pero felices, entregados a ayudar a los demás. Y todo por amor a ese Dios para mí tan incierto.

Al final decidí que lo mejor era dejar de pensar en estas cuestiones. Ya estaba bastante alterado y no podía permitirme empeorar mi situación.

Lo que tenía claro era que, en estos momentos, lo más importante era rehacer mi vida y recuperar la rutina diaria: ahora, una criatura nueva totalmente indefensa, dependía de mí. Además, estaba seguro de que la tarea rutinaria me permitiría olvidar, o al menos aliviar, ese terrible dolor que me asfixiaba. Mi hija, dentro de la desdicha que suponía la pérdida de su madre, se encontraba en el seno de dos familias que se desvivían por ella. En ese aspecto, podía estar tranquilo.

Por otro lado, la empresa tenía que seguir su marcha normal. En relación con esto, quisiera tener un especial recuerdo y reconocimiento de gratitud hacia Atanasius Golikov, el exsocio de Grigori que, sin tener ya ninguna responsabilidad con la compañía a nivel de dirección, a los pocos días del trágico suceso se presentó en las oficinas y se puso a nuestra entera disposición, un ofrecimiento que agradecimos tanto Natalia como yo. Esos días andábamos perdidos y sin poder concentrarnos en el trabajo.

NATALIA

Habían pasado casi seis meses del fallecimiento de mi querida Anniuska, y más de un año del de su padre Grigori Shelikhov, cuando Natalia me recordó el viaje que teníamos pendiente —y que tuvimos que suspender por los sucesos— para visitar la colonia de la Rusia americana, en donde empezaba todo el proceso comercial.

Como codirectora, tenía interés en conocer todos los detalles del negocio, empezando por visitar el lugar en el que se iniciaba el proceso y enterándose bien de todo su desarrollo, desde las faenas de caza y captura hasta la organización de los envíos, pasando por los trámites administrativos, condiciones de los empleados, salarios que recibían, etc. También quería hablar con los trabajadores, incluidos los nativos, interesarse por sus problemas.

La realidad era que nunca había visitado la colonia. En vida de Grigori, aunque insistía, él se negaba a que hiciera un viaje incómodo y que podía ser hasta peligroso. Pero yo no era su marido y no tenía ni argumentos sólidos ni autoridad moral para hacerla desistir, así es que tuve que resignarme y aceptar su voluntad.

Las oficinas, dirigidas ahora por Alexandr Baránov, se encontraban en *Tres Santos*, un pequeño poblado fundado por la compañía en la bahía del mismo nombre, en la isla de Kodiak, la más occidental del archipiélago aleutiano.

Cuando por última vez, intenté disuadirla del viaje, Natalia fue tajante en su respuesta:

—No me importan las incomodidades Si nuestros trabajadores pueden soportar esa vida, yo también tengo que hacerlo. Te ruego Nikolai que organices el viaje para cuando creas que es el mejor momento. Pero cuenta con que yo te acompañaré.

—Está bien. Solo quería que supieras lo que te espera. Perdona si he insistido.

—No tengo nada que perdonarte. Yo te agradezco que me lo adviertas. Pero entiende tú también que necesito sentirme útil y no convertirme en una pieza de adorno de la empresa, sentada todo el día detrás de una mesa leyendo papeles y escuchando informes. Además, tú sabes, igual que yo, lo importante que es tener en estos momentos la mente ocupada para que los recuerdos no nos atormenten continuamente. Te voy a pedir dos favores, Nikolai: que elijas la mejor fecha para el viaje, supongo que será en primavera, y que me pongas al día, antes de partir, de lo que voy a ver cuando lleguemos. No quiero presentarme ante Baránov sin tener el mínimo conocimiento del funcionamiento de las capturas y del trabajo de los tramperos y cazadores. Pero tampoco quiero que esto sea motivo de retraso.

—Un buen momento —respondí— sería, efectivamente, salir a principios de primavera para llegar a la colonia cuando empiece la temporada de caza, es decir, a finales de marzo o principios de abril. Los días son más largos y las temperaturas algo más altas, pero todavía hay nieve para que podamos desplazarnos en trineo por el interior de la isla, así podrás visitar algunos caladeros y el nuevo poblado que Baránov está construyendo al este de la isla. Me gustaría que te lo explicase él mismo, porque está muy orgulloso de su proyecto: un poblado que tendrá una iglesia, oficinas, buenos almacenes y una escuela para los nativos y los hijos de los cazadores, además de unas viviendas más confortables.

»Como sabes, una de las últimas gestiones que hizo Grigori fue pedir al Metropolitano de Moscú que fundara una misión en esa parte del archipiélago con un colegio, una residencia, y un pequeño servicio sanitario para primeros auxilios. Los gastos irían a cuenta de nuestra empresa. El poblado se llamará *Sankt Pavel*, un nombre que yo le sugerí en recuerdo de nuestro zarevich. La idea de Baránov, que contaba con la aprobación de la última junta a la que asistió Grigori, era trasladar allí el cuartel general. El nuevo puerto tiene mejores condiciones y está más cerca de Alaska que, en su opinión, será donde acabemos estableciendo la base definitiva, si es que nuestra querida Catalina se decide a firmar la concesión.

Natalia me escuchaba atentamente y tomaba notas, en un pequeño cuaderno, de todo lo que yo decía. Animado por su interés, continué:

—Baránov es muy inteligente y conoce muy bien el terreno en el que se mueve. Está convencido de que el futuro de la empresa está en la costa de Alaska, unos terrenos totalmente inexplorados por los europeos y por donde podríamos ampliar los territorios de la colonia. Según los nativos, es donde se encuentran los mejores caladeros de nutrias.

»Continuando hacia el sur, podríamos llegar hasta Nueva España, donde empiezan los territorios descubiertos y conquistados por los españoles que ocupan todo el continente meridional. Nos vendría muy bien tomar contacto con ellos para garantizar el abastecimiento de nuestra colonia. La tierra que ocupan los españoles es muy rica y tiene un clima privilegiado.

»Creo Natalia —concluí— que esto es lo más importante que debes saber. Ya en cada momento y sobre el terreno, Baránov y yo mismo, te iremos explicando las cuestiones que vayan surgiendo. Escuchar a nuestro amigo Alexandr es un placer porque, además del negocio, conoce historias de esta gente que te van a sorprender. Me refiero a los nativos que tienen sus peculiaridades como podrás comprobar.

Después de esta exposición noté que se quedaba más tranquila. Me dijo que le había gustado la forma en la que se lo había explicado y que, por primera vez, se había sentido tratada como un miembro más de la empresa familiar. Me hizo prometerle que siempre la trataría como lo había hecho ahora.

Lo que estaba claro era que, si queríamos cumplir el calendario previsto, tendríamos que iniciar el viaje en un par de semanas, tres como máximo. Yo no dejaba de pensar que, a pesar de todas las previsiones, iba a ser un viaje duro y molesto para una dama acostumbrada a ciertas comodidades y determinadas necesidades, un viaje en el que podían presentarse situaciones peligrosas. Sabía que lo único que podía hacer en estas circunstancias era tomar todas las medidas de seguridad posibles, empezando porque nos acompañase Ilia, la persona más capacitada para sacarnos de cualquier situación difícil que se presentase. A mi madre no le importaría prescindir de él, si era en beneficio de su buena amiga —y ahora consuegra— Natalia y, por supuesto, de su propio hijo.

Salimos antes de lo previsto porque parecía que el buen tiempo nos iba a acompañar, por lo menos hasta llegar a la costa de Okhotsk. Allí estaría esperándonos la nave *Sviatoi*

Simon que nos trasladaría a la isla de Kodiak, para lo que tendríamos que bordear todo el arco de las Aleutianas. Quería evitar el viaje por Kamchatka, más al norte, porque el tiempo y la situación de los caminos en esa zona eran imprevisibles. El recorrido elegido tenía la ventaja de ser más corto, aunque la última parte fuese incómoda por los montes que teníamos que atravesar.

La *Sviatoi Simon* estaba capitaneada por Gerasim Izmailov, un veterano marino nacido en Yakutsk —la ciudad más fría del planeta según contaban—, al que conocía por haber realizado ese trayecto más de una vez. Un personaje peculiar como pudo comprobar Natalia. Tenía interés en que hablase con él porque era un pozo de conocimiento de todo lo relacionado con el mar y las islas de la colonia, además de un narrador singular de historias increíbles, unas que había vivido y otras que, yo creo, se inventaba, o al menos las adornaba para que resultasen más interesantes. Como buen marino, era un conversador incansable y su compañía animó el viaje. Para Natalia resultó una gran ayuda para olvidarse de las muchas incomodidades.

A las tertulias del capitán solía asistir un grupo de misioneros acompañados por el obispo Joasav Bolotov, el primer prelado que visitaba las islas. Cuando el capitán contaba sus historias, algunas picantes, le encantaba decir:

—Y ahora mi respetada eminencia y mis queridos popes, tápense sus castos oídos porque esto que voy a contar no es materia adecuada para ustedes.

Era cierto que su vida había sido una continua aventura. Se la había oído contar alguna vez, pero no con tal lujo de detalles como ahora que tenía más público y una señora presente —Natalia era la única mujer a bordo— a la que, supongo, trataba de impresionar. Lo curioso era que cada vez contaba las historias de distinta manera, creo que intentando adaptarlas al gusto de la audiencia.

En su juventud, Izmailov había tomado parte en la sublevación de un grupo de prisioneros polacos que estaban en la misma cárcel de Kamchatka en que la que él se encontraba, por algún delito menor que no nos quiso desvelar; pero el resultado fue que, faltándole poco tiempo para terminar la condena y seguramente para presumir delante de los otros presos que tenían castigos más largos, cometió la estupidez —como él reconocía— de sublevarse y escapar de la cárcel.

Mas tarde quiso rectificar y volver a la prisión, pero los demás sublevados no solo se lo impidieron, sino que le dieron una paliza y lo dejaron, abandonado y medio muerto, en una isla desierta del archipiélago de las Kuriles. Sobrevivió alimentándose de vieiras, reptiles, yerbas y raíces hasta que unos pescadores de la tribu *yasak,* lo recogieron. Cuando regresó a Siberia lo sometieron a un nuevo juicio y lo condenaron, por rebelión, a una pena mayor. Pero, por alguna razón desconocida, al año siguiente lo indultaron y fue cuando se enroló en la nave *Sviatoi Simon,* donde trabajó como cartógrafo levantando planos de las Aleutianas. Incluso llegó a conocer al famoso marino inglés James Cook que le regaló un mapa de la costa oeste del continente americano.

En 1783 entró a trabajar con Baránov en la *Compañía Ruso americana,* como marino responsable de las naves que se dedicaban a la exploración de las islas, al levantamiento de planos, y cuando se terciaba, al traslado de pasajeros entre islas o al continente. Al parecer, había sido el mismo Izmailov, buen conocedor de la zona, el que había recomendado el emplazamiento del primer asentamiento en la *Bahía de Tres Santos,* nuestro destino. Una vida interesante que él no dudaba en enriquecer con historias de amor que eran las que iban precedidas de un aviso para los clérigos que, no solo no se tapaban los oídos, sino que parecía que se les iban a saltar los ojos de la atención que prestaban. Pero siempre esperaban a que el obispo se hubiese retirado a su camarote.

Al cabo de treinta y cinco días, después de parar en algunas de las islas mayores del archipiélago, incluida la de Bering, y de soportar algunas tormentas que nos obligaron a refugiarnos en puertos naturales del archipiélago, el diez de mayo de 1796, día de *San Pancratius,* atravesamos la *Boca de Tres Santos.* La entrada era espectacular: una bella bahía rodeada de impresionantes montañas con las cumbres nevadas y las faldas llenas de espesos bosques de coníferas. Pero entre unos y otros, a media ladera donde la nieve se había fundido, aparecían franjas negras de la roca volcánica, origen de las islas. El poblado, que yo conocía bien porque era la tercera vez que lo visitaba, había crecido: en ese momento se estaba construyendo una escuela y más viviendas. El comentario de Natalia fue que el espectáculo *casi* compensaba las incomodidades del viaje. Nada más desembarcar nos dirigimos a las oficinas de la compañía. Estábamos cansados, especialmente Natalia para quién, según me contó, lo peor habían sido las noches, cuando el movimiento del barco le impedía dormir.

Los empleados de la oficina se sorprendieron al vernos; no nos esperaban hasta unos días más tarde. Nos dijeron que Baránov se encontraba en *Sankt Pavel* y que no regresaría hasta cinco días después, la fecha en la que nos esperaban.

—No hay ningún problema —los tranquilicé—. Nos quedaremos unos días en Tres Santos para que la señora se reponga del viaje. Y de paso, nos podéis informar de la marcha de la empresa en la isla. Luego continuaremos el viaje hasta Sankt Pavel y allí nos reuniremos con el Sr. Baránov.

Natalia quería conocer el interior de la isla. Estaba cansada de tanto barco por lo que habíamos pensado viajar por tierra. Nos aconsejaron que era mejor hacerlo por barco, al menos la primera parte: era un recorrido corto hasta la *bahía de Ugak* en la misma isla. Por tierra era más largo e incómodo porque había que ir rodeando toda la costa y sus pequeñas bahías: no podíamos desplazarnos en línea recta por los impresionantes montes que llegaban hasta el mismo mar. El trayecto en barco, en cambio, era cómodo y no duraba más de cuatro horas por lo que, si salíamos temprano, llegaríamos a mediodía a una pequeña base en la bahía. El trineo y una docena de perros nos acompañarían en el barco, una nave pequeña con vela latina y muy rápida. Desde Ugak a Sankt Pavel había unas treinta verstas y podíamos tardar otras cuatro o cinco horas en trineo, por lo que llegaríamos todavía con luz. En Sankt Pavel encontraríamos una misión donde descansar.

Al tercer día de nuestra llegada emprendimos el viaje. Como amanecía pronto, pudimos adelantar la salida. La pequeña nave estaba preparada con el equipo necesario, incluidos los *huskys* que tirarían del trineo, uno de los de mayor tamaño ya que en él tendríamos que acomodarnos tres personas y el equipaje. Habíamos intentado reducirlo al máximo, algo difícil de conseguir viajando una señora. Ilia era un magnífico conductor, con mucha experiencia en el manejo de trineos, y confiaba plenamente en su pericia. La intención era llegar en el día, a Sankt Pavel. Así no nos cruzaríamos con Baránov si adelantaba el viaje de vuelta; aunque estaba seguro de que, si había dicho que estaría ausente cinco días, serían cinco días: ni uno más ni uno menos. He conocido a pocas personas tan organizadas y precisas como este hombre.

La travesía por mar fue, tal como le había anticipado a Natalia, un verdadero placer: descansado y, según ella misma, con las vistas más impresionantes que jamás había contemplado. Yo estaba totalmente de acuerdo. Miraba el paisaje con la misma emoción que la primera vez que lo vi. En Ugak, Natalia pudo caminar un rato y comer algo mientras descargábamos y preparábamos el trineo. Una hora después nos pusimos en marcha. El camino hasta el poblado era bastante cómodo y, salvo el último tramo, casi recto. Pero el tiempo no nos acompañaba y aunque no era época de fuertes nevadas, lo peor era el viento que nos impedía mantener una marcha regular, obligándonos a frecuentes paradas. En una de las curvas, el trineo chocó con una roca, y se quedó enganchado a ella. Intentamos desengancharlo, tirando todos de él, incluso los perros. Pero lo único que conseguimos fue terminar de partirlo, con la mala suerte de que una parte del trineo se precipitara barranco abajo, hasta el mar.

No podíamos continuar como no fuera a pie. La situación era bastante complicada. El que Natalia estuviese implicada, era lo que más me preocupaba y no me dejaba pensar con claridad. Afortunadamente podía contar con Ilia que en estas situaciones, actúa con serenidad y siempre encuentra una salida. El equipaje no había sufrido ningún daño. Ilia había tenido la precaución de descargarlo antes de que intentáramos soltarlo de la roca. Solo la serenidad y la seguridad que este hombre transmitía, conseguía tranquilizarme. Sabía que a unas pocas verstas había un antiguo asentamiento que estaría vacío en esta época ya que todavía no había empezado la temporada de caza. Podríamos refugiarnos en él y pasar la noche, mientras Ilia continuaba y traía un trineo nuevo al día siguiente. Sankt Pavel estaba solo a un par de horas caminando.

El problema era cómo llegar hasta el asentamiento con todo el equipaje. Estaba claro que no podíamos pasar la noche a la intemperie: de madrugada hacia un frío insoportable. La única solución era improvisar, con las tablas que pudimos recuperar, una especie de cajón que los perros podrían arrastrar. Y eso fue lo que hicimos. Incluso Natalia estuvo ayudando creo que para entrar en calor. Cuando le di las gracias por su *eficaz ayuda,* me lo confirmó. Después de casi una hora de trabajo, al final conseguimos algo parecido a lo planeado: una tabla donde colocar el equipaje, y en opinión de Ilia, con sitio para Natalia.

Finalmente nos pusimos en camino, y así marchamos durante una hora. Pero llegó un momento en el que Natalia no pudo aguantar más. Era incómodo por «*los malditos saltos que da, con la m*ás pequeña piedra que se encuentr*a en el camino*», se quejaba.

Tuvimos que cambiar de plan: Natalia y yo andaríamos, mientras Ilia se encargaría de conducir aquel invento. Al cabo de un rato, viendo que Natalia estaba muy cansada, cargué con ella. Llevar a Natalia a la espalda, no solo no era incómodo, sino que era agradable el calor que mutuamente nos dábamos.

En un par de horas, cuando ya empezaba a anochecer, llegamos al asentamiento; un grupo de cabañas y tiendas vacías. La agradable sorpresa fue que estaban equipadas con pieles, bargueños de madera con agua líquida, pues tuvieron la precaución de cubrirlos con pieles antes de marcharse. Y lo más importante: había mucha leña.

Las cabañas eran las típicas construidas con troncos de abetos, pero resultaban incómodas en esta época fría y con fuertes vientos, porque entraba aire por las juntas de los troncos. Nos llamaron la atención, sin embargo, unas tiendas circulares con forma de cono. Tendrían unas diez brazas de diámetro en la base y estaban construidas con troncos de alerce unidos en la parte superior dejando un hueco como una chimenea para el humo El exterior estaba forrado con lonas y pieles de oso y de reno. Natalia se quedó un rato mirándolas.

—Son como los *chum* que montan los *nenets* en la península de Yamal en Siberia, cuando migran con sus renos a los pastos de verano —dijo—. Seguramente hay n*enets* entre los cazadores. He dormido alguna vez en ellas y son bastante confortables; desde luego mejor que esas cabañas en las que entra aire por todos partes. Deberíamos quedarnos en una de ellas.

Como hacía frío, Ilia fue a las otras cabañas a buscar más leña seca. En el suelo había tablas y pieles en abundancia.

Como con el retraso por el accidente se nos había echado la noche encima, le dije a Ilia que se quedara y saliera por la mañana temprano. Pero prefería continuar. La nieve reflejaba la luz de una luna llena y se veía bien el camino. Pero antes de partir tuvo tiempo de encender un buen fuego y volver a las otras cabañas en busca de más pieles. Lugo salió y miró al cielo.

—Esta noche va a helar.

Yo también salí. Quería dejar a Natalia sola para que tuviera un momento de intimidad para ella.

Cuando al cabo de un rato regresé, me sorprendió verla sentada en el suelo al lado de la hoguera, encogida y tiritando. Había intentado quitarse la ropa mojada, pero hacía demasiado frío. Seguramente la leña no estaba seca, y el fuego se había apagado. Lo primero que hice fue quitarme el caftán y echárselo por encima, mientras intentaba reavivar el fuego. A continuación preparé un lecho lo más confortable posible aprovechando la cantidad de pieles que teníamos. Luego le aconsejé que se quitara toda la ropa mojada y que se tapara bien. Cuando vi que estaba confortable hice yo lo mismo y me tumbé a su lado intentando darle algo de calor. Pero como no se había quitado toda la ropa húmeda, seguía tiritando. Le dije que mientras no lo hiciera, no entraría en calor.

—Tu estas igual que yo. Si también te quitas la ropa húmeda, los dos entraremos en calor.

Me sorprendió porque no me lo esperaba y me quedé un rato sin saber qué debía hacer. Desde luego era la solución, así es que me decidí por lo más sensato. Me quité la ropa —prácticamente toda estaba mojada— la coloqué lo más cerca posible del fuego y volví a meterme entre las pieles. Natalia había hecho lo mismo: los dos estábamos desnudos entre aquel revoltijo parecido a un enorme nido que, en vez de plumas, tenía pieles. Le dije que se acercara a mí, pero noté cierto retraimiento. Entonces decidí ser yo el que tomara la iniciativa pegándome a su espalda. No se movió y dejó de tiritar, al menos con la violencia que lo hacía antes. Pero con el contacto de su cuerpo desnudo, me paso algo, normal pero inesperado, por lo que me separé de ella.

Con una voz todavía entrecortada por el frío, me dijo:

—Nikolai, he estado veinte años casada y sé que estas cosas pueden suceder. Estamos en una emergencia y no deberíamos darle más importancia. Lo que tendríamos que hacer, ahora que estamos entrando en calor, es intentar dormir.

A continuación, se dio la vuelta, y se pegó completamente a mí.

Llevaba mucho tiempo sin sentir el contacto de un cuerpo femenino. También era consciente de que la que estaba junto a mí, era la madre de la mujer a la que había amado y que acababa de morir. Pero Natalia era todavía una mujer joven y muy atractiva. Yo sentía que el instinto sexual, reprimido durante tanto tiempo, me dominaba sin poder controlarlo. Ella lo percibió y, cuando traté de separar mi cuerpo del suyo, me abrazó con ternura y, sutilmente, me animó a que siguiera. Quizá también ella necesitaba sentirse querida y deseada. Solo hizo unos pequeños movimientos, casi imperceptibles, pero suficientes para que, finalmente, sintiera esa sensación única y ese placer tibio que produce la unión total de dos cuerpos. Empezamos a movernos, despacio al principio, como intentando que el otro no lo notara, pero que poco a poco íbamos acelerando entre suspiros y jadeos, hasta terminar. Se dio la vuelta, pero seguí abrazándola.

Intentamos dormir un rato, pero no lo conseguíamos. Yo lo hubiese hecho, pero Natalia estaba muy nerviosa y no hacía nada más que moverse. Se separaba de mí, pero enseguida volvía a acercarse.

—¿Qué te pasa Natalia? —pregunté— ¿Te sucede algo? No haces nada más que moverte y deberías intentar dormir un rato. Mañana nos espera un día largo. ¿Te sientes culpable por lo que ha pasado?

Se queda dudando y no me contestó. Se limitó a devolverme la pregunta.

—¿Tú te sientes culpable?

Medité la respuesta: pero dije algo de lo que me arrepentí al instante:

—Creí que me sentiría menos culpable si pensaba que estaba con Anna. No me fue difícil porque tu cuerpo huele como el suyo y tu piel es igual de suave. Pero luego, cuando fui consciente de que eras tú… no me importó.

Noté que su cuerpo se contraía.

—Eso que has dicho es impropio de un caballero, y me ha molestado —dijo separándose de mí bruscamente.

No sé por qué, pero en lugar de intentar arreglarlo seguí en la porfía.

—Tú me has preguntado y yo te he contestado la verdad. Si te ha molestado lo siento: pero te aseguro que no era mi intención.

No dijo nada, pero oía como su respiración, fuerte al principio, poco a poco se iba relajando. Pensé que se había dormido y me sentía incomodo por ese final tan distinto al que yo hubiese deseado. Pero cuando menos lo esperaba, se dio la vuelta, buscó mi boca, y me besó.

—Perdóname Nikolai porque he sido injusta contigo. Creo que en todo momento has actuado de forma correcta. Pero cuando has mencionado a mi hija he sentido como un golpe muy fuerte, y una sensación muy desagradable… Como si los hubiésemos traicionado: a mi hija y a su padre. Entonces he arremetido contra ti como si fueras el único culpable. Creo que ninguno de los dos lo somos. Por favor, perdóname —terminó.

—Te comprendo perfectamente y no tienes que pedirme perdón —dije— Lo que hemos hecho, no puede ofender a nadie. Nos encontrábamos en una situación de mucha tensión, los dos somos jóvenes y llenos de vida. Y ha sucedido algo normal en estas circunstancias. Y ahora que estoy tranquilo te puedo decir que no, no me arrepiento.

No dijo nada, pero volvió a abrazarme. Y no hubo más palabras porque no eran necesarias. Nos buscamos y nos besamos. Y esta vez todo sucedió de la forma más natural. Luego entramos en un sueño profundo.

HENRICH VON LANGSDORFF

Me despertaron unos ladridos de perros y la conversación que mantenían dos hombres fuera de la cabaña. Reconocí la voz de Ilia, pero no la de la otra persona. Creía que Natalia se había despertado, pero como permanecía quieta y el recinto estaba templado, decidí que lo mejor era dejarla dormir el tiempo que ella quisiera. No teníamos prisa y era más importante que siguiera descansando.

Me vestí procurando no hacer ruido. La ropa ya estaba seca. Pero antes de salir eché una última mirada al interior de aquel refugio, escenario de una experiencia tan inesperada. Y contemplé el rostro sereno y relajado de aquella bella mujer durmiendo plácidamente en el lecho de pieles que habíamos construido. Salí y volví a extender la enorme piel de oso que servía de puerta. No quería que entrara luz ni que se perdiera calor

Fuera había dos trineos y sendas rehalas de perros. A algunos los reconocí como los *huskys* que habíamos traído nosotros, pero otros eran nuevos como uno blanco y de menor tamaño que me llamó la atención por su viveza. No dejaba de moverse y de dar pequeños ladridos, no amenazadores sino de alegría.

La persona que estaba con Ilia, algo más joven que yo, era alto, delgado y con un fuerte acento alemán.

—Capitán Rezanov, este caballero es el doctor Henrich von Langsdorff —dijo Ilia— Estaba en Sankt Pavel esperándole a Vd.

Nos saludamos.

—Su criado me ha contado la odisea que vivieron ayer, y me he ofrecido a acompañarlo por si Vd. o la señora, tenían algún problema en el que yo, en mi condición de médico, pudiera ayudar.

—Afortunadamente estamos bien —contesté amablemente—, pero le agradezco su interés.

Luego añadió:

—Y esta especie de bola de nieve juguetona que le ha llamado la atención, es mi perro *Sushi*, una raza japonesa famosa por su extraordinario sentido de la orientación. En los trineos son los que van en cabeza y los que atienden las indicaciones del conductor. Como es blanco y japonés le he puesto el nombre de *Sushi*, un plato típico de aquel país. A pesar de su tamaño, es fuerte y resistente. Como sus compatriotas —dijo riendo—. Lo he traído para que vaya adquiriendo práctica.

—¿Cuándo llegó Vd. a la isla?

—Hace tres días. Por cierto, me trajo un amigo suyo.

—Supongo que el capitán Krusenstern.

—Exacto. Y como le dije que era posible que nos viéramos, me pidió que lo saludara de su parte y que le recordara que tenían pendiente *la búsqueda de la tumba*. Me aseguró que Vd. sabría a lo que se refería.

Me reí, y le conté la historia de la tumba de Bering ¡Que buena memoria la de Adam! Después de un rato de conversación supe que el doctor era un gran conversador, culto y ameno. Desde el primer momento congeniamos. Encontrar a alguien con esas cualidades en estos parajes no era fácil.

Esperamos casi una hora a que *madame* Natalia saliera de la tienda, pero mereció la pena. Estaba resplandeciente. No sabía cómo lo había conseguido en aquel cuchitril en el que no había de nada, pero apareció peinada y maquillada como si saliera de la habitación del más lujoso hotel.

Apenas me saludó. Después de las presentaciones de rigor y de que Ilia cargara el equipaje, partimos rumbo a Sankt Pavel. Natalia iba con Ilia en el trineo más grande que parecía también el más cómodo. El doctor Langsdorff y yo en el segundo trineo, más pequeño y cargado con el grueso del equipaje. Quería que Natalia tuviera la máxima comodidad. El tiro de perros iba encabezado por el pequeño Sushi que, muy orgulloso, llevaba la cabeza levantada como diciendo: «Tranquilos que aquí estoy yo».

El doctor Langsdorff rompió el silencio hablándome de un tema que enseguida captó mi atención.

—Hace unos días conocí a unos españoles que venían en una hermosa nave, realizando un viaje científico alrededor del mundo —empezó—. Una expedición formada por dos navíos y dirigida por un navegante italiano llamado Malaspina, pero sufragada por la corona de España. La nave que ha llegado a Kodiak, la *Atrevida,* está capitaneada por el comandante José Bustamante. La *Descubierta,* capitaneada por el propio Malaspina, tomó rumbo hacia las islas Filipinas que, como sabe, pertenecen a España.

Después de cambiar de postura y viendo mi interés, continuó.

—Los médicos que los acompañan, a los que conocí en la oficina del señor Baránov, me invitaron a visitar la nave. Y me alegré. El navío era como un laboratorio flotante con toda clase de instrumentos para hacer mediciones astronómicas, levantamiento de planos, sondas para medir profundidades, telescopios…etc. Pero lo que me llamó la atención fue que, aparte de geógrafos, cartógrafos, botánicos y naturalistas, también viajaban médicos, no solo para el cuidado de la tripulación, sino para estudiar algunas enfermedades tropicales que están afectando a muchos españoles de las colonias.

Uno de ellos, el doctor Gutiérrez de la Concha habla alemán y el que ha sido el que me ha dado más detalles de la expedición, aunque también me ha advertido que hay cuestiones sobre las que no pueden dar información. Venían de Nueva España, la colonia que tienen en Centroamérica, buscando lo que llaman *«el paso del norte»*, la comunicación de los dos grandes océanos por el círculo polar ártico. Están seguros de que existe, pero no han podido encontrarlo. Para España sería muy importante ya que les permitiría llegar a la costa occidental de América, sin tener que rodear el cabo de Hornos.

Me parecía tan interesante todo lo que contaba que no quise interrumpirle.

—Lo más curioso —continuó— es que también llevan dibujantes e incluso un pintor. Hacen bocetos y croquis de plantas, animales, insectos y todos los seres vivos, incluidas plantas desconocidas. La sala de cartografía era muy interesante y me llamó la atención lo bien equipada que estaba con grandes tableros y los instrumentos más modernos para cartografiar.

Cuando le pregunté cual creía él que era el verdadero objetivo de la expedición, además de la búsqueda del *Paso del Norte,* se quedó un rato pensando.

—Hasta donde yo sé y por lo que le he oído al doctor De la Concha, la intención del rey Carlos es levantar planos de todos los territorios de la corona en ultramar y recopilar toda la información posible en cuanto a fauna, flora, pueblos que los habitan, lenguas, costumbres etc. El rey Carlos contrató al italiano

Alexandro Malaspina porque, además de un buen navegante, era un reputado científico. Pero le repito que tuve la impresión de que no me contaba todo lo que sabía. Por supuesto no iba a insistirle, así es que hice preguntas totalmente inocuas, como algo por lo que sentía cierta curiosidad: cuál era el cometido del pintor, un tal Antonio Pineda, al parecer muy conocido y valorado en su país. Según De la Concha, Pineda estaba interesado en acompañar a la expedición porque para él era una experiencia única. Estaba cansado de hacer retratos de personajes ricos y famosos en España y Portugal. Quería continuar con su especialidad, pero pintando indígenas de distintas tierras, detallando las vestimentas locales y los adornos, incluso los tatuajes que cubren sus cuerpos.

Langsdorff añadió que le habían llamado la atención los laboratorios y cómo iban equipados. Me habló de unos muebles con pequeños cajones preparados para guardar especímenes, fabricados con maderas repelentes a los insectos y protectoras de la humedad.

Aproveché para preguntarle algo que, desde hacía un rato, me rondaba por la cabeza. ¿Le hablaron en algún momento de la colonia al norte de Nueva España?

—Mi interés —le aclaré para evitar cualquier equívoco— es que cada vez estoy más convencido de que la colonia española sería la que mejor nos podría resolver el problema de suministros de nuestras colonias árticas. Mandarlos desde Rusia es prácticamente imposible. Cuando se ha intentado, los envíos tardaban más de un año en llegar, y la mitad de ellos, *desparecían por el camino*. El puerto chino de Guangzhou, el único con el que habíamos tratado hasta ahora, cada vez pone más dificultades, aparte de que aprovechan nuestra necesidad para cobrarnos precios abusivos.

Estoy convencido —concluí— que traficar con la colonia española sería la mejor opción, tanto por su cercanía, ahora que estamos bajando el límite sur del territorio continental hasta el paralelo 55 N, como porque son ricos en productos alimenticios como carnes, frutas y verduras. El escorbuto, esa enfermedad que está matando más navegantes que los propios naufragios, ya se sabe que lo produce la falta de frutas y verduras frescas.

Me contestó algo interesante.

—Entiendo perfectamente su preocupación y no sé si lo poco que conozco le servirá de ayuda. Efectivamente, De la

Concha me dijo que acababan de pasar por esos territorios, la *Alta California*, donde han visitado una colonia, ya casi en el límite norte, en una bahía con excepcionales condiciones como puerto natural y en el que cabría, según me contaron, no sé si exagerando un poco, toda una flota de grandes naves. La llaman Yerba Buena. Además del fuerte militar, hay una misión católica fundada por padres Franciscanos: *San Francisco de Asís*. La zona está habitada por algunas tribus de nativos creo que bastante pacíficos. También me comentaron que el clima es muy benigno, y, efectivamente, al parecer las tierras son muy fértiles. Lamento que esto sea todo lo que puedo decirle que no se si le será de alguna utilidad.

Por supuesto que me era útil. Era todo lo que quería saber. Se lo dije, y le agradecí la información.

Más tarde volvimos a hablar de los viajes científicos. Le dije que, hasta el momento, Rusia se había limitado a explorar una pequeña parte de sus territorios, pero que tenía la intención de organizar una expedición de mayor importancia, incluso circunvalando el planeta. Sería la primera vez que nuestro país lo hiciera.

—Una empresa fundamentalmente científica —añadí.

Langsdorff hizo un comentario interesante.

—Es curioso que nunca se ha pensado en organizar viajes científicos multinacionales. Sería interesante. Cada país aportaría sus conocimientos y su experiencia lo que a nivel de investigación sería muy provechoso. Además, se evitarían duplicidades especialmente cuando se tratase de explorar y estudiar nuevos territorios.

»Y quizá lo más interesante —añadió—. Sería una forma inteligente de entendimiento entre los gobiernos, al menos entre los de Europa. En la actualidad, la sombra de la revolución francesa parece extenderse por todo el continente.

Paramos un par de veces durante el recorrido. Afortunadamente no hubo sorpresas durante el trayecto, a excepción de la visita de un enorme oso pardo que se plantó en medio del camino y se quedó mirándonos. Pero en cuanto los perros empezaron a ladrar y nosotros a gritar, huyó despavorido. Todos estuvimos de acuerdo en que lo que verdaderamente lo había espantado, fueron los ladridos del pequeño Sushi, y los estridentes gritos de Natalia que empezó a dar voces y saltos encima del trineo. Mi preocupación, más que el oso, era la seguridad de nuestro medio de transporte soportando tantos saltos. Afortunadamente el trineo los aguantó.

NOVO ARCÁNGEL

Permanecimos algunos días en Sankt Pavel, un tiempo que Alexandr Baránov aprovechó para ponernos al corriente de las últimas novedades. Nada especial, salvo un pequeño incidente con un matrimonio mixto en una de las bases, pero que, finalmente, y con la eficaz intervención de los misioneros, se había resuelto.

Natalia pregunto qué pasaba con los matrimonios mixtos y Baránov se lo explicó con detalle. Era frecuente que cazadores e indígenas emparejaran. Los misioneros trataban de convencerlos para que contrajeran matrimonio, pero no siempre lo conseguían. La mayoría de estos enlaces duraban poco, normalmente el periodo de caza, luego los hombres regresaban a sus casas en Kamchatka o en otros puntos de Siberia y dejaban a las mujeres abandonadas, y con frecuencia, preñadas. Era una nueva forma de conflicto que había aparecido en las islas y en la que los misioneros estaban desarrollando una labor muy meritoria: en cuanto se enteraban de un emparejamiento, hablaban con el hombre e intentaban averiguar sus intenciones, empezando por saber si ya estaba casado. Pero había veces que incluso en esta situación, la relación era consentida por la mujer y también por la familia de esta. Y, lo más sorprendente, por el propio marido que no tenía inconveniente en que la mujer se emparejara con algún cazador si esto le proporcionaba un beneficio económico.

La promiscuidad en estos pueblos, especialmente entre los *koniags*, era normal. Nos enteramos de cosas tan extrañas como de que había madres que educaban a alguno de sus hijos varones para dar satisfacción a otros hombres. Algo que a los pobres misioneros les indignaba, aunque sabían que poco podían hacer ya que estas relaciones «*contra natura*» como las llamaban, aparte de que eran costumbres totalmente arraigadas en el pueblo, solían ser las más beneficiosas para la familia. Pero también había emparejamientos en los que el cazador se quedaba en la colonia, normalmente en el poblado de la mujer y formaba una familia. De estos casos ya había unos cuantos y parecían ir en aumento.

Aunque tuvimos pocos momentos para poder hablar con cierta intimidad, noté a Natalia bastante distante, así que en una de las pocas ocasiones en que pude abordarla, le pregunté abiertamente si le pasaba algo.

—Si te refieres a mi estado físico, sí me pasa —me contestó—. Estoy tremendamente cansada y deseando volver a casa. Creo que tenías razón cuando dijiste que este viaje no era apropiado para una mujer. He visto cosas que me han gustado mucho, pero creo que no han compensado las incomodidades del viaje. Pero si estás pensando en lo que pasó en la cabaña, decidimos de mutuo acuerdo que no volveríamos a hablar de ese tema.

—¿Eso quiere decir que te arrepientes? —insistí, reconozco que un poco pesado

—No, en absoluto; y me gustaría que tú tampoco te sintieras mínimamente culpable. Eso quiere decir, sencillamente, que aquello fue algo hermoso y de lo que no me arrepiento. Pero ahí se termina la historia; y te agradecería Nikolai que respetaras mi decisión. Incluso que me ayudaras a respetarla.

Si lo quieres más claro Nikolai, las aguas del Baikal —pensé—.

Aquello me dolió, sobre todo por el tono tajante como lo dijo. Pero reconozco que tenía toda la razón. Había sido, como ella misma dijo, *una situación de emergencia* que no se repetiría.

Pero también me había me había dejado claro algo que no podía soslayar: estaba tremendamente cansada. Eso quería decir que tenía que preparar el viaje de vuelta, o mejor dicho, *su* viaje de vuelta. Mi intención era quedarme más tiempo. Entre otras cosas quería acompañar a Baránov a Alaska y conocer el plan que tenía previsto para desarrollar esas tierras. Pero decidí que Ilia la acompañaría. Aunque me costaba prescindir de él, sabía que era importante para ella y para mi tranquilidad. Mi madre también lo necesitaba. Otra cosa de la que estaba seguro que la complacería era que haría el viaje con el capitán Izmailov. Desgraciadamente iba a ser su último viaje: unas semanas después desaparecería en un naufragio.

La estancia de Natalia en Sankt Pavel el tiempo que permaneciera en la isla hasta que saliera la nave —calculamos diez o doce días— estaba resuelta. En la misión había una habitación totalmente independiente —incluso se encontraba en edificios separados— preparada para la visita de cualquier autoridad eclesiástica o civil. Allí tendría un mínimo de comodidad y podría descansar, bien atendida por los misioneros, hasta su embarque. Incluso le podrían proporcionar lectura, religiosa por supuesto. Ella prefería *que le contaran cosas de la colonia y de sus gentes,* dijo con amabilidad.

Para mí fue una tranquilidad saber que Natalia se quedaba en buenas manos, así es que le propuse a Baránov que, cuando él quisiera, podíamos partir hacia Alaska. Por primera vez veía a Natalia animada, más sonriente y comunicativa. A pesar de todo, me sorprendió cuando al despedirnos, cogió mi mano y la besó, al tiempo que dejaba en ella una pequeña caja. En voz baja, para que solo yo la oyera, mirándome a los ojos dijo:

—Aquello fue perfecto y nunca lo olvidaré.

Para mí fueron las palabras más bellas que había oído. Cuando me quedé solo, saqué lo que había dentro de la cajita: un medallón que se abría, con dos miniaturas en el interior: una de Anna y otra de ella.

Langsdorff nos acompañó en el viaje, después de que se lo hubiese comentado a Baránov por si tenía algún inconveniente. Pero no puso ninguna objeción: bastaba con que a mí me pareciera bien.

El alemán me había dicho que se sentía muy identificado con el pueblo y las costumbres rusas —su abuela materna era bielorrusa— y que su intención era trabajar en este país. Yo pensé que habría sido una buena adquisición para la empresa y así se lo comuniqué. Pero en seguida, con educación, pero con firmeza, me dijo que su intención era enrolarse en los viajes científicos que iba a emprender la marina rusa. Después de lo que le había contado, estaba totalmente decidido. Su primer paso sería conectar con el capitán Krusenstern y adquirir experiencia con él, y más tarde, si era posible, incorporarse a alguna de las expediciones que se organizaran, incluyendo, por supuesto, la de circunvalación de la tierra.

Le dije que lo entendía perfectamente.

—Es más —añadí—. Conozco personas importantes del gobierno a las que puedo recomendarle. Estoy seguro de que, con sus conocimientos, su experiencia y su condición de médico, no va a tener ningún problema en entrar a formar parte de cualquier expedición. Pero como ya conoce a Krusenstern, que sin duda será una pieza importante en ellas, me parece una buena idea empezar con él.

Así lo haría en el futuro, y muchos de los proyectos con los que soñaba se cumplirían. Pero nuestra amistad seguiría manteniéndose y serían muchas las ocasiones en que me beneficiaría de ella.

Después de pasar a Alaska, navegamos hacia sur hasta llegar a un grupo de islas que eran las que Baránov quería enseñarme.

—Según mis noticias, en esta zona es donde están los mejores caladeros de nutrias, además, en abundancia —empezó diciendo—. Supongo que estará enterado de que, a pesar del control que estamos teniendo en su captura, los caladeros de las Aleutianas se están agotando y tenemos que pensar en unos nuevos. Estas islas son perfectas. Solo tienen el inconveniente de que están controladas por los *tlingits,* una tribu bastante hostil con la que tendremos que llegar a un acuerdo, seguramente de tipo económico. Ya han descubierto el valor del dinero y lo que con él se puede conseguir. Los he tanteado, y aunque no me fío mucho de ellos, en principio parecen estar de acuerdo. Pero de lo que sí estoy seguro es de que debemos ocuparlas cuanto antes. Los ingleses, y también los españoles, están muy interesados en ellas. Por no hablar de los propios americanos independizados de Inglaterra pero que temen, con toda razón, que lo que están ganado por el centro y por el este del continente, no lo puedan conseguir en el oeste.

»La expedición de la que le habló el doctor Langsdorff organizada por Malaspina, por orden del monarca español, seguramente tenía por objetivo, además del científico, inspeccionar y comprobar la situación de estas tierras que parecen no pertenecer a nadie.

Interrumpí para decir algo que siempre me sorprendía, pero que nadie hasta entonces, que yo supiera, se había atrevido a decir.

—Bueno, para mí está claro que pertenecen al pueblo que, desde hace probablemente siglos, las habita. Otra cosa distinta es que los países a los que pertenecemos, los que llamamos *civilizados*, no quieran reconocerlo y así justificar su ocupación.

Sin parecer extrañarse demasiado de mis palabras, Baránov añadió.

—Capitán, tiene Vd. toda la razón, pero esté seguro de que, si no somos nosotros, otros serán los que lo hagan. Y esté también seguro de que los que vengan, tratarán a los nativos peor que nosotros, ahora que nuestro comportamiento hacia ellos ha cambiado.

La nave se había detenido y había echado anclas. Baránov señaló un verde valle rodeado de altas montañas en parte nevadas. Pero como la primavera avanzaba, empezaban a aparecer las negras rocas de su estructura volcánica.

—Ese terreno verde que tiene al frente, es el emplazamiento que, en principio, he elegido para la nueva fundación. Le pondremos, el nombre, si Vd. no tiene inconveniente de *Nuevo Arcángel*. Fue la parroquia donde bautizaron a mis hijos.

Me pareció un nombre bonito y apropiado, y así se lo dije. En esta parte del mundo, inhóspita pero increíblemente bella, es difícil decidir cuál es el paisaje más espectacular, más sorprendente… más bello. Aquel valle, rodeado de las montañas más altas que jamás hubiese visto era, sin duda, uno de ellos.

MUERTE DE UNA EMPERATRIZ

A finales de agosto regresé a Irkutsk. No quería demorar la vuelta ya que, lo más importante, el emplazamiento de la nueva base en Alaska estaba decidido. Este viaje acabó por convencerme de que habíamos acertado, plenamente, con la elección de Baránov como gerente. Era inteligente y demostraba una gran sensatez en todas las decisiones que tomaba, algo importante en este momento en el que el futuro de la compañía no estaba afianzado.

Me encontraba tranquilo y satisfecho por las gestiones realizadas, y con ganas de regresar con mí hijita a la que hacía casi cinco meses que no veía. Y mentiría si no dijese que deseaba volver a ver a Natalia, aunque había quedado claro que nuestra relación sentimental estaba totalmente acabada. Pero solo el pensar que la vería, me alegró el viaje.

La parte triste fue enterarme de la muerte de mi buen amigo el capitán Gerasim Izmailov. Iba a echarle de menos. A él y a sus fantásticas historias.

Me quedé en casa de mis padres a los que encontré bien, aunque a mi padre un poco cansado. Según mi madre, últimamente había dado un bajón y empezaba a pensar en la jubilación: el trabajo de la nueva audiencia lo tenía agotado. Me confesó que lo que más le cansaban eran los frecuentes viajes que tenía que realizar a los pueblos del oblast. Solo se animaba cuando le llevaban a su nietecita, la sentaba en su regazo y ella le tiraba de la barba. Entonces se le cambiaba el semblante y parecía revivir.

La pequeña Olga estaba preciosa y ya daba los primeros pasos. Tenía la piel y el pelo de su madre y de su abuela Natalia, pero sus ojos eran azules como los de mi madre. Desde que había vuelto Natalia, Olga vivía entre las dos casas, pero habían contratado una niñera mogola que estaba siempre con ella. Natalia quería que aprendiera también el idioma mogol.

Natalia estaba espléndida. Se la veía relajada, y muy feliz con su nieta.

Nuestro encuentro fue muy normal y enseguida la puse al corriente de todo lo sucedido desde que ella nos dejó. Quedamos de acuerdo en que, en cuanto yo descansara unos días, marcharía a San Petersburgo por si había alguna novedad con la aprobación del *ukaz*. Y si todo seguía igual, intentaría reactivarlo.

También tenía que ver a Derzhavin. Aunque ya no trabajaba para él, no quería perder su contacto. Me gustaba su conversación y quería mantener viva nuestra amistad. Además, él me pondría al corriente de todos los acontecimientos y chismorreos de la corte que, según mi padre, estaban entrando en un momento de máxima tensión, porque la relación entre la madre —la emperatriz— y el hijo —el futuro zar, mi amigo Pavel— era como una soga tensada hasta tal extremo que, en cualquier momento, podía romperse y soltar un tremendo latigazo.

Cuando un mes después llegué a Moscú, me encontré toda la ciudad enlutada: crespones, banderas a media asta, gente cabizbaja y el triste tañer de las campanas de todas las iglesias. Dos días antes, el día diecisiete de ese mes de noviembre, había fallecido la emperatriz Catalina.

Aunque en Moscú me enteré de los primeros detalles, la realidad era que nadie sabía mucho de cómo había sucedido. Incluso ni estaban seguros de la fecha exacta de la muerte. Era frecuente que el gobierno retrasara este tipo de noticias, hasta que en las altas esferas se ponían de acuerdo en el comunicado oficial. Estaba claro que hasta que no llegara a San Petersburgo no me enteraría de la realidad de lo sucedido y lo más importante en estas cuestiones de muertes regias, *cómo había sucedido*.

Cuando llegué a la capital me fui directo a casa de mi hermana a dejar el equipaje. Como ella tampoco estaba muy enterada de lo sucedido, me dirigí a las oficinas de la *Secretaria de Peticiones* a ver a Derzhavin. Después de los afectuosos saludos —a los dos nos alegró el reencuentro— me puso al corriente de lo que había transcendido de la noticia y de lo que él había podido averiguar a través de sus *fuentes oficiosas*.

Por lo pronto la muerte había sido natural: *ni apuñalamiento, ni estrangulamiento, ni envenenamiento*, me dijo con media sonrisa en los labios, y añadió:

—Lo que no deja de ser, dadas las circunstancias actuales, una buena noticia.

Luego continuó.

—Lo que ha pasado querido Nikolai, es lo de siempre. Como no dan noticias de lo que sucede en palacio y el pueblo desconoce el estado físico, real, de sus soberanos, es normal que la gente se extrañe de que una persona que todos pensaban que estaba sana, repentinamente aparezca muerta. Entonces es cuando se disparan las especulaciones. Yo entiendo que no van a estar pregonando y sacando los trapos sucios de palacio todos los días, pero hay cosas que sí debería conocer el pueblo como, por ejemplo, la salud de sus gobernantes. Esto sí les afecta. Los propios gobernantes se dan cuenta, más tarde, de que las consecuencias de la ocultación de ciertas noticias son peores. Estoy seguro de que hay muchos ciudadanos que todavía piensan que no ha sido una muerte natural. No tienen nada más que echar una ojeada a nuestra historia más reciente, para cuestionar la versión oficial.

A continuación, pasó a los *sabrosos detalles*:

—Al parecer, la emperatriz estaba bastante enferma con problemas intestinales de los que, por cierto, me hablaste después de tu última visita a palacio. Y este ha sido el último episodio de su dolencia.

Paró un momento, me lanzó una socarrona mirada, y continuó.

—Digamos que esa es la versión oficial que se va conociendo. La que yo tengo, llamémosla extraoficial, es bastante más sórdida. Parece ser que cuando estaba haciendo sus necesidades matinales, sufrió un colapso y cayó desmayada desde el trono *menos imperial* de palacio. Y así se la encontraron, tirada en el suelo. Algunos mal pensados añaden que envuelta en sus propias heces, aunque ese extremo no se ha confirmado. Estaba sin sentido, pero respiraba, así es que intentaron levantarla para reanimarla. Pero como entre cuatro personas no pudieron moverla, allí mismo la limpiaron —por suerte solo llevaba el camisón de dormir— y la arrastraron hasta una colchoneta que pusieron en el suelo del dormitorio. En la mañana del día siguiente, dio su último suspiro. Que Dios la tenga en su gloria.

Quedó un rato mirándome, quizá esperando algún comentario mío. Pero como vio que permanecía callado, continuó.

—Según mis noticias, el desfile de personas por la estancia fue numeroso. Si querían guardar el secreto, ahora justificado por lo esperpéntico de la muerte, lo iban a tener difícil. El zarevich Pavel daba vueltas por las habitaciones de la madre sin acercarse, ni una sola vez, a mirarla. Le acompañaban su mujer María Fiodorovna y dos de sus hijos, Alejandro y Constantino con sus respectivas esposas. Lo primero que hizo, según me contaron, fue buscar la carpeta privada de su madre, y sacar todos los documentos de su interior, hasta que encontró el decreto de la emperatriz *por el que lo eliminaba de la línea sucesoria, nombrando heredero a su nieto Alejandro.*

»Sin embargo, el documento dando la aprobación no estaba firmado por Alejandro. Según se supo después, había rechazado la oferta de la abuela. Pero Pavel lo rompió junto con otros papeles que podían perjudicarle, conservando algunos que podrían aclararle asuntos relacionados con Zubov, con los hermanos Orlov y con la conspiración y asesinato de su padre el zar Pedro III.

»Por otro lado, el príncipe Zubov, también presente, daba vueltas sin que nadie se preocupase de él o le diera conversación. Todos sabían que *ya no es nadie*; mejor dicho, que era alguien del que había que huir como de la peste. Pavel ordenó a uno de sus ayudantes que confiscara su cartera y si fuera necesario, incluso por la fuerza. Pero no fue necesario.

»Una muerte —concluyó Derzhavin— poco gloriosa para una emperatriz que, con todos sus defectos, ha sido la más grande del imperio y posiblemente la que más ha hecho por este país que ni siquiera era el suyo.

Me sorprendió todo lo que me estaba contando y lo crítico que estaba siendo con algo y alguien a quienes tanto había respetado como eran la emperatriz y la monarquía.

Seguimos conversando toda la mañana. Luego comimos juntos y me puso al día de otros acontecimientos relacionados con la vida en la capital, aunque reconoció que la repentina muerte de la emperatriz era el asunto principal de todas las conversaciones.

Le puse al día de la marcha de la compañía y le comenté que la razón principal de mi visita era enterarme de la situación en la que se encontraba su aprobación, aunque era consciente de que el momento no era el más oportuno. Pero estuvimos de acuerdo en que desaparecida Catalina y con mi amigo Pavel en el trono, las cosas serían más fáciles. Derzhavin se ofreció a ayudarme en todo lo que estuviera en sus manos, empezando por avisarme cuando considerase que era el momento oportuno para solicitar una audiencia en palacio.

PAVEL I, IMPERATOR

Desde sus primeras actuaciones, el nuevo zar dejó meridia-
namente claro que con él se iniciaba un nuevo periodo cuya
característica iba a ser una política de limpieza —él añadía «*y
de purificación*»— de todo el periodo de su madre. Con el pretexto del estado de corrupción al que se había llegado bajo
su reinado, el zar Pavel I estaba decidido a llevar a cabo una
depuración general, tanto en el gobierno como en la sociedad. Y también en el ejército, por el que no sentía ninguna
simpatía. Un sentimiento que era recíproco.

Empezaría por la nobleza a la que, junto a los amantes
de su madre, responsabilizaba de los mayores males y de los
inconfesables abusos que se habían cometido en el país. A los
amantes de su madre, empezando por el *príncipe* Zubov, al que
odiaba profundamente, otro sentimiento también recíproco,
y continuando con los que aún quedaban vivos, los destituiría
de sus cargos y los despojaría de muchas de sus distinciones
y prebendas. En cambio, se mostraría magnánimo, incluso
obsequioso, con los que su madre había perjudicado o simplemente despreciado, reponiéndolos en sus antiguos cargos,
mejorándolos en muchos casos como haría con el escritor
Alexandr Radichtchev, el autor de *Viaje de San Petersburgo
a Moscú*. Pavel lo rehabilitaría públicamente y ordenaría la
devolución de todos los bienes que se le confiscaron.

Yo tenía pendiente hacerle una visita, pero la verdad era
que, tal como estaba el ambiente, no sabía cuándo sería el
momento propicio. Confiaba en la promesa de Derzhavin de
que haría algunas gestiones para averiguar cuál era la situación y, según viera, me avisaría. A los pocos días, me llamó,

—Nikolai, creo que ha llegado el momento. Cuando alguien
le ha hablado de ti, ha dicho que le gustaría mucho verte.

No perdí el tiempo no fuera a cambiar de opinión y ese mismo día pedí audiencia. Mi sorpresa fue que me citaran para el día siguiente.

Muy efusivo, quizá un poco exagerado en su demostración de afecto, lo noté bastante cambiado tanto físicamente como en su actitud. Estaba claro que acababa de estrenar su *traje de emperador* y de que ya había recibido la *varita mágica que le hacía omnipotente.* Sin embargo, sus actos no resultaban espontáneos. Todo lo exageraba, continuamente llamaba a sus ayudantes —me recordaba a su madre de otros tiempos— y cuando acudían, no sabía para que los había llamado o les hacía una petición absurda. Lo que quería era demostrarme su autoridad, su poder.

Conmigo intentaba mostrarse cercano. Incluso me preguntaba cosas personales como si quisiera saber todo sobre mi vida y conocer mi opinión sobre diferentes cuestiones. Pero cuando empezaba a responderle miraba a otro lado, sobre todo a una de las puertas como si esperase que entrara alguien por ella, y cambiaba de conversación. Una extraña situación que culminó cuando, en un momento dado y sin mediar palabra, se levantó y salió del despacho. Me quedé solo sin saber que hacer. Nadie acudió y todas las puertas permanecieron cerradas.

Al cabo de media hora, entró uno de sus ayudantes que me dijo con palabras textuales:

—Hoy su majestad no puede recibirle. Ya se le avisará otro día.

Sorprendido, respondí:

—¡Pero si he estado con él no hace ni...!

No me dejó terminar y con un tono seco, añadió:

—Su majestad hoy no pude recibirle. Por favor, acompáñeme.

Sorprendido y desorientado le seguí hasta una de las puertas, pero no por la que había entrado hacia un momento; la abrió y me invitó a salir.

—Al final de la galería, a la derecha, encontrará la salida.

Estaba perplejo. Me fui caminando, rápido, al despacho de Derzhavin. Estaba deseando contarle lo sucedido. Lo curioso es que estaba sorprendido, pero no enfadado. Me había parecido todo tan grotesco, tan irreal, que no acababa de entenderlo. Cuando se lo conté, Derzhavin no se lo podía creer. Se echó a reír y yo con él. Luego le dije ya en un tono serio.

—Sí, muy gracioso. Pero el documento sigue sin firmar.

—No sé Nikolai —me dijo—, con esta clase de personas nunca se sabe lo que pueda pasar. Esperemos unos días.

Y tenía razón. Al cuarto día, a media mañana, recibí una nota de Derzhavin que decía:

—¡Milagro, milagro! Vente rápido a mi despacho. Nos recibirá a última hora de la mañana.

Y por si tenía dudas de lo que había puesto, había añadido:

—Sí, a los dos.

Nos recibió, puntualmente, pero en otro despacho más informal y rodeado de personas entre las que no reconocí a ninguna de la reunión anterior.

Otro saludo efusivo; parecía como si me fuera a abrazar, pero solo me tocó el brazo con la mano izquierda. Saludó también a Derzhavin. A continuación, como si hiciera años que no nos veíamos, dijo:

—Querido Nikolai, tanto tiempo como ha pasado y estás igual que la última vez que nos vimos.

¡Dios! —pensé para mí— Esto no me gusta.

Pero otra vez, afortunadamente, me equivocaba.

—Supongo que venís a interesaros por el asunto de la aprobación de los estatutos de la *compañía ruso-americana* que, según mis noticias, ni mi madre ni ese mequetrefe que la asesoraba —está claro que se refería a Zubov— estaban muy interesados en su aprobación. Pero cuando me dijeron que veníais, he leído el informe y me ha parecido muy interesante, no solo para la economía de nuestro país, sino también para la gente de esa zona tan desamparada que, como decís en el informe, no podemos olvidar que son súbditos rusos.

»Mis secretarios están redactando el documento definitivo. El mismo que mandasteis, pero en el que he introducido dos correcciones que no tienen mayor importancia: la concesión será por veinte años —añadió—, y si estamos de acuerdo ambas partes, podremos prorrogarla por otros veinte años o el tiempo que decidamos. La segunda corrección es que *la corona percibirá un tercio de los beneficios*. Me parece más justo.

¡Con que loco!, pensé. Este es más listo que las nutrias que cazamos.

Cuando nos despedíamos y nos disponíamos a salir de la habitación, se adelantó, y mientras Derzhavin y uno de sus ayudantes caminaban hacia la puerta, me sujetó del brazo y acercándose, dijo con voz confidencial:

—Nikolai. Tú has sido el único amigo que he tenido, y eso nunca lo olvidaré. Cuando necesites algo, pídemelo. Pero cuando quieras verme, no solicites la entrevista por el conducto normal. Pregunta por esta persona, él te avisará de cuándo puedo recibirte. Puedes estar seguro de que siempre lo haré.

Me entregó un pequeño papel arrugado que había cogido de la mesa en el que había escrito un nombre: Vasili. Con el mismo tono confidencial, añadió.

—Me ha alegrado mucho volver a verte, querido Nikolai. Siento lo que pasó el otro día, pero surgió algo que tenía que resolver con urgencia. Algún día te lo contaré porque, en cierto modo, también te afecta. Por eso quería que algunas personas no supieran que estábamos reunidos.

¡Bueno, bueno! Aquello se ponía verdaderamente interesante. ¡Qué situación tan curiosa! Yo no sabría decir si estaba loco o, por el contrario, era la persona más cuerda que había conocido.

Derzhavin me estaba esperando a la salida para irnos a su despacho.

—Vamos a caminar un rato —fue lo primero que dije—, tengo que reponerme y tranquilizarme. Necesito que me dé el aire.

—Desde luego lo poco que he visto y oído ha sido, al menos, sorprendente —opinó— ¿Qué ha pasado cuando te ha retenido?

—Vamos hacia el puerto. Necesito sentarme cerca del mar. Allí le cuento todo.

Eso hicimos, y se lo conté. Todo menos lo que me dijo al final de que había cosas *«que no podía contarme…por ahora»*. Se quedó tan sorprendido como yo. Solo añadió:

—A mí esta situación me recuerda la tragedia de Hamlet en la que el príncipe se hace pasar por loco para que lo dejen tranquilo y poder averiguar, sin levantar sospechas, lo que se cuece a su alrededor. En el caso de la tragedia de Shakespeare, lo que traman su madre y su padrastro; en el caso de nuestro rey, lo que han tramado su madre, el amante de esta y, posiblemente, su hijo Alejandro. Pero este tiene de loco lo que yo de cantante de ópera —concluye, soltando los dos la carcajada.

EL CONDE RUMYANTSEV

Cuando llegué a casa de mi hermana después de dejar a Derzhavin tan sorprendido como yo por lo acontecido en la reunión de palacio, me encontré con una nota del capitán Krusenstern en la que me citaba en el almirantazgo para el día siguiente. Quería hablarme de *un tema muy importante* —decía la nota.

Me apetecía mucho volver a ver a mi buen amigo Adam y estaba intrigado por conocer de qué se trataba, así es que, a la hora convenida, acudí a la cita. Mi sorpresa fue doble porque con él estaban el doctor Heinrich von Langsdorff y otra persona que al principio no reconocí, mayor que nosotros, pero de muy buen aspecto, pelo gris y bien vestido. Después de los efusivos saludos, Krusenstern hizo la correspondiente presentación. El caballero que los acompañaba era el conde Nikolai Rumyantsev, *canciller de la Corona* y alguien a quien yo había visto, alguna vez, en el despacho de mi padre cuando todavía vivía en San Petersburgo. Recordaba que me había comentado que era una de las personas más inteligentes y cultas que había conocido.

Aunque el conde acudía con frecuencia a la capital, normalmente vivía en Moscú donde tenía un magnífico palacio. Como canciller de la corona había recorrido medio mundo y como persona de una gran sensibilidad artística y gran curiosidad científica, se había dedicado a recopilar documentos y a adquirir objetos valiosos por todo el mundo, entre los que destacaba una importante colección de monedas antiguas de todos los países que había visitado. Además, poseía la biblioteca particular más importante del imperio lo que provocaba los celos de la emperatriz, quién había tratado, por todos los medios, de que la cediera a la corona, a lo que el conde se había negado. Pero para no contrariarla demasiado, cosa que en estos tiempos era poco recomendable, le había prometido que, a su muerte, tanto la biblioteca como su colección de arte y de antigüedades, las donaría al estado, incluyendo el museo que había construido para su instalación. Y para congraciarse más con ella, le prometió que el museo siempre estaría abierto al público con lo que la corona se ahorraría, mientras el viviera, los gastos de mantenimiento.

La reunión, convocada por el conde, tenía por objeto plantearnos un proyecto que, según nos dijo, hacía tiempo que le rondaba por la cabeza. El único que lo conocía era el zar Pavel que, en principio, había dado su aprobación, aunque quería conocer más detalles ya que se trataba de una operación importante y costosa, pero que, si tenía éxito, le daría un gran prestigio al imperio y, por supuesto, a la corona.

—Se trata de organizar una expedición que circunvale nuestro planeta, algo que todavía no ha hecho Rusia, un proyecto del que se habla hace tiempo y uno de los sueños de la desaparecida Catalina. Y creo que ha llegado el momento de hacerlo. Es de las pocas cosas de su madre con las que el zar Pavel parece estar de acuerdo. Se ha dado cuenta de que, para su prestigio, iniciar su reinado con esta epopeya puede ser muy beneficioso.

Langsdorff me lanzó una mirada de complicidad y de satisfacción, mientras Rumyantsev continuaba con su explicación y nos adelantaba que una de las misiones más importantes de la expedición sería, sin duda, la científica, una actividad —añadió— que están desarrollando otros países europeos y en el que Rusia no puede quedarse atrás, siendo la nación más extensa del planeta y con más territorios sin explorar.

Lo que el conde tenía claro era que la persona idónea para llevar a cabo esta empresa era el capitán Krusenstern, un marino experimentado que ya había dirigido expediciones parecidas, aunque menos ambiciosas. Adam, a su vez, le había sugerido nuestros nombres como personas interesantes para incluir en el proyecto. Nos preguntó si aceptábamos y la respuesta fue, como no podía ser otra, que sería un honor para nosotros.

—Entonces adelante. El capitán Krusenstern conoce los detalles y será él quien les ponga al corriente de todo —añadió—. No creo que haya problemas económicos, pero tampoco quiero que se hagan gastos injustificados. Yo, por mi parte, les voy a dejar trabajar con plena autonomía, pero saben que siempre me tendrán a su disposición para lo que precisen.

Luego, como iba a hablar de fechas y de tiempos, espontáneamente sacó su reloj y lo miró. Cuando se dio cuenta del poco sentido que tenía lo que acababa de hacer, lo guardo y con una sonrisa como justificándose, nos dijo:

—Calculen que el tiempo del que disponemos para los preparativos, es el que queda hasta el nuevo siglo que es cuando el zar, acertadamente, quiere que se inicie el viaje. Es decir, en el año 1800 —precisó—, una fecha muy significativa para una hazaña de esta importancia, fecha que el zar desea que se cumpla.

Antes de terminar y con una sonrisa, añadió.

—Y no se asusten. Aunque he sacado el reloj, verán que no estamos hablando de horas, sino de meses. Y ahora les dejo trabajar.

Nos hizo gracia lo que acababa de suceder y nos gustó la forma tan elegante con la que el conde había salido del trance. Creo que en ese momento nos conquistó.

En cuanto al tiempo del que disponíamos para organizar la expedición, aunque no fueran horas, todos estuvimos de acuerdo en que no era demasiado y que debíamos ponernos a la faena cuanto antes. Era mucho el trabajo que nos esperaba, asuntos que resolver con la administración que, aunque tuviéramos el apoyo de las altas esferas, sabíamos que la burocracia rusa era desesperadamente lenta.

Después de explicarnos los pormenores de lo que le había transmitido el conde, Adam creía que los principales problemas a los que nos enfrentábamos empezaban por determinar la clase de trabajo que se iba a desarrolla para poder conocer, con cierta aproximación, el número de científicos que integrarían la expedición, el tipo de naves que serían idóneas y el equipamiento necesario. Así podríamos proporcionar a los investigadores las condiciones óptimas para desarrollar su trabajo. También nos interesaba conocer, con la mayor antelación posible, que países pensábamos visitar. Toda esta información nos permitiría trazar la ruta más eficaz, unos datos que solo nos los podrían facilitar los científicos y los mandos del almirantazgo. Afortunadamente, tanto el conde como el capitán Adam, tenían una magnífica relación con ambos.

Este primer análisis con el que todos estuvimos de acuerdo nos obligaba, de entrada, a conectar con los posibles investigadores, es decir, con las correspondientes academias, museos y universidades que serían los que confeccionarían los distintos programas de investigación y seleccionarían al personal que lo realizase.

Yo, siendo el único ruso presente, quería plantear una cuestión que los demás no se atreverían a hacer por su condición de extranjeros. Reconozco que al principio sorprendió, pero después de meditarla, el capitán y el doctor estuvieron de acuerdo.

—¿Ustedes creen, sinceramente —pregunté— que los científicos rusos están suficientemente preparados como para dar una correcta respuesta a esta petición? Porque mi impresión es, y ojalá esté equivocado, que en cuestiones científicas nuestro país está bastante retrasado en relación con otros de Europa como puedan ser Francia, España o Inglaterra. La primera cuestión que me planteo es de tipo ético: si vamos a gastar dinero de las arcas del estado, y además según calculo, en cantidades importantes, deberíamos asegurarnos de poder obtener resultados acordes con esa inversión.

Adam y Langsdorff se miraron, pero el doctor enseguida dijo:

—Es cierto que Rusia en cuestiones científicas, y especialmente en investigación, está más atrasada que los países que ha mencionado. Pero al parecer, en la actualidad y desde la creación de la *Academia de las Ciencias*, —cuyo nuevo edificio se está construyendo cerca de donde nos encontramos—, se están formando científicos que viajan a Alemania con frecuencia y que, recíprocamente, muchos científicos alemanes, franceses y del centro y norte de Europa, nos visitan. Tengo noticias de que dos eminentes matemáticos, uno suizo, Euler, y otro holandés, uno de los hermanos Bernouilli, están o han estado recientemente en Moscú invitados por la propia emperatriz Catalina. Pero es cierto lo que ha expuesto. En Rusia escasean científicos suficientemente preparados como los que necesitamos en esta operación, y estoy totalmente de acuerdo con Nikolai en que la expedición no nos la podemos tomar a la ligera, como una aventura más.

»Cuando el conde nos habló de la expedición —continuó el doctor— pensé en mis colegas alemanes, muchos de ellos compañeros de la academia de Berlín y de las universidades de Gotinga y Erlangen, y entre los que hay auténticas autoridades en sus respectivas especialidades. Ellos, a su vez, están relacionados con los científicos de otros países como Francia, Inglaterra, Suiza o Dinamarca. Además, estoy seguro de que conocen a los mejores científicos rusos, por lo que nos podrán ayudar a seleccionarlos. Como dijo alguien «*la ciencia afortunadamente no está en guerra con ninguna nación*». Pero reconozco que es un tema delicado que deberemos resolver con mucha sensibilidad para no herir el orgullo de nuestros científicos —concluyó mirándome.

—¿Y si siguiendo aquel razonamiento tan interesante que me hizo Vd. cuando nos conocimos en Kodiak —intervine— lo planteáramos como una colaboración entre distintos países, como una acción de buena voluntad para demostrar que, al menos los países de nuestro entorno, están dispuestos a entenderse? No creo que ningún político se atreva a manifestarse en contra de algo tan razonable e interesante.

—Desde luego más sensato y oportuno no puede ser —intervino Adam—. En cualquier caso, tendríamos que comunicárselo al conde, aunque no creo que ponga ninguna objeción. A mí, particularmente, la propuesta me parece perfecta y estoy seguro de que a nuestros políticos les gustará siempre que quede claro, por supuesto, que la expedición está *organizada, dirigida y patrocinada* por Rusia y bajo *su responsabilidad* exclusiva.

Langsdorff añadió:

—Totalmente de acuerdo. Y si esta propuesta prospera, estoy dispuesto a contactar con científicos europeos, a muchos de los cuales conozco. Me consta que están deseando participar en estas expediciones. Se quejan, y con toda razón, de que tienen muy pocas oportunidades de poner en práctica los descubrimientos que hacen a nivel teórico, algo esencial para corroborar sus hipótesis.

Como los tres coincidíamos en los beneficios de esta solución, Krusenstern propuso que después de obtener la aprobación del conde, abriéramos tres frentes de los que nos responsabilizaríamos cada uno de nosotros. Estaba claro que Adam se encargaría de todo lo relacionado con la navegación mientras que Langsdorff sería el responsable de la parte científica. Él se encargaría de los contactos con academias, universidades y organismos científicos, tanto en nuestro país como en otros centros europeos donde tenía buenos amigos y colegas. El doctor tenía la ventaja, adicional, de haber visitado la nave española de la expedición de Malaspina que, en su opinión, era una de las pocas bien preparada para la investigación, y se había preocupado de anotar todo aquello que le había parecido interesante. Dada su facilidad para el dibujo, podía preparar bocetos de la disposición de las distintas dependencias y del mobiliario fundamental, especialmente de los armarios donde guardar las muestras y especímenes recolectados. Había tomado nota incluso de las maderas empleadas, repelentes a los insectos y a la humedad. Yo, por mi parte, intentaría recabar la mayor información geográfica y meteorológica posibles, para determinar las mejores rutas y las fechas idóneas de arribadas y salidas de los distintos puntos del recorrido. Además, actuaría como coordinador de los equipos.

Cuando en la siguiente visita del conde le transmitimos la propuesta de la colaboración con científicos de otros países, no solo no puso ninguna pega, sino que nos felicitó porque le pareció la solución perfecta para conseguir los mejores resultados, sin herir los sentimientos nacionales. Él se encargaría de transmitírsela al zar que era el único que tenía que conocerla y aprobarla. Acordamos que, en tres meses, cuatro como mucho, tendríamos terminado un proyecto suficientemente definido y valorado, como para que el conde se lo pudiese presentar. Todos estos temas y otros que irían apareciendo, abrían ante nosotros un abanico de cuestiones a resolver que nos iban a obligar a buscar la colaboración de otros departamentos, tanto oficiales como particulares, para lo que necesitaríamos contar con la ayuda de más personas.

Langsdorff no perdió el tiempo y unos días después de la última reunión, partió para Alemania, directamente a la Universidad de Gotinga donde se celebraba una reunión de antiguos alumnos. Regresó a las pocas semanas con una información muy interesante relacionada con los últimos avances conseguidos en la navegación. Se reunió con el capitán Adam para hablar de ellos, (reunión a la que, como coordinador, asistí) e informarle del nuevo *Observatorio Astronómico* de *Greenwich*, recientemente creado en una pequeña localidad al este de Londres, y que se convertiría en el centro de las nuevas técnicas de localización marítima.

—Recuerdo que en una conversación que tuve con usted —empezó diciéndole— me comentó que se había dado un paso muy importante para *determinar la latitud* en la situación de cualquier navío, a partir de la posición del sol o de las estrellas, y que esto había sido posible gracias al perfeccionamiento de los instrumentos de medición, especialmente del sextante y de los nuevos cronómetros. Pero también recuerdo que me dijo que no sucedía lo mismo con la *determinación de la longitud*, difícil de conseguir por las diferencias horarias entre los distintos meridianos.

»Pues bien. Acabo de saber por un colega inglés algo muy interesante. Al parecer, este inconveniente tan importante para la navegación también preocupaba a los marinos ingleses. Incluso cuentan que un almirante muy conocido se había presentado en la academia de ciencias increpando a sus miembros de que *«como era posible que hacia un siglo que Newton había sido capaz de situar a nuestro planeta en el espacio sideral y ellos no eran capaces de situar un barco en el océano».*

»Sea esto verdad o una exageración, la realidad es que los avances conseguidos en el observatorio de Greenwich van a permitir relacionar todos los meridianos del globo terráqueo, que son los que marcan las longitudes, con el meridiano que pasa por dicho lugar. Greenwich se convertirá en el punto de referencia, es decir, en el meridiano cero. El sistema cubrirá los 360° en los que se divide, longitudinalmente, nuestro planeta, que se ordenarán en dos sistemas simétricos de 180°. Uno hacia el este y otro hacia el oeste, a partir del meridiano de Greenwich. El meridiano 180°, situado en el Pacífico, será común a los dos sistemas y el paso del sol por él marcará, a nivel mundial, el cambio de fecha oficial. Este avance, unido a la precisión de los nuevos cronómetros y al perfeccionamiento de los nuevos sextantes de reflexión, permitirá medir, con exactitud, la hora solar, lo que determinará *la longitud* de la posición de la nave con la misma precisión que su latitud.

El capitán quedó sorprendido y reconoció que este nuevo sistema de localización iba a facilitar considerablemente la navegación, especialmente cuando se tratase de grandes travesías. Era fundamental, por tanto, tener la mayor información sobre algo que, sin duda, iba a revolucionar la navegación.

Aunque las relaciones con los ingleses no fueran, en estos momentos, las mejores posibles, era importante desplazar al Reino Unido a un equipo de pilotos que aprendiera su utilización y que recabara, al mismo tiempo, información sobre los nuevos instrumentos de navegación. Una gestión que, todos coincidimos, debería llevar a cabo el propio conde como representante del almirantazgo ruso. Langsdorff no creía que esto fuera un problema.

—El profesor Westwood, que es quien me ha facilitado esta información —dijo— ha trabajado con el director del observatorio, el profesor James Bradley, que es el autor de la idea y al que se deben los avances que se están produciendo en este campo, y se ha ofrecido a ponerme en contacto con él, en cuanto decida ir a Londres. A mí, como alemán, no me van a poner ningún impedimento. Puedo desplazarme a Greenwich y, sobre el terreno, enterarme de las posibilidades de una visita de nuestros pilotos. Yo creo que los ingleses serán los primeros interesados en que marinos y navegantes de todo el mundo, conozcan y utilicen *su* nuevo sistema.

Langsdorff nos contó que su colega Westwood, con el que había coincidido de estudiante en Gotinga, también le había hablado de los avances en astronomía, debido a los nuevos telescopios perfeccionados por el físico Herschel. Toda esta información ratificaba la necesidad de desplazarse a Inglaterra. No cabía duda de que los ingleses parecían estar a la cabeza en todo lo relacionado con las nuevas técnicas de navegación.

Cuando una semana después el conde nos visitó, lo hizo acompañado de un ayudante, un hombre de mediana edad que cojeaba ligeramente, marino retirado según nos dijo, y de dos grandes cajas llenas de mapas, cartas marinas y documentos de su archivo particular. Incluían información de muchas regiones que creíamos inexploradas, pero sobre las que existía incluso alguna planimetría y que él se había preocupado en ir adquiriendo, convencido de que, algún día, el proyecto que tenía en mente se haría realidad.

—Y ha llegado el momento de utilizar esta información —dijo con orgullo. Muchos de los documentos gráficos, así como las notas y otra información escrita que los acompañan, están realizados por navegantes y exploradores españoles, portugueses o ingleses, la mayoría de ellos desconocidos por lo que, aunque no se puede garantizar su exactitud, al menos los podrán utilizar como una primera orientación —concluyó.

Nuestra sorpresa, y sobre todo la de Adam, fue la existencia de más información sobre países poco explorados de la que, oficialmente, se conocía.

Pero Rumyantsev guardaba una perla para el final: una colección muy completa de cartas marinas y de mapas, copias exactas de los cartografiados por el mismo James Cook, que como sabía cualquier navegante, eran los más fiables de los que se conocían. Nosotros también le sorprendimos cuando el capitán Adam le puso al corriente de toda la información que había traído Langsdorff de Alemania y que sería el complemento ideal para sacarle el mejor partido a esa magnífica documentación que nos acababa de entregar.

Al comentarle Adam los últimos avances de los ingleses relacionados con la navegación, y de la conveniencia de que algunos de nuestros marinos se trasladaran a Gran Bretaña, pero de las dificultades con las que podríamos encontrarnos por la relación política entre ambos países, el conde dijo algo que nos tranquilizó: el almirante Vasili Chichagov, con el que había mantenido una estrecha amistad, había pasado su juventud en Inglaterra. Incluso, durante un tiempo, sirvió en la *British Royal Navi*, la armada británica, y se había casado con una inglesa, hija o hermana —no recordaba— de un alto mando de la armada.

—Me consta que mantiene unas excelentes relaciones con la *British Royal Navi*, por lo que creo que no habrá problema en el envió de nuestros marinos. Además, como ha dicho uno de ustedes, los británicos serán los primeros interesados en que se conozcan los últimos avances, máxime cuando han sido ellos sus inventores; pero si prefieren, yo puedo ponerme en contacto con el almirante Chichagov que vive en Inglaterra.

El conde nos dio otra buena noticia relacionada esta vez con su ayudante el capitán Davidov, también marino, pero al que un accidente sufrido en un naufragio le había incapacitado para gobernar una nave, pero no para navegar. Desde entonces se había dedicado a la cartografía, su gran afición. Para eso lo había contratado el conde: examinar y ordenar su colección de mapas, cartas marinas y documentos náuticos.

—Como los he oído decir que necesitarían más personal, la buena noticia es que, si creen que les puede ser útil, el capitán Davidov estaría encantado de formar parte del equipo.

Nuestra contestación fue que toda ayuda sería bienvenida, máxime cuando se trataba de un experto en algo tan importante como la cartografía.

Fue un baño de buenas noticias y, a partir de ese momento, nos convencimos de que íbamos por el buen camino y de que empezábamos a controlar el proyecto.

Las gestiones del capitán Adam también estaban dando buenos resultados. A los astilleros de Kronstadt —la pequeña isla del Báltico frente a San Petersburgo— habían llegado dos naves construidas en Inglaterra y en condiciones óptimas para que, su interior, pudiera remodelarse adaptándolo a las nuevas necesidades. Langsdorff estaba tratando de reproducir la distribución y el equipamiento en el primer puente: mesas, tableros armarios etc., tal como había visto en la nave española, con dibujos fáciles de interpretar para cualquier operario del astillero ruso. Adam había llegado a la conclusión —que quería confirmar con nosotros— de que las dos naves serían suficientes para alojar a todo el equipo, incluyendo al personal científico.

Langsdorff, por su parte, pensaba desplazarse a Prusia y a Dinamarca para contactar con antiguos compañeros de la universidad de Gotinga. Intentaría atraerlos a la expedición lo que creía que no sería difícil: la mayoría estaba deseando poder formar parte de alguna expedición científica.

MALAS NOTICIAS DE PALACIO

Por mucho que me atrajese el proyecto de la expedición —que por supuesto me atraía entre otras razones porque formaba parte de él y le había dedicado muchas horas de trabajo—, también era consciente de que tenía otras obligaciones entre las que se encontraba mi compromiso con la *Compañía ruso-americana*.

Los días pasaban y seguíamos sin noticias de palacio. Aprovechando la oferta que me había hecho Pavel concerté una entrevista a través del misterioso señor Vasili, la persona cuyo nombre había escrito en un papel arrugado.

Cuanto di mi nombre a la entrada de palacio, el tal Vasili me recibió con mucha amabilidad. Cuando le expuse el objeto de mi visita y antes de que tuviera tiempo de entrar en detalles, se adelantó a mis palabras:

—Conozco el tema y aunque en estos días su majestad no podrá recibirlo, no se preocupe, pronto tendrá noticias suyas.

Esta visita tuvo lugar a finales de marzo. Diez días después, el ocho de abril, es decir, el día que yo cumplía años, se presentó un ujier en las oficinas de Derzhavin con un sobre lleno de membretes, sellos lacrados, cintas con los colores de los Romanov y demás parafernalia. Y lo más importante: su interior contenía el famoso *ukaz* en el que se recogía, palabra por palabra, todo lo acordado en la última reunión, firmado de su puño y letra por el *Zar de Rusia, Pavel I* (Q. D. G.).

Entonces me entró la duda de si la coincidencia de fechas era casualidad, o si mi amigo lo había hecho intencionadamente para que yo supiera que se trataba de un favor personal. Es decir, que fuera consciente de que acababa de contraer una deuda que algún día podía reclamarme. En estas circunstancias y conociendo al personaje, cualquier respuesta era posible. En cualquier caso, no me preocupé. Lo importante era que ya disponíamos del codiciado documento.

Necesitaba comunicarle a Natalia la buena noticia, aunque eran malas fechas para viajar a Irkutsk. Le mandaría un correo explicándole todo el proceso, acompañándolo de una copia del documento. Yo guardaría el original en la caja fuerte de Derzhavin. Pero demoré el envío porque tenía otra cuestión pendiente, de cuyo resultado también quería informar a Natalia.

Pasados unos días, volví a palacio con la idea de solicitar una nueva entrevista con el zar. Entre otras cosas quería agradecerle, personalmente, la firma del documento. Sin pensármelo mucho, me encaminé de nuevo en busca del señor Vasili. Al llegar a la entrada principal actué de la misma forma que la vez anterior... y empezaron las sorpresas:

—¿El señor Vasili? —repitió el oficial que me atendió, poniendo cara de extrañeza— Aquí no hay ningún *señor Vasili*, caballero. Si quiere solicitar una audiencia, este no es el sitio correcto. Vaya por la otra puerta y solicítela siguiendo el procedimiento reglamentario.

Y como me quedé parado sorprendido por su respuesta, de forma seca y antipática, añadió.

—Y ahora haga el favor de apartarse y deje libre la entrada.

Aquello no me gustó. No por la grosería del oficial, sino por el ambiente desagradable que percibí entre los suboficiales y soldados que había en el cuerpo de guardia. Ninguno de los que me habían atendido en la visita anterior, y a los que conocía de otras veces, estaba presente. En su lugar me encontré con unos tipos mal encarados que me miraban con sonrisa despectiva e insolente, algo que nunca me había sucedido. Tanto la guardia como el personal de admisión que atendían al público, tenían fama de educados y serviciales. Aquel repentino cambio me olía mal.

Cuando se lo comenté a Derzhavin, se sorprendió... pero yo diría que no demasiado. Me tomó del brazo, me llevó a un despacho contiguo y me invitó a sentarme frente a él, gestos suficientes para saber que me iba a contar algo importante...y confidencial.

—Procura, por ahora, ir a palacio lo menos posible. La situación está muy tensa y nadie sabe lo que pueda suceder. Cuanto menos se te vea por allí, mejor. Deja pasar algún tiempo hasta que el ambiente se aclare. Y no te puedo contar más.

—¿No me puede o no me quiere contar más? —pregunté.

Con una sonrisa malévola, me dijo:

—Las dos cosas. Pero te prometo que, en cuanto sepa algo nuevo —y que te pueda contar—, te avisaré. Mientras tanto, aprovecha y márchate a Irkutsk a ver a tu hija y a tus padres… Y a darle una vuelta a la empresa. ¿No has oído eso de que *el ojo del amo engorda el caballo*? Pues aplícatelo.

Pero hice lo que me pareció más oportuno: me fui al almirantazgo para hablar con el conde Rumyantsev y enterarme de sí había podido tener la entrevista con el zar, ya que en la última reunión quedamos en que lo visitaría para ponerlo al tanto del avance del proyecto. Al mismo tiempo, intentaría sonsacarle información sobre lo que sucedía en palacio.

Me recibió el capitán Davidov que me comunicó que el conde había regresado a Moscú. No creía que se hubiese reunión con el zar, pero no lo sabía seguro. En cuanto al capitán Krusenstern y al doctor Langsdorff, los dos estaban fuera. El capitán había ido a los astilleros de Kronstadt para inspeccionar las nuevas naves y el doctor Langsdorff seguía en Alemania o en Dinamarca. Y no tenía más noticias. Él estaba ordenando la cartografía que era la faena que le había encomendado el conde antes de partir.

En estas circunstancias, poco podía hacer en San Petersburgo. Decidí seguir el consejo de Derzhavin y regresar a Irkutsk: como forzosamente tenía que pasar por Moscú, aprovecharía para visitar a Rumyantsev.

Cuando unos días después me reuní con él en su casa —un impresionante palacio que más parecía un museo que una residencia particular— me dijo que a pesar de haberlo intentado por todos los medios, le había sido imposible tener la reunión con el zar. Cuando le comenté el percance de mi último intento de visita, tampoco se extrañó demasiado.

—Tengo la impresión —empezó a contarme, serio y preocupado— de que al zar lo tienen medio secuestrado —o muy protegido— y recibiendo solo a los muy allegados. Su familia se encuentra en una situación parecida y sometida a estrictas medidas de seguridad. Parece ser que están esperando a que se terminen las obras de lo que será su nueva residencia, el *Palacio Mikhailovski*—cerca del palacio de verano—, que están acondicionando como una verdadera fortaleza. Incluso han construido un foso perimetral con puentes levadizos, aprovechando la cercanía a uno de los canales del Deva, ¡como si estuviéramos en el siglo catorce luchando contra tártaros y mogoles! —añadió indignado—. Me consta que, desde hace algún tiempo, el zar quiere abandonar el Palacio de Invierno donde se encuentra inseguro y obsesionado con la idea de que podría sufrir un atentado en cualquier momento. La realidad es que existe el riesgo de que esto pueda suceder. La situación, Nikolai, es muy tensa. Aunque por el momento parece estar controlada por su guardia personal, que todavía le es leal —concluyó.

Quería conocer más detalles y como parecía que el conde sí estaba dispuesto a complacerme, le pedí que continuara.

—La terrible situación en la que se encuentra el zar —con el que Vd. ha tenido una cercana relación y al que, me consta, aprecia— es consecuencia de su actitud desde que empezó a gobernar. Me refiero al comportamiento que ha tenido con la nobleza y con el ejército. Su afán de acabar con sus privilegios y, además de una forma un tanto precipitada, ha generado una situación que se le ha ido de las manos. Porque lo que le ha movido a hacerlo se parece más a un sentimiento de venganza por el odio que siente por todo lo que su madre apreciaba y protegía, que a un afán por cambiar las cosas que se hacían mal y que, ciertamente, eran muchas.

»Esto habría tenido sentido y una gran mayoría lo hubiese apoyado —continuó—. Pero no actuando como lo ha hecho. Ha empezado por revocar el privilegio que tenían nobles y mandos del ejército por el que no podían recibir castigos corporales, y una vez revocado ¡le ha faltado tiempo para ordenar que azotaran a tres oficiales porque, en su opinión, habían tenido una actitud despectiva hacia su persona! Pero con los que verdaderamente se ha ensañado, ha sido con los nobles despojándolos de sus privilegios, no solo los que se referían a castigos corporales, también los que los liberaban de servir en el ejército, del pago de determinados impuestos y otros beneficios menos importantes.

»Ese es el zar. En el fondo sus intenciones pueden ser buenas porque quiere ser justo y castigar a los que actúan mal aunque pertenezcan a las clases privilegiadas. Incluso con su familia ha sido injusto, especialmente con la zarina María Fiodorovna, quizá la única persona que lo entiende, porque verdaderamente lo ama. Por otro lado, se ha dejado influenciar por personajes sin ninguna categoría social ni moral, como su peluquero, el turco Iván Kutáisov al que, como le resultaba gracioso lo convirtió, primero en su bufón particular, después en su ayuda de cámara hasta que, finalmente, lo ha ascendido a conde.

»El tal Kutáisov, al que todos llaman *Fígaro* por el personaje de la ópera de Mozart, es también el alcahuete que le proporciona mujeres, algunas de las cuales han tenido mucha —y muy mala— influencia sobre el zar, como la tal Catalina Nelídova, una auténtica arpía. Afortunadamente rectificó a tiempo, apartándola de su lado. La que tiene ahora en cambio, Anna Lopukhina, *la Gagarina* —por el nombre de su esposo el príncipe Gagarin— es una de las mujeres más bellas que han pasado por palacio y una buena persona. Incluso parece que ella le ha tomado cierto cariño aunque le sigue llamando *mi monstruito particular*, porque habrá podido comprobar —concluyó el conde— lo deteriorado que está el zar, que cada día se parece más a esas máscaras que venden para asustar a los niños. Pero la Lopukhina se lo dice de una forma tan cariñosa que parece ser que no le molesta.

Escuchaba sin decir nada, pero lo estaba pasando mal con todo lo que estaba oyendo de boca de Rumyantsev. Y así se lo dije. Sentía una inmensa pena por la situación en la que se encontraba a quién consideraba mi amigo y del que, posiblemente, solo habría descubierto la parte más noble de su personalidad.

Cuando más tarde le comenté la coincidencia de la fecha del *ukaz* con la de mi cumpleaños, el no creía que hubiese segundas intenciones.

—Estoy seguro de que lo ha hecho porque le ha salido del corazón, sabiendo que usted lo apreciaría en su justo valor. Y seguro que habrá disfrutado pensando en su sorpresa al recibirlo en esta fecha tan especial.

Entonces comprendí que tenía razón. Esa había sido su única intención: hacerme feliz. Y sentí una terrible compasión por el zar, mi amigo, y una gran opresión en el pecho. ¡Ojalá todo se resuelva bien!, deseé de corazón.

Pero ese deseo mío parecía difícil que se cumpliera. Además de enfrentarse a los más poderosos sectores del imperio, el zar Pavel había tenido la habilidad de enemistarse con la mayoría de los países de Europa. Su última hazaña fue retar a Napoleón Bonaparte ¡a un duelo personal! *De esta forma* —opinaba—, *evitaría la guerra entre las dos naciones y la pérdida inútil de vidas.*

Pero lo grotesco era que ese desafío, lo hacía extensivo a los monarcas y jefes de los países que consideraba enemigos suyos: Inglaterra, Suecia, Polonia, Turquía, y alguno más. Cuando me lo contaron, no pude evitar reírme de la escena que me vino a la mente: *¡El hombre más feo del imperio, contra el mundo!*

Antes de despedirme del conde le pregunté por el futuro del crucero científico. Me contestó que hasta que no se aclarase la situación política, sobre todo el futuro del zar, el proyecto quedaba en suspenso, algo que tenía sentido ya que Pavel era el más interesado en la empresa. Sin embargo, el conde creía que la expedición se realizaría, aunque quizá más tarde de lo previsto.

~

Llegué a Irkutsk con una sensación amarga por los acontecimientos de los que había sido testigo y convencido de que podrían conducir a nuestro país a una situación extrema. La opinión de la mayoría con los que hablaba era pesimista y para los mejor informados, muy difícil y con posibilidades de que terminara en tragedia.

Por otro lado, estaba animado Iba a poder abrazar a mis seres queridos, empezando por mi pequeña Olga, a la que hacía más de un año que no veía. Y a mis padres que, aunque estaban bien, ya empezaban a notar el peso de los años. Sobre todo, mi padre que aguantaba muy mal el clima tan extremo de Irkutsk en el que la diferencia de temperatura entre invierno y verano podía superar los sesenta grados. Pero me divertía la idea de que, esta vez, iba a ser yo el que pusiera a mi padre al corriente de los últimos acontecimientos, si es que no me sorprendía una vez más, siendo él quien tuviera más información. Pero no. Ahora yo estaba más al día y mejor informado, desgraciadamente, de los últimos sucesos.

A la que esperaba dar una gran alegría era a Natalia cuando le enseñase el documento que llevaba conmigo. Me alegré de no haberlo mandado por correo: no quería perderme su cara cuando viese aquel sobre tan pomposo, lleno de sellos lacrados, firmas, cintas de colores… y el *ukaz* en su interior con la firma del mismísimo zar. Pero también tendría que contarle la situación tan delicada en la que se encontraba mi amigo, a punto de ser destronado o incluso algo peor.

A mis padres los encontré felices con la nietecita a la que veían con mucha frecuencia. La niña estaba preciosa y muy contenta de verme. En cuanto a Natalia, cuando le entregué el sobre, me dio un abrazo tan fuerte que estuvimos a punto de rodar por el suelo.

En lo concerniente a la sociedad, me contó que había muchas noticias y de todo tipo. Las buenas eran que iba viento en popa y que este mismo año se iban a superar todas las previsiones de captura, al contar ya con los nuevos caladeros de Alaska. La relación con los *tlingits*, según las noticias que trajo Baránov en su última visita, era más o menos normal ya que se había llegado a un acuerdo económico con ellos consistente en darles un porcentaje de los animales capturados, porcentaje que continuamente cambiaban a su antojo y que teníamos que aceptar si queríamos seguir trabajando con cierta tranquilidad. Como las cosas iban bien, cedíamos sin más complicaciones.

Continuaban los problemas entre cazadores e isleños, sobre todo los relacionados con los emparejamientos mixtos que se acababan resolviendo con la ayuda de los misioneros. En ese aspecto podía decirse que la situación era normal tirando a buena.

Pero ahora venían las malas noticias. Según había contado Baránov, la escasez de los suministros producía situaciones muy tensas con las familias de tramperos y cazadores, indignados por carecer de lo más imprescindible: medicinas, ropas y otros alimentos que no fueran pescado. Con frecuencia eran los propios misioneros los que, aun careciendo también de casi todo, acudían en su ayuda y trataban de calmarlos. Según Baránov la situación era tensa y había que buscarle, con urgencia, una solución definitiva. Estuvimos de acuerdo en que ese tenía que ser mi próximo objetivo.

Pero, desgraciadamente, los trágicos acontecimientos que tuvieron lugar al poco tiempo, de nuevo iban a trastocar mis planes —como los de millones de rusos— y me obligarían a regresar a San Petersburgo.

LA TRAGEDIA

¿Cuándo empezaron a gestarse los acontecimientos que culminarían con la tragedia de aquel veintitrés de marzo? La respuesta dependía de a quién formulases la pregunta.

Si se hacía a los partidarios del zar Pavel, dirían que había sido el ataque premeditado e infame de una jauría rabiosa que no estaban dispuestos a perder sus privilegios.

Por el contrario, si se lo preguntabas a cualquier miembro de la nobleza o del ejército, responderían que fue «el día nefasto en el que, la puta de su madre se quedó preñada de ese monstruito, que vaya usted a saber quién era el padre, y que ni el tifus pudo acabar con su vida».

Si preguntabas al pueblo llano, lo más probable es que dijera que no tenían la menor idea de que hubiese problemas en palacio, que pensaban todo lo contrario, que *este zar estaba haciendo las cosas bien y acabando con los abusos de los ricos, con la esclavitud y con los malos tratos a los sirvientes, por lo que todos deberían estar contentos con él.*

Finalmente, si me preguntabas a mí, respondería que, cualquier momento era propicio para que aquel ser marcado por la desgracia, pudiera ser víctima de una tragedia.

Pero la respuesta correcta posiblemente fuera que las cosas se torcieron a los pocos meses de empezar a gobernar, cuando el nuevo zar, dejándose llevar por odios y resentimientos, confundió la venganza con la justicia lo que dio paso, no solo al despecho hacia su madre, sino a todo lo que ella representaba.

Lo que había sucedido —que se parecía más una tragedia griega que al desenlace de una crisis política en una nación que iba a entrar en el siglo XIX— era algo que se venía incubando de tiempo atrás, pero que había tomado forma definitiva cuando el gobernador de San Petersburgo, Von der Pahlen, se puso al frente de los conspiradores y con la seriedad, metodología y frialdad de sus antepasados germanos, organizó una rebelión en condiciones. Lo primero que hizo fue reunir al grupo de los que consideraba más deseosos de venganza, entre los que se encontraban los hermanos Zubov: Platon, que había tenido *el privilegio* de haber sido el último amante de Catalina y posiblemente la persona más odiada por el nuevo zar, y su hermano Nikolai al que por su envergadura llamaban *el Coloso*. El general Bennigsen, representante de los maltratados militares, era otro de los indignados, deseoso de venganza. Todos ellos, junto a otros radicales extraídos de lo peor del ejército, a los que se uniría el traidor Argamakov —*edecán* del zar hasta que se pasó al bando de los rebeldes— serían los cabecillas de la sublevación. Detrás estarían los componentes de la mano ejecutora, seleccionados entre los más fanáticos y violentos, adictos a la causa, o sencillamente comprados.

Para suavizar las cosas y no atemorizar a los más pacíficos, les anunció que «se trataba únicamente de deponer al zar Pavel y colocar, en su lugar, a su hijo Alejandro, su sucesor natural en la línea dinástica y que, como todos sabían, habría sido el deseo de la gran emperatriz Catalina».

El gobernador habría comunicado, tanto al príncipe Alejandro como a su madre María Fiodorovna, el plan y según el propio Von der Pahlen, ambos estarían de acuerdo. Pero todo era una patraña inventada solo para tranquilizar a aquellos que no estaban dispuestos a que se vertiera sangre.

Más tarde, el propio conde Rumyantsev me contaría con detalle, los acontecimientos trágicos de aquel fatídico día. En la mañana del día veintitrés, muy temprano, Zubov *el Coloso*, el general Bennigsen y el traidor Argamakov, llamaron a la puerta del dormitorio del zar. Como nadie contestaba, forzaron la entrada y se precipitaron sobre la cama, que estaba vacía. Pero Argamakov, que conocía muy bien al que hasta entonces había sido su señor, miró a su alrededor y vio unos pies descalzos que sobresalían por debajo de una cortina. Le hizo una seña *al Coloso* que, de un tirón, arrancó la cortina con todo lo que había dentro que ya sabían que era el zar Pavel. A rastras, lo llevaron hasta la cama y de forma exageradamente amable, le dijeron que *«no le pasaría nada si no ponía resistencia y firmaba su renuncia en beneficio de su hijo Alejandro; que tanto el zarevich como su esposa la zarina María Fiodorovna, estaban de acuerdo con esta decisión: que él había sufrido mucho con todas las desgracias familiares y con su mala salud y se merecía un descanso y disfrutar, tranquilamente, de los años que le quedaran de vida, acompañado del cariño de su esposa y de sus hijos».*

El zar, quizá envalentonado por el tono educado con el que le hacían la propuesta, respondió que quería seguir gobernando y que no estaba dispuesto a abdicar. Incluso se atrevió a acusar de traidores a Zubov y a Bennigsen ya que Argamakov, una vez que había indicado a Zubov donde se escondía el zar, se había quitado de en medio.

Mientras tanto, el grupo de rebeldes violentos había entrado, en tropel, en el dormitorio dando voces y profiriendo insultos contra el zar. Como vieran que este se resistía a lo que *amablemente* le estaban pidiendo, el georgiano Iasvilli cogió un candelabro de bronce que había en la mesa al lado de la cama, y lo estampó en la cara del zar, mientras que los dos oficiales, a los que el zar había mandado azotar unos días antes, la emprendían a patadas y puñetazos contra su cuerpo maltrecho. El tal Iasvilli, para asegurarse de su muerte, acabó estrangulándolo con el cordón de su propio batín.

Los del primer grupo, como no querían estar presentes cuando se produjera el asesinato, habían abandonado el dormitorio mientras *la jauría rabiosos* —como alguien los había llamado— acababa con la vida del zar machacando, cruelmente, su pequeño cuerpo. Alguno de los violentos recordaría más tarde, que el zar, cuando los vio entrar y que el primer grupo se retiraba, empezó a gritar, asustado, pidiendo *«que no lo mataran, que firmaría la renuncia, que le perdonasen la vida».* Pero ya era demasiado tarde: la jauría había olido la sangre y ya no había quien les hiciera soltar la presa. Mientras el asesinato se cometía en los aposentos del emperador situados en la planta alta, su esposa Maria, su hijo el zarevich Alejandro, su esposa Isabela Alekseievna y los príncipes Constantino, Nicolás, el pequeño Miguel y sus hermanas, permanecían en la planta baja, ajenos a lo que sucedía encima de ellos. En una dependencia apartada, pero en esa misma planta, se encontraba la amante del zar, la bella *Gagarina*.

El primero que se enteró de lo sucedido fue el príncipe Alejandro cuando Nikolai Zubov, *el Coloso*, se presentó ante él y, con voz respetuosa, le comunicó: *Majestad, todo ha concluido. Vos sois, desde este momento, el Zar de Rusia.*

El nuevo zar, sorprendido, no sabía cómo reaccionar. Lo primero que dijo es que quería ver a su padre a lo que *el*

Coloso respondió que no era posible, que *las cosas no se habían desarrollado como ellos esperaban*. Cuando oyó estas palabras, Alejandro entró en un estado de desesperación, empezando a dar voces hasta que apareció Maria, su madre, que acabó por comprender lo sucedido. Su primera reacción fue hacerle jurar que él no había participado en el magnicidio. A continuación, con serenidad pero con firmeza, y dirigiéndose al gobernador Von der Pahlen, insistió en que le dejasen ver a su marido, a lo que el gobernador también se opuso.

—Debe Vd. saber —le increpó la zarina, con la misma voz reposada y controlando sus emociones— que, si el zar ha muerto, yo me convierto, automáticamente, en la emperatriz. Así sucedió en el pasado con mis antecesoras Catalina I, la viuda del zar Pedro el Grande y mi suegra Catalina II, nombrada emperatriz cuando su esposo el zar Pedro III murió, también asesinado. Por tanto, es muy importante que todos los que estamos aquí, comprobemos que el zar Pavel está realmente muerto.

Al negarse de nuevo el gobernador a la petición de la zarina, un clima de nerviosismo pareció invadir la habitación. Alejandro no hacía nada más que dar vueltas con la cabeza baja, farfullando palabras de culpabilidad. Se acercó al grupo donde se encontraba su esposa Isabela y sus hermanos y con lágrimas en los ojos, les volvió a jurar que él no había tenido nada que ver con la muerte de su padre, pero que se sentía igualmente culpable: «*Yo sé que mi alma está condenada porque no he hecho nada por impedirlo*» —se lamentaba.

Mientras tanto, Von der Pahlen, el Coloso y Bennigsen, los verdaderos cerebros del plan seguían intentando convencer a la Zarina de que su marido estaba realmente muerto: «No *querían haber llegado a esa situación* —se justificaban— *pero se habían visto desbordados por un grupo de violentos que habían entrado en el dormitorio y no pudieron hacer nada por impedir el espantoso magnicidio*».

Poco después alguien abrió las ventanas y todos pudieron oír los vítores que llegaban del exterior, aclamando a Alejandro como el nuevo zar. Un escenario cuidadosamente preparado: al final, Alejandro sucumbió ante esta proclamación popular, e ignorando a su madre, pidió a los tres artífices del complot que fueran con él al Palacio de Invierno, que mandasen sacar el cuerpo de su padre de la fortaleza de Mikhailovski, y que allí lo trasladaran.

—El pueblo tiene que ver su cadáver — añadió, ya con la autoridad de sentirse el nuevo emperador—. Quiero que, inmediatamente, busquen a los responsables de este horrible asesinato, y que reciban un castigo ejemplar.

En ese momento lo que más preocupaba a los traidores, no era precisamente buscar a los asesinos del zar, sino *qué hacer con su cuerpo, machacado y desfigurado*.

La solución la dio Bennigsen.

—Hay que buscar a las maquilladoras del teatro del Hermitage y que ellas se encarguen de ponerlo en condiciones para ser exhibido.

De la zarina nadie volvió a preocuparse. Había quedado claro que el zarevich Alejandro estaba decidido a convertirse en el nuevo zar. Incluso sus hermanos cambiaron su actitud y adoptaron una más respetuosa hacia él. Mientras tanto, María Alekseievna, su madre, permaneció en el palacio-fortaleza de Mikhailovski. Cuando una de sus damas le comunicó que ya se habían llevado el cuerpo del zar, entró en el dormitorio y, llorando por primera vez, se echó en la cama donde el zar había muerto Al cabo de un rato, ayudada por su dama, se levantó. No tenía fuerzas para hacerlo sola. Antes de salir de la estancia, buscó la camisa manchada de sangre de su marido, y se la llevó. Más tarde pediría que trasladasen la cama, también ensangrentada, al Palacio Pavlovsk, el único que consideraba su verdadero hogar y donde había pasado los años más felices. Allí organizaría un pequeño santuario con todo lo que había podido recuperar de aquel trágico día.

Como dos mil años antes había sucedido con Julio Cesar —el emperador más admirado por los Romanov—, el zar Pavel I también tuvo su *Idus de Marzo*. Y posiblemente pasara por su mente, antes de morir, la terrible sospecha de que su hijo Alejandro encarnaba la figura del traidor Brutus, el hijo adoptivo de César. Pero en eso se habría equivocado.

Cuando posteriormente pregunté al conde Rumyantsev dónde había obtenido tanta información, me dijo que habían sido la propia zarina Maria Alekseievna la que se lo había contado. Y me confesó algo que yo ignoraba. Desde hacía tiempo, él mantenía una relación muy cercana con la zarina. Sin llegar nunca a ninguna relación íntima, sí era cierto que la visitaba con frecuencia. El conde se había convertido, en cierto modo, en su confidente y su paño de lágrimas en los momentos más tristes de la zarina. Incluso me reconoció que, de incógnito, los había visitado en varias ocasiones, en su palacio de Moscú. Entre ella y su esposa, la condesa Marina, se había creado una buena amistad.

También me comentó algo que me concernía. Tanto la zarina como el zar Pavel, siempre le habían hablado muy bien de mí. Incluso el zar le había confesado que había pensado en mí como posible *canciller del imperio,* pero había desistido del nombramiento por la oposición encontrada en una parte del gobierno que ponía como excusa, mi juventud y el no pertenecer a la nobleza. Pero siempre pensó hacerlo más adelante. Al final acabé enterándome de algo que me tenía intrigado desde la última reunión que tuve con Pavel cuando dijo que *algún día me contaría cosas que me incumbían.* Se lo comenté al conde y me dijo que, sin duda, se refería a eso.

Le pregunté qué pasaría ahora con el proyecto de circunvalación.

—El zar Alejandro siempre ha estado informado del proyecto, y está tan interesado como su padre en que se lleve a cabo —fue su respuesta.

Antes de terminar con este trágico episodio, quiero añadir que como muchos nos temíamos —incluyendo el propio Rumyantsev— ninguno de los conspiradores sufrió *castigo ejemplar.* A lo más que se llegó fue al exilio de los cabecillas intelectuales, a los que se les permitiría el regreso unos años después. De los ejecutores materiales, de los asesinos, nunca más se supo.

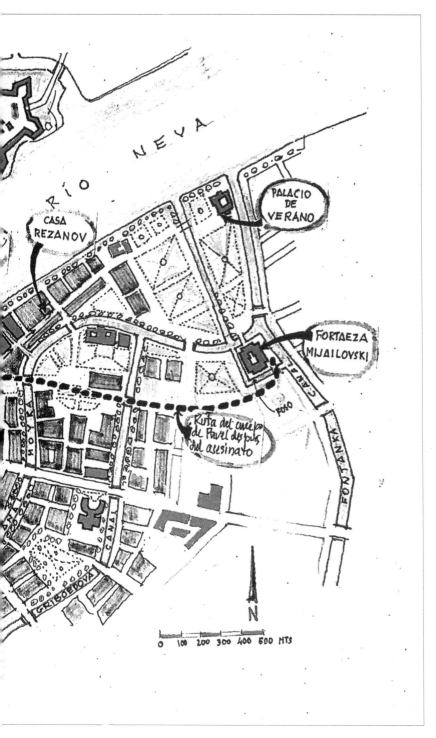

CASA
REZANOV

PALACIO
DE
VERANO

FORTAEZA
MIJAILOVSKI

FOSO

Ruta del cuerpo
de Pavel después
del asesinato

NEVA

RÍO

MOYKA

FONTANKA

CANAL

GRISBOEDOVA

N

0   100 200 300 400 500 MTs

Centro de San Petersburgo

EL ZAR ALEJANDRO

Habían pasado unos meses desde los terribles acontecimientos de marzo, un periodo suficientemente largo como para que esa extraña medicina que parece curarlo todo, el tiempo, hiciera que nuestras vidas volviesen a la normalidad.

Personalmente, traumatizado todavía por la muerte de mi amigo, tuve que reconocer que el clima que se respiraba en la ciudad —y en toda Rusia— era bastante mejor que el de los últimos años. Quizá fuera esa calma que sigue a las tormentas cuando todos, conmocionados por los trágicos acontecimientos vividos, reaccionamos con la intención de evitar su repetición: una instintiva y loable reacción, pero que pronto olvidamos.

Lo sorprendente fue la aparición de un nuevo ambiente. La gente incluso parecía más amable: en los centros de poder y en los departamentos gubernamentales había desaparecido esa tensión continua que Pavel infundía en todos los que le rodeaban y que reaccionaban transmitiéndolo, a su vez, por los distintos niveles de la administración. Ahora sucedía todo lo contrario. Una nube de calma y serenidad parecía haber descendido sobre el país.

Cuando se lo comenté a Rumyantsev, me dijo que la explicación también debería buscarse en el carácter sereno del nuevo zar y en el ambiente relajado que creaba a su alrededor, totalmente distinto al de su padre.

—El zar Alejandro al que he tratado desde niño es, a pesar de su juventud, una persona muy sensata que sabe escuchar y que no se deja llevar por la primera impresión: medita todas sus acciones, y solo cuando está seguro, actúa.

»Me consta que lo ha pasado muy mal con todo lo sucedido. Un día, poco después de su proclamación, me confesó que no podía dormir y que las noches se convertían en auténticas pesadillas llenas de imágenes horrendas que le producían sensaciones de una tremenda angustia. Me aseguró que, si eso persistía, estaba decidido a hablar con su madre y renunciar en favor de ella o de su hermano Constantino. Y te diré que hemos sido su madre y yo mismo, los que hemos influido para que desistiera de tal acción. Le hicimos comprender que ese acto hubiese sido una estocada mortal a la monarquía.

»Esto significa, querido Nikolai —continuó—, que si Alejandro sigue en el trono no es por afán de poder, sino por el sentido de estado que antepone a sus sentimientos o apetencias. Él estaba enterado de que la mayoría del gobierno era contraria a su padre: la solución no podía ser otra que su abdicación en favor de su persona. Su abuela la emperatriz Catalina, con todos sus defectos, no dejaba de ser una mujer muy inteligente, con una política muy eficaz, y buena conocedora de este país, al que había analizado con la objetividad de una extranjera. Ella creía que su hijo no estaba capacitado para gobernar. Incluso había intentado dejar las cosas dispuestas para que, a su muerte, fuera su nieto el nuevo zar. Pero Alejandro siempre se había opuesto. Una vez dijo (y doy fe de ello porque estaba presente), *que, si su padre no renunciaba voluntariamente, él no sería emperador por mucho que se lo pidieran. Aunque fuera su abuela por la que sentía, como todo el mundo sabía, un gran respeto y un fuerte cariño.*

»Esa era la razón por la que se había negado a firmar el documento que su padre encontró en la cartera de Catalina, cuando esta murió. Ante esta situación, —concluyó el conde— algunos pensaron que la única solución era acabar con la vida del zar, si no conseguían que abdicara por propia voluntad.

Después de esta primera conversación, hubo otras en las que me habló de su carácter y de su educación. Me dijo que tenía un especial interés en que conociese su auténtica personalidad y sus cualidades. Sabiendo la relación con su padre, quería que conociera igual de bien a su hijo, la única forma de llegar a valorarlo y apreciarlo.

—Desde muy pequeño ha sido instruido por Frederich-Cesar de la Harpe, un profesor suizo, erudito y de ideas avanzadas que yo conocía desde hace tiempo, un humanista que simpatiza con las teorías de Rousseau y Voltaire. Si bien la emperatriz no era muy partidaria de ideas tan liberales sabía, porque por encima de todo era una mujer inteligente e instruida, que el futuro de las sociedades europeas iba por ese camino. La Harpe lo ha educado en el racionalismo y en la tolerancia. Cosa distinta —añadió— es que sea capaz de transmitir estas ideas a la conservadora sociedad rusa con la que se va a encontrar. Pero confío en su habilidad para ganarse a la gente, algo que ha heredado de su abuela. Como muestra de su sensatez —continuó— le voy a poner un ejemplo. Un día me hizo esta reflexión: *Mi padre lo ha cambiado todo, pero no lo ha sustituido por nada. Yo cambiaré muchas cosas, pero solo cuándo tenga algo mejor para sustituirlas.*

En lo concerniente a la política exterior, su opinión era que Alejandro siempre había sido un gran admirador de Inglaterra, por lo que su primera preocupación era restablecer las buenas relaciones del pasado, unas relaciones muy deterioradas en la actualidad. Consideraba que había algo que debería unir a ambos países como el hecho de tener un enemigo común, poderoso y peligroso como Bonaparte.

Sin embargo, enseguida añadió que, aun estando de acuerdo con el zar, él seguía sintiendo una gran admiración y un gran respeto por el camino que había tomado la nación gala, aunque era cierto que le preocupaba la ambición de Napoleón.

Otra de las medidas inteligentes que en opinión de Rumyantsev, había tomado el joven zar, había sido rodearse de nuevos consejeros. Aunque mantuviese a algunos de la época de su padre, quería incorporar nueva savia con jóvenes de su generación que, además, estaban muy bien preparados. Con ellos había creado lo que llamó su *Consejo Privado* del que formaban parte también extranjeros, alemanes principalmente —lo que había dado lugar a algunas críticas—. Un *Consejo* que llegaría a presidir el propio Rumyantsev.

En lo que se refería a mis proyectos personales, estaba claro el compromiso que tenía con la sociedad, de la que ya era copropietario y director, pero a la que tenía, a causa de los acontecimientos, bastante abandonada. Y también era consciente de que lo más urgente seguía siendo solucionar el problema de suministro a la colonia ruso-americana.

Afortunadamente, la situación acuciante que nos había transmitido Baránov se había atenuado, momentáneamente, por un acontecimiento fortuito sucedido hacía poco tiempo. Una nave filipina, con un cargamento de provisiones, la mayoría de ellos alimentos, había naufragado frente a la isla de Unalaska, en las Aleutianas. De la tripulación solo se habían salvado unos pocos filipinos y cuatro japoneses. Los colonos rusos que acudieron en su socorro auxiliaron a los náufragos y de acuerdo con el código marítimo, se quedaron con las mercancías que pudieron salvar.

Lo extraño fue que ninguno de los náufragos supo explicar como la nave había llegado tan al norte, cuando su ruta habitual era desde Manila, donde cargaba, hasta Nagasaki, su destino.

Aquella mercancía que incluía galletas y carne seca fue controlada por Baránov que encomendó a los misioneros su administración y el reparto de alimentos y demás restos del naufragio. Eran, sin duda, los que mejor conocían las necesidades de la población y, por supuesto, en quienes confiaba plenamente. Sabía que, si se hacían bien las cosas, podrían resolver el problema de las provisiones durante unos meses. Los colonos y los misioneros eran los que sufrían más las privaciones, ya que los nativos seguían con su alimentación tradicional y cubrían sus necesidades como siempre lo habían hecho. Para ellos nada había cambiado: si acaso que había mejorado su vida y que se morían menos niños al nacer y menos madres al parir.

Pero también sabíamos que este inesperado regalo no resolvía la situación de forma definitiva. Además de comida, había otras necesidades como eran ropa, medicinas, materiales de construcción, herramientas, etc. En aquellas tierras inhóspitas escaseaba de todo y la única comida era pescado, mamíferos marinos, alguna vez carne de oso, repugnante porque sabía a pescado… y poco más. Suficiente para saber que mi marcha a las colonias era inevitable y urgente.

Cuando ya lo tenía todo prácticamente organizado y me disponía a partir, un nuevo acontecimiento me obligó a posponerlo: el conde Rumyantsev me pedía que me reuniera con él al día siguiente, en la puerta del Palacio de Invierno. El zar Alejandro quería vernos.

Me explicó antes de entrar, que cuando el zar se enteró de lo avanzado que estaba el proyecto de la expedición, se había quedado gratamente sorprendido. Quería tener una reunión con nosotros para conocer más detalles. Rumyantsev no había podido localizar ni a Krusenstern, ni a Langsdorff, por lo que solo asistiríamos los dos. Además, había algo que solo a mí concernía y de lo que me quería informar, él, personalmente.

El zar Alejandro nos recibió en su despacho acompañado de uno de sus consejeros, Pavel Stráganov, un joven algo mayor que él, rubio y con cara inteligente. Después de saludarme muy afectuosamente nos pidió que le pusiéramos al corriente de todo lo relacionado con el viaje de circunvalación. Aunque el conde empezó a dar las primeras explicaciones, enseguida me cedió la palabra para que fuera yo el que le expusiera los puntos más técnicos y contestara a las preguntas que me pudiera hacer el zar o su ayudante. Estuvimos más de una hora charlando en un ambiente sumamente relajado. Después de este primer asunto, que concluyó pidiéndonos que siguiéramos con el mismo entusiasmo, preparando algo que era tan importante para el prestigio de Rusia, mirándome a los ojos, añadió.

—Mi querido Nikolai, quiero decirle algo que le va a agradar. Este viaje de circunvalación será un homenaje a la memoria de mi augusto padre que fue el que puso empeño en que se llevara a cabo esta empresa, y el que me transmitió su entusiasmo.

Cambió de tema y me preguntó por la *Compañía ruso-americana* que, según sus noticias, iba bien a nivel productivo, pero con un gran problema para conseguir los suministros que necesitaba la colonia. Me sorprendió su conocimiento de este asunto, aunque el conde me aclararía, más tarde, que unos días antes, tuvo una reunión previa con el zar, en la que hablaron de temas que me concernían, entre otros, el de la marcha de la compañía. Incluso el zar le había insinuado *«que le gustaría tener acciones de la compañía sí, por supuesto, los demás socios no teníamos inconveniente».*

El conde le había contestado que nos sentiríamos muy honrados.

Aproveché la oportunidad para exponerle la situación de la sociedad, tanto de lo positivo como era el aumento de las capturas consecuencia de la expansión del territorio por el sur de Alaska —esto último noté que le sorprendió—, como de lo negativo: el problema de los suministros que ya conocía. Le expliqué mi propuesta de que fuera la colonia española de *La Alta California*, la que los suministrara. En mi opinión reunía las mejores condiciones, no solo por la relativa cercanía, sino por la cantidad y diversidad de mercancía que nos podría suministrar.

Como había visto su reacción cuando mencioné que *habíamos ampliado los territorios* por Alaska, me pareció oportuno darle alguna información que seguramente desconocía.

—Majestad. Estos territorios no pertenecen a nadie, quiero decir que no hay ningún país civilizado que los reclame, porque para mí está claro que pertenecen a los nativos que siempre han vivido en ellos y que, aunque son pocos, tienen derecho a considerarse sus dueños. Pero también le digo, majestad, que si no somos nosotros los que los ocupamos, serán otros los que lo hagan, ya sean los españoles —que están muy cerca—, los ingleses o, lo más probable, los propios americanos que acaban de independizarse y están deseosos de ampliar su nueva nación. Vistas las cosas así, majestad, pienso que nosotros somos los que tenemos más derecho ya que somos sus más cercanos vecinos, y los primeros que hemos llegado.

Como veía que el zar seguía mis explicaciones con el máximo interés, continué con mi relato, e incluso me atreví a comentarle algo que llevaba tiempo pensando.

—Pero igual que estoy convencido de ello, también lo estoy de esto que voy a decir y que, de antemano, pido disculpa a su majestad si considera que no es de mi incumbencia. Si queremos que estos territorios pertenezcan a la corona rusa, Rusia tendrá que preocuparse de que sus habitantes reciban el mismo trato que los súbditos de otros territorios de la corona y que no sean utilizados, únicamente, por proporcionarnos beneficios y una mano de obra barata.

Un silencio denso pareció invadir la reunión. Estaba convencido de que le habrían molestado mis palabras. No podía olvidar que era un Romanov.

Después de unos segundos —que me parecieron eternos—, el zar miró al conde y le dijo:

—Creo, mi querido conde, que acertó plenamente al proponerme al capitán Rezanov como la persona idónea para la misión que le tenemos preparada y de la que, supongo, todavía no sabe nada.

Sin mirarme, y dirigiéndose directamente a su ayudante, continuó.

—Pavel, necesito conocer, con todo detalle, la situación legal de esos territorios, así como nuestra relación diplomática con los países que ha mencionado Rezanov. Y también quiero saber si, en algún momento, han tenido o han intentado tener algún tipo de contacto con nosotros, para hablar de este tema. Si no es así, como deduzco de los gestos que está haciendo Rezanov —dijo mirándome— entérese del procedimiento legal para tomar posesión de ellos.

Luego se dirigió directamente a mí.

—Y en cuanto a Vd., querido amigo, solo me queda darle las

gracias por la forma tan clara y sincera en la que ha expuesto el tema. Y puede estar tranquilo. La corona actuará con justicia y tendrá en cuenta el aspecto humano de sus nuevos súbditos. Yo sé que a mi abuela la emperatriz, le preocupaba la cuestión del tratamiento que recibían los nativos. Y conozco los informes que Vd. preparó para ella en los que, de forma documentada y objetiva, exponía los principales problemas. Puede estar seguro de que, para mí, también será un asunto prioritario.

Hizo una breve pausa como para pensar lo que iba a decir, y continuó.

—Creo Nikolai —dijo dirigiéndose al conde— que ha llegado el momento de que expliquemos a nuestro amigo Rezanov la delicada misión que le vamos a encomendar. Y me gustaría que fuera Vd. el que lo hiciera.

El conde empezó contándome que se trataba de organizar una expedición a Japón. El principal objetivo era establecer relaciones diplomáticas con este misterioso país que tanto interés ponía en permanecer invisible a los ojos del mundo occidental. Pocas naciones habían tenido relación con él, y las que lo consiguieron, fue únicamente a nivel comercial… o religioso. Que se supiera, solo los misioneros españoles pudieron penetrar en el interior del territorio, y de eso hacía más de dos siglos. Más tarde llegarían los portugueses a la isla más meridional en la que iniciarían los primeros intercambios comerciales con el país. En ella establecerían el primer puerto, y el único por el momento, abierto al comercio internacional, fundando el pueblo de Nagasaki. Pero no se les permitiría actuar en otros lugares ni penetrar en el interior del territorio. Finalmente, y sin ninguna clase de explicación por parte de las autoridades japonesas, serían los holandeses y los chinos a los únicos que se permitiría comerciar.

—La intención del emperador —continuó el conde dirigiéndose a mí— es llegar a un acuerdo con el gobierno japonés para establecer relaciones diplomáticas, aunque solo sean a nivel comercial. Rusia es el único país europeo cercano a este país asiático y si miramos un mapa, veremos que Japón no está muy lejos de nuestras colonias en las Aleutianas, con lo que el problema del suministro, que tanto nos preocupa, se resolvería de la forma más lógica, importando los productos desde sus cercanas islas. Aparte de eso, está claro que a ambos países nos debería interesar mantener unas buenas relaciones, aunque solo fuera por razones de vecindad.

—Y ahí es donde interviene Vd. —interrumpió el zar—. Su amigo Rumyantsev cree que es la persona ideal para llevar, con éxito, estas negociaciones. Yo, ahora que empiezo a conocerlo, también lo creo. Es inteligente, tiene buena presencia, educado, paciente y sabe exponer bien sus ideas... y además habla idiomas. En una palabra, será el modelo oficial de embajador del imperio ruso —dijo bromeando.

Yo notaba que me estaba ruborizando, pero también que empezaba a flotar en una nube de complacencia. El zar continuó.

—Aparte de bromas, quiero que sepa que, antes de partir, será nombrado *Embajador Plenipotenciario y representante personal del emperador de Rusia* ante la corte del *Emperador del País del Sol Naciente,* con plenos poderes. En teoría, dependerá directamente de mí, pero para facilitar la comunicación, el conde actuará como intermediario en este asunto.

»También tiene que saber —prosiguió el zar— que contará con mi apoyo y que pondremos a su disposición lo que necesite, empezando por una buena colección de regalos para el emperador y su familia, seleccionados por expertos en sus costumbres.

Y luego, con sorna, añadió.

—Si es que existe alguien capaz de adivinar lo que le gusta a este *semidiós que parece ser el emperador del Sol Naciente* —dijo arrastrando las palabras—. Además, como muestra de buena voluntad tenemos previsto hacerles entrega de los japoneses que naufragaron en la nave filipina y que, según mis noticias, se encuentran actualmente en las islas Aleutianas.

Me quedé un poco aturdido. Mi nombramiento y mi misión diplomática en Japón me habían sorprendido. Eso no quería decir, ni mucho menos, que en cuanto me rehíce no me sintiera pletórico y mi vanidad a punto de estallar. Pensé en la reacción de mis padres cuando lo supieran —habían soportado todas las locuras de mi infancia— y en la satisfacción de este reconocimiento a su hijo. Fue, sin duda, uno de los momentos más felices y satisfactorios para mí. Pero no pude evitar el recuerdo de aquellas personas que no se encontraban entre nosotros. Estaba seguro de su alegría por mi nuevo éxito, empezando por mí amada Anniuska. Pensé en mi hija Olga: me consoló la idea de que, algún día, cuando fuera un poco mayor, le podría contar mi historia pensando que disfrutaría, como lo habría hecho su madre.

El Estrecho de Magallanes

Estrecho de Magallanes

DE NUEVO EN ACCIÓN

Una vez asumidas las nuevas obligaciones, mi principal preocupación era cómo podría compaginarlas con mis compromisos con la Compañía. Porque, por otro lado, la idea de establecer relaciones con Japón me parecía una magnífica solución para garantizar los suministros a las colonias. Lo inmediato, por tanto, era tener una reunión con el conde y con Krusenstern, para encontrar una salida satisfactoria para todos.

Unos días después de mi encuentro con el zar, pude reunirme con el capitán Adam en el almirantazgo, que parecía haberse convertido en nuestra segunda casa. Nada más exponerle los hechos, el capitán apuntó una posible solución que, por supuesto, deberíamos consensuar con el conde.

Adam había pasado las semanas anteriores en los astilleros de Kronstadt reunido con Langsdorff y organizando las obras de remodelación del interior de las naves, especialmente la que utilizaríamos como laboratorio. Los trabajos iban muy adelantados, pero como todavía le quedaban unos meses de manufactura, había decidido regresar a San Petersburgo, mientras que el doctor permanecía en los astilleros, supervisándolos. La intención era adelantar una de las naves —la que iba a gobernar el mismo Adam— mientras que la segunda, capitaneada por Yuri Lisyansky, se retrasaría algún tiempo ya que era la que iba a sufrir una mayor transformación al incluir el equipamiento especial. Langsdorff tenía la intención de marchar a Alemania cuando ya no lo necesitaran en Kronstadt, y continuar las reuniones con sus colegas de la universidad para concretar su participación en la expedición. Más tarde, se reuniría con sus colegas daneses en Copenhague. Como compatriotas del gran Bering, estaban muy interesados en formar parte del equipo e intentar localizar su tumba.

La propuesta de Adam era embarcar en la primera nave en cuanto estuviese preparada, e iniciar el viaje sin pérdida de tiempo.

—Será el mejor momento para que Vd. se una a nosotros —añadió—. Navegaríamos hasta el Pacífico doblando el cabo de Hornos y subiríamos por la costa oeste de América, y si las condiciones meteorológicas lo permiten, continuaríamos hasta Alaska. De paso, si se presenta la oportunidad, podríamos cumplir su deseo de visitar la colonia española de *La Alta California*. De no ser así, seguiríamos rumbo a Japón, pero haciendo escala en algunas de islas del Pacífico ecuatorial que los científicos tienen interés en visitar.

—La idea me parece espléndida —contesté—. Pero quizá no sea ahora el momento de ir a la colonia española. Me gustaría, antes que nada, realizar el viaje a Japón para cumplir con la misión diplomática. Si llegamos a un acuerdo con los japoneses, podríamos dejar resuelto el problema de los suministros. Después de doblar el Cabo de Hornos nos dirigiremos directamente a este país, pudiendo visitar, de camino, las islas del Pacífico que interesan a los científicos. Si las negociaciones con los japoneses llegasen a buen término, habríamos resuelto dos problemas con un solo viaje. En cualquier caso, veo difícil que yo pueda acompañarlos el resto del viaje, lo que de verdad lamento.

Como Adam parecía estar de acuerdo, el paso siguiente era comunicárselo al conde, que tendría la última palabra. En principio no creíamos que pusiera ningún inconveniente. La segunda parte, completar la circunvalación, podía ser continuación de esta primera, una vez terminada la misión en Japón. En Kamchatka esperaríamos a la segunda nave, desde donde partirían las dos juntas completando así el periplo. La segunda nave, la *nave laboratorio*, se encargaría de recoger a Langsdorff y al resto de científicos en Copenhague, tal como teníamos previsto. Y si yo no pudiera continuar, que sería lo más probable, me trasladarían a Kamchatka desde donde me sería fácil llegar a la colonia rusa.

Cuando pudimos conectar con el conde, lo que no fue fácil porque desde que regresó de Moscú estaba muy ocupado yendo y viniendo a palacio —no me sorprendió, porque sabía que el zar no daba un paso sin consultarle— contestó lo que esperábamos: la idea de unificar la visita al Japón con la expedición de circunvalación, le parecía sensata y así se lo transmitiría al zar. Luego nos comunicó algo que nos sorprendió, al mismo tiempo que nos llenó de satisfacción: acababa de ser nombrado *Ministro de Comercio* y *Canciller de la Corona*: ¡esa sí que era una espléndida noticia! Primero por el propio conde que se lo tenía bien merecido; todos pensamos que era la persona idónea para ese puesto. Y también por lo beneficioso que este nombramiento podía ser para la expedición.

La *nave capitana* se bautizó con el nombre de *Nadezhda*, —*Esperanza*—. A la ceremonia, celebrada en el mismo puerto de Kronstadt, asistió el zar con la zarina, sus hijos, gran parte del gobierno, algunos embajadores —entre los que se encontraban, por supuesto, los de los países que integraban la expedición— y altos cargos de la administración, y se quemaron más de trescientos kilos de fuegos de artificio que, según dijeron los más optimistas, se vieron y se oyeron hasta en San Petersburgo.

Al día siguiente, el siete de agosto del año 1803, *la Nadezhda*, inició el viaje de circunvalación. La salida fue todo un espectáculo. Medio centenar de navíos escoltándonos, el retumbar de cientos de tambores mezclado con las salvas de los cañones de los barcos de la armada, el estallido de los cohetes, y los vítores de un enfebrecido público agitando banderas de Rusia, del zar y de la marina. Un espectáculo que ninguno de los asistentes olvidaría.

El conde Rumyantsev nos acompañó hasta el último momento y tuvo la deferencia de obsequiarme con una magnífica colección de libros que incluían vidas y autobiografías de navegantes y aventureros. Entre ellos, el relato del descubrimiento de América contado por el propio Cristóbal Colón en su famoso libro *Los cuatro viajes del Almirante*, en una edición en castellano. También había incluido algunos libros de los filósofos franceses, entre otros *El Cándido* de Voltaire en edición francesa, un libro que tenía interés en leer desde que Ann Marie me habló de él. Si me había gustado El Quijote —me dijo—, el libro de Voltaire, aunque menos ambicioso, era también de aventuras, entretenido y con mucha filosofía escondida entre sus páginas. Me prometió mandármelo desde París, pero, o se olvidó, o se perdió en el camino, o nunca lo hizo quizá con el buen criterio de que no teniendo nada suyo, antes la olvidaría.

Cuando el conde me hizo entrega del paquete de libros, dijo:

—Esto es para que se distraiga en las muchas horas de ocio que le esperan, y también para que recuerde a su buen amigo que, puede estar seguro, siempre lo tendrá en su pensamiento. Y no olvide llevar su violín, aunque sé que siempre le acompaña. No solo por usted; será una forma agradable de entretener a sus compañeros. Estos cruceros largos, siempre se hacen pesados.

Y luego añadió:

—Estoy seguro, mi querido Nikolai, de que todo va a salir bien. Es difícil encontrar un grupo de personas mejor preparadas que ustedes.

Me emocioné, y sin poder pronunciar una palabra lo abracé. Cuando ya me separaba de él, me retuvo al tiempo que me decía:

—Y vaya tranquilo que no nos olvidaremos del abastecimiento de las colonias.

Luego, con cierta sorna, añadió:

—Y menos ahora que su majestad también es socio de la compañía.

Al día siguiente de la partida, pasamos por Copenhague. En el puerto nos esperaban algunos de los científicos, acompañados por doctor Langsdorff, que no embarcaría. Él esperaría a la segunda nave que partiría un mes después con el resto de los científicos. El nombre de la nave lo había sugerido la propia zarina Isabella, según nos comentó: se llamaría *Neva*, *«como nuestro río»* —justificó—. Se bautizó con agua de este río mezclada, como no podía ser de otra forma, con el mejor vodka ruso.

Nuestro plan era salir del Mar del Norte, cuanto antes, para evitar temporales y los primeros témpanos de hielo. Esa faena se la dejábamos a nuestros compañeros de la otra nave.

La intención, por nuestra parte, era llegar a la costa sur de España ya que, en alguno de sus puertos, podríamos abastecernos de frutas y verduras frescas, además de pollos, caza y carne vacuna, que salaríamos y secaríamos. Al final, elegimos el puerto de Palos de la Frontera, en Andalucía, la región más meridional de la península Ibérica.

Palos era famoso por la cantidad de marinos célebres que había dado a España, aparte de su interés histórico al haber sido el puerto de partida de la expedición de Cristóbal Colón cuando, en su primer viaje trasatlántico en 1492, descubrió el nuevo continente:

«*El día tres de agosto* —había escrito en su Diario de a bordo— ... *(el día que los judíos fueron obligados a abandonar España y en el que el valenciano Rodrigo de Borja ocupaba la silla de San Pedro con el nombre de Alejandro VI...) salimos de la barra de Saltes en el puerto de Palos, camino de las Islas Canarias...*».

Así empezaba el relato del descubrimiento en el libro autobiográfico que me acababa de regalar el conde Rumyantsev.

Pensé que en Palos tendría oportunidad de practicar mi pobre castellano, durante el tiempo que durara la carga de las mercancías. En mi país había sido imposible. Pero cuando lo intenté, una gran tristeza me invadió: ¡no entendía nada de lo que aquella buena gente me decía! ¿Hablaban castellano o algún idioma regional?

Me tranquilicé cuando el cura del pueblo, don Gumersindo Holgado que había salido a recibirnos, me aclaró, en un castellano que entendí perfectamente, que por aquella zona se hablaba un dialecto, una variante del castellano que incluso a él que llevaba más de veinte años en el pueblo le costaba entender.

Los siete días que duraron las negociaciones y que tardamos en cargar las provisiones, me dediqué a charlar y a practicarlo con don Gumersindo. Por él me enteré que los agricultores fabricaban unos cajones de madera, de doble pared, que rellenaban con corcho, la corteza de un árbol que crecía al norte de la región, lo machacaban y lo metían, muy apretado, entre las dos paredes del cajón. Habían descubierto que era muy bueno para mantener los alimentos frescos, sobre todo en las zonas calurosas del cinturón del Ecuador, por donde íbamos a navegar. Ellos los utilizaban para llevar alimentos —frutas y verduras, sobre todo— a otros puertos andaluces, como Sevilla o Cádiz y del sur de Portugal. También se podía conservar el pescado, incluso vivo, si se calafateaban convenientemente los cajones para poderlos llenar de agua de mar. Uno de los científicos que nos acompañaba se interesó por el invento, y después de estudiarlo, nos dijo que era científicamente correcto. El corcho con su baja densidad actuaba como un magnífico aislante del calor y acertaríamos llevándonos unos cuantos. Y sin que este descubrimiento fuera tan importante como el de Colón, nos alegró mucho el viaje. Poder comer fruta y verdura fresca era, además de agradable, el modo más eficaz de evitar el maldito escorbuto, esa enfermedad que tantas muertes estaba causando entre la gente del mar. Curiosamente, el padre Holgado me acababa de informar de algo que se había enterado por un capitán de navío inglés. Un médico de esa nacionalidad, un tal James Lind, acababa de descubrir que la enfermedad estaba relacionada con la falta de algún componente integrante tanto de las verduras, como de las frutas frescas. Él lo curaba haciendo beber al enfermo un buen trago de zumo de limón.

En las Canarias, unas bellas islas españolas y nuestro siguiente destino, repusimos la bodega de alimentos y frutas, entre las que incluimos una desconocida para nosotros, pero sabrosa y nutritiva: *plátanos*. El fruto de un arbusto que solo crece en climas cálidos. Y también nos enteramos de que las islas eran productoras de azúcar de caña, desde que Colón trajo en uno de sus viajes cañas dulces de las islas del Caribe, se trasplantaron y se adaptaron, perfectamente, al terreno y al clima de estas tierras. Otro aprovisionamiento que incluimos.

El derrotero previsto nos llevaría, después de cruzar el Atlántico, al Cabo de Hornos, la punta más meridional del continente americano y famoso por las fuertes corrientes que se producen en el encuentro de los dos grandes océanos. Cuando el navegante Magallanes atravesó por primera vez el estrecho que ahora lleva su nombre, lo pasó tan mal que cuando salió a mar abierto, exclamó lleno de alegría: ¡Por fin *Dios nos premia con un mar pacifico!* Nombre que quedó como propio de este océano, el más grande de la tierra y no tan pacifico como había pensado el navegante portugués.

Nada más doblar el cabo, desistimos de subir más al norte por la costa americana. El tiempo apremiaba, por lo que pusimos rumbo N-O, directamente hacia las *islas Marquesas* y a otras de la Polinesia ecuatorial. Los científicos tenían mucho interés en explorar estas islas, casi desconocidas y muy alejadas de cualquier continente, lo que las hacía especialmente interesantes porque, aunque algunas estaban deshabitadas, era probable que en las de mayor tamaño vivieran nativos, lo que les hacía pensar que, al estar alejadas de cualquier punto civilizado, se podría haber desarrollado una civilización y una cultura autóctona como había sucedido en las islas Aleutianas, donde se había desarrollado un pueblo adaptado al frío. Sería interesante conocer si había sucedido algo parecido en estas islas que, al contrario de las islas árticas, eran calurosas por su proximidad al ecuador. Por esta razón, a biólogos y naturalistas les interesaba conocer su flora y su fauna que, por su aislamiento, tendrían características particulares.

NUKU HIVA ~ Islas Marquesas

Islas Marquesas

La exploración de las islas Marquesas nos llevó un mes largo. Visitamos varias de ellas, las que, de acuerdo con la cartografía de Cook, que no era tan precisa como pensábamos —lo que nos permitió introducir algunas correcciones— nos parecieron más interesantes. Finalmente echamos anclas en un puerto que nos sorprendió por su belleza y sus excepcionales condiciones naturales, situado en la costa oeste de la isla. Su nombre era *Chichagov* y se encontraba en la costa oeste de la isla de *Noku Iva*, una isla volcánica con impresionantes riscos de piedra negra. Los científicos —y muchos de nosotros— nos quedamos enamorados del espectáculo, «*uno de esos lugares idílicos en los que no te importaría pasar el resto de tus días*» —pensamos.

Era frecuente que, al atardecer, cuando los científicos regresaban de su expedición diaria cargados de muestras de flora, insectos y algún reptil extraño, y después de refrescarse, se sentaban a descansar en la cubierta de la nave con un buen tazón de té o un buen vaso de vodka. Una tarde aproveché la oportunidad que se me presentaba y me acomodé al lado de uno de ellos: el profesor Joseph Kepler de la *Universidad de Tubinga*, en Alemania y, según me aclaró, sobrino bisnieto del famoso astrónomo Johannes Kepler. Era naturalista especializado en zoología y botánica. Como me veía interesado en su trabajo, me empezó a contar que casi todas las islas del Pacifico, y en especial las del archipiélago de las Marquesas, tenían un origen volcánico, por eso aparecían esos enormes farallones de lava negra de más de quinientas brazas de altura como los que teníamos al frente, coronados con esos amenazadores dientes de sierra.

—Pero junto a estos restos volcánicos —continuó— podrá ver zonas como allí, hacia el oeste, en las que la erosión ha ido suavizando la superficie y donde la meteorología —las fuertes lluvias y el viento, principalmente— han traído tierras y semillas, y han provocado la aparición de espacios exuberantes de vegetación y de fauna, con especies autóctonas, ya que estos archipiélagos se encuentran a miles de leguas de los continentes más cercanos.

—Entonces —pregunté— ¿qué puede pasar ahora que llegan tantas expediciones? ¿Es posible que pueda cambiar la situación?

—No, si actuamos con precaución. Pero involuntariamente somos portadores de algo que puede influir en la fauna del archipiélago, incluso que puede hacer desaparecer algunas especies: me refiero a la rata negra, ese animal voraz y de aspecto desagradable que vive en las bodegas y sentinas de nuestros barcos. Por eso he pedido al capitán que pongamos especial cuidado en los desembarcos: cuando, por razones de calado —precisó— las naves no pueden acercarse a la costa y el desembarco se hace con barcas como estamos haciendo nosotros, no hay peligro, las ratas ni se tiran al agua ni se suben a las barcas. El problema es cuando la nave se acerca demasiado a la costa y se desembarcan las mercancías, directamente, de barco a tierra. Entonces es posible que salte alguna rata escondida entre los bultos que se descargan. Y no tienen que ser muchas porque cuando estén en tierra, no van a encontrar depredadores: ellas serán las únicas depredadoras.

Durante la charla, ya atardeciendo y sentados cómodamente en cubierta contemplando los impresionantes picos negros, se habían ido acercando otros viajeros interesados por lo que contaba el profesor Kepler. El capitán Adam intervino y, con curiosidad, preguntó:

—¿Y no hay animales en las islas que puedan defenderse de *nuestras* ratas?

—Salvo murciélagos, no hay otros mamíferos —contestó Kepler—. Solo reptiles y serpientes. Pero son pequeños y dudo que sean venenosos. No tendrían muchas posibilidades de vencer a *nuestras* ratas —dijo con humor y continuó—. Solo hay un anfibio: la rana. Al menos es lo que hemos visto hasta ahora. Pero en lo que estas islas son un paraíso único —continuó— es en la cantidad y variedad de aves y peces, la mayoría de ellos pertenecientes a especies totalmente desconocidas para nosotros. Ese es precisamente, el objetivo principal de la expedición: descubrir, estudiar y clasificar el mayor número que podamos de especies nuevas, tanto de la fauna como de la flora.

Mirando al capitán, dije:

—Pues si es tan importante, ¿por qué no nos quedamos el tiempo que sea necesario para descubrirlas todas?

El profesor Kepler se rio.

—Aunque nos quedáramos un año posiblemente no descubriríamos ni la mitad de las que pueda haber. Ahora lo que nos interesa es descubrir todas las que podamos, clasificarlas y estudiarlas, pero sin retrasar la expedición. Y guardarlas. El trabajo lo tendremos que continuar en tierra, cuando regresemos. Por eso son tan importantes esos armarios diseñados por el doctor Langsdorff. Gracias a ellos, las muestras se conservarán bastante bien el tiempo que dure el viaje.

Cuando los investigadores terminaron su tarea y los profanos estábamos contentos con haber tenido la oportunidad de asistir —y de ayudar— en una labor tan encomiable, cargamos suministros para el siguiente trayecto, levamos anclas, y con la sensación de ser un poco más sabios que antes, nos dirigimos a nuestro destino final.

El plan no era dirigirnos directamente a Japón. Antes teníamos que llegar a *Petropavlovsk*, la capital de Kamchatka y el más oriental de los territorios continentales rusos. Allí recogeríamos a los cuatro náufragos japoneses que se habían trasladado desde Kodiak y que, como gesto de buena voluntad, entregaríamos a las autoridades niponas.

Al despertarnos una mañana a finales de junio, nos sorprendió la visión de la impresionante mole del volcán *Koriakski*, el emperador de los volcanes de la península. Sabíamos que, a sus pies, protegida y sumisa, se encontraba nuestro primer destino: la pequeña ciudad de *Petropavlovsk*, la capital del oblast de la península. Allí nos esperaba Iván Kartov, el comandante del puerto, que nos recibió con una cordial y solemne bienvenida. Acto seguido, y con la misma solemnidad, hizo entrega al capitán Krusenstern de un sobre dirigido a él, aunque la información que contenía era, fundamentalmente, para mí. La enviaba el conde Rumyantsev y hacía más de un mes que se había recibido. En ella nos informaba de la fecha de salida de la nave *Neva*, del derrotero que iba a seguir y de la fecha en que, calculaban, llegaría a Petropavlovsk que sería, si todo iba bien, un mes más tarde.

Dentro de un ampuloso sobre, de esos que suele preparar el servicio de correos de palacio para los envíos oficiales importantes, iba el saludo personal de nuestro zar, dirigido al emperador japones. Incluía, así mismo, un documento que hacía doce años había suscrito el emperador japonés de entonces —ahora era otro distinto— autorizando la entrada en el puerto de Nagasaki, a un tal señor Laxman de nacionalidad rusa, autorización que nunca llegó a utilizarse.

El comandante de la plaza, regordete, pelirrojo, casi calvo y con aspecto bonachón, pero que debía haber cometido alguna falta importante para haber acabado en aquel rincón del mundo, se me acercó dando pequeños pasos y con gesto serio.

Ya cerca de mí, con una voz grave y baja que casi no oí, me preguntó si yo era el *Embajador Plenipotenciario de su Majestad el Emperador Alejandro*. Al principio me confundió tanto título e iba a contestarle que se había equivocado de persona cuando recordé que, aunque me extrañase, ese era yo.

—Tengo una carta personal del ministro Rumyantsev, para entregar a su Excelencia —me dijo ceremonioso.

Al principio me hizo gracia tanto protocolo, pero luego tuve un escalofrío pensando que la *carta personal* podía traer malas noticias.

Y desgraciadamente, no me equivocaba. Una carta escrita por el propio conde, muy sentida y cariñosa, en la que me comunicaba que mi padre había fallecido. Me desplomé sobre una silla. Enseguida vino Adam que había intuido que algo importante me había pasado. Al enterarse, otros miembros de la tripulación se fueron acercando. Agradecí a todos el interés y las palabras de consuelo, pero entendieron que quisiera estar solo, entre otros motivos porque no había podido terminar de leer el escrito. El comandante Kartov me acompañó a su despacho, me invitó a que me sentara en su sillón y, con delicadeza, me acercó una botella de vodka y un vaso.

—Está Vd. en su casa Excelencia —dijo con serena seriedad—. Si necesita algo, hágamelo saber.

No sé si le di las gracias, creo que no. Desde la entrada, Adam me hizo una señal de amistad y cariño llevándose la mano al corazón, y salió cerrando la puerta detrás de él.

«*Su padre* —continuaba el escrito— *murió en diciembre en San Petersburgo, donde hacía dos meses que habían llegado cuando, en el otoño, empeoró. Su madre no quería que pasara otro invierno en Irkutsk porque sabía que, en su estado, no lo resistiría; así es que decidieron venir a San Petersburgo, a casa de su hermana Olga. Aunque iban acompañados de su criado Ilia, el viaje fue muy duro y cuando llegaron, su padre estaba ya muy mal. Murió a los pocos días, gracias a Dios en su ciudad y rodeado de su mujer y de sus hijas. Su madre está bien, aunque muy abatida por todo lo sucedido. Según mis noticias, su hijita Olga se ha quedado con la abuela materna y ambas están muy bien*».

Y terminaba:

«*Le envío esta primera información para que la encuentre a su llegada a Petropavlovsk. Su madre y sus hermanas le escribirán en cuanto se encuentren con más ánimo. Me han pedido que yo se lo comunique y así lo hago, aunque con todo el dolor... etc.*».

El conde había visitado a mis padres cuando llegaron de Irkutsk, y aunque mi padre todavía vivía, ya no estaba consciente. Había hablado con mi madre que se encontraba relativamente bien de ánimo. Mis hermanas y mis cuñados estaban pendientes continuamente de ella. El conde, por su parte, se había puesto a su disposición para lo que necesitasen. También me decía que Ilia, el sirviente cosaco, no se separaba de mi madre. Ella misma le había confesado que gracias a él y a sus cuidados continuos, había podido resistir el viaje y conseguido que mi padre llegara vivo a San Petersburgo.

A pesar del dolor, me sentí orgulloso y privilegiado por la gente tan excepcional que tenía a mi alrededor. Pero la muerte de mi padre, una de las personas mejores y más inteligentes que yo había conocido, admirado, y sin duda la que más había influido en mi formación, me dejó destrozado.

En ese momento supe que una etapa de mi vida había concluido.

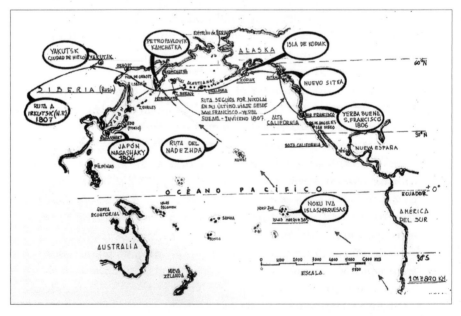

Océano Pacífico

214

NAGASAKI

Según nos informó el comandante Kartov, los náufragos japoneses que íbamos a trasladar a su país eran un padre con su hijo y un sobrino. Ninguno era muy conversador, aunque uno de ellos hablaba un poco de holandés, una lengua que, aunque no la hablaba bien, la entendía. Además, uno de los científicos era holandés.

El cuarto naufrago era todo lo contrario: bajito pero ancho, y siempre sonriente: cuando se reía, lo que hacía continuamente, desaparecían sus pequeños ojos y dos filas enormes de dientes, muy blancos, inundaban casi al completo su redonda cara. Era extrovertido y hablaba un poco de ruso porque había vivido algún tiempo en Kamchatka trabajando en el almacén de pieles. Tuve la impresión, que luego confirmaría, de que era el clásico joven inquieto, con ganas de aventura y de permanecer el menor tiempo posible en el mismo sitio. En el viaje hasta Nagasaki tuve muchas oportunidades de hablar con él y cuando le pregunté su nombre, casi sin dejarme terminar la pregunta, me dijo:

—Me llamo Kenzo Maki.

Sin esperar a mi siguiente pregunta, añadió:

—Y tú, capitán *Nikoli Recinov*.

—Kenzo: Ni-ko-la-i Re-za-nov —le rectifiqué pronunciándolo despacio y marcando las sílabas

—Yo no Kenzo —me rectificó a su vez— ese es nombre familia. Nombre mío, Maki.

—Ya entiendo: ponéis nombre de familia antes que nombre propio. Me alegro, porque me gusta más Maki que Kenzo.

—Y a mi gusta más *Nikoli* que Ni-ko-la-i —dijo imitando mi acento y riéndose.

Aprovechando el descubrimiento que acababa de hacer, me propuse aprender japones el tiempo que estuviera con el tal Maki. Fue, sin duda, la mejor idea que pude tener para no aburrirme los muchos días que tuvimos que pasar en la península, hasta que el tiempo mejoró. Yo tenía un cuaderno donde apuntaba, fonéticamente, las palabras o frases que Maki me decía. A pesar de no saber escribir, Maki tenía bastante vocabulario en ruso y las palabras que no conocía las deducía, con gran habilidad, por el sentido de la frase. Era muy inteligente y, sobre todo, muy simpático. A los componentes de la expedición les cayó muy bien desde el primer momento y se reían mucho con él, todo lo contrario de lo que les sucedía con sus compatriotas que permanecían en un rincón, callados y mirándonos como si fuéramos bichos raros. Y ni siquiera veíamos que hablaran entre ellos. Cuando les llevaban la comida, lo primero que hacían era olerla, desmenuzarla en trozos pequeños, mirarse entre ellos y finalmente, comérsela. ¿Creerían que los queríamos envenenar?

En cualquier caso, me propuse enterarme a través de Maki —que, por el contrario, comía como un cosaco casi sin mirar lo que se metía en la boca y sin dejar de hablar— del porqué de ese extraño comportamiento. Me dijo que hablaba poco con ellos, pero estaba seguro, por el acento, de que eran del norte de Japón, aunque ellos decían que eran de Nagasaki. No creía que fueran familia, pero hablaban los tres el mismo dialecto de la isla de Hokkaido, la más al norte del archipiélago, un idioma regional que él no entendía. Al norte de la isla, en Shiretoko, había una cárcel muy grande a la que llevaban a los presos más peligrosos de todo Japón. Estaba casi seguro de que se habían escapado de ella y se habían enrolado en el barco filipino. Pero querían quedarse en la isla de Kyushu situada al sur y lejos de Hokkaido; allí no los iban a encontrar. Si era así —decía Maki— había que tener mucho cuidado con ellos porque podían ser muy peligrosos: a esa cárcel iban los peores delincuentes, normalmente asesinos. A continuación, me dijo:

—Capitán *Nikoli*, tu hacer un favor muy grande a Maki si dejas quedar contigo en barco. Maki no vuelve a Japón. No tengo familia tampoco trabajo. Maki trabaja en barco tuyo solo por comida.

Me lo decía con una cara de pena que me llegó al corazón. Yo, que en esos momentos me encontraba muy sensibilizado con la pérdida de mi padre, estaba dispuesto a complacerle en todo lo que pudiera: máxime tratándose de mi profesor de japonés.

—Yo quiero ayudarte—le dije—, pero tengo que decírselo al capitán de la nave, y después, si el capitán está de acuerdo, inventar un truco para que te puedas quedar, porque los japoneses esperan a cuatro náufragos, no a tres.

Después de explicarle lo que era *un truco*, dijo rápido:

—Maki tener truco. Capitán Nikoli esconde Maki, y Maki desaparecer como si caer al mar.

Era, sin duda, la mejor solución, así es que cuando se lo comenté a Adam, que, como todos, sentía una gran simpatía por el pequeño japonés, decidimos que haríamos el paripé de «¡hombre al agua!», más que nada para que lo oyeran los otros japoneses que eran los que nos preocupaban. Pero solo lo podríamos hacer cuando estuviéramos en alta mar.

Al día siguiente levamos anclas y pusimos rumbo al sur. Aunque el tiempo seguía revuelto, se había apaciguado bastante. Viajaríamos por el Mar de Okhotsk, en aguas rusas, hasta el Mar de Japón atravesando el estrecho de La Perouse entre la isla de Sajalin y la de Hokkaido por lo que pasaríamos muy cerca del penal del que, según Maki, se habrían escapado sus tres compatriotas. A pesar de ser la ruta más corta, teníamos que recorrer más de mil quinientas millas.

Todo marchaba bien y con un viento favorable que nos empujaba a una buena velocidad hasta que en la segunda semana de travesía, cuando ya entrábamos en el Mar del Japón, se levantó un temporal de vientos huracanados de tal fuerza, que rompieron dos velas, una del palo mayor y otra del de mesana. De este último incluso arrancó un trozo de mástil que, afortunadamente, quedó colgando y pudimos recuperar. Y lo peor era que no podíamos hacer nada para arriar las restantes velas. Todo se había producido repentinamente, sin darnos tiempo a reaccionar. Además, cualquier trabajo en cubierta resultaba complicado porque los fuertes vientos y el movimiento de la nave nos obligaban a ocupar una de las manos en sujetarnos donde podíamos para no ser arrastrados por las olas que barrían la cubierta. El mayor peligro era que la nave, muy escorada e ingobernada, se aproximaba a las rocas de la costa. Krusenstern, los oficiales, parte de la tripulación y yo mismo, nos afanábamos por conseguir lo que nos pareció más apremiante: intentar arriar las velas antes de que nos quedáramos completamente desarbolados, lo que hubiese sido trágico.

El problema era que, sin velas, no podíamos gobernar la nave; y ya estábamos rozando algunas rocas volcánicas que cortaban como cuchillos. Si el viento no cambiaba nos estrellaríamos contra ellas. El resto de la tripulación permaneció bajo cubierta, inspeccionando las posibles entradas de agua. El capitán no quería poner a la tripulación en situación peligrosa, innecesariamente.

Fueron casi seis horas de angustia que nos parecieron una eternidad. Afortunadamente, cuando ya empezaba a cundir el pánico entre la tripulación, cambió la dirección del viento casi noventa grados, y el mismo que estuvo a punto de estrellarnos contra las rocas, empezó a alejarnos de ellas. Poco a poco, amainó hasta que, una hora más tarde, llegó la calma total.

Cuando examinamos detenidamente los daños, comprobamos que, siendo importantes, los podíamos reparar desde la misma nave. Había una vela, la de mesana, irreparable, pero teníamos repuesto. En un par de días y sin dejar de navegar, estaría todo en orden. En cuanto a la reposición del trozo de mástil roto, tendríamos que esperar a llegar a puerto. Pero este percance no nos impedía navegar.

—La mala noticia —diría más tarde el capitán— es que, en un arrebato de este traicionero mar, uno de los japoneses no ha tenido tanta suerte, y una ola asesina lo ha arrastrado, cayendo por la borda. ¡Que Dios lo tenga en su gloria!

Pero no estaba en su gloria, sino escondido en mi camarote.

El día 28 de septiembre de 1804, un mes después de haber dejado Kamchatka, la nave *Nadezhda* de su majestad el zar Alejandro I, hizo su entrada en la bahía de Nagasaki. Un par de días antes habíamos encontrado barcos de pesca japoneses a cuyas tripulaciones, en un gesto de amistad, habíamos invitado a subir a cubierta. A pesar de la desconfianza que demostraron al principio, finalmente algunos de ellos se decidieron a hacerlo. Los recibimos con galletas y vodka, esa bebida tan fuerte como el *sake*, su bebida tradicional.

El japonés que hablaba holandés nos sirvió de interprete. Maki no podía salir de su escondite. Nos sorprendimos cuando nos dijeron que hacía tres días que sabían de nuestra llegada. La explicación era simple: los pescadores emplean un sistema de comunicación lanzando cohetes de colores que pueden ver hasta una distancia de varias millas lo que les permite transmitir mensajes de cosas importantes relacionadas con la navegación o con la pesca —avisos de tormentas, bancos de peces etcétera—. También nos informaron de que una flotilla de *juncos militares* nos estaba esperando a la entrada del puerto, y nos aconsejaron que llegáramos antes de la puesta del sol ya que por la noche lo cerraban.

422

PETROPAVLOVSK ~ Kamchatka~

Llegada a Kamchatka
Gerardo Olivares

UN RECIBIMIENTO INESPERADO

Siempre me he considerado una persona de buen carácter, paciente y reflexiva. Una opinión que, quiero creer, comparten la mayoría de los que me conocen. Adelanto este comentario sobre mi persona, no por vanidad, sino para que se entienda la gravedad de los hechos y la ofensa que implicaba el tratamiento que recibimos de las autoridades japonesas durante las negociaciones que intentábamos mantener con ellas, que nos llevaron, a mí y a los que me acompañaban, a un estado de indignación difícil de describir.

Nuestro objetivo no podía ser más razonable: establecer relaciones diplomáticas y comerciales con un país que, en principio, creíamos civilizado y *no enemigo*. Pero el trato que recibimos desde el primer momento fue tan injusto, vejatorio y humillante que, como le dije al capitán Adam en un momento de máxima indignación, si hubiese tenido un cañón a mano, habría arrasado el puerto de Nagasaki sin el más mínimo remordimiento.

No tenía justificación todo lo que nos hicieron padecer; a mí en particular, pero también al resto de la tripulación. En lo que a mí concernía, lo aceptaba como parte de mi trabajo y de mis obligaciones, pero me dolía e indignaba el sufrimiento innecesario al resto del personal.

Fueron varios meses en los que toda la tripulación, empezando por el capitán, los científicos y terminando por el último marinero, tuvimos que soportar la espera de una respuesta que nos la podían haber dado en solo unos días. Y para más infamia, sin permitirnos bajar a tierra y cicateándonos el agua y los alimentos, una actitud incomprensible en un pueblo civilizado y con una cultura milenaria, si es que no se trataba de un acto de mala fe, premeditado y bien preparado.

Cuando nos acercábamos al puerto vimos que había una docena de juncos —la nave típica de japoneses y chinos—

perfectamente alineados, pero sin ningún signo exterior que denotara acto de bienvenida: ni banderitas, ni serpentinas, ni cohetes, solo marineros y soldados dentro de sus pequeñas barcas. De todas formas, el capitán Adam mandó lanzar una salva de pólvora, como saludo, algo normal cuando una nave entra en un puerto extranjero. En ese mismo instante, uno de los juncos en el que parecía ir el que estaba al mando, se separó del grupo y se nos acercó blandiendo amenazador, un sable y dando voces como de indignación hasta ponerse a babor de nuestra nave.

Todos los que estábamos en cubierta nos fuimos hacia esa banda para ver lo que iba a pasar, hasta que empezamos a escorar y el capitán ordenó que la tripulación se retirase. El oficial japones, sin soltar la espada, indicó que quería subir a bordo, lo que hizo acompañado de tres civiles. Eran los intérpretes según nos dijo el que parecía el más importante, que fue el único que habló. Su ruso era correcto, aunque la primera impresión fue que no tenía demasiado vocabulario, pero si buen acento y se le entendía, perfectamente. Lo primero que dijo, incluso antes de saludar y en tono enérgico, fue:

—¡No cañones! ¡Nunca cañones!

Adam, como los demás oficiales, se había puesto su uniforme de gala, y sin hacer caso a las palabras del intérprete se acercó al oficial japones, que dio un paso hacia atrás, como asustado, lo saludó militarmente, se presentó, y sin echar cuentas del intérprete que intentaba decir algo a su oficial, empezó la presentación de cada uno de nosotros, señalándonos y extendiéndose, deliberadamente, en nuestros cargos. A continuación, y con la misma parsimonia, tomó un sobre que le pasó su segundo oficial, y con una pequeña inclinación de cabeza, se la entregó al oficial nipón.

Sin duda, aquella ceremonia intencionadamente exagerada, desconcertó a los japoneses que se quedaron callados. A continuación, nuestro capitán, dirigiéndose de una forma casi insolente al intérprete, pero mirando al infinito por encima de su cabeza —le llegaba al hombro— dijo muy serio:

—Transmítale al señor oficial que el cañonazo que ha escuchado es solo una forma de saludar usada en muchos países de Europa, en señal de respeto. Nuestra intención no era asustarlo.

Lo de *asustarlo*, pensé para mí, le va a encantar.

El oficial quería decir algo, pero no le salían las palabras. Miró al intérprete en busca de ayuda, pero como no hubo reacción por parte de este, le entregó el sobre que había recibido de Adam y, sin despedirse, dio media vuelta, pasó a su nave y se fue hacia el muelle sin esperar a los intérpretes.

—Ya tenemos a los intérpretes a nuestra merced —le comenté por lo bajo al capitán—. Es el momento de explicarles lo que hemos venido a hacer y cuál es la misión que nos trae a tan distinguido y honorable país. Los intérpretes, al menos, se enterarán bien.

El señor Tadao, el jefe de ellos, cuando se vio abandonado por el oficial no sabía qué hacer. Afortunadamente nos entendía bien, así es que no tuve dificultad en explicarle todo detalladamente.

—Venimos de la ciudad de San Petersburgo, la capital del Imperio Ruso, en son de paz y representando al emperador de ese país, el zar Alejandro I, con la intención de establecer relaciones diplomáticas y comerciales... etc. —y le solté todo el discurso preparado.

Mientras yo hablaba, cosa que procuraba hacer despacio y sacando el tono de voz más suave y cordial del que era capaz, el señor Tadao estaba como sorprendido, mirando a sus ayudantes esperando que le confirmasen que todo era real. Poco a poco, reaccionando a mi tono relajado, fue tranquilizándose hasta que uno de sus ayudantes le señaló que se acercaba una barca a recogerlos. Intentó ir hacia la borda, pero el capitán se puso delante y, en tono muy serio, le dijo que de allí no se movía *hasta que no terminara de oír lo que yo, el Embajador de Rusia, le tenía que decir.* Asintió y se quedó quieto, aparentemente tranquilo, al tiempo que Adam le decía a uno de los intérpretes que comunicara a los de la barca que esperasen, y por supuesto, que nadie subiera a bordo.

—El sobre imperial que le ha entregado el capitán —continué haciendo énfasis en lo de *imperial* que de verdad lo parecía— contiene un mensaje, personal, de su majestad Alejandro I a su emperador, en el que le comunica el motivo de nuestra visita, y su deseo de que seamos bien tratados.

»En cuanto a la salva que lanzó nuestro cañón, solo pólvora —aclaré—, es una costumbre como ya le explicamos al oficial, de muchos países de Europa y solo es un saludo amistoso. Ustedes, que tienen buena relación con los holandeses podrán comprobar que es cierto lo que le digo.

Como no me pareció oportuno hablarle de los tres japoneses náufragos, y menos aún de los regalos, le dijimos que podía marcharse, pero no sin antes insistirle en que *«esperábamos que entregase el sobre a las autoridades y que les trasmitiera mis palabras».*

Los tres salieron con cara de satisfacción y haciendo continuas reverencias, como es costumbre en ese país, no sé si porque le había gustado el mensaje y el tono que había empleado o porque nos iban a perder de vista. Al poco tiempo, uno de los intérpretes volvió a subir para comunicarnos que *«por orden de las autoridades, deberíamos mantenernos anclados en donde estábamos y que, bajo ningún concepto, podíamos ni acercarnos al muelle ni desembarcar».*

Cuando vio mi cara de sorpresa y desagrado, solo dijo:

—Es la orden que me han transmitido. No sé nada más.

Sentí decirle adiós al señor Tadao que me pareció una persona educada y amable y le comenté al capitán que lo más probable era que no volviéramos a verlo.

—Según me contó el conde, —le expliqué— esto forma parte de su táctica diplomática: si las conversaciones duran varios días, es normal que los intérpretes, incluso los interlocutores, sean distintos. Con esa actitud creen, y seguramente aciertan, que ponen nerviosa y más vulnerable a la parte contraria. Son triquiñuelas retorcidas que los occidentales no entendemos, como el llegar tarde o incluso no presentarse en la cita —continué— En fin, Adam, que tendremos que armarnos de paciencia y prepararnos para lo peor.

Y no me equivocaba. En los siguientes días nadie nos visitó, ni siquiera por curiosidad. Y tuvimos la impresión de que, tanto las naves locales como las extranjeras —una holandesa y dos chinas que entraron en el puerto y otra que salió de él— al cruzarnos, se separaban de nosotros más de lo normal, como si tuviéramos la peste y se hubiese declarado la cuarentena.

En la mañana del quinto día, nada más amanecer, un retumbar de tambores nos despertó. ¿Nos irán a invadir?, bromeé. Me reuní con el capitán y los otros oficiales en el puente de mando y con el catalejo pudimos ver movimiento en el puerto y cómo una treintena de soldados, muy bien uniformados, embarcaban en tres juncos. Nos tranquilizó comprobar que, esta vez, las naves iban engalanadas con banderas de colores, farolillos, guirnaldas, en fin, toda la parafernalia que tanto gustan a los orientales en señal de bienvenida y que nos hizo desechar la idea de un ataque, al menos inmediato. El capitán enseguida dio orden de que nos pusiéramos las mejores galas y que se izaran las banderas ceremoniales.

Las naves se acercaron por babor, de una de ellas bajaron dos oficiales con unos llamativos uniformes llenos de condecoraciones que despertaron la curiosidad de nuestra tripulación. Incluso empezaron a cruzarse apuestas sobre cuál de los dos era más importante y qué graduación tenían. Sin conocer los grados de la marina japonesa, yo sabía quién era el más importante, al menos el que hablaría con nosotros: el más alto (alto en la media normal japonesa, una raza de gente más bien baja). Estaba claro que querían ponerse a *nuestra altura* —tanto el capitán como yo éramos altos— y habrían seleccionado al oficial de mayor estatura de la marina japonesa.

—¿Habrán tenido que ir a Hokkaido a buscarlo? —le comenté bromeando al capitán.

Con media sonrisa y tapándose la boca para que no se le notara, dijo:

—Con lo que han tardado en volver a visitarnos, no me extrañaría lo más mínimo. (Hokkaido es la isla más lejana de donde nos encontrábamos).

Y agachamos la cabeza porque no podíamos contener la risa.

Por supuesto, ninguno de los dos era el oficial del primer día, y efectivamente, el que se dirigió a nosotros fue el más alto. Me llamó la atención porque portaba dos espadas, una a cada lado del cuerpo. Saludó ceremoniosamente, se descubrió y esperó a que los intérpretes se pusieran a su altura. Esta vez eran solo dos; pero ninguno de ellos nuestro amigo el señor Tadao.

Y vuelta a empezar con las mismas preguntas como si no supieran nada, aunque estábamos seguros de que el señor Tadao les habría contado todo lo que le dijimos. ¡Y tampoco sabían nada del escrito de nuestro emperador! Estaba claro que de lo que se trataba era de marearnos para ver si nos aburríamos y nos marchábamos. Pero aquello era ya una cuestión de amor propio y no estábamos dispuestos a que nos tomaran el pelo. Así es que me armé de paciencia y le pedí a uno de los oficiales que me trajera una copia del saludo imperial que yo guardaba en mi camarote.

Pero no dije nada. Me quedé mirando, fijamente, al oficial hasta que me trajeron el documento. Con mucha calma lo desenrollé, y hablando despacio, le dije al intérprete:

—Dígale al oficial que el original lo tiene el compañero de Vd. el señor Tadao. Lo que voy a leer es una copia.

Y comencé:

«De su Majestad el Zar de Todas las Rusias, a su Majestad el emperador del País del Sol Naciente:

Por la presente le hago saber, Majestad, que el portador de este escrito, el caballero Nikolai Rezanov —ese soy yo, aclaré— *es mi Embajador Plenipotenciario, al que he enviado para hacerle entrega de los regalos personales que le acompañan, así como la devolución de sus compatriotas que nuestra armada recogió, en alta mar, después de que naufragaran.*

Le ruego, así mismo, que estudie, con el mayor interés, la propuesta que le hará mi enviado, para iniciar y mantener unas relaciones diplomáticas y comerciales, que beneficiarán a ambos países.

Le saluda cordialmente… etc.»

Leía despacio para que el intérprete tuviera tiempo de ir traduciendo. Mientras, el oficial se mantenía impertérrito como si ya conociese —como así sería probablemente— el contenido del mensaje. Al terminar y empezar a enrollarlo, realizado todo lentamente y sin retirar la mirada del oficial, cual sería mi sorpresa al ver que este ¡intentaba llevárselo!

Pegué un tirón, violento, y dirigiéndome al intérprete, dije muy serio:

—Dígale al oficial que este documento *es mío* —recalqué lo de «mío»— y que *como Vds. tienen la costumbre de perder las cosas que les damos, lo voy a guardar yo.* Dígaselo con estas mismas palabras: tenemos un intérprete, y si no lo hace correctamente, esté seguro de que le haré venir para que él lo haga.

Se quedó un rato mirándome, pensando si lo del interprete sería verdad —lo era, pero por el momento no podíamos hacer uso de él— o un farol. Cuando el oficial le dijo algo que supuse que era apremiándolo a que le tradujese mis palabras, y empezó a hacerlo, reconocí dos vocablos: *nakusu* —perder— y *shimatte oku* —guardar—, por lo que pensé que la traducción debía ser correcta. Y por si me quedara alguna duda, no tuve nada más que mirar la cara que se le quedó al oficial japonés que empezó a acariciar sus dos sables, yo creo que más por nervios, que como amenaza. El capitán Adam y yo permanecíamos firmes, muy serios, y sin quitarle la vista de encima al oficial que parecía estar pasándolo bastante mal. Más tarde, conversando con el capitán, los oficiales, y los científicos —todos habían asistido al episodio—, llegamos a la conclusión de que, en el fondo, los japoneses eran tímidos y se sentían tan incómodos en estas situaciones que serían incapaces de resistir otra sesión parecida. Por eso, posiblemente, los cambiaban con tanta frecuencia.

Pero nuestro apuesto oficial permanecía de pie, estático, respirando hondo y meditando cuál sería su siguiente paso. Entonces el capitán Krusenstern le lanzó un cable de salvación. Se acerco al intérprete y, en voz baja, le preguntó algo. Cuando este le contestó, se vino otra vez a mi lado y, con una sonrisa simpática, se dirigió al oficial nipón:

—Creo capitán *Ashihara* —dijo con una voz muy suave, pero que causó el efecto que esperaba: al oír su nombre y su graduación, el japonés se quedó sorprendido—, que esta es una misión que nos supera a los militares y que debemos dejar en manos de los civiles. Mi consejo es que Vd. trasmita a la autoridad civil correspondiente lo que aquí hemos hablado y que sean ellos, los civiles, los que lleven estas delicadas conversaciones con nuestro embajador, ya que van a tratar temas políticos y administrativos, exclusivamente.

La verdad fue que, aunque solo hubiesen servido para serenar el ambiente, ya hubiesen estado justificadas las oportunas palabras del capitán. El intérprete, conforme iba traduciendo, se iba relajando mientras que Ashihara dejó de apretar los sables y se le cambió el rostro. Particularmente tuve la impresión de que, por primera vez, controlábamos la situación. La actitud de Ashihara cambió radicalmente, pero cuando le pedimos que se nos permitiera bajar a tierra, que hacía más de un mes que nuestros hombres no desembarcaban, otra vez se empezó a impacientar, pero esta vez con buenas maneras, nos dijo que él no podía autorizarlo. También le transmitimos que nos empezaban a escasear los alimentos, lo que no era totalmente cierto, pero pensamos que vendría bien crearles cierta preocupación. Lo de que nos faltaba agua potable, si era verdad. Esta doble petición pareció tomársela en serio y nos prometió que hablaría con sus superiores para que la trasmitiera al gobernador. Era lo más que podía hacer. Eso y llevarse a los tres japoneses lo que nos venía muy bien.

Antes de que se marchara y pareciéndome el momento más apropiado, dije:

—Capitán, traemos unos regalos importantes para su emperador elegidos, personalmente, por nuestro emperador Alejandro. Tememos que, con la humedad del barco, se puedan deteriorar, una negligencia que ni a Vd. ni a mi nos conviene cometer. En el interior de uno de los paquetes, son cinco —especifiqué para que *no se perdiese* ninguno por el camino— va una carta *muy personal* de nuestro emperador, para el emperador del Sol Naciente: le ruego que los reciba y los lleve a buen recaudo hasta que puedan entregárselos a Su Majestad.

Estuvo dudando un rato, pero creo que lo de *«negligencia»* debió decidirlo, y aceptó llevárselos. Lo de *la carta personal* era un farol por mi parte, pero sabía que reforzaría su interés y era algo que nadie podría comprobar.

El capitán Ashihara se despidió con un saludo militar y una pequeña inclinación de cabeza, desapareciendo con todo su equipo de ayudantes y traductores, los tres náufragos y los cinco paquetes de regalos.

Menudo alivio para nosotros. ¿Habría mejorado nuestra situación? Al principio pensamos que sí, pero pronto comprobaríamos que nos equivocábamos.

Al cabo de diez días, cuando ya empezábamos a tener que racionar el agua, apareció una barcaza de remos tripulada por tres marineros y dos soldados. Se colocó, como siempre, a babor y, sin subir a nuestra nave, le pidieron a nuestra tripulación, por señas, que les lanzaran unos cabos para enganchar los sacos que supusimos eran los alimentos: cuatro en total, más ocho bidones grandes de agua. No dijeron nada y se fueron por donde habían venido.

Casi ¡un mes más tarde! Recibimos otro suministro parecido pero ninguna otra noticia: muchos vegetales, que nos venía muy bien, aunque algunos eran tan picantes que los tiramos al mar, fruta, huevos, pescado seco y cuatro gallinas, *pero vivas*: nadie las quiso matar así es que se quedaron como «mascotas», durante todo el viaje. Desde luego estuvieron bien alimentadas, y alguna, incluso llegó a poner huevos. Parecía que la cosa iba para largo y que nos tendríamos que llenar de paciencia.

La vida a bordo era tranquila, pero aburrida. La prohibición de bajar a tierra fue una contrariedad tan absurda como indigna: la teníamos tan cerca que casi la podíamos tocar con la mano, pero se nos había prohibido pisarla. Y para que supiéramos que la cosa iba en serio, de vez en cuando aparecía una pequeña patrulla que, con expresión estúpida, se quedaban mirándonos hasta que nuestros marineros les gritaban y les tiraban cosas. Entonces nos hacían una o dos reverencias, y se retiraban, lo que nos hizo pensar que nos miraban más por curiosidad que por vigilancia.

Como había poco trabajo y estábamos bien alimentados, la tripulación no protestaba, pero para que el personal no se relajara demasiado, el capitán siempre encontraba faenas a realizar; entre otros trabajos, el más importante fue el terminar de reparar todos los daños producidos por la terrible borrasca. Fue tanto el celo puesto por la tripulación, que la nave quedó en mejores condiciones que antes del incidente, incluida la fijación del trozo del mástil roto.

Algunos marineros aficionados a la pesca botaban una barca y salían a pescar. A veces volvían cargados de capturas con gran deleite de toda la tripulación ya que podíamos comer pescado fresco, aunque a veces con cierta prevención ya que algunas especies eran totalmente desconocidas para nosotros y entre la tripulación, todo lo desconocido que olía a japones, levantaba desconfianza.

Como el buen tiempo nos acompañaba, los que sabíamos nadar aprovechábamos para darnos un chapuzón; siempre lo hacíamos por estribor para que no nos vieran desde el puerto, no fuera que les molestara y nos mandaran —comentábamos entre bromas— sabe Dios que animales peligrosos. Ese mismo buen tiempo nos permitía organizar tertulias en cubierta a la caída del sol, delante de una jarra de té o de una botella de vodka. En un barco ruso el vodka nunca falta.

Esta actividad la compaginaba con mis clases de japones con Maki que, finalmente, pudo salir de su escondrijo y alternar con la tripulación que le había tomado una gran estima: era simpático y nos hacía reír e incluso un día tuve que intervenir porque los marineros se habían empeñado en emborracharlo. Estaba feliz.

Las tertulias con los oficiales y los científicos eran agradables y muy instructivas. Nada más que escuchar a estos profesores hablar de cualquier tema, era un privilegio. Algunos días se nos acercaban marineros que, después de tanto tiempo entre *sabios*, se empezaban a interesar por los temas que investigaban. Al principio lo hacían con cierto recelo, pero el capitán les dijo que los que tuvieran interés podían asistir a las tertulias, que se colocaran detrás de nosotros y que escucharan porque era una oportunidad que pocas veces iban a tener.

Una tarde se me ocurrió sacar el violín. Estaba solo en cubierta y era una de esos días primaverales. El sol se estaba poniendo detrás de los pequeños montes que rodean el puerto de Nagasaki, ese momento mágico del ocaso en el que los tres colores, morado, naranja y azul empiezan a entremezclarse, hasta que se desvanecen, apaciblemente, unos minutos después de que lo haga el sol. Empecé a tocar lo que en aquel momento me apetecía: *La Primavera* de «*Las Cuatro Estaciones*» de Vivaldi, lo último que había aprendido con mi profesor armenio.

Mi soledad duró poco. Al momento apareció Maki que, a juzgar por su cara de sorpresa y la forma en que miraba el violín, supuse que era la primera vez que veía un instrumento como aquél. Poco después llegaron los oficiales, Adam, los «sabios»... hasta acabar rodeado creo que de toda la tripulación. Todos se acercaban con respeto, como si estuvieran en un templo o en una sala de música, caminando despacio para que no crujieran las tablas de cubierta, y al llegar a una distancia en la que podían oír bien, pero sin acercarse demasiado, se detenían y permanecían quietos y callados. Pocos concertistas, pensé, habrán tenido un *respetable* tan heterogéneo, tan atento y silencioso. Y me acordé de las palabras del conde cuando me despidió en el muelle de Kronstadt y me pidió que no olvidara el violín.

A mis clases de japonés se había incorporado uno de los oficiales: el teniente de navío Alexandr Chaliapin, que también estaba interesado en aprender idiomas, especialmente lenguas orientales. Aproveché la oportunidad y le hice una propuesta: intentaríamos confeccionar un *lexicón ruso-japonés*: sería el primero que se hiciera en nuestro país.

Al cabo de otra semana volvimos a ver movimiento en el puerto. Una treintena de barcos —debieron llegar durante la noche— se habían alineado en el muelle con todos sus aparejos y adornos a la vista, mientras el redoble de tambores nos amenizaba la mañana. Un poco más tarde, hizo su aparición un grupo de civiles, que, por su aspecto, denotaba signos de importancia, pues iban bien vestidos y llegaron en unos pequeños carros tirados por criados. Un espectáculo del que el capitán no quiso privar a la tripulación, por lo que organizó turnos para que, utilizando los catalejos que hay a bordo, todos pudieran disfrutar de él. Uno de los marineros preguntó si iba a venir el emperador.

Adam y yo pensamos que, aunque no viniera el emperador —sabíamos que nunca salía de sus palacios y que el pueblo nunca lo había visto— al menos aquella preparación presagiaba que alguien importante nos iba a visitar y que nuestra espera terminaría.

Los juncos se dirigieron a nuestra nave, pero echaron anclas como a cuarenta brazas de nosotros, perfectamente alineados: solo dos de ellos se separaron del grupo y se nos acercaron. En el primero, un oficial se puso en pie y dijo algo que interpretamos como *«permiso para subir a bordo»*. El capitán contestó con un gesto, invitándole a que lo hiciera. El oficial permaneció en el barco, pero subieron seis individuos, de paisano, todos vestidos igual, que supusimos eran los intérpretes, aunque ninguno de los que conocíamos.

—Tengo la impresión de que vamos a conocer a todos los intérpretes de nuestra lengua —le dije al capitán.

Saludaron con una inclinación de cabeza, mientras las manos permanecían metidas en la bocamanga del brazo contrario. Sin decir nada se colocaron a nuestro lado. El más cercano al capitán Adam, que parecía el principal, era el único de edad. Los demás eran muy jóvenes.

—Deben de ser estudiantes en prácticas —le comenté a Adam.

—Supongo que les enseñarán también a aguantar la presión —contestó con sorna.

Al poco rato, retirada la primera nave, se acercó una segunda de la que subieron cuatro personajes elegantemente vestidos. Después de la rutinaria inclinación de cabeza, uno de ellos dijo algo que el intérprete mayor tradujo como un saludo. El capitán Adam les dio la bienvenida y me cedió la palabra. Sugerí que, si no tenían inconveniente, la reunión se celebrara en el camarote del capitán; estaríamos protegidos del fuerte viento que en ese momento soplaba, aparte de que habría asientos más cómodos y dignos de su categoría. No pusieron ninguna objeción.

El camarote del capitán, que es también su despacho, era amplio y tenía un sofá en el que cabían, perfectamente, los cuatro personajes. Aunque no conocíamos su rango, sospechábamos que ninguno era el gobernador. A los intérpretes, el capitán les dijo que lo sentía mucho, pero que no había más asientos. No pareció importarles: ellos tenían que permanecer de pie. Y a continuación, sucedió algo curioso. Los cuatro personajes tampoco se sentaron en el sofá y esperaron de pie a que aparecieran unos sirvientes con cuatro cojines que, después de apartar delicadamente el sofá, pusieron en el suelo. Y se sentaron en ellos, encima de sus piernas dobladas. El capitán y yo lo hicimos en dos sillones por lo que estábamos más altos que nuestros invitados. Como fueron ellos los que hicieron la elección, no nos preocupamos. Además, teníamos la impresión de que eran funcionarios de segundo rango, sin ningún cargo importante.

Al lado del camarote del capitán existía un pequeño cuarto donde guardaba su ropa, los aparatos de medida delicados y la caja fuerte, un lugar idóneo para que el pequeño Maki se escondiera y pudiera oír la conversación. Queríamos saber si el intérprete hacía bien la traducción, de lo que nosotros decíamos, y de lo que ellos nos contestaban.

El de mayor edad, fue el que inició la conversación soltando un largo discurso acompañado con gestos como apesadumbrado:

—El señor Hokasi —tradujo el intérprete— pide disculpas en nombre de señor gobernador que no puede asistir reunión. Asuntos importantes obligan a señor gobernador a marchar a capital Edo, para asistir reunión en palacio imperial. Señor gobernador lleva carta de emperador de Rusia para entregar a emperador Sol Naciente y traer contestación para señor embajador con palabras de emperador nuestro. Si tripulación necesita alimentos y agua, nosotros traemos.

Y con voz y gesto autoritario terminó:

—Pero barco ruso quedar donde está, sin mover, ni ir a puerto, ni nadie desembarcar.

Mientras nos hacía la traducción, los cuatro enviados nos miraban desde sus posiciones un tanto ridículas, con una sonrisa entupida. Ni el capitán ni yo mismo podíamos dar crédito a lo que oíamos. Permanecí un rato callado recordando lo que tantas veces había escuchado de mi padre. *Si tu indignación llega al límite y quieres dar la respuesta correcta, tienes que tener la mayor calma y un control total de ti mismo: eso solo se consigue esperando, respirando hondo y meditando lo que te dicta la cabeza y no el corazón*. Para que no se me adelantara el capitán —noté que estaba tan indignado como yo— le hice una pequeña señal para que no dijese nada. Luego, con la voz tranquila pero firme, dirigiéndome al intérprete, dije:

—Quiero que Vd. traduzca, palabra por palabra y sin omitir ninguna, lo que le voy a decir. Para empezar, comuníquele nuestra indignación por el trato que estamos recibiendo, peor que si fuéramos prisioneros de guerra. Dígale que nos sentimos profundamente ofendidos porque, cuando nos faltan al respeto, es como si se lo hicieran al propio emperador de Rusia y a todo el pueblo ruso, ya que somos sus representantes. Llevamos encerrados en el barco casi cuatro meses y ni siquiera se me ha permitido expresar los deseos que nuestro emperador quiere compartir con el suyo.

Y, con el tono de voz que mejor pudiera expresar mi indignación, añadí:

—Todos nosotros necesitamos caminar en tierra firme, llevamos ¡cinco meses! sin salir del barco y lo único que les pedimos es que nos dejen bajar a tierra y si creen que vamos a hacer algo malo, pongan soldados que nos vigilen. Solo queremos caminar. ¿Es que somos prisioneros? No podemos creer que un pueblo como el japones, civilizado y con miles de años de historia, trate así a unos visitantes que vienen en son de paz. Dígale también —añadí en el mismo tono— que no nos marcharemos hasta que no tengamos una respuesta concreta. Y que, a este barco, *que es territorio ruso*, no subirá ningún súbdito japonés, si no trae la respuesta de vuestro emperador.

Después de cada parrafada, me paraba para darle tiempo al intérprete a que tradujera mis palabras, así yo podía comprobar, por el tiempo que empleaba y el conocimiento que tenía de muchos términos, si la traducción era correcta. La impresión que tuve, que luego me confirmaría Maki, era que la había hecho correctamente. La única falta, según Maki, era que había traducido *«prisioneros de guerra»* por *«malhechores»* lo que no tenía mayor importancia; incluso resulta más despectivo. Les di tiempo para que asimilaran mis palabras. Lugo le dije a Adam.

—Vámonos y dejemos que lo rumien.

Sin despedirnos ni volverlos a mirar, salimos de la habitación. Al oficial que había en la puerta le dimos la orden de que se acérquese al intérprete y le comunicase que tenían que abandonar el barco, inmediatamente. El mismo oficial nos contaría más tarde que cuando entró en la habitación, los cuatro seguían en el suelo, sin moverse, más pálidos que la cera, mirándose los unos a los otros y sin saber que hacer. Pero que en cuanto el intérprete les tradujo la orden, se levantaron como si les hubiesen puesto un cohete en el culo, cogieron sus cojines y atropellándose unos a otros, salieron del camarote. Nosotros, ocultos detrás de unos aparejos, vimos cómo se acercaban a la borda e, histéricos, gritaban a los del junco para que vinieran a recogerlos.

—No me extrañaría —ironizó Adam— que esta noche alguno se hiciera el harakiri.

Enseguida se nos acercó Maki y nos dijo que la traducción estaba bien hecha (salvo lo de *prisioneros de guerra*) y que cuando nos fuimos sin despedirnos, se pusieron muy nerviosos, pero que no hablaron una sola palabra, ni entre ellos ni con el intérprete. Entonces Maki nos hizo una propuesta que nos sorprendió por lo interesante y sensata que nos pareció:

—Capitán *Nikoli*. Maki tiene truco para enterar de lo que pasa. Maki salir por la noche y entrar en el pueblo como pescador perdido de una isla que hay cerca, hablar con gente del puerto y averiguar cosas. A japoneses gusta mucho contar cosas. Maki puede estar dos días o más días. Luego Maki regresa a barco y cuenta cosas.

La idea era perfecta. Nadie sabía que teníamos un japones con nosotros y desde luego Maki no tenía aspecto de espía. El único riesgo era que se encontrase con alguno de los náufragos que les habíamos entregado. Pero era un riesgo que había que correr.

Y así lo hicimos. Maki tenía algún dinero japón. Le dijimos que gastase todo lo que fuera necesario. Nosotros le daremos rublos y bastante más de lo que iba a gastar.

Esa misma noche lo preparamos todo. Bajamos una de las barcas de salvamento y lo soltamos en unas rocas cercanas, después de que se quitara alguna ropa, se mojara, se manchase la cara y el pelo y se descalzase. Como un auténtico naufrago, marchó contento a representar su papel de espía. Quedamos en que, cuando regresara, lo hiciera por la noche y al mismo sitio. Allí estaría la barca todas las noches, esperándole. La tripulación, en pleno, se había reunido para despedirlo.

Pasaron varias noches sin que apareciera, y empezamos a preocuparnos. A la octava noche se presentó con la cara sonriente de siempre. Todos nos levantamos para recibirlo, algo que acabó de emocionarle.

—¡Maki trae muchas noticias! —dijo gritando antes de subir.

Lo llevamos al camarote del capitán —no fuera que se oyeran sus voces—, nos servimos un buen trago de vodka y dejamos que Maki hablara, pidiéndole que no levantara demasiado la voz. Lo que contó —un tanto reiterativo porque cuando creía que era algo importante o que nos iba a *sorprender*, lo repetía varias veces— lo había obtenido en una *casa de geishas*, un prostíbulo de mala muerte un poco apartado del muelle y, al parecer el único del pueblo, donde había ido a *desahogarse* e intentar alguna información, ya que en los sitios donde había estado antes, nadie contaba nada. En el prostíbulo, sin embargo, hizo amistad con un marinero de los que habían tripulado alguno de los juncos que visitaron nuestra nave. Con habilidad, Maki, después de unos cuantos *sakes,* consiguió que el marinero *contara cosas.* Parecía una persona que estaba bastante enterada de lo que estaba pasando en el *shogunato* de la isla, que era bastante más que el episodio de nuestra llegada. Lo que parecía haber sucedido —resumido e intentando darle sentido a lo que, desordenadamente, Maki contaba— era que, al parecer, desde hacía tres años había una lucha interna entre dos *shogunatos.* Los conservadores, que parecían los vencedores, no querían extranjeros en el país, a excepción de chinos y holandeses, que lógicamente los apoyaban. Por otro lado, los rusos no éramos bien venidos, porque nos habíamos apropiado de Sajalin, una isla al norte de Japón, que les pertenecía a ellos y a los chinos.

Esa era la situación por lo que pudimos sacar de lo que, en casi tres horas hablando, Maki nos contó. Nosotros éramos peones en una disputa entre dos clanes de la que ni el propio emperador estaba enterado. Como no estaba claro quién iba a ganar, no tomaban ninguna decisión para no equivocarse.

Felicitamos a Maki y le hicimos saber que su investigación había sido muy importante y que nos había aclarado muchas cosas que no entendíamos.

A partir de ese momento, Maki se convirtió en un héroe para todos y he visto a pocas personas tan felices como él. En el puerto había comprado una botella de *sake* para que comprobásemos *que era mejor que el vodka.* Entre todos, acabamos con ella. Sobre la cuestión de si era mejor o peor, las opiniones variaban, aunque la mayoría estábamos de acuerdo en que era más fuerte y que te rajaba el estómago como un cuchillo, así es que nuestros marineros lo bautizaron como *el navajazo japonés.*

A mí, particularmente, me sentó como si me hubiesen rajado las tripas. Mi úlcera sangró como nunca y pasé unos días terribles sin poder moverme. Desde que quince años atrás me la diagnosticaron, nunca lo había pasado peor. Y me juré a mí mismo que no volvería a probar el alcohol. Eché de menos a mi amigo el doctor Langsdorff que siempre tenía un remedio para mi dolor. Afortunadamente Kepler tenía experiencia de mi dolencia, no por su profesión, sino por haberla padecido alguien de su familia. Me preparó una especie de papilla con unas verduras cocidas a las que añadió algo que no me dijo lo que era, pero que me quitó el dolor.

Como ya sabíamos algo nuevo de la situación, tomamos la decisión de que, si en dos semanas no teníamos respuesta, levaríamos anclas y saldríamos de aquél maldito lugar al que todos estábamos deseando perder de vista. Pero dos días antes de que finalizara el plazo marcado, una nave pequeña, que nunca antes habíamos visto, se acercó a nosotros sin ningún distintivo especial y con unas diez personas. Al llegar a nuestra altura, ya sabía que las noticias eran malas: en la cubierta distinguí los cinco paquetes de regalos con sus envoltorios azules, sin abrir, lo que significaba que nos los devolvían. Entonces supimos que bando había ganado.

Primero subió un hombrecillo pequeño, todo de negro, con unos anteojos que llenaban casi toda su cara. Supusimos —y acertamos— que era el intérprete, seguido por un oficial y cinco soldados que traían, cada uno, un paquete con los regalos. Todo fue muy breve, empezando por el saludo que consistió en una pequeña inclinación de cabeza. Luego empezó a hablar despacio, supusimos que para que el traductor, que hablaba muy mal el ruso —probablemente se les estuvieran acabando los intérpretes— pudiera encontrar las palabras apropiadas. La respuesta a nuestra petición de establecer relaciones diplomáticas con el Imperio del Sol Naciente no tenía desperdicio, y se podía condensar en cinco puntos:

—Las leyes japonesas prohibían tener relaciones comerciales con países extranjeros.

—Las leyes japonesas prohibían a los japoneses viajar al extranjero.

—Rusia no era un país amigo porque había invadido la isla de Sajalin, un territorio que pertenecía a Japón.

Y ahora venían las dos perlas:

—Si los rusos no son nuestros amigos y los japoneses tienen prohibido salir de Japón, no hay ninguna razón para abrir una embajada japonesa en San Petersburgo, ni una rusa en la capital Edo.

—Japón, un país pobre que nunca podrá corresponder al emperador de Rusia con unos regalos tan importantes, no podía aceptar los nuestros.

Este fue el final después de cinco meses de engaños y de mareos.

¿Se entiende que si hubiese tenido un cañón de verdad, hubiese estado justificado bombardear el puerto?

Al menos, habría descargado parte de la rabia que me embargaba.

NOVO SITKA

La fracasada misión en Japón alteraba todos mis planes. Lo más grave de la situación —aparte de la desagradable experiencia que nos había tocado vivir— era que seguíamos sin resolver el problema de los suministros a nuestra colonia y que, tal como estaban las cosas y el tiempo que habíamos perdido, la situación era cada vez más grave. Por otro lado, me reconfortó el saber que tenía razón al insistir en que la solución tendría que venir de la colonia española, y estaba claro que mi próxima misión sería conseguir ese objetivo.

Era necesario y urgente, por tanto, regresar a Kamchatka y mantener una reunión con Yuri Lisyansky, el capitán del *Neva*. Porque lo que no queríamos ni Adam ni yo era retrasar el viaje del que, desgraciadamente, ya estaba seguro de que no formaría parte.

Cuando el *Neva* atracó en Petropavlovsk, además de volver a ver a mi buen amigo Langsdorff, tuve la agradable sorpresa de encontrarme con Ilia al que mi madre, viviendo en San Petersburgo con mi hermana, ya no necesitaba. Él siempre había deseado estar conmigo, entre otras cosas porque yo le garantizaba actividad, así que decidió enrolarse en la segunda nave. Por él pude enterarme de las últimas noticias de mi familia, de cómo estaban mi pequeña Olga y mi madre que, acompañada ahora por mis hermanas y las muchas amigas que había dejado en San Petersburgo, iba rehaciendo su vida, aunque acordándose mucho de mi padre. Ilia reconoció que regresar a San Petersburgo había sido la mejor decisión.

En lo que se refería a mí, el plan era trasladarme, lo antes posible, a Alaska y reunirme con Baránov, mientras el resto de la expedición continuaría el viaje de circunvalación como estaba programado. Con Baránov decidiríamos el plan definitivo para solucionar el problema de los suministros; aunque yo tenía bastante clara la solución, quería conocer su opinión. En esos momentos, sabiendo que contábamos con el zar como socio, era más optimista.

Una vez que me dejaron en Novo-Arkángelo —ahora se llamaba Novo Sitka—, las dos naves continuaron el viaje. La idea de Krusenstern era recorrer la costa de China haciendo una parada en el puerto de Guangzhou con el que, hacía tiempo, habíamos tenido relaciones comerciales, relaciones que los chinos había roto sin darnos ninguna explicación. El conde Rumyantsev nos había pedido que intentáramos conocer la razón de tal actitud y tantear la posibilidad de reanudarlas; una misión que ahora tenía que resolver Adam quién, después de la experiencia de Japón, no era muy optimista. La expedición continuaría hasta las Islas Filipinas donde tratarían de repostar y seguirían rumbo a la Península Malaya para girar al N-O, dirección a India. Atravesarían el Índico hasta doblar el cabo de Buena Esperanza, y, costeando el África occidental, pasarían por las islas Canarias entrando al Mediterráneo por el estrecho de Gibraltar, para llegar al mar negro por el Bósforo y terminar en la base rusa de Odessa.

Este era el derrotero planeado, que no tenía por qué ser el que realmente se hiciera. El mar y la meteorología tienen sus propios planes que imponen sus condiciones y obligan a cambiar los previstos por los marinos, aunque estos sean profesionales de primera.

Decidimos que, además de Ilia, se quedaría conmigo el capitán Davidov. Aun cuando sus condiciones físicas no le permitían pilotar una nave, sus conocimientos náuticos nos serían de una gran ayuda. Lo que me costó más trabajo, aparte de dolor, fue convencer al bueno de Maki para no acompañarme, y convencerlo de que lo mejor para él, era continuar en la expedición. Quería quedarse conmigo porque el *capitán Nikoli* se había convertido en su amigo, en su protector y, en cierta forma, también en su padre. Reconozco que me costó separarme de él. Seguramente fue la persona, junto con Ilia, de cuya fidelidad estuve más seguro. Pero no me podía permitir el lujo de llevar dos sirvientes conmigo: el argumento que, en complicidad con el teniente Chaliapin, empleamos para que se quedara en la expedición, aparte de insistirle en que era una oportunidad única de conocer toda la tierra, fue que tenía que ayudar al teniente a terminar el *lexicón*. Le prometimos que, cuando se publicara, llevaría su nombre debajo del nuestro, como así se hizo.

Antes de la partida de las dos naves, le pedí al contramaestre que preparara todos los regalos rechazados por los japoneses para llevármelos a la colonia española. Esperaba que allí tuvieran una mejor acogida, si es que necesitábamos hacer uso de ellos.

El día antes de la salida el doctor Langsdorff me dio una buena noticia: lo había pensado mejor y había decidido venirse con nosotros. Para mí era una tranquilidad, no solo por lo que podía suponer llevar a bordo un médico que podría controlar mi estado físico —la ulcera seguía dándome problemas— y el de toda la tripulación, sino por tener a mi lado a un buen amigo y al mejor conversador posible.

Cuando unas semanas después llegamos a Nuevo Sitka, nos encontramos con un panorama desolador. Lo primero que me sorprendió fue el cambio de emplazamiento de las instalaciones, trasladadas más al sur. Y aunque el recibimiento de Baránov fue cordial como siempre, lo noté preocupado.

—Antes de entrar en temas de la sociedad —me dijo— prefiero darle las noticias que se refieren a su familia. Me consta que hace tiempo que no sabe nada de ella, por lo que empezaré informándole de que todos están perfectamente. Yo estuve, hará un mes, en Irkutsk con doña Natalia que fue la que me puso al corriente de todo pensando, con buen criterio, que seguramente yo le vería antes que ella, como así ha sido.

Aunque Ilia ya me había puesto al corriente de los últimos acontecimientos después de la muerte de mi padre, le agradecí el interés que se había tomado en informarse. Estuvimos de acuerdo en que la idea de que mi hija se fuera a vivir con mi madre a San Petersburgo había sido la mejor solución. Ni Natalia ni mi madre creían que el ambiente de Irkutsk fuera el ideal para una niña que iba a cumplir diez años.

Por otro lado, Natalia estaba cada vez más ocupada. La compañía iba viento en popa, y últimamente se estaban comercializando colmillos de morsa, huesos de focas y de ballenas. Estos últimos estaban teniendo una gran demanda para adornos femeninos y especialmente las *barbas* de los grandes cetáceos, utilizados para el armado de la ropa femenina.

También me informó de que unos jóvenes artistas de Irkutsk habían instalado un taller de orfebrería y estaban haciendo, además de los famosos y valorados marcos de plata para los iconos, unos trabajos muy interesantes de joyería, ornamentos de señoras y artículos de regalo, en los que combinaban el marfil con el nácar y con algunos metales preciosos como oro o plata. Estaban teniendo mucho éxito y se vendían muy bien.

—En su ausencia —continuó— se han tomado medidas que no podían esperar a su regreso. Eran órdenes que venían de las altas esferas, pero muy positivas y beneficiosas para el negocio. Se ha decidido, a petición del canciller Rumyantsev, que supongo obedecería *sugerencias* de más arriba, abrir una oficina en San Petersburgo que se convertirá en *la oficina principal de la sociedad*. La intención es centralizar la dirección de la compañía en la capital del imperio, desde donde se controlará la distribución de nuestros productos por toda Europa. Esta idea al parecer ha sido muy bien recibida por nuestros augustos socios. Como puede imaginarse, doña Natalia que tendrá que trasladarse a la central, ha tenido mucho que ver en este cambio. Y si me lo permite, añadiría que, de forma indirecta, también su hija Olga que se ha convertido en la razón de ser de la señora, dispuesta a no separarse de su nieta.

Esas eran las buenas noticias.

—Las malas —continúo Baránov cambiando ya su gesto— son las que han provocado ese cambio de emplazamiento que a usted le he sorprendido. Todo ha sido consecuencia del terrible ataque que hemos sufrido de los *tlingits*. Además, ha sido un ataque traicionero cuando nos hemos negado a continuar aceptando las condiciones abusivas que nos pretendían imponer.

»La última propuesta —dijo con énfasis— fue la que colmó el vaso: pretendían ser ellos los que se hicieran cargo de las pieles capturadas y quienes hicieran el reparto. Pretextaban que les engañábamos y que había más pieles de las que les enseñábamos. Por supuesto que nos negamos; pero los invitamos a que estuvieran presentes cuando recibiéramos las capturas, así podrían comprobar las que se cazaban. Pero les advertimos de nuestro cansancio por sus abusos y que no admitíamos más cambios.

»Les hablé muy serio por lo que me extrañó que no discutieran ni dijeran nada de las condiciones. Se fueron sin más. Recuerdo que uno de los misioneros que nos acompañaba —quería que siempre estuviesen presentes en las conversaciones con los nativos, especialmente cuando estas eran delicadas— me dijo que no le gustaba nada esa reacción, y me preocupó porque si hay alguien que conoce bien la mentalidad de esta gente, son los misioneros.

»Y desgraciadamente no se equivocaba —continuó Baránov—. Un día, sabiendo que yo estaba ausente y que en la base solo quedaban los misioneros y algunas familias de colonos, entraron con antorchas y lanzas en el poblado, prendieron fuego a las viviendas, arrasaron los almacenes y se llevaron, no solo las pieles, sino todo el material de caza y pesca almacenado, además de algunas chalupas de remos de las que usan los cazadores. En el asalto murió un misionero que les recriminó lo que hacían, además de uno de los colonos que se enfrentó a ellos y su mujer, que acudió en su ayuda. Aparte, varias mujeres y algunos niños sufrieron quemaduras. Arrasaron materialmente el pueblo, incluso la misión. De la iglesia solo quedaron los muros de piedra, porque ardió toda la madera de la cubierta.

»Cuando fui consciente de la magnitud de la tragedia, no pude reprimir mi ira. Me encontraba en tal estado de indignación que me volví a Kodiak llevándome a los supervivientetes. A continuación, intenté reunir a todos los colonos de la isla para informarles de lo sucedido. También había algunos soldados que nos habían enviado para reforzar las bases, así como la nave en la que habían llegado. Por suerte, la nave estaba equipada con dos pequeños cañones, esos que llaman *carronadas*: disparan mal, pero hacen mucho ruido.

»Con todos los colonos que me quisieron acompañar —muchos, porque estaban indignados con lo sucedido a sus compañeros— y con los soldados, organicé una batida. Salimos por la noche del quinto día después del ataque, llegando por la mañana temprano. Cuando los componentes de la expedición vieron como había quedado el poblado, no se lo podían creer. Tal fue la indignación, que estuvimos de acuerdo en que no podíamos cruzarnos de brazos y que había que dar una respuesta contundente.

»Anduvimos unas cuantas verstas hasta su poblado arrastrando uno de los cañones. Sabíamos que no iba a ser muy eficaz, pero confiábamos en que el ruido de los cañonazos los asustara, como así fue. Al principio opusieron cierta resistencia, pero en cuanto sonó el primer cañonazo, salieron de estampida abandonando a mujeres y a niños. De todas formas, procuramos hacer el mínimo daño posible; pero hubo muertos, la mayoría hombres, y no por el cañón, que yo creo que ni siquiera llego a herir a alguien, sino por las armas de fuego.

NUEVO

~ALASKA~

G. OLIVARES
JUNIO 17
(Las 4 Estacion)

AOL
2017

Nuevo Sitka, Alaska

»Luego hicimos lo mismo que habían hecho ellos: prendimos fuego a algunas cabañas, intentando que fueran las que se habían quedado vacías, pero en la refriega y, sobre todo, en los incendios murieron algunas mujeres. Era muy difícil controlar a los indignados colonos después de que vieran lo que los nativos habían hecho con sus propiedades. Tuvimos suerte y pudimos recuperar la mayoría del material que nos habían robado, incluidas las pieles que no se habían quemado.

Cuando le pregunté por qué habían cambiado el emplazamiento del poblado y que habían hecho con el antiguo, me explicó que habían decidido construirlo en una zona más despejada de árboles, donde pudieran ver acercarse al enemigo y que no los cogieran, como esta vez, por sorpresa. Algún nativo le informó de que en ese lugar hubo un poblado llamado *Sitka*. Por eso lo habían bautizado como *Nuevo Sitka*.

En cuanto al antiguo emplazamiento, lo habían limpiado, habían sembrado árboles frutales, conservando lo que quedó de la iglesia y convirtiéndolo en un cementerio.

Baránov consiguió de los militares que le permitieran disponer de un pequeño destacamento, aunque no creía que después de lo sucedido, los tlingits, que habían demostrado ser bastante cobardes, les volvieran a atacar.

—Detrás de aquella roca —me dijo señalando en una dirección— tenemos el cañón que trajimos. Todos los días, a mediodía, soltamos una andanada para que los tlingits sepan que estamos preparados. Además, como se oye a mucha distancia, a los cazadores que están en el mar les informa de la hora.

»Lo único positivo que ha resultado de esta tragedia —concluyó— es que los tlingits ya no van a poder chantajearnos más. Ellos son los que salen perjudicados, porque se les acabaron las pieles gratis.

Después de expresarle mi conformidad y mi apoyo en todo lo que había hecho, entramos en el tema de las provisiones. Le expliqué que después de la fracasada gestión con los japoneses, la única salida que yo veía, al menos la más razonable, era establecer relaciones con la colonia española de la Alta California y llegar a un acuerdo para que fuesen ellos los que nos proporcionasen los suministros. A Baránov le pareció la mejor solución. La única duda que tenía era en qué situación se encontrarían nuestras relaciones con España. Parecía que toda Europa estaba convulsionada con la postura de Francia desde que Napoleón Bonaparte llegó al poder y nadie sabía quién era amigo, y quién enemigo.

Langsdorff, que asistía a la reunión, dijo algo que nos tranquilizó:

—En mi opinión hay dos motivos para no preocuparse demasiado. El primero, que dudo que en la guarnición española estén más enterados que nosotros de la situación real a nivel mundial. Cuando hablé con el doctor Gutiérrez de la Concha, me comentó que aquella colonia era una de las peor atendidas en el virreinato de Nueva España. Quizá por la lejanía —decía—, pero también porque el gobierno de España no demostraba demasiado interés por seguir ocupando más territorio en el norte, prefiriendo consolidar lo ya ocupado al sur del que llaman «el Río Grande». El segundo motivo es que es una visita totalmente inofensiva, una visita de buen entendimiento entre vecinos y la propuesta de un negocio que puede beneficiar a ambas partes.

Luego dirigiéndose a mí, añadió:

—Puede estar seguro amigo Nikolai, de que el carácter español no se parece en nada al japones. Vd. que ha leído El Quijote alguna vez me ha comentado que se identifica bastante con el personaje. Estoy seguro de que, cuando Cervantes creó tan singular caballero, se inspiraría en los españoles de su época, aunque su protagonista fuera un tanto peculiar.

—Estoy totalmente de acuerdo con Vd. —contesté— Puede ser que mi reciente mala experiencia me haga ver fantasmas donde no los hay. No creo que tengamos un mal recibimiento si llegamos en una nave con solo armamento de defensa, en son de paz y amistad, y les demostramos que nuestro único interés es proponerles un negocio beneficioso también para ellos. El problema, ahora, es encontrar la nave y el equipo adecuado.

Baránov intervino para decirnos que por eso no debíamos preocuparnos.

—Tengo noticias de que en Petropavlovsk hay una nave —y en buenas condiciones— que vende un americano. La nave se llama *Juno*, y aunque es de tres palos y de dos puentes, no parece ser muy llamativa y nada amenazadora. Y por suerte para nosotros, en Kodiak se encuentra el capitán Fiodor Khvostov con toda su tripulación, esperando que vengan a recogerlos. Él fue quien trajo el efectivo de militares que mandaron como protección de la colonia. Pero la nave en la que vino estaba en muy mal estado porque había encallado en unos bajíos y tuvieron que abandonarla. No creo que tenga inconveniente en trabajar para la compañía, si llegamos a un acuerdo económico, y eso tampoco va a ser un problema.

Después de cuatro meses de estancia en la isla de Kodiak organizando el viaje, el día 12 de marzo levamos anclas y pusimos rumbo a Nueva España.

Baránov, del que solo había recibido ayuda y la mejor disposición para resolver los problemas de aquella nueva singladura, nos acompañó hasta Nuevo Sitka. Pero, antes, yo tenía interés en pasar por lo que había sido la primera fundación en Alaska, *Novo Arkángelo,* ahora convertida en un bello cementerio ajardinado. La iglesia, aunque en ruinas, estaba cubierta de vegetación y por encima de árboles y arbustos sobresalía, orgulloso, su modesto campanario, como símbolo protector y testigo mudo de los súbditos rusos que habían perdido la vida lejos de su patria.

Y esta era la situación cuando iba a dar comienzo una nueva etapa de mi vida. Físicamente me encontraba bien, excepción hecha de mis molestias estomacales, y, en cuanto a mi estado de ánimo, muy seguro de mí mismo. A pesar del fracaso en Japón, la forma en la que había manejado la desagradable experiencia había conseguido que creciera mi autoestima, que me sintiera más fuerte, casi invulnerable. Antes, la incertidumbre me angustiaba; ahora había aprendido a convivir con ella. Era consciente de que, en la vida, no todo ha de ser fácil o beneficioso, que no siempre vamos a hacer las cosas bien, pero de los errores, si los analizamos con objetividad, podemos aprender, incluso más que de los aciertos. Recordaba unas palabras de mí admirado Derzhavin: *En la vida, unas veces se gana y otras... se aprende.*

Había aprendido que el camino que nos marca la vida no es recto, sino que está formado por tortuosas curvas que no podemos, ni enderezar, ni atajar: tenemos que seguirlas tal como se nos presentan, pero siempre atentos a lo que podamos encontrar detrás de cada una.

IV

PRIMAVERA
LA ALTA CALIFORNIA

[Vv-269. —Danza pastorale— 3º mov.]

YERBA BUENA / SAN FRANCISCO

El día 22 de marzo del 1806, la nave de tres palos *«Juno»* con todo el velamen desplegado, atravesó el estrecho que da entrada a la impresionante bahía de San Francisco. Media hora más tarde, nos acercábamos a su modesto puerto en el que unos sencillos pantalanes de madera servían de muelle de atraque. Nos llamó la atención el escaso movimiento que se detectaba. Poco más de un centenar de casas formaban el poblado, la mayoría de una sola planta, aunque cerca del puerto podía verse alguna de más altura. Todas ellas con tejados a dos aguas cubiertas con brezo o placas de barro cocido, y alineadas formando calles que desembocaban en el pequeño puerto: una explanada allanada y pavimentada con losas que llegaba hasta el borde del océano. Algunas edificaciones de esta zona tenían techos de más altura, como para almacenaje. En la más cercana al mar había una rampa que penetraba en el agua, preparada para arrastrar por ella pequeñas naves hasta el interior de lo que parecía un modesto astillero. Dentro se veían algunas embarcaciones en reparación.

Detrás del poblado, en el centro de la península que cierra la bahía por el oeste, el terreno empieza a subir formando colinas de distintas alturas. En la situada más al norte, cercana al estrecho por el que habíamos entrado y a una distancia como de dos verstas, vimos el fuerte: *el presidio* como lo llaman los españoles. No parecía muy grande, pero desde luego estaba bien emplazado, controlando la entrada y dominando toda la bahía.

Hacia la izquierda, es decir al sur de la península y a una distancia parecida, se veía la iglesia de la *Misión de San Francisco de Asís*, un modesto edificio blanco con un campanario, pero interesante a pesar de su sencillez.

Y esto fue todo lo que pudimos ver de este territorio no demasiado extenso; pero éramos conscientes de que, al otro lado de la bahía, un inmenso continente se extendía hasta el océano Atlántico.

No quisimos acercarnos demasiado al muelle por si no teníamos profundidad suficiente: las pocas naves atracadas eran de menor calado que la nuestra así es que preferimos esperar a que nos informaran. Luego nos dirían que no había problemas por la profundidad, pero el capitán prefirió permanecer retirado del muelle y utilizar una barca para desembarcar: por si teníamos ratas negras a bordo, que era lo más probable, no infectarían el territorio por nuestra negligencia.

(¿Por qué no las habíamos soltado en Nagasaki? Un olvido lamentable, pensé).

Tengo que reconocer que estaba, no diría nervioso, pero si un tanto inquieto pensando en la aventura que iniciábamos y también, por la incertidumbre del recibimiento. Todos los razonamientos con los que había intentado tranquilizarnos el doctor eran muy acertados, pero eso no evitaba que las dudas persistieran. Organicé, en consecuencia, un plan de acercamiento a los españoles que me pareció bastante sensato. Primero desembarcarían Davidov y Langsdorff llevando mis credenciales por si era necesario enseñarlas, pero en vez de ir directamente al fuerte, se dirigirían a la misión y allí contarían el objeto de nuestro viaje. El *truco*, como diría Maki, era simple. Como ninguno de los dos hablaba español pero Langsdorff conocía bien el latín de su época de seminarista, explicarían que esa era la razón por la que se habían dirigido primero a la misión y no al fuerte. Estaban seguros de que con los misioneros podrían entenderse en esa bella lengua que era el latín.

Los recibió el superior, el padre José Díaz de Urmeneta, misionero franciscano nacido en un pueblecito del norte de España. Había sido compañero y amigo de fray Junípero Serra con el que, treinta años atrás, la habían fundado con el nombre de su patrono: *San Francisco de Asís*. Estaba acompañado de otro misionero, alto, delgado y con un rostro que parecía arrancado de un cuadro del Greco: fray Pedro Font, español, nacido en Barcelona. El padre José les contó que, después de la fundación, había continuado con fray Junípero acompañándole en otras fundaciones como la de *San Juan de Capistrano* y la de *San Buenaventura*, no muy lejos de donde nos encontrábamos.

—Cuando fray Junípero murió hace ahora once años

—¡Dios lo tenga en su gloria!— no me sentí con fuerzas para seguir recorriendo esos mundos sin su compañía, y decidí retirarme para acabar mi vida, el tiempo que el Señor me concediera, en la que ha sido mi primera y más querida fundación: *San Francisco de Asís*, donde Vds. se encuentran, y la que, desde ese momento, pueden considerar su casa.

Tanto a Langsdorff como al capitán el padre José les produjo, desde el primer momento, una magnífica impresión. Estaba «*muy gratamente sorprendido* de que un ruso hablase latín y, además, tan correctamente». El doctor le aclaró que era alemán y que su conocimiento del latín se debía a que, en su juventud, había sido seminarista en la ciudad de Leipzig.

A continuación, le expusieron la razón de la visita, pero sin entrar en demasiados detalles que dejaron para cuando nos reuniéramos con el comandante del fuerte. Antes de despedirse, preguntaron al padre José que noticias tenían de la situación política en Europa, concretamente de cómo estaban en ese momento, las relaciones España, y su país hacía tiempo que habían salido de Rusia y no tenían ninguna información reciente, pero tenían noticias que indicaban que en Europa, las cosas no andaban demasiado bien.

—Todo ese mundo —contestó— nos queda muy lejos y no nos interesamos demasiado por los problemas de fuera de la misión. Bastante tenemos con ayudar a estas pobres gentes; ellos sí tienen verdaderos problemas. Pero les puedo asegurar que con el comandante Argüello al que verán mañana, se van a entender perfectamente. Sobre todo, cuando le expliquen la labor humanitaria que les ha traído hasta aquí.

El misionero se ofreció a acompañarlos al presidio y servirles como intérprete, pero Langsdorff, después de agradecerle el ofrecimiento, le explicó que con ellos viajaba el Embajador de su Majestad el Zar Alejandro I como representante de la *Compañía Ruso Americana* y él hablaba bastante español. No los había acompañado en esta primera visita porque tenía que preparar los documentos que quería mostrar al comandante, entre otros, su nombramiento como embajador y representante en ultramar de su majestad el zar de Rusia. Finalmente quedaron en que nos encontraríamos en la misión al día siguiente, y que ellos nos acompañarían al presidio.

Por la mañana temprano, en un día luminoso y con una temperatura primaveral, acudimos a la misión donde el padre José nos invitó a desayunar: un tazón de leche de vaca recién ordeñada, fruta y un pan que acaban de sacar del horno, todavía caliente, al que *bautizan* —fueron sus palabras— con el aceite que los españoles extraen de sus olivos: un manjar exquisito que nos puso de buen humor, y un signo que interpretamos como augurio de que la operación que nos había llevado hasta tan lejana y hermosa tierra, iba a tener un desenlace feliz.

El padre José era un buen conversador y su castellano lo entendía perfectamente. En esta lengua, y mientras desayunábamos, me contó toda la historia de la fundación que yo iba traduciendo a mis compañeros. Una historia verdaderamente interesante.

—En contra de lo que muchos creen —empezó diciendo—, la primera vez que los españoles contemplamos esta bella bahía no fue desde el mar como pudiera pensarse, sino desde aquel monte que se ve allí al fondo —señaló al sureste, al otro lado de la bahía—. Nosotros, me refiero también al padre Serra, acompañábamos al capitán Gaspar de Portolá por lo que estábamos en el grupo de los primeros que la divisaron, y tengo que reconocer que nos quedamos sorprendidos por su belleza. El capitán Portolá fue enviado para que investigara los territorios al norte de esa colonia.

»Esto sucedía en 1769 y tanto fray Junípero Serra como este modesto servidor de Dios y de ustedes, formábamos parte de la expedición.

Cuando traduje a Langsdorff lo que contó a continuación de los problemas de mal trato con los indígenas y del papel que habían jugado los misioneros interviniendo en su favor, el profesor no pudo reprimirse y, en latín, le comentó que algo parecido había sucedido en las colonia rusas de Alaska y que habían sido también nuestros misioneros los que se habían encargado de mediar en favor de los nativos.

—Por encima de todas las diferencias dogmáticas —dijo con énfasis fray José— los ortodoxos y los católicos somos cristianos, hijos y seguidores de Jesucristo que es amor y entrega a los demás.

El doctor y yo, que no éramos precisamente lo que se podría llamar dos creyentes ejemplares, no tuvimos más remedio que estar de acuerdo con él. Luego continuó con su interesante historia.

—Tuvieron que pasar seis años hasta que en agosto de 1775, un navegante también español llamado Juan Manuel de Ayala, atravesara el estrecho que da acceso a la bahía, por primera vez. Se quedó impresionado, igual que nos había pasado a nosotros, con la grandeza y la belleza de este accidente de la naturaleza. Recuerdo que cuando la vimos desde tierra seis años antes, el capitán Portolá exclamó: «¡*Que grande y hermoso es todo esto! Aquí cabria, no solo la armada de nuestra majestad, sino todas las escuadras de Europa*». Un año después, cuando ya se vio que era posible el acceso por mar, se empezó a construir el presidio, y noventa y cinco días más tarde, el tres de octubre de 1776, día de San Gerardo abad, se puso la primera piedra de la iglesia de la Misión.

»La primera vez que llegamos a estas tierras nos había llamado la atención el olor persistente y agradable de una yerba desconocida para nosotros que crecía en la península y en aquella islita que tenemos enfrente. Por eso al poblado y a la isla le pusimos el nombre de *Yerba Buena*.

Pregunté algo que me intrigaba.

—Padre ¿se sigue algún criterio para elegir el emplazamiento de un presidio o de una misión?

—Sí, por supuesto. Para una nueva fundación misionera hay una regla que se suele cumplir. Debe de encontrarse a una distancia de la anterior que se pueda recorrer en un día a caballo. Casi siempre que se funda un presidio se construye en sus proximidades, una misión. Existe un acuerdo entre el gobierno y el obispado por el que a cambio de que el gobierno pague los gastos de establecimiento de estas y les ofrezca protección, nosotros nos comprometemos a llevar la intendencia del presidio, cultivando el terreno y manteniendo una pequeña ganadería para proporcionarles leche y carne. También les ayudamos con las familias de los militares, enseñando a sus hijos y cuidando de sus enfermos.

Luego añadió.

—Fray Pedro, aquí presente, hizo estudios de medicina en su Barcelona natal, antes de hacerse fraile. Estos conocimientos nos están siendo de una gran ayuda. En cuanto a la ubicación de las instalaciones militares, son los militares, lógicamente, los que la eligen, buscando lugares estratégicos que dominen un gran territorio y que sean de acceso cómodo o que estén cercanos a algún poblado indígena. Pero con frecuencia nos consultan y muchas veces somos nosotros los que les sugerimos el emplazamiento que creemos más interesante.

LA NAVE

=ENTRA

La nave Juno entrando en la Bahía de San Francisco

»El que el acceso sea fácil es importante. La intención del virrey es construir un *Camino Real* que comunique los presidios y las misiones desde la ciudad de México, hasta la última que se construya más al norte. Ya hay muchos tramos construidos: hacia el sur, por el Camino Real se puede llegar hasta San Diego, la primera misión y el primer presidio de Alta California.

Llevábamos casi dos horas escuchando sin perder palabra de lo que nos contaba el misionero. He visto a pocas personas tan correctas y amenas. Transmitía sensación de cercanía, como de alguien a quien conocieras de toda la vida. Llegado a este punto creí oportuno suspender la charla; ya la continuaríamos en otro momento, le hice prometer al franciscano. Pero no podíamos olvidar la visita al presidio.

—Es el objetivo de nuestra visita… — empecé a decir.

Entonces me interrumpió.

—Perdone embajador. Se me olvidó contarles que ayer, cuando ustedes se fueron, me acerqué al presidio para ver al comandante, porque me parecía que lo correcto era informarle de su visita y de todo lo que habíamos hablado. Pero don José Darío Argüello está en Monterrey con el gobernador, don Joaquín de Arrillaga. En su ausencia siempre lo sustituye su hijo, el teniente Luis Antonio Argüello Moraga, al que le conté todo lo relacionado con su visita. Me dijo que él ya conocía su llegada, pero tenía ocupada las primeras horas de la mañana; pero en cuanto terminase, vendría a la Misión a encontrarse con ustedes. Suele dar un paseo a caballo por la península, así es que no le importaba pasarse por aquí. Si no tienen inconveniente, pueden esperarle en la misión. Sería un honor y un placer para nosotros que nos acompañaran en la comida.

»Además, y hablando de comida —continuó el fraile—, quería comentarles algo que espero que les agrade. Se acerca el periodo de la Pascua de Resurrección y sé que ustedes, los ortodoxos, también la celebran. Nosotros lo hacemos todos los años matando un cordero, y reuniéndonos en la Misión, toda la colonia. Nos gustaría —dijo con una sonrisa— que este año ustedes nos acompañaran. Me refiero también a los que puedan venir de su tripulación. Vendrán los militares del presidio y será un buen momento para el encuentro de ciudadanos de dos países tan lejanos, pero ambos europeos y cristianos.

Cuando se lo traduje a mis compañeros, Langsdorff no pudo contenerse y, dirigiéndose al padre José, soltó un latinajo:

—Tamquam parabola filius prodigus dixi.

A lo que este contestó:

—Es que, en algún momento, todos hemos sido hijos pródigos de Dios que nos hemos perdido, pero que hemos sabido regresar a la casa del Padre y reencontrarnos con nuestros hermanos.

Lo dijo en castellano, pero antes de que yo lo tradujera al ruso, dirigiéndose al doctor, se lo repitió en latín. Entonces fui consciente de que estábamos empleando tres bellas lenguas que habían servido de vehículo a tres culturas importantes —y no tan diferentes— de nuestra historia universal. Como decía el doctor, el latín había sido la *«lingua mater»* de la mayoría de las lenguas europeas, y aunque el ruso tenía otros orígenes, era cierto que había ido incorporando a su léxico, muchos términos derivados de esta bella y olvidada lengua.

Volviendo a los corderos —un tema que por supuesto, me interesaba—, el padre José nos dijo que eran un regalo que el virrey hacía todos los años a la misión. Pero a mí lo que más me importaba era tener información sobre estos animales y en general, de la ganadería de la zona por la posibilidad de integrarlos en los suministros que pudiéramos adquirir. Abiertamente se le pregunté, advirtiéndole de que, si tenía la más mínima reserva en darme esa información, lo entendería. Me informó que los corderos, así como los demás animales, procedían de una ganadería del gobierno, y que contaba con un número importante de cabezas de ganado. Había empezado a formarse hacía veinticinco años con mil cabezas de vacuno y algunos cerdos, enviados por el virrey desde Sonora y traídos por don Juan Bautista de Anza, el primer gobernador de los nuevos territorios; pero el número de cabezas se había triplicado.

—Es una zona con magníficos pastos y abundancia de agua. Un don del cielo —aclaró el misionero—. Últimamente se ha incorporado una yeguada perteneciente al presidio, pero cuidada por el mismo ganadero que cuenta con la ayuda de un veterinario: una actividad muy importante para la colonia pues, además de alimento, da trabajo a muchos de sus habitantes.

»Con el mencionado Anza —continuó— vinieron casi doscientos colonos, entre ellos algunas familias, la mayoría mestizas. Pero también había españoles puros, y desde hace unos años se vienen incorporando indios de la zona, sobre todo muchachos jóvenes que sus padres mandan para que les enseñemos cosas relacionadas con la agricultura y la ganadería, al tiempo que ayudan a los colonos y van aprendiendo nuestro idioma y nuestras costumbres, y, por supuesto, a los que nosotros tratamos de catequizar como es nuestra misión y nuestro deber. Son muy dóciles y pacíficos.

»El veterinario no da abasto con la cantidad de consultas que le hacen, pero que él atiende gustosamente. Tanto él como el veterinario, dos grandes personas que ya conocerán, son de Córdoba, una ciudad al sur de España.

Le pregunté por los nativos de la comarca, y como era su relación con ellos.

—Nuestros vecinos, *yelamus,* que viven en pequeños poblados al otro lado de la bahía, pertenecen al grupo de los *Ohlones* cuyas tribus, con diferentes nombres, llegan hasta Monterrey. Son pacíficos, muy primitivos y con creencias muy simples. Adoran al sol, que es su dios principal, pero tienen otros dioses menores como el fuego, la luna, esos árboles gigantes que llaman *secuoyas,* incluso las estrellas o la lluvia, a los que ofrecen pequeños regalos como semillas, frutas y cosas así.

El padre José, de vez en cuando, hacía pausas para darme tiempo a hacer la traducción al ruso, lo que no dejaba de ser una labor bastante agotadora por el doble esfuerzo al que me obligaba, pero que yo realizaba gustoso por el interés que mis paisanos ponían en conocer el relato del misionero.

«Cuando llegamos a estas tierras por primera vez —continuó— los hombres iban totalmente desnudos y las mujeres solo cubrían la parte inferior de su cuerpo, y según nos enteramos, hubo un periodo en el que practicaban canibalismo, pero solo con los enemigos que capturaban de los que se comían el corazón y siempre si habían luchado con bravura y nobleza. Esta costumbre desapareció antes de que llegáramos. Ahora se tapan algo más, quizá porque nosotros lo hacemos, pero estén seguros de que en ningún momento le hemos recriminado nada. Muchos van tatuados para indicar la tribu a la que pertenecen y los hombres suelen perforarse la nariz y se colocan un hueso. Las mujeres hacen lo mismo, pero en las orejas y a veces, en el labio inferior.

»Afortunadamente yo aprendí de fray Junípero —continuó el padre José— que no hay que obligarles a que abandonen ni sus costumbres ni sus creencias. Se trata más bien de hablarles de un Dios superior que no pueden ver, pero que está por encima de los suyos ya que ha creado el sol, la luna, el fuego y todas las cosas buenas en las que ellos creen, y el que los organiza y los dirige para que no luchen ente ellos y estén unidos para luchar contra los dioses malos como son el rayo, la enfermedad o la muerte. Y hablando de los muertos. Es curioso que los entierran doblados y metidos en vasijas, una costumbre que no me han sabido explicar de donde procede.

Aprovechando la pausa, intervino Langsdorff para que le aclarase algunas cosas.

—Tengo la impresión, padre, de que los nativos de los territorios situados al norte del Río Grande están menos civilizados que los del centro o del sur del continente. Por lo que tengo entendido, conocen la agricultura, crían ganado y, al parecer, poseen edificios y monumentos muy importantes. Me refiero a los aztecas y a los mayas.

—Es cierto. Los ohlones desconocen la agricultura y no domestican animales. Son recolectores que se alimentan de la fruta de árboles salvajes, de bayas, de tubérculos que buscan en la tierra y de la carne que consiguen con la caza que, por aquí, con agua y mucha vegetación, es bastante abundante.

»Precisamente, nuestra labor más importante ha sido, antes de adoctrinarlos, enseñarles cosas que podrían facilitarles la vida: y tengo que decir que lo estamos consiguiendo, transformándolos de recolectores y cazadores, en cultivadores y ganaderos. Además, aprenden deprisa, sobre todo los jóvenes. La generación de ahora nada tiene que ver con la de sus padres, la que encontramos fray Junípero y un servidor cuando aparecimos por estas tierras hace ya unos años. Y son los propios padres los que los animan a que aprendan. Esta es nuestra mejor recompensa —concluyó con orgullo.

La interesante charla fue interrumpida por la llegada de un oficial a caballo que el padre José nos presentó como el teniente Argüello, un joven delgado, moreno y con aspecto distinguido. Tomé la palabra y repetí al teniente lo que ya le había anticipado al misionero. Después de escucharme atentamente, me repitió lo que ya sabíamos. Él no podía tomar ninguna decisión porque la autoridad la tenía el comandante del presidio, don José Darío Argüello —no mencionó que fuera su padre—, que llegaría en un par de días.

Aunque el teniente era una persona amable y educada hablaba con cierta reserva, meditando lo que decía. Sin perder el tono amable en ningún momento, continuó.

—No obstante, me gustaría invitarles a visitar el presidio. Me ha dicho el padre José que hoy van a comer en la misión, así es que, si les parece, vendré esta tarde a buscarlos e iremos caminando. Es un paseo que les gustará. Si a usted le apetece, padre —dijo dirigiéndose a él—, puede acompañarnos, sabe que siempre es bien recibido.

—Si, lo sé. Pero esta tarde tengo cosas que hacer. Otro día será. Efectivamente es un paseo muy agradable y con unas vistas impresionantes de la bahía y del océano. Además, conocerán a la familia del teniente: buenas personas y buenos cristianos.

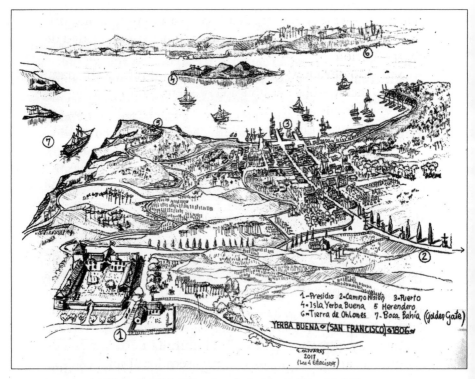

Vista de Yerba Buena y la bahía de San Francisco.

EL PRESIDIO

A primera hora de la tarde apareció el teniente acompañado de otro oficial y un soldado. Este último solo venía para llevarse los caballos ya que los dos oficiales pensaban acompañarnos hasta el fuerte, caminando.

El segundo oficial, el teniente Vicente López-Victoria, era natural de Valencia, una ciudad española a orillas del Mediterráneo, y hablaba francés. Al fin me iba a liberar de tanta traducción que me había secado la garganta. Y me dio una buena noticia: el gobernador y el comandante también lo hablaban —el teniente Argüello, no— así es que Langsdorff iba a poder intervenir en las conversaciones sin necesidad de mi traducción.

Saliendo de la misión, descendimos a un verde valle para, a continuación, volver a subir a la siguiente colina, una de las más altas, donde se encontraba el fuerte. A mitad de camino nos paramos y Argüello nos señaló el puerto, donde pudimos ver nuestra nave *Juno,* acompañada de otras embarcaciones que habían atracado durante la mañana. El panorama era de una gran belleza. Frente a nosotros aparecía, luminosa y verde, la isla de Yerba Buena y detrás de ella, a algo más de tres millas, la costa occidental del inmenso continente norteamericano.

El presidio era una construcción que parecía sólida, de piedra, con dos plantas de altura. Por lo que vi cuando nos acercamos al portalón de entrada, las edificaciones rodeaban una explanada rectangular, lo que supuse sería el patio de armas. Los edificios y los muros de cerramiento eran en parte de piedra y el resto —casi toda la muralla perimetral— de bloques de arcilla mezclada con paja secados al sol. Los españoles los llaman *adobes.* El teniente Victoria nos explicó que el primer edificio se construyó, hacía ya más de veinte años, todo con bloques de adobe. Pero en esa zona eran frecuentes los movimientos de tierra, incluso se producían fuertes terremotos y los muros se rajaban. Luego, cuando llegaban las lluvias, el agua entraba por las grietas y deshacía los bloques.

—Esa fue la razón para que el nuevo edificio se construyera todo él de piedra —continuó el teniente Victoria—. De todas formas, cada tres o cuatro años hay que hacer reparaciones. Mi mujer y yo —siguió explicándonos— ocupamos una de las viviendas en la planta alta y el comandante y su numerosa familia la más grande, al lado nuestro. La otra vivienda está vacía porque el teniente Argüello, soltero, vive con sus padres. Son siete hermanos, pero solo los dos más pequeños, además del teniente, viven en el presidio. Los demás, o están casados o estudiando en México o en Querétaro, y creo que hay alguno en España.

El teniente Argüello se había adelantado mientras los demás caminábamos, despacio, acompañados por el teniente Victoria. Según me había informado el padre José antes de partir de la misión, el teniente era una persona muy culta, apasionado por la historia y que sabía mucho de todo lo relacionado con el descubrimiento y la conquista española del Nuevo Mundo. Por lo pronto, me gustó su sentido autocrítico cuando nos habló de los primeros tiempos y de los abusos que cometieron los conquistadores con los nativos, una situación que, afortunadamente, mejoró después de las denuncias del dominico De las Casas y la publicación de sus escritos.

Intervine para decirle que ese comportamiento no era exclusivo de España.

—Desgraciadamente, teniente, su país no es el único que ha cometido abusos y maltratos con los nativos. Los rusos también somos culpables del mismo pecado.

Después de casi hora y media desde que salimos de la misión —parábamos con frecuencia para contemplar el paisaje o para atender alguna explicación del teniente— llegamos a la entrada del fuerte en la que nos esperaba Argüello. Atravesamos la amplia entrada protegida por dos potentes puertas de madera reforzadas con crucetas de hierro forjado, que daban paso a un vestíbulo empedrado. La entrada estaba custodiada por un centinela que se cuadró al paso de sus superiores. Al fondo, un arco de piedra daba acceso al gran patio, en el que unos soldados jugaban a un juego, desconocido para mí, que llamaban *la petanca*. A la derecha, una segunda puerta daba entrada a un vestíbulo del que arrancaba la escalera que conducía a la planta de las viviendas, que empezamos a subir.

Argüello y yo íbamos delante charlando tranquilamente, cuando oímos que una de las puertas se abría, y salía por ella un enorme perro que empezó a bajar las escaleras, pasando a mi lado como un rayo. Estaba todavía reponiéndome del sobresalto, cuando una segunda figura bajaba, también a la carrera, persiguiendo al perro como alma que lleva el diablo. Tuve que sujetarme a la barandilla para no caer. Lo único que me dio tiempo a ver fue un revoltijo de faldas de muchos colores y una trenza al viento que casi me azota la cara. Y la voz del teniente que gritaba:

—¿Qué haces, loca?… ¿Es que no te han enseñado modales?

No creo que a quien dirigía la reprimenda, hubiese tenido tiempo de oírla. Cuando, recobrado el equilibrio, miré hacia atrás, el perro, las faldas de colores y la trenza habían desaparecido.

Doña María Ygnacia Moragas de Argüello, la madre del teniente y esposa del comandante del presidio era una señora más alta de lo normal, potente, con un busto muy generoso y un rostro todavía bello que hacía pensar que, en su juventud, podía haber destrozado muchos corazones. Pero de lo que no cabía la menor duda era que rebosaba simpatía por toda ella. Hablaba mucho, preguntaba más y cuando llevabas un rato de charla, estabas cómodo y totalmente desinhibido. Y te reías porque, aunque no entendieras todo lo que decía, el movimiento de las manos y de la cabeza eran suficientes para que comprender lo que estaba contando.

Lamentó el episodio de la escalera cuando se lo contó su hijo.

—La niña Conchita es la más pequeña de la casa —explicó—. Ha pasado toda su vida en el presidio, es la única que ha nacido aquí, y está muy mimada por todos nosotros, empezando por su padre que, como decimos en España, es su «ojito derecho». Creo que soy la única que la regaña, pero no me hace demasiado caso —dijo riéndose—. Es un potro sin domar, como dice Luis, pero les aseguro que es la persona más buena y generosa que he conocido. El padre José dice que es su mano derecha y que, sin ella, la misión no podría hacer la labor que hace. Enseña a los niños de la colonia y juega con ellos como uno más. Y se ha inventado un método que, jugando, aprenden a leer.

Luis intervino.

—Sí: es increíblemente imaginativa. El método del que habla mi madre, es de lo más ingenioso que puedan imaginar. Ha pintado las letras del alfabeto en el suelo, a gran tamaño, pero sin ningún orden. Entonces escribe una palabra en la pizarra, sencilla al principio y con el mismo tipo de letra. Los niños, en equipos de dos, tienen que pisar las correspondientes letras del suelo y en el orden escrito en la pizarra, al tiempo que gritan el nombre de la letra. Si aciertan, tienen dos puntos y si se equivocan, pierden uno. El padre José no se lo podía creer. Me dijo que la mayoría, en una semana, ya conocían todas las letras y antes de un mes ya empezaban a identificar palabras fáciles. Es un método que les resulta entretenido, algo fundamental para que los niños aprendan deprisa.

»Y algo muy interesante es lo que me contó mi hermana el otro día —continuó el teniente—. Están viniendo niños indios y ella está aprendiendo su idioma; de hecho, ella y Elisa, la esposa del teniente Victoria que también ayuda a los misioneros, ya lo hablan y lo entienden bastante bien. Así pueden enseñarles el castellano y que aprendan a rezar. ¡El padre José está feliz!

Acababa de pronunciar estas palabras cuando se abrió un poco la puerta, y una cabeza despeinada y un rostro no muy limpio, pero increíblemente bello, se asomó. Aunque fue un instante, la visión de aquella criatura me impresionó.

Hablamos de la comida del día siguiente, celebrando la Pascua de Resurrección. Y de muchos otros temas relacionados con el presidio, la misión y la labor que esta institución desarrollaba. El padre José, decía doña Ygnacia, era un santo. Él, con los otros misioneros, se habían encargado de que sus dos hijos pequeños, Conchita y Joaquín, tuvieran una buena educación. Joaquín, que era tres años mayor que su hermana, había ido con su padre a Monterrey para luego continuar a Querétaro —el pueblo de nacimiento del comandante— donde vivía una de sus hermanas con la que Joaquín se iba a quedar una temporada. Allí había un buen colegio.

Llevábamos casi dos horas hablando, cuando la *niña Conchita*, como la llamaba la familia, apareció en el salón, transformada: muy arreglada, impecablemente limpia, con la trenza recogida en un moño y un traje precioso de varias faldas superpuestas, cada una de un color, que, supuse, sería típico de Nueva España. Pero lo que me perturbó, fue la belleza de sus ojos, sus espesas pestañas y unas cejas negras, perfectamente delineadas. En el mismo instante en el que nos presentaron, sentí un pequeño estremecimiento que, por un momento, me dejó sin aliento: reconocía esa mirada. Y desde lo más profundo de esos ojos me llegaba, como una realidad tangible, la mirada de otra mujer, también joven, a la que había amado.

Nunca he creído en la reencarnación, ni en la trasmigración de las almas, y menos aún, de los cuerpos, incluso me cuesta creer que después de la muerte permanezca algo de nosotros aparte de las buenas obras que hayamos realizado o las enseñanzas que podamos haber transmitido. Pero en aquel momento sentía que Anna me estaba mirando desde la profundidad de aquellos ojos. Y la veía con tal claridad que empecé a cuestionarme lo que me había parecido, hasta entonces, una más de las muchas creencias infundadas.

Se sentó al lado de su madre que cogió una de sus manos y la puso entre las suyas. La miraba con tanta ternura que dudé que alguna vez la hubiese regañado. Permanecía callada, pero sin dejar de mirarme. Recuerdo que cuando reanudamos la conversación intenté mantener una postura normal, pero procurando ser lo más seductor posible, pasando mi mirada de la madre a la hija, indistintamente. Sin embargo, la mirada de esa pequeña criatura tenía tanta fuerza, que reconozco que me costaba retirarle la mía.

Cuando ya tarde, regresábamos a nuestro barco, iba tan callado que mis acompañantes me preguntaron si me pasaba algo o si el vino me había sentado mal. Lo que menos podían figurarse es que la culpable de mi situación era aquella criatura que para ellos había pasado casi desapercibida. Más tarde, Langsdorff me reconocería que, a él, también le había impresionado su belleza).

Ya en el camarote, solo y tumbado en la cama, seguí dándole vueltas a los últimos acontecimientos intentando encontrar una explicación razonable, aunque yo sabía que lo sucedido tenía poco que ver con la razón.

Solo deseaba que amaneciera pronto, para volver a verla. La tarde anterior, antes de despedirnos, doña Ygnacia me había dicho que, si quería conocer los alrededores, fuera por la mañana temprano, que estaba segura —dijo mirando a su hija— que la niña Conchita estaría encantada de acompañarme. Ella conocía la zona como la palma de su mano.

—Desde hacía dieciséis años —me dijo— este había sido su mundo, su único mundo.

A la mañana siguiente la recogí en su casa.

—Ayer me despedí de una niña y hoy me encuentro con una mujer espléndida —fue mi saludo.

No hizo ningún comentario. Solo dijo:

—¿Sabes que tienes una manera muy curiosa de hablar nuestro idioma? ... y de mirar. Mi madre dice que los hombres miran así cuando les gusta una mujer.

Yo le seguí el juego, pero no por donde ella creía.

—Es que tu madre debe de haber sido una mujer muy guapa.

Lugo, rápidamente, añadí:

—La realidad es que todavía lo es. Supongo que muchos hombres la mirarán con esa mirada que tú dices.

Se quedó unos segundos como desconcertada, pero enseguida reaccionó.

—Mi padre me ha contado muchas veces que mi madre era la mujer más guapa de Querétaro; y que todos los hombres se enamoraban de ella. Venían, según mi padre, hasta de Guadalajara y México a cortejarla. Claro que mi padre quiere mucho a mi madre y a lo mejor exagera. Es lo que le decimos, en broma, mis hermanos y yo. Mi padre es de Querétaro, al norte de México, pero mi madre nació en Sevilla, en España. Vino muy joven, cuando destinaron a mi abuelo Joaquín, que también era militar. Pero mamá, aunque lleva ya muchos años aquí, todavía habla, según dice mi padre, con acento sevillano, como la abuela Carmen.

—¿Cómo es tu padre?

—La mejor persona del mundo —contestó rápida—. Y el padre más bueno que pueda haber.

—Tu naciste aquí ¿es cierto?

—Mi padre dice que soy la primera española, bueno —rectificó— la primera europea que nació en San Francisco, incluyendo también a los hombres.

Lo dijo con verdadero orgullo.

En vez de ir hacia la Misión, me había llevado hacia el noroeste, a un punto más alto que el fuerte, justo encima del estrecho. Estaban haciendo obras y le pregunté qué eran. Me contestó que su padre le había dicho que era un secreto militar y que no podía decírmelo. Pero añadió que, *si yo le prometía guardar el secreto, me lo diría.* Le dije que no: que si su padre le había dicho que no lo dijera, lo mejor era que le obedeciera. Además, no le dije nada a Conchita, pero yo ya sabía lo que estaban haciendo, porque el padre José nos lo había dicho el día anterior. Estaban construyendo el nuevo emplazamiento de una batería de cañones que protegería el estrecho. Sabía hasta su nombre: *Batería de Punta de San Joaquín,* seguramente por el abuelo.

Nos sentamos un rato en una piedra, que parecía un banco puesto allí a propósito, para poder disfrutar de aquel panorama impresionante. Permanecimos callados contemplando tanta belleza y feliz de sentir su cuerpo junto al mío. Poco después, sus palabras me bajaron de la nube en la que creía encontrarme.

—¿Ves aquella isla detrás de donde está tu barco? Se llama Yerba Buena. En las tierras que hay más allá, es donde viven las tribus indias. Yo voy mucho con los misioneros y con mi amiga Elisa, la mujer del teniente Victoria. Ya entendemos su idioma y ayudamos al padre José. Si quieres un día podríamos ir en barca con el teniente o con mi hermano. Así verías también las *secuoyas, ¡los árboles más altos del mundo!* —concluyó.

¡Conque los árboles más altos del mundo¡ —pensé— ¿No me recordaba a alguien que una vez me había hablado del *lago más profundo de la Tierra?* ¿Casualidad?

La idea de visitar a los indios, y con Conchita, me gustaba. Quería, por encima de todo, ver cómo se manejaba con ellos. Sería un espectáculo. Luego le pregunté dónde estaba la ganadería de la que me había hablado el padre José.

—Están más al sur, pasada la Misión, pero en esta misma península. Son unos terrenos que el virrey le regaló a mi padre por los servicios prestados. Se llama *Rancho de las Pulgas,* aunque no hay pulgas que sepamos. No hay que cruzar la bahía, pero está un poco lejos, entre la Misión de San Mateo y la de San Carlos. Como a quince millas. Si sabes montar a caballo, que supongo que sí, podrías llegar en solo dos horas. Yo conozco muy bien a don Rafael el ganadero, y a don Amador, el veterinario. Si mi padre me deja, yo podría acompañarte. Don Rafael es muy simpático y habla de una manera muy graciosa, muy parecida a como habla la abuela Carmen. Seguramente los veremos en la comida.

Me acordé de la comida y le dije que teníamos que irnos ya, porque había un buen paseo hasta la Misión. Cuando empezamos a caminar, durante un rato no hablamos, pero yo la notaba inquieta, como si me quisiera preguntar algo y no se atreviese. Por fin se decidió. Me preguntó cuánto tiempo nos íbamos a quedar en Yerba Buena. Yo bromeando, le respondí:

—No sé. Depende de ti.

Sorprendida, me miró.

—¿De mí?

Me reí y dije:

—Es broma. Pero, en realidad, depende de alguien de tu familia: concretamente, de tu padre. Tengo que hablar con él. Para eso hemos venido.

Luego tuve que explicarle, con todo detalle, el motivo de la visita. Los colonos rusos que lo estaban pasando mal, sin comida; que la colonia rusa no estaba muy lejos de donde nos encontrábamos y que su padre era el que podía resolver la situación si nos vendía alimentos…. También le hablé de los misioneros ortodoxos y de los nativos de las islas, de sus costumbres, del viaje a Japón… Es decir, le conté la historia de mis últimos años. Pero tengo que añadir que pocas veces he tenido un oyente tan atento. Procuraba no mirarla para no perderme en el relato. Solo sentir su cuerpo pegado al mío, era suficiente.

Cuando terminé, me dijo muy seria:

—No te preocupes. Cuando venga mi padre yo hablaré con él y tendrás todo lo que necesitas.

No pude contenerme. Le eché el brazo por el hombro, y la atraje hacia mí. Ella se dejó llevar y no dijo nada. Eso fue todo.

LA MISIÓN

La iglesia de la misión, y la residencia de la comunidad (esta última una construcción de dos plantas paralela al templo) se comunican por una galería abierta, pero cubierta con un tejado de madera y brezos, apoyado en unas pilastras de piedra. Es un gran espacio protegido del sol y de la lluvia, apropiado para las reuniones que celebra la misión con motivo de fiestas religiosas u otro tipo de actividades en las que participa el pueblo. En ese lugar, espectacular por las vistas sobre el puerto y la bahía, se iba a celebrar la comida.

En la planta baja del edificio de la residencia, a la que se accede desde la galería, se encuentran el refectorio, la cocina, los almacenes y dos habitaciones que se utilizan como aulas, sala de reuniones o espacio cerrado cuando la comunidad celebra alguna fiesta religiosa a la que asisten pocos feligreses. En la planta alta se encuentran las celdas de los frailes, seis en total —en aquel momento solo había tres ocupadas—, un cuarto de baño, un ropero y un pequeño oratorio.

En el suelo del porche, pavimentado con una argamasa rojiza, todavía se podían ver restos de las famosas letras pintadas por la niña Conchita para sus clases de lectura, a pesar de que el padre José había mandado limpiarlo para la comida.

La parte posterior de la galería se abría a un patio o corralón, cerrado lateralmente por la iglesia, la residencia y una nave donde los frailes guardaban un par de carretas, tres mulas y uno o dos caballos. Al lado de esta nave, un gallinero con gallinas ponedoras y un establo con algunas vacas, completaban las construcciones. Fuera del recinto, en la parte posterior del complejo, se encontraba la huerta de hortalizas y algunos árboles frutales entre los que destacaban doce hermosos naranjos: los doce apóstoles, según me informaría Conchita. Más lejos, al suroeste, se divisaba el cementerio con una pequeña capilla de madera pintada de blanco, y algunas cruces, también de madera e igualmente blancas.

"LA MISIÓN DE SAN FRANCISCO"

G. OLIVARES
4E - 18

La Misión

Y estas eran todas las posesiones de la humilde congregación.

El clima de la región es benigno, aunque hay temporadas de fuertes lluvias. El verano puede ser caluroso. Pero la mayoría de los días de primavera, la estación en la que nos encontrábamos, son soleados. Una temperatura muy agradable que permite que gran parte de la vida cotidiana se realice en el exterior. Y algo de lo que nos enteramos y que nos alegró: ¡nunca nieva! Sin embargo, toda la región tiene un enemigo implacable: los movimientos de tierra, a veces auténticos terremotos que pueden producir víctimas, aunque no es lo normal.

Entre los componentes de la tripulación de la *Juno* que asistieron, los oficiales y soldados del presidio, los invitados del pueblo, la comunidad y nosotros, éramos casi un centenar de comensales los que llenamos la galería. A los que se habían tenido que quedar de guardia, el padre José les había prometido que no les faltaría ni comida ni bebida. Y, efectivamente. Hubo comida y bebida abundante para todos, incluso sobró. Y había que ver como comía la tropa, especialmente nuestra tripulación. Hacía meses que no probaban una carne y unas verduras tan exquisitamente cocinadas.

Mi criado Ilia, estaba sentado con la tropa. El padre José me comentó que, desde temprano, había estado en la misión ayudando al montaje de las mesas, colgando globos de papel y guirnaldas de las vigas de madera y echando una mano en todo lo que hiciera falta. No me extraña, le comenté, es una persona que no puede estar sin hacer algo.

Se habían preparado varias mesas. En una de ellas, la situada en el centro que podríamos llamar *la mesa presidencial*, estábamos, además del padre José, doña Ygnacia, su hija Conchita, el teniente Arguello, el teniente Victoria con su joven esposa Elisa, el capitán Fiodor, el doctor Langsdorff y yo. Al doctor lo habían colocado entre fray Pedro, *el cura místico* como él lo llamaba, y el teniente Victoria: uno hablaba latín y el otro francés, con lo que se podía entender con los dos perfectamente. El padre José, que presidía la mesa, tenía a su derecha a doña Ygnacia y al capitán Fiodor. A su izquierda, me colocaron a mí, y a mi lado, al teniente Argüello. Frente a nosotros se encontraban otros invitados de la colonia, entre ellos el ganadero, don Rafael, y el veterinario, don Amador. Las otras mesas estaban ocupadas por los soldados y los marineros de la *Juno*: unos solo hablaban español, y otros, solo ruso. Pero qué poderes no tendrá el alcohol que, al poco tiempo, ya estaban comunicándose entre ellos, riéndose y bromeando. El padre José me dijo que les había sacado unas cuantas botellas de vino, pero que tenía la impresión de que, nuestros marineros, habían traído «*esa bebida fuerte que toman ustedes. los rusos*». De lo que no había duda era que, con los primeros tragos, la barrera del idioma había desaparecido.

Después de que el padre José bendijera la mesa y pronunciara unas cariñosas palabras de bienvenida —lo que hizo en castellano y en latín—, pasamos a disfrutar de una comida esplendida. Hacía tiempo que la tripulación no probaba un cordero tan tierno y sabroso, aromatizado, según nos contaron, con yerbas silvestres de la zona ¡y verduras frescas!

Y me confirmé en el sentimiento que había tenido desde que leí el Quijote. Ambos pueblos teníamos muchas afinidades relacionadas tanto con el carácter, como con los sentimientos o el gusto por la música y la danza. Así las cosas, el final de la fiesta fue el previsible. Se produjo una espacie de competición musical entre rusos y españoles, y con más o menos acierto, asistimos a un recital de canciones y de bailes típicos. El veredicto fue que mis compatriotas habían vencido en la sección de canto, y los españoles en la de danza.

También tuve tiempo de hablar con el ganadero don Rafael, con el veterinario, don Amador y con distintas personas de la colonia. Me llamó la atención como todos apreciaban al padre José y la meritoria labor que estaba realizando con los colonos y con los nativos. Como es de suponer, yo llevé la conversación hacia lo que más me interesaba: la posibilidad de poder abastecernos de carne lo que, en principio, les pareció factible siempre, claro estaba, que lo autorizara el gobernador o el comandante Argüello. Cuando despúes del espectáculo nos volvimos a sentar, le pedí al padre José que me hablara de los colonos. Le comenté que había reparado en la presencia de bastantes mestizos y también parejas mixtas. Me contó que muchos de los españoles que habían llegado a la colonia eran aventureros, o cosas peores, pero que el comandante, que era una persona sensata e inteligente —dijo mirando a doña Ygnacia—, había decidido que, mientras se portaran bien e hicieran bien su trabajo, nadie les iba a pedir cuentas por su vida pasada. Y es curioso —añadió—. Muchos se han casado con hijas de colonos o incluso con indias de la región y han formado familias consolidadas y con hijos.

No tuve más remedio que reírme recordando como se repetía la historia. Le conté que eso mismo estaba sucediendo en la colonia rusa, entre cazadores e indígenas, y cómo nuestros pobres misioneros tenían que intervenir para que las parejas se formalizaran. El padre José hizo un comentario muy oportuno.

—Para que luego nos cuenten que hay razas superiores y otras inferiores y que no todos somos iguales.

Y luego nos obsequió con un pensamiento de alta teología.

—Dios, en su infinita bondad y sabiduría, nos creó a todos iguales, aunque luego nos haya dotado de libertad para que cada uno actúe bajo su libre albedrío. Pero las barreras entre las personas —añadió con vehemencia— no las ha puesto Dios, las hemos puesto nosotros.

Luego, mirándome a mí y a alguien que se había sentado a mi lado, continuó.

—Aunque a algunos los haya querido adornar con cualidades especiales, como a esa criatura que tiene a su lado.

Cuando volví la cabeza para ver a quién se refería, me encontré con el rostro, enrojecido, de Conchita, que durante la conversación y sin que lo notara, se había sentado a mi lado.

—Al comandante más de una vez le he dicho —continuó el misionero— que me parece muy bien que esta niña sea *su ojito derecho*, pero que no me prive de que continúe siendo *mi mano derecha*. No se puede usted figurar la labor que esta criatura y su amiga Elisa están haciendo entre los niños de los colonos, y entre los nativos.

Conchita se puso de pie y, muy seria, dijo que, si seguían hablando de ella, se marchaba. Todos nos reímos, y la fiesta continuó.

OHLONES Y SECUOYAS

El gobernador Arrillaga y el comandante Argüello no regresaron hasta el cuarto día, lo que nos permitió llevar a cabo la propuesta que me había hecho Conchita y que tanto me apetecía: visitar el poblado nativo. El teniente Victoria y su esposa Elisa nos llevarían al otro lado de la bahía para conocer a las tribus indígenas y a las famosas secuoyas, «*esos árboles que son los más altos del mundo*».

Atravesamos las cuatro millas de la bahía en una pequeña barca, parecida a nuestras *chaikas* tradicionales, pero con vela latina. Nos acompañaban cuatro soldados con remos por si no teníamos viento favorable. El paisaje que iba apareciendo a medida que nos acercábamos a lo costa firme, después de rodear la pequeña isla de Yerba Buena, era parecido al de la península, pero más salvaje y frondoso, con unos árboles de una altura excepcional. Pero cuando pregunté si eran las célebres secuoyas, el teniente se sonrió y dijo que esos eran enanos al lado de las secuoyas. Conchita me miró como diciéndome, «¿No te decía yo que eran los más grandes del mundo?

Atracamos en una pequeña ensenada donde había un modesto muelle de madera, y después de caminar como una hora llegamos a la aldea india: un grupo de chozas de madera y cañas cubiertas con ramas o con pieles que me parecieron de vaca o venado. Todas estaban colocadas alrededor de una explanada donde se veían restos de las fogatas que utilizaban para cocinar. Una de las chozas era de mayor tamaño, como más importante, y estaba levantada sobre unos pilotes de madera. Me explicaron que era donde se reunía la comunidad o se refugiaba cuando llovía mucho y la explanada y las otras chozas se inundaban. Allí vivía el jefe, sus mujeres y sus hijos. Pero todo era muy modesto.

Por un sistema ingenioso —que al principio no entendí pero que más tarde me explicaron—, desde el momento en que desembarcamos, los indios ya sabían de nuestra presencia y todo el poblado estaba esperándonos en medio de la explanada, de pie o en cuclillas. Pero en cuanto los niños vieron aparecer a Conchita y a Elisa, salieron gritando a su encuentro, se agarraron a sus manos y a sus faldas y se las llevaron hasta el centro de la explanada donde se encontraba un grupo de nativos con el que parecía ser el jefe del poblado. La escena de las dos jóvenes, rodeadas de los niños que hablaban con ellas y se reían, no la olvidaré por muchos años que viva.

El misterio del conocimiento anticipado de nuestra llegada, o la de cualquier extraño que apareciese, me lo aclaró el teniente.

—Aparte de un magnífico oído, tienen perros adiestrados que, cuando oyen algún ruido extraño, avisan con ladridos al que se encarga de la vigilancia del poblado.

Luego, señalando a un punto del camino por donde habíamos llegado, dijo:

—¿Ve aquel árbol más alto, con unas estacas clavadas en el tronco? En cuanto los perros ladran, el vigilante trepa a lo alto. Desde arriba puede ver la bahía y el sendero que conduce al poblado. Lo más probable es que, desde que desembarcamos, ya nos tuvieran controlados. Pero como conocen nuestras barcas, sabían que éramos del presidio, o sea, amigos. Aunque son pueblos pacíficos —pertenecen a la etnia de los Ohlone, aclaró— a veces disputan entre ellos, bien por la caza o por los emparejamientos. Tienen la costumbre ancestral, de emparejarse con personas de otras aldeas, y cuanto más lejana, mejor: es decir, una prevención natural contra el incesto. Esto, que en principio es bueno, también es causa de conflictos, normalmente poco importantes, entre familias, pero que los jefes de la tribu, a los que todos respetan, resuelven sin dificultad. Y, como en todas las sociedades, también hay «amigos de lo ajeno», y esto también es causa de conflictos porque suelen robar en otras aldeas.

—¿Y cómo se entienden con ellos?

—Aunque no tan bien como los misioneros ni como la niña Conchita o mi mujer, que lo hablan con verdadera soltura, muchos del fuerte y del pueblo hablamos algo su lengua que, por otro lado, es muy limitada en cuanto a vocabulario, aunque tiene cierta dificultad porque utilizan muchos simbolismos que a veces nos cuesta entender. Y ellos conocen bastante castellano. Es frecuente que, cuando ven que no entendemos alguna palabra, nos sorprendan diciéndola en castellano. Aunque son pueblos muy atrasados, sobre todo si los comparamos con los de Nueva España, no son torpes ni mucho menos. Y eso lo compruebo por el sentido del humor que tienen, para mí una de las mayores muestras de inteligencia.

Mientras hablábamos, veía a la niña Conchita y a Elisa rodeadas de todos los niños y charlando, animadamente, con las mujeres. Los hombres me miraban, curiosos, pero se mantenían a cierta distancia. Solo uno de ellos, no muy viejo, se nos acercó. Antes de que llegara, el teniente Victoria me dijo en voz baja:

—Este que viene es el jefe. Tiene un nombre muy raro del que nunca me acuerdo. Hace poco tiempo que ha sucedido a su antecesor cuando murió. Suelen elegir al más viejo de la tribu, pero como verá, no siempre es así —me aclaró.

Se acercó y nos saludó. Luego el teniente chapurreó algo que me dio la impresión de que el jefe entendió más por los gestos que por las palabras, y empezamos a caminar.

—Le he pedido que nos enseñe el campo donde están cultivando patatas dulces y otros productos, además de árboles frutales. Esta es una de las labores más meritorias de los misioneros porque les están enseñando a cultivar la tierra, algo que ellos nunca habían hecho. También tienen un pequeño rebaño de vacas, ovejas, cerdos y, por supuesto caballos, algo nuevo para ellos, pero que les está cambiando la vida.

—Espero que para mejor —intervine.

—Si, yo también lo espero. Pero creo que más sanos si van a vivir. Sobre todo, los niños que al nacer morían como moscas. Eran más los que fallecían que los que sobrevivían. Y eso parece que, afortunadamente, está empezando a cambiar. Hasta ahora solo comían la carne que cazaban y la única leche que conocían era la de sus madres mientras los criaban. Ahora pueden tomar leche de vaca y de oveja, que les gusta mucho. Don Amador, el veterinario, además de venir por aquí para supervisar su ganadería, también les instruye en las ventajas de la leche, sobre todo para los niños. Y creo que ahora les está enseñando a fabricar queso.

»Yo no he visto todavía la huerta —continuó— pero mi mujer si la conoce. Ella y la niña Conchita vienen con cierta frecuencia y les enseñan cosas relacionadas con el cuidado de los niños y de las propias mujeres. Sobre todo, a las madres, especialmente cosas de higiene, algo en lo que los pobres franciscanos no pueden ayudar. Siempre se están lamentando de lo bueno que podría ser que hubiese una comunidad femenina como ya hay en algunas otras misiones. Mi mujer ya ha asistido a más de un parto y me cuenta cosas que parecen increíbles. En fin, mientras llegan aquí las monjitas, entre las dos hacen lo que pueden. Son mujeres excepcionales —concluyó con orgullo.

La huerta era más grande de lo que el teniente creía, según me dijo, y estaba bastante bien abastecida. Pude ver muchas plantas y árboles para mí desconocidos, maíz —una planta que ya se cultiva en Europa pero oriunda de aquí— trigo, patatas, verduras que no conocía y árboles frutales: naranjos, manzanos y algunos más que no reconocí.

Era muy interesante ver la labor tan positiva que estaban haciendo los misioneros entre los indios, labor en la que, cada vez más, se estaban implicando gente de la colonia. Igual que me sorprendió la labor de Elisa y Conchita, sobre todo la de esta que tenía más tiempo. Me contaba el teniente que un día a la semana solía ir al poblado y que no era raro que apareciera, luego, con algún o algunos niños en la misión, para que les curasen alguna herida. Y si era más importante, el padre Pedro, que sabía un poco de medicina, iba a visitarlos.

—Muchas veces, cuando se trata de niñas que empiezan con la menstruación —continuó el teniente— se las llevan a casa a dormir, y entre ellas y doña Ygnacia, que también se implica en muchas de las labores, les explican lo que les está pasando para que no se asusten, y los cuidados y la higiene que deben mantener. Lo más frecuente, es que las madres no les cuenten nada y no las prevengan de lo que les pasará cuando se hagan mayores; y cuando esto sucede y las niñas se ven sangrando, se asustan. Sin embargo —continuó— es curioso lo que me cuenta mi mujer de que, en lo tocante a las relaciones de pareja, son muy permisivos. Al adulterio, por ejemplo, casi no le dan importancia y es frecuente que practiquen el intercambio de pareja, pero tiene que ser con el consentimiento de los cuatro implicados. También se puede convertir en un motivo de conflicto, cuando una de las nuevas parejas se encuentra feliz, y no quiere volver a la situación anterior.

Bahía de San Francisco

Me reí. Pero estaba fascinado con todo lo que me estaba contando; y también sorprendido por su cultura y la forma tan inteligente y clara como se expresaba. Más tarde me contaría que, antes de entrar en la academia militar, había hecho estudios de historia en la Universidad de Salamanca, ciudad en la que había conocido a su mujer y donde se habían casado. Después de despedirnos del jefe y conseguir que los niños soltaran a las dos jóvenes —lo que no fue fácil—, regresamos al pequeño embarcadero. La visita a las secuoyas, que solo en llegar se tardaba más de tres horas a caballo, la dejaríamos para otro día.

Una agradable brisa del sureste soplaba, así es que el teniente, gran aficionado a la vela, igual que su mujer, me propuso que, como era temprano y había viento favorable, en vez de volver directamente a Yerba Buena diéramos un pequeño rodeo y nos asomáramos a la Boca, y si no había mucho oleaje, podíamos salir al Pacífico, pero sin alejarnos de la costa. Me gustó la idea y dimos el rodeo propuesto por el teniente.

—Merece la pena —dijo—. Vamos a hacer el mismo recorrido que ustedes a la llegada, pero a la inversa. Es frecuente que, en la unión de las dos corrientes, la del océano y la de la bahía, se formen olas, a veces importantes, que no podríamos afrontar con esta pequeña barca. Si es así, nos volveríamos, pero si podemos seguir, la puesta del sol en el horizonte del Pacífico es un espectáculo que no se olvida.

Animado por el éxito de su propuesta, continuó.

—Le contaré, embajador, algo muy curioso de la historia de esta bahía. Unos años después del descubrimiento de América, cuando Hernán Cortés estaba terminando la conquista de lo que ahora es Nueva España y había llegado al Pacífico, mandó una expedición naval hacia el norte para inspeccionar los territorios, pero sin sobrepasar el paralelo 35. Al parecer, la nave del capitán Rodríguez Cabrillo se desorientó o fue arrastrada por vientos fuertes, el caso es que subió por encima del paralelo 40, por tanto, tuvo que pasar por delante de la Boca de nuestra bahía; pero había tal temporal que no se atrevió a entrar.

»Y no fue el único que pasó de largo. Al capitán inglés Drake le sucedió lo mismo unos años después. Por esa época era frecuente que muchos marinos continuaran hacia el norte buscando, además de nuevas tierras, lo que llamaban el «*paso del norte*». Es decir, el paso que, acertadamente, creían que existía al norte del continente, que siempre consideraron como una gran isla. Este paso les permitiría cruzar del Pacífico al Atlántico para llegar a Europa, lo que les evitaría rodear el cono sur del continente.

»Pero pasarían todavía unos años hasta que este paso se descubriera porque, a partir de cierta latitud, solo encontraban témpanos de hielo que les impedía continuar. También tuvieron que pasar unos pocos de años —casi doscientos— hasta que Juan Manuel de Ayala se decidiera a atravesar la Boca ¿Por qué lo hizo? La primera razón fue, quizá, que el mar estaba tranquilo y también, seguramente, porque siendo un marino experimentado como lo era, se percatara de la coincidencia de las latitudes, identificando esa entrada con la bahía que, seis años antes, había descubierto Gaspar de Portolá, por tierra. Poco más de un año después —concluyó el teniente— sabiendo que la bella bahía era accesible por tierra y por mar, se decidió la fundación del presidio y, algo más tarde, de la Misión de San Francisco, esta por fray Junípero Serra, al que acompañaba un joven y entusiasta ayudante al que Vd. ya conoce: nuestro querido padre José.

Vimos la puesta de sol, pero detrás de enormes olas y nubes de espuma que se estaban formando en *la Boca* y que el teniente, con buen criterio, no quiso cruzar.

EL COMANDANTE JOSÉ DARÍO ARGÜELLO

Al día siguiente de la llegada del comandante Argüello y del gobernador Arrillaga, tuvo lugar la reunión en su despacho oficial a la que asistí acompañado por Langsdorff.

El comandante, don José Darío Argüello, aparentaba unos cincuenta años, corpulento, pero no muy alto, de tez tostada por el sol y un gran bigote, resultaba atractivo y transmitía confianza. El gobernador Arrillaga era totalmente diferente. De más edad, enjuto, poco pelo, pero con una mirada penetrante que parecía analizarte de pies a cabeza. Hablaba deprisa —a veces me costaba entenderlo— hasta el punto de que el propio comandante le pedía que lo hiciera más despacio. Pero dominaba el francés perfectamente, de eso no había duda: incluso mejor que Argüello.

Sabíamos por el teniente Victoria que, tanto al gobernador como al comandante, les gustaba hablar en francés. Opinaban que era la lengua idónea para mantener conversaciones diplomáticas ya que, según palabras del gobernador, poseía términos y expresiones difíciles de encontrar en otros idiomas. Finalmente decidimos mantener la conversación en esta bella lengua que tan buenos recuerdos me traía. Podría practicarla y Langsdorff la entendería.

Al principio notamos algún retraimiento cuando hablan. Algo parecido a lo que nos había pasado el primer día con el teniente Luís y que, sin embargo, no nos había sucedido ni con los misioneros ni con las demás personas que habíamos conocido, incluidas las damas de la familia. Comprendíamos que la situación, para ellos, era delicada. Se encontraban en el otro extremo del imperio, ignorados por su gobierno y tratando asuntos importantes que afectaban a la economía de la colonia. Y con unos ciudadanos de otro país sin que nadie les hubiese anunciado su visita, y, para más complicación, sin saber cómo estaban, en ese momento, las relaciones entre ambos países.

Mis primeras palabras fueron, por tanto, de disculpa. Conscientes de la situación delicada, nuestra única justificación se debía a la situación desesperada por la que estaba pasando nuestra colonia. Si no hubiese sido así, les trasmití, podían estar seguros de que no hubiésemos osado realizar una visita sin previo aviso. Para reforzar nuestra situación, les conté mi visita al Japón y sus desastrosos resultados.

Mi principal preocupación era convencerlos de nuestra sinceridad, y creo que lo conseguí. Tanto la actitud del gobernador como la del comandante, cambiaron radicalmente. Cuando empecé a hablarles de Japón, la cara del gobernador adquirió un gesto de desagrado como si a ellos les hubiese ocurrido algo parecido. Y por ahí comenzó su respuesta.

—Lo del Japón es indignante. Nosotros tuvimos una experiencia que también pudo ocasionar un conflicto diplomático entre ambos países, cuando se negaron a liberar a unos misioneros a los que encarcelaron por predicar el evangelio. Y coincidió, efectivamente, con la llegada de los *Takunawas* al poder, y empezaron los movimientos aislacionistas. Todo lo que olía a extranjero, era rechazado.

Langsdorff y yo nos mirábamos un tanto sorprendidos porque lo que contaba Arrillaga coincidía con mi experiencia en la visita a Nagasaki. Cuando se lo comenté, dijo:

—Hicieron bien en no tomar represalias. Parece ser que son más los japoneses aperturistas que los aislacionistas, incluso en el gobierno. Según me contó hace muchos años el padre Kino, un jesuita que conocía muy bien la situación por haber vivido mucho tiempo en ese país, Japón tiene mucha población, pero es pobre porque tiene muy poco suelo cultivable. Es frecuente que padezcan periodos de verdadera hambruna, por lo que necesitan abrir sus puertos al comercio exterior si quieren que la situación mejore. En la actualidad, los terratenientes (*daimyos*), favorecen esta situación que les reporta grandes beneficios por las comisiones que reciben de los dos países extranjeros beneficiados. Lo que le pase al pueblo es algo que, al parecer, no les preocupa.

Langsdorff preguntó si el emperador no intervenía en estas cuestiones, ya que, al estar considerado como un dios, su autoridad no sería discutida.

—El emperador es una figura simbólica, sin criterio, al que todos respetan pero que no tiene ninguna fuerza real. Nunca aparece en público y son muy pocos los japoneses que lo han visto alguna vez. Según el padre Kino, el poder siempre lo han tenido los distintos clanes del *baku fu*, los *«hombres de la guerra»* que lo ejercen a través de la figura de su jefe, *el shogun*. Para justificar la expulsión de los extranjeros, estos y los *daimyos*, que son los que tienen la fuerza económica, ponen como pretexto *las costumbres inmorales y relajadas de «los hombres de fuera* —como nos llaman— *especialmente, de los europeos.* Y aunque admiran nuestra tecnología, rechazan nuestra moral y nuestras costumbres. Y no seré yo el que diga que algo de razón no tienen. Pero los holandeses, que son a los únicos, aparte de los chinos, a los que se permite mercadear, también son europeos. Es una postura —concluyó— que nadie entiende.

Noté la sorpresa del comandante por lo que había contado su superior.

—Don Joaquín, estoy sorprendido. No sabía que había estado Vd. en Japón y que conocía tan bien su historia siendo un país tan lejano.

—La realidad es que nunca he puesto un pie en ese país —contestó—. Todo lo relacionado con la evangelización española se lo debo al padre Kino, un jesuita que vivió muchos años entre Japón y la India y que ha seguido la historia de sus compañeros misioneros. Posteriormente, cuando salió de Japón, hace ya bastantes años, fue nombrado visitador de las misiones de la Baja California. Lo conocí entonces, ya muy mayor, pero hemos pasado muchas horas juntos, viajando e inspeccionando misiones y presidios, lo que nos permitió mantener largas charlas y enterarme de cosas verdaderamente interesantes de nuestras misiones.

Cuando volvimos a retomar el tema de los posibles suministros a la colonia, la postura de nuestros interlocutores era totalmente receptiva y relajada. En ese momento supe que las negociaciones llegarían a buen término.

—Tienen que estar ustedes satisfechos sabiendo que la colonia está de su parte. No sé lo que les habrán hecho o dicho —continúa el comandante con una sonrisa— pero les aseguro que los han conquistado. Hasta mi hija me ha hecho prometerle que les ayudaríamos.

El gobernador, bromeando, añadió.

—Pues si se lo ha pedido la niña Conchita, no tienen nada de qué preocuparse. Esa niña es la que más manda en California… Iba a decir *después del virrey,* pero tampoco estoy tan seguro. Por mi parte, puedo asegurarles mi apoyo a todo lo que decida el comandante.

—Sabíamos que si actuábamos con sinceridad —añadí a modo de justificación—, su gente lo valoraría. Y eso es todo lo que hemos hecho, y seguramente lo que ha convencido al padre José. Después de la experiencia de Japón no podíamos actuar de otra forma. Creíamos que sería la manera de hacerles entender la gravedad de la situación. Este pueblo que ustedes dirigen está formado por colonos que saben que hay situaciones en las que todos tenemos que ayudar, si no queremos desaparecer.

Permanecimos en Yerba Buena bastante más tiempo del que, en principio, habíamos calculado. Queríamos aprovechar la buena disposición de los españoles y la cantidad y diversidad de suministros de los que podíamos disponer, porque difícilmente se presentaría otra oportunidad tan favorable. Fueron unas semanas, luego se convertirían en meses, de intenso trabajo pero que también disfrutamos de aquella cálida tierra y de la hospitalidad de su gente.

De las consecuencias más curiosas de ese acercamiento entre rusos y españoles fue la relación que se estableció entre nuestra tripulación y la tropa del fuerte. Después de la *Comida de Pascuas,* el contramaestre de la *Juno* pidió permiso al capitán Khvostov para invitar a la tropa del presidio a una merienda a bordo de la nave, permiso que, por supuesto, se le concedió. A la merienda también asistieron las esposas de los soldados casados. En correspondencia, la guardia del fuerte organizó una espléndida comida en la explanada de la fortificación.

Mi vida personal tuvo sus satisfacciones porque también tuve tiempo de estar con la niña Conchita. Al principio acompañados por la madre o la mujer del teniente Victoria. Pero también había ocasiones en las que nos quedábamos solos; por supuesto eran los mejores momentos. Entre nosotros había surgido algo, eso estaba más claro que ese sol que en esta tierra privilegiada tiene un brillo especial.

En el fuerte había un coche de caballos con el que la niña Conchita y yo dábamos paseos por los alrededores, bordeando la bahía o cruzando la península y recorriendo la costa del Pacífico, una sucesión de bellos paisajes con el océano a nuestra derecha y la línea de la costa que se perdía en el infinito. Siempre esperábamos a la puesta del sol, y luego regresábamos. Una tarde, señalando hacia el sur, dijo:

—Por allí llegaron los primeros españoles que descubrieron la bahía. A veinte millas de aquí está la misión de San Mateo que es donde mi padre tiene el rancho que le regaló el gobierno. Me ha dicho que algún día será mío.

—Eso quiere decir que *algún día* serás una mujer muy rica. Lo que no entiendo es como no estas rodeada de pretendientes —concluí siempre en broma.

Sin pensárselo mucho, respondió:

—Los he tenido, pero los he echado.

Aun sabiendo que me estaba metiendo en terreno resbaladizo, pregunté:

—¿Y eso?

—Porque estaba esperando a alguien que mereciera la pena.

Siguiendo con el arriesgado juego, continué:

—Espero que no tengas que esperar mucho.

Rápida, pero ya sin mirarme, contestó:

—No tendré que esperar nada, porque ya lo he encontrado.

En ese momento me di cuenta de que no podía seguir por ese camino, y no hice ningún comentario. Ella estaba también en silencio, mirando el océano. Así estuvimos un buen rato mientras yo meditaba lo que iba a decir, que no me resultaba fácil.

Me giré hacia ella, y cogí su mano.

—Conchita, tú sabes muy poco de mí y quiero que lo sepas todo. Para que no tengas la menor duda, empezaré diciéndote que tú eres lo más maravilloso que me ha ocurrido en estos últimos años llenos de desgracias. Pero tengo cuarenta y dos años, es decir más del doble de tu edad. Estoy más cerca de la edad de tus padres que de la tuya, pero, además, quiero que sepas algo de mi vida que desconoces y que...

No me dejó terminar.

—Si lo que me vas a decir es que has estado casado y que tu mujer murió cuando dio a luz a tu hija, ya lo sé. Y si me vas a decir que tienes una hija de diez años que se llama Olga y que vive con tu madre y tu hermana en Rusia, también lo sé. De lo único que no estaba segura era de si sentías algo por mí, y eso... ya también lo sé. Y también sé que eres mucho mayor que yo. Pero da la casualidad que los dos hombres a los que más quiero y admiro en este mundo, mi padre y el padre José, son todavía mayores que tú. A mí la edad, Nikolai, me da igual. Además —añadió muy seria—, debes de saber que esto no es como Rusia. Aquí la fruta y las mujeres maduramos antes.

Desde que me había interrumpido con esa sucesión de frases vehementes, estaba perplejo, tal como como si, en aquel instante, del fondo del océano hubiese surgido un ser mítico y me hubiese transportado al fondo del mar. Reaccioné atrayéndola hacia mí y besándola. Fue un momento mágico porque, en aquel beso solo había amor, un inmenso amor, algo que desde hacía tiempo yo necesitaba dar y recibir. Entonces fui consciente de que, cuando estaba con ella, sentía que me encontraba como en un remanso de paz en el que podría refugiarme cuando necesitara descansar de esta vida desenfrenada que llevaba.

DOS COMPROMISOS DELICADOS

Pocos días después, esa paz de la que estaba disfrutando se vio alterada por dos acontecimientos que se sucedieron con pocas horas de diferencia. A media mañana, cuando estaba en el puerto con mi fiel Ilia organizando las cajas para el transporte de frutas y verduras, se acercó el padre José al muelle en la que, supuse, sería una visita de las muchas que nos hacía interesándose por la marcha de los preparativos.

—Eso también me interesa —dijo cuando empecé a darle detalles de cómo estábamos organizando el envío—, pero hay algo más de lo que quiero que hablemos, si no tiene inconveniente.

Como habían pasado solo dos días desde mi declaración a Conchita, mejor sería decir de nuestra mutua declaración de amor, no había que ser muy perspicaz para saber que esta visita tenía que ver con este hecho. Le hice pasar al interior de la nave, lo llevé al despacho del capitán y esperé con curiosidad, pero también con cierta intranquilidad, lo que me tuviera que decir.

—Querido Nikolai. Lo que tengo que decirle se refiere, como estoy seguro de que Vd. ya habrá adivinado, a su relación con la niña Conchita. Ayer estuvo a verme y me contó lo que había ocurrido entre ustedes. No le miento si le digo que aunque yo, y su madre también, lo veíamos venir, la reacción mía fue de felicidad, pero mezclada con cierta inquietud, porqué a esa niña —añadió con mucha firmeza— dudo que la hubiese querido más si se hubiese tratado de mi propia hija. Desde el día en que la bauticé, he tenido un contacto continuo y muy cercano con ella y he padecido, con sus padres, todos los sufrimientos y alegrías de su corta vida.

»Por otro lado —continuó el fraile— Vd., al que ya creo conocer bastante bien, siempre me ha parecido una buena y noble persona, *un caballero* como decimos los españoles, que ha hecho cosas importantes y, sobre todo, que ha sabido servir a su país y se ha sacrificado por el bienestar de su gente, algo que, para mí es importante. Pero también sé por su amigo el doctor que ha sufrido golpes dolorosos como la muerte prematura de su joven esposa, la reciente de su padre o la separación de su familia, especialmente de su hijita.

»En esta bendita tierra nuestro Señor le ha querido dar a Vd. una segunda oportunidad de felicidad, poniendo en su camino a este ángel que es la niña Conchita. Y no seré yo el que intente cambiar el destino que Nuestro Señor le ha marcado. Dicho esto, y quedando clara nuestra postura, (me refiero también a doña Ygnacia que piensa igual), estoy en la obligación de exponerle un problema importante y que no podemos ignorar.

Le interrumpí para decirle que se trataba, seguramente, de la diferencia de edad.

—Cuando hace unos días Conchita y yo tuvimos la conversación sobre nuestra relación —le empecé a explicar—, le expuse el tema de la diferencia de edad, porque me pareció importante. No quería que mi acercamiento pudiese interpretarse como la de un hombre maduro tratando de conseguir los favores de una jovencita inexperta. Pero fue ella, padre José, la que se rebeló contra lo que le pareció uno de los muchos convencionalismos, absurdos, de nuestra sociedad. Por eso, viendo yo su seguridad y madurez, decidí seguir adelante.

—Ese episodio lo conocía porque fue lo primero que me contó —contestó el padre José—, pero le he dejado continuar porque quería conocer su versión que coincide plenamente con la de ella. Pero se trata, mi querido Nikolai, de algo más serio y que *también tiene que ver con otras diferencias*, pero en este caso, no de la edad, sino con las *diferentes religiones* que ustedes dos profesan.

El religioso hizo una pausa antes de proseguir.

—Particularmente, no tengo nada en contra de la iglesia ortodoxa. Es más, siempre me habrá oído hablar bien de ella porque de corazón lo siento. Sé la labor que están haciendo en sus colonias —lo sé por Vd.— y cómo tratan a los nativos, empezando por ayudarles a resolver sus problemas diarios antes de intentar convertirlos, lo que yo llamo *conversión por el ejemplo*, sin duda la más eficaz. Pero mi querido amigo, desgraciadamente no todos en la iglesia católica —como supongo ocurrirá en la ortodoxa—, piensan así. La normativa de la iglesia para los llamados *matrimonios cismáticos* es muy estricta. No son insalvables, pero conllevan renuncias y sacrificios, por ambas partes.

Estuve a punto de decirle que para mí la religión siempre había sido algo secundario. Que respetaba a los que la tenían como una prioridad, como era el caso de mi madre y de tantos creyentes que había conocido. Pero que, para mí, el cristianismo católico, como el ortodoxo, el luterano, el anglicano o cualquier otro, era respetable, si a los que lo practicaban les transmitía paz y bienestar. Pero, aunque estaba seguro de que el franciscano habría entendido mi postura, lo pensé mejor y decidí que ese exceso de sinceridad no tenía demasiado sentido en aquel momento.

—Entonces padre ¿cuál es el paso siguiente? —pregunté. E inmediatamente, sin esperar la respuesta añadí—. Porque si Vd. me dice que la situación puede resolverse, esté seguro de que lo que de mí dependa, lo resolveré. Estoy dispuesto a aceptar todas las condiciones porque quiero llegar hasta el final. Le diré que, desde hace unos días, desde el momento en que supe que esta especial criatura estaba dispuesta a unirse a mí, he pasado períodos de una felicidad profunda y serena, a la que no estoy dispuesto a renunciar. Y Vd. lo ha dicho. Esta segunda ocasión que se me presenta ahora, cuando sentía que todo lo que estaba haciendo no lo podía compartir con nadie, ni siquiera con mi hija o con mi padre que fue siempre el faro de mi vida, tengo muy claro que esa oportunidad no va a pasar de largo por mi puerta. Dígame lo que tengo que hacer y esté seguro de que lo haré.

Me miraba fijamente con una sonrisa de aprobación. Al cabo de unos instantes, dijo:

—Sepa Vd., mi querido amigo, que lo que de mí dependa, también lo resolveré. Nada me haría más feliz que verlos a Vd. y a esa *criatura especial,* como Vd. la llama, verdaderamente lo es, unidos en santo matrimonio. Dentro de tres días —continuó— el obispo de la región viene a Monterrey y yo pensaba ir a verlo porque él no puede venir a San Francisco que es lo que yo hubiese deseado. El Sr. Obispo es el único que tiene autoridad para solucionar este problema o, al menos, para indicarnos el camino a seguir: él me puede dar toda la información necesaria.

»Fray Lorenzo de Haro, que así se llama, también es franciscano, y una persona muy comprensiva que, viviendo en Nueva España desde hace bastante tiempo, conoce muchos casos parecidos. Mi opinión es que, con la buena voluntad de todos y la ayuda del Altísimo y de San Francisco, lo resolveremos. Yo, por mi parte, tengo un amigo particular a quien también rezaré y pediré ayuda: fray Junípero nunca me falla.

Por el momento era todo lo que podíamos hacer. Esperar el regreso de fray José de su visita al obispo.

No habían pasado veinticuatro horas desde mi conversación con el padre José, cuando recibí la segunda noticia inesperada. Estábamos sentados Ilia y yo en dos hamacas en la cubierta de la *Juno*, descansando después de una mañana ajetreada controlando la carga de las primeras cajas de productos y su almacenamiento en las bodegas de la nave, cuando se nos acercó el capitán Davidov, caminando despacio y arrastrando su leve cojera. Llevaba en la mano un sobre amarillo con unas cintas azules que reconocí como los clásicos envoltorios de los envíos de palacio. Tengo que admitir que me quedé un tanto sorprendido, aunque la verdadera sorpresa vendría después, cuando el capitán me explicó de qué se trataba. Con educación, le pidió a Ilia que, por favor, nos dejara solos, algo que ya había iniciado mi criado poniéndose de pie en cuanto vio que el capitán se nos acercaba.

Se sentó a mi lado en la hamaca que había quedado libre, dio un profundo suspiro como para tomar fuerza, y mirándome fijamente a los ojos, empezó:

—Quiero iniciar esta conversación, embajador, pidiéndole disculpas por este comportamiento que, con toda razón, le parecerá extraño. En mi favor le diré que, como Vd. habrá adivinado, solo cumplo órdenes de mi superior, el ministro Rumyantsev. El sobre lacrado y las instrucciones que lo acompañan en este sobre blanco, me fueron entregados, personalmente, por el gerente de su sociedad el señor Alexandr Baránov con la orden expresa de que, *«yo solo podía abrir el sobre blanco, en el que se me daban las instrucciones de lo que debía de hacer con el sobre amarillo, que venía lacrado y dirigido a Vd., personalmente»*. Además, esta entrega no la podía comentar con nadie, especialmente con Vd., hasta que yo no leyese su contenido. Me quedé más sorprendido e intrigado, cuando el señor Baránov me dijo que el envío venía directamente de palacio, y que eso era todo lo que él sabía: los dos sobres me los tenía que entregar él y sin que nadie pudiera ver la entrega ni oír las pocas palabras que me tenía que decir, que son las que acabo de trasmitirle.

Luego, algo más sosegado, continuó,

—El interior del sobre lacrado, solo lo puede conocer Vd. Pero para que yo se lo pudiera entregar, se tenían que dar *unas condiciones especiales que también se me especificaban, detalladamente*, en las instrucciones del sobre blanco, instrucciones que Vd., por supuesto, podrá verificar cuando lo desee. Pero tenía que ser yo el que decidiera si se daban esas condiciones, una responsabilidad que me ha dejado sin dormir más de una noche. Sin embargo, viniendo del conde al que debo toda mi fidelidad y respeto, tenía que aceptar la responsabilidad y honrar la confianza que en mí había depositado. En el caso de que estas condiciones no se diesen, la orden estricta era que, sin decirle nada a Vd., destruyera toda la información.

Escuchaba el relato de Davidov, diré que bastante sorprendido.

—Las condiciones que se tenían que dar para poderle hacer entrega de este sobre, embajador, entiendo que ya se dan —dijo poniéndose de pie y haciéndome entrega del sobre.

Mientras, yo miraba a mí alrededor por ver si había alguien observándonos, no por mantener el secretismo, sino porque la actuación de Davidov me parecía demasiado ceremoniosa y teatral.

Se sentó de nuevo, y continuó:

—Las condiciones le parecerán bastante simples, ahora que la situación es inmejorable. Porque se trataba de eso precisamente: de que nuestra llegada a esta colonia española se produjese sin incidentes, y lo más importante —dijo enfatizando sus palabras—, que la relación de Vd. con sus autoridades fuera no solo cordial, sino verdaderamente amistosa. Puedo decirle que al poco tiempo de nuestra llegada mi preocupación había desaparecido, pero me he tomado este plazo de seguridad para que sus acuerdos comerciales con el comandante y el gobernador estuvieran más avanzados y confirmar, así, que se daban las condiciones óptimas.

»Y ahora, si no me ordena otra cosa, me voy a retirar porque otra de las condiciones que se me imponían era que, cuando Vd. abriera el sobre, debería estar completamente solo. Cuando lo lea —aquí le dejo también el sobre blanco con mis instrucciones para que pueda comprobar la veracidad de lo que le he contado— si tiene algo que yo sepa y que quiera que le aclare, lo haré gustosamente.

No podía aclararme nada porque andaba tan perdido, que no sabría ni que preguntar. Así es que, mientras Davidov se retiraba, rompí el sello e impaciente, saqué de su interior cuatro pliegos de *papel especial,* con el siguiente contenido escrito por el conde de su puño y letra:

«Respetado embajador y estimado amigo;

Si Vd. está leyendo este escrito que el capitán Davidov le habrá entregado personalmente, es que la situación en la colonia española y la relación que Vd. mantiene con sus autoridades son suficientemente cordiales y amistosas como para que pueda realizar una gestión muy importante para los intereses de nuestro país.

Una vez más confiamos en Vd. como la persona idónea para llevar adelante esta delicada misión, dadas su experiencia, rectitud y especiales cualidades que en diversas actuaciones ha demostrado poseer. El haber recibido este escrito con el protocolo que Vd. habrá reconocido como «envío de palacio», es solo para confirmarle que se trata, efectivamente, de un documento que conoce su majestad el Zar Alejandro (Q. D. G.), cerebro y promotor de la operación que, con la imprescindible colaboración de Vd., intentamos llevar a cabo.

Pero antes, permítame que le ponga en antecedentes de algo que seguramente desconoce, ya que fue una operación que llevamos en secreto, entre el embajador británico, el embajador de España y yo mismo.

Hace aproximadamente dos meses, firmamos un acuerdo por el que los territorios por encima del paralelo 39° N., es decir un poco más al norte de donde, seguramente, se encuentra Vd. en este momento, y hasta los 55° N —el límite sur de nuestra colonia en Alaska— se declaraban «tierra de nadie».

Cada uno teníamos nuestras razones para llegar a ese acuerdo. Los ingleses, no ponérselo fácil a los secesionistas americanos que se acababan de independizar en sus colonias del Este. Los españoles, poder fortalecer su frontera norte; y nosotros, lo mismo, en la frontera sur de nuestra colonia en Alaska.

Pero las condiciones que se daban en la fecha en la que se firmó el acuerdo —que fue al poco tiempo de que tuviéramos la reunión con el Zar, a la que Vd. asistió y en la que su majestad pidió información de la situación jurídica de los territorios de esa zona— han cambiado.

La situación de España en sus territorios americanos, según noticias que tenemos, confirmadas por las propias autoridades españolas a nuestro embajador, está pasando por unos momentos críticos, a causa de los movimientos independentistas que están apareciendo, animados por el ejemplo de lo sucedido en la colonia inglesa del norte del continente. Nuestra impresión, no desmentida por los españoles, es que estos movimientos, tanto en número como en fuerza, van en aumento.

En esta situación, estamos convencidos de que, si queremos que estos movimientos no alcancen a los terrenos al norte de la Alta California, que tan importante serían para nosotros si pudiéramos convertirlos en el granero de nuestra colonia y en un centro ganadero que nos garantizase un suministro continuo de los productos que necesitamos, tendríamos que llegar a un acuerdo con los españoles de California para convertir ese territorio en un espacio que, en principio, administrarían ambos gobiernos mediante un convenio bilateral, en el que se establecerían las condiciones de esa cooperación. Creemos que los ingleses poco cuentan en esta historia ya que, en la actualidad y con la independencia de sus colonias, han perdido su influencia en la mayor parte del continente.

Como ahora sé que su relación con las autoridades españolas de California es buenas —si no fuera así no estaría leyendo este escrito— queremos que hable con el gobernador de la zona o, en su caso, con el comandante de la plaza e intente plantearles, de forma discreta como Vd. sabe hacerlo, la posibilidad de este acuerdo. También, con la misma discreción, comuníqueles que Rusia está bastante informada de la situación precaria en la que se encuentra el virreinato de Nueva España y que, con la ayuda rusa, tendrían una posibilidad de que España pudiera permanecer en esta parte del mundo tan alejada de su metrópolis. A cambio de esa ayuda lo único que nuestro país pediría sería nuestra presencia en la franja de la Costa Pacífica, desde Alaska hasta la Alta California. Pero déjeles muy claro que no nos mueve la codicia de conseguir nuevos territorios, sino solo la de dar una solución humanitaria a nuestros colonos en América, y que solo actuaríamos en lo que hemos declarado «tierra de nadie...».

Al final, y antes de la despedida, insistía en el grado de confidencialidad de toda la operación, y me pedía que el escrito lo guardara en lugar seguro. La única persona en la que debía confiar, añadía, era en el capitán Davidov, pero tampoco él tenía que saber más de lo necesario.

Cuando terminé de leerlo, me pasó lo que me suele pasar cuando me sorprenden con una noticia inesperada: mi mente se queda bloqueada hasta que reacciona después de un tiempo. Algo que siempre he envidiado en muchos políticos y diplomáticos es esa capacidad de reacción rápida capaz de dar una respuesta en cuanto surge la pregunta. No es mi caso. Necesito un tiempo para reaccionar. Siempre creí que era un defecto, una desventaja frente al interlocutor hasta que un día que lo comenté con Derzhavin me convenció de todo lo contrario. Nadie se extrañaría de la espera si la respuesta era juiciosa —me dijo—. Sería tomada como una muestra de respeto al oponente, ya que indicaría que la cuestión expuesta se consideraba lo suficientemente importante como para merecer una reflexión. Siempre tuve en cuenta este sabio consejo de mi viejo amigo, y siempre me dio buen resultado.

Después de leer varias veces el escrito, la única reflexión que pude hacer fue que, en menos de veinticuatro horas, el escenario había dado un giro radical y que había pasado, de encontrarme en una situación relativamente cómoda, en la que veía que la adquisición de suministros estaba prácticamente resuelta, solo pendiente de preparar el envió y embarcarlo, a otra en la que todo se complicaba: la cosa más natural del mundo, como era el matrimonio entre dos personas enamoradas, se estaba convirtiendo en un *asunto de estado*, mejor dicho *de estados* porque, en opinión del padre José, además de una autorización de la iglesia ortodoxa para que me concediese una dispensa especial, lo más probable es que tuviese que hacer lo mismo con las autoridades eclesiásticas de España.

Y ahora por si esto no fuera suficiente, se me venía encima todo el asunto del escrito de Rumyantsev; el Proyecto *R*, como empecé a llamarle.

El primer paso era sin duda, buscar la forma y el momento de hablar con el comandante. Pensé que era mejor empezar por Argüello, con el que tenía más confianza, y que fuera él quién informara al gobernador Arrillaga. La segunda parte era la más delicada: como enfocar la propuesta para que resultara convincente, pero ni vejatoria ni amenazadora.

Mi baza fuerte era que el comandante Argüello ya conocía mi relación con su hija y que, según el padre José, la había aceptado bien, seguramente por la forma impecable en la que se lo habían expuesto él mismo, su esposa y su propia hija. las tres personas más influyentes y queridas para él.

Por lo tanto, el que creyera en la sinceridad de mis palabras estaba *casi* garantizado.

Mi segunda duda era si debía contárselo a Conchita o incluso al padre José, antes de hablar con el comandante. Quizá el misionero, si estaba de acuerdo con la idea —lo que era bastante probable— me podría ayudar a encontrar argumentos a favor de la propuesta, y aunque esto iba, en principio, en contra del secretismo que me recomendaba el conde, si yo creía que podía ser eficaz, correría el riesgo. La responsabilidad en esta situación, era únicamente mía, con una peculiaridad: no poder pedir consejo o ayuda a nadie. Yo era el único que podía tomar las decisiones. Al final decidí que se lo contaría al misionero, pero no a Conchita.

El padre José todavía no había regresado de su visita al obispo en Monterrey de modo que decidí olvidar el asunto, por el momento, y dedicarme a la más importante tarea de continuar con la selección de lo que íbamos a transportar a la colonia.

Sobre este asunto me quedé sorprendido cuando comprobamos, en una primera estimación, que podíamos llegar, e incluso sobrepasar, las tres toneladas de carga entre alimentos y otros productos que necesitábamos, de acuerdo con la detallada lista que me había entregado Baránov. Tenía también pendiente, y estaba deseando hacerlo, comentar con Conchita todo lo que había hablado con el padre José, y conocer su opinión y la de su familia. Así es que, por la tarde, a la hora habitual, me pasé por el presidio. Estaban solo ella y su madre, y tengo que decir que las encontré bastante preocupadas por lo que les había contado el misionero, que era lo mismo que yo sabía. Curiosamente noté más preocupada a doña Ygnacia que a su hija, convencida de que *«al amor no se le podían poner barreras»*, algo, por otro lado, muy propio de ella. En su ingenuidad no podía concebir que los mayores fuéramos tan estúpidos como para poner dificultades a cosas tan naturales como el que se pudieran unir dos personas que se amaban.

Creo que doña Ygnacia se tranquilizó cuando le dije que yo pensaba igual que su hija y que todo se arreglaría, porque todos estábamos decididos a llegar hasta el final y convencidos de que la razón se impondría. Me comentaron que el comandante José Darío pensaba igual, pero que como conocía el funcionamiento de la burocracia española, sabía que no sería una tarea fácil.

—A burocracia complicada e ineficaz —les dije para tranquilizarlas— no sé yo quien ganaría. La rusa es a veces desesperante, cuando ves como unos funcionarios pueden embrollar las cosas más sencillas, y que solo lo hacen para que parezca muy importante el trabajo que realizan. Tienen miedo a que, en algún momento se descubra su inutilidad y desaparezca su función y, por tanto, su cómodo empleo. Yo he tenido por este motivo más de una disputa con funcionarios de la administración y, en una ocasión, cuando era más joven y vehemente, hasta llegué a desafiar a uno de ellos a un duelo por algo que me pareció una tremenda injusticia. Afortunadamente todo se resolvió de forma más civilizada.

Se rieron y todos nos tranquilizamos. En realidad, este caso le había sucedido a un amigo, pero venía muy bien en este momento, así es que me lo atribuí. O como dicen los italianos: «e si non é *vero*, é *bien trovato*».

Conchita, que había cogido mi mano, me miraba a mí, y luego a su madre, con cara de satisfacción como queriendo decir «¿ves madre *con que persona tan extraordinaria me voy a casar?*», y así, supongo, justificar el que tuviéramos las manos juntas. Desde luego en la Rusia que yo conocía ese acto no hubiese estado bien visto, por lo que me alegré de que en España, o al menos en las colonias, los comportamientos fueran menos estrictos, o quizá menos hipócritas.

Antes de irme les conté lo que ya sabían de la visita del padre José a Monterrey y de que uno de los asuntos que llevaba para tratar con el obispo era, precisamente, el de nuestra boda, por lo que no podíamos hacer otra cosa que esperar a su regreso.

UN MATRIMONIO CISMÁTICO

Tres días después apareció el padre José. Aunque venía cansado del viaje quiso hablar con nosotros ya que tenía que contarnos todo lo que había averiguado en Monterrey, por lo que, a media mañana, nos reunimos en la misión. El comandante y su hijo Luis estaban de maniobra, y doña Ygnacia casi lo prefirió. Sería ella la que le daría las noticias de la forma en que sabía hacerlo para que le afectase lo menos posible, porque las noticias que traía el padre José no eran especialmente alentadoras. Por lo pronto, el obispo Del Haro le había transmitido que él no tenía autoridad para aprobar un matrimonio cismático, menos tratándose de una personalidad *tan ilustre como el embajador del zar de Rusia*, con la hija de un comandante del ejército español.

—Lo que el señor obispo sí me ha dejado muy claro, es que *todo hay que hacerlo correctamente*. De no ser así, en cualquier momento y simplemente por una denuncia, el matrimonio podía declararse nulo. Y al parecer solo el *Cardenal Primado de España* tiene autoridad para aprobar o rechazar la petición. Además, es imprescindible que el señor Rezanov *se lo pida personalmente*, pues deberá jurar, o comprometerse por su honor, aceptar las condiciones que le impongan que se referirán, fundamentalmente, a que *los hijos sean educados en la religión verdadera*, es decir en la Religión Católica, Apostólica y Romana, lo que conlleva aceptar la autoridad del Papa.

»Pero aquí no termina todo —continuó—. Una vez aceptadas estas condiciones, el siguiente paso será que el Primado traslade la solicitud, aprobada e informada por él, al Vaticano para su aprobación y autorización definitiva, ya que solo el Papa puede concederla.

Fue para todos como si se nos hubiera venido encima un témpano de hielo. El primer sorprendido había sido el propio padre José quién nos aseguró que había hecho todo lo posible por convencer al obispo Del Haro. La situación con las *ramas cismáticas del cristianismo*, le había contestado, pasaban por un mal momento y la nueva política vaticana era que se evitasen, en lo posible, los matrimonios entre católicos y practicantes de otras religiones, aunque se tratase de otras formas de cristianismo.

—Esto no quiere decir —nos aclaró— que no se pueda aprobar. De hecho, según el obispo, son muchos los casos en los que se autoriza el matrimonio, pero siempre siguiendo el procedimiento canónigo, tal como les he expuesto. La opinión particular del obispo, después de que le expliqué la clase de persona que era el embajador Rezanov —dijo mirándome— es que, en vuestro caso, no creía que hubiese impedimento si la petición iba bien argumentada.

Yo, un poco en broma, añadí:

—Bueno, si se trata de que vaya a España y me arrodille ante el Primado, no me importa en absoluto. Forzosamente tengo que ir a San Petersburgo a pedir la autorización de mi monarca y, ya puestos en camino, el continuar unos miles de verstas más, no es lo peor que me puede ocurrir. España, como saben, es un país que siempre me ha atraído y que me gustaría visitar, más ahora que conozco tantas cosas y a tantas personas maravillosas de ese país. Pero lo que siento —continué— es que me hacía mucha ilusión haberlo hecho acompañado de mi querida esposa, que tampoco conoce «a su madre patria». Eso no quiere decir, mi amor, —dije mirándola a los ojos— que no lo realicemos cuando ya estemos casados.

No quisimos molestar más al padre José, así es que nos despedimos para que descansara. Nosotros nos marchamos, dando un paseo, hasta el fuerte. Para tranquilizarlas —y, de paso, tranquilizarme yo también— insistí en que estaba seguro de que todo se resolvería, aunque quizá un poco más tarde de lo que habíamos pensado. Era cierto que yo tenía que ir a San Petersburgo a entrevistarme con el ministro Rumyantsev, después de que transportáramos las provisiones, y que, posiblemente, tendría que entrevistarme también con el zar, lo que aprovecharía para pedir su autorización para la boda, un paso inevitable al tratarse del matrimonio entre un funcionario del gobierno y una persona de otra nacionalidad.

Cuando llegamos al fuerte era ya tarde, casi de noche. Yo pensaba marchar al barco dando un paseo. Como empezaba a llover, pregunté si me podían dejar algún caballo. Imposible: todos estaban en las maniobras, así es que decidí ponerme un caftán que me dejaron y caminar. Pero cuando estaba atravesando el portón del presidio, el centinela me paró y me dijo que la señora me llamaba. Cuando subí las escaleras me encontré con una Conchita exultante, que me abrazó con una cara que demostraba felicidad.

—¡Mi madre dice que te quedes a dormir aquí esta noche! Es una tontería que te des una caminata hasta el barco con el mal tiempo que hace, habiendo tantas habitaciones vacías en la casa.

—¿Se lo has pedido tú?

—¡Nooo! Te juro que ha salido de ella. Pero es verdad que cuando me lo ha dicho, he dado un salto que casi rompo el techo. Me hace mucha ilusión el saber que estas durmiendo cerca de mí. ¿A ti no?

—A mi también mi amor, pero me extraña que a tu madre le parezca bien.

—Si hubiesen estado mi padre o mi hermano —dijo—, seguramente mi madre no se hubiese atrevido. Pero a ella le gusta confiar en las personas y da por hecho que todos van a actuar de buena fe y con responsabilidad. Es una mujer extraordinaria.

Reconozco que otra vez me sorprendía esta familia y que estaba feliz pensando que algún día formaría parte de ella. Cuando entramos en la casa, doña Ygnacia estaba sentada, muy tranquila, en su sillón habitual. Me miró y solo dijo:

—Con el mal tiempo que está haciendo y la cantidad de camas vacías que hay, me parecía absurdo que se fuera Vd. a dormir al barco. ¿Cuánto tiempo hace, embajador, que no duerme en una cama en condiciones?

—Muchos años —dije—. Pero le voy a pedir un favor. Mi nombre es Nikolai y me gustaría que así me llamara. Lo de «embajador» vamos a dejarlo para otras ocasiones. Además, me gusta cómo suena mi nombre pronunciado por españoles, especialmente como lo pronuncia su hija. Por primera vez, hasta me parece bonito.

Me invitaron a cenar, una comida que los españoles hacen más tarde que en otros países que conozco, y después seguimos charlando un rato.

Pero ya era tarde y estaban cansadas. Así es que me enseñaron mi dormitorio y cada uno se retiró a su cuarto. Cuando me tumbé sobre el lecho, recordé el placer de dormir en una cama ancha, bien hecha y con sábanas limpias que olían a jabón y a *yerba buena*, y a unos metros de la mujer que amaba.

A media noche, cuando ya empezaba a dormirme después de darle mil vueltas a todos los acontecimientos del día, oí el ruido de la puerta que se abría y los pasos de unos pies descalzos que se acercaban a la cama, alguien que se subía a ella con mucho sigilo y un pequeño cuerpo que se pegaba a mí espalda. Me quedé callado, sin moverme, pero noté que unos delgados brazos me rodeaban. Tuve miedo hasta de respirar porque no quería deshacer la magia de ese momento. Seguí callado pero noté que estaba llorando. En voz baja pregunté:

—¿Qué te pasa? ¿Por qué lloras?

—Porque he soñado cosas horribles que te pasaban. Me he despertado porque quería saber si eran de verdad o las estaba soñando. Quería verte, pero no me atrevía a venir. Solo estar a tu lado, saber que estabas vivo y sentirte cerca, ¿no te importa?

—Claro que no me importa, mi vida. ¿Pero qué has soñado?

—Cosas muy desagradables pero muy reales. Tú estabas conmigo y, de pronto, empezabas como a hacerte más pequeño. Pero era porque te estabas alejando de mí. Estabas quieto y me mirabas, pero cada vez más lejos. Yo quería sujetarte y no podía porque tenía los brazos pegados al cuerpo sin poder moverlos. Corría, pero no avanzaba. Y al final desaparecías, llorando… ¡Era horrible!

—Bueno, ahora tranquilízate. Ya todo ha pasado. Estoy vivo y creo que igual de grande que siempre. Date la vuelta y déjame que sea yo quien te abrace. Así te sentirás más protegida y segura. Y procura dormirte.

Luego dijo:

—Pero no quiero que pase nada Nikolai, y quiero que tú me ayudes. Se lo he prometido al padre José cuando me confesé después de comprometernos.

—No te preocupes que no pasará nada —la tranquilicé.

Permanecimos en silencio y cuando noté que estaba profundamente dormida, la cogí en brazos y haciendo el menor ruido posible, la llevé a su cama. La acosté, la besé y volví a mi habitación: la cama todavía olía a su cuerpo. Con esa sensación, me dormí yo también.

Me desperté pocas horas después, obsesionado con la pesadilla que había tenido Conchita. ¿Y si era una premonición de que la boda nunca se iba a celebrar? Yo nunca he creído en esas cosas, pero bastaba que me afectasen a mí para que empezara a dudar y a pensar que podían ocurrir, que a veces esas premoniciones se hacen realidad.

Me levanté al amanecer, y sin hacer ruido, ni siquiera me puse las botas, salí de la habitación.

Al pasar por delante de su dormitorio, abrí la puerta un poco, asomé la cabeza y comprobé que seguía profundamente dormida. Solo pude ver su trenza negra y estuve tentado de entrar para acariciarla, pero seguí mi camino. En el cuarto de guardia pedí un papel y escribí una nota para que se la entregaran a doña Ygnacia. Le daba las gracias por la cena y la confortable cama que me había permitido pasar *una noche inolvidable*. Luego me fui dando un paseo hasta el barco, respirando profundamente ese aire limpio que olía a mar y a pradera húmeda.

Entonces pensé que, si existía el cielo, sería algo parecido a esto.

«EL PROYECTO R»

Cuando consideré resuelta la organización de los envíos, y tranquilo porque sabiendo que Ilia conocía el proceso de embarque, mi presencia en la nave ya no era tan necesaria, decidí que había llegado el momento de enfrentarme al asunto que tan poco me agradaba y que siempre procuraba atrasar inventando cualquier pretexto: *el proyecto «R»*. Sabía que el ministro no esperaría tener noticias mías en corto plazo, pero en cuanto terminase el embarque de las mercancías, tendría que abordarlo.

Tampoco podía olvidar el viaje a San Petersburgo para resolver el trámite del permiso imperial para la boda. Estaba seguro de que no me iba plantear ningún problema, pero había que cumplir con el protocolo. En cambio, seguía teniendo mis dudas con el *permiso del Papa*. Unos días estaba optimista pensando que era imposible que lo denegaran, pero otros me levantaba pesimista por lo que siempre había oído contar de *la intransigencia de la Iglesia católica*.

Por otro lado, estaba deseando ver a mi hija y a mi madre. Ya era mayor, y sabía que no me quedaba mucho tiempo para disfrutar de ella. Quería también darle la noticia de mi boda y hablarle de su futura nuera. Olga iba a cumplir once años, así es que ya le podría explicar lo de su *nueva mamá*, aunque no tenía ni idea de cómo lo iba a hacer. Pero para eso estaban mi madre y mis hermanas… Y, repentinamente, caí en la cuenta: ¡mi hija tenía solo seis años menos que la mujer con la que me iba a casar! ¡Yo conocía hermanos que se llevaban más del doble de esa diferencia de edad! Me consolé pensando que también conocía hombres, mayores que yo, que se habían casado con mujeres jóvenes, incluso más jóvenes que Conchita. Me tranquilicé. En mi caso lo único que iba a pasar era que mi hija, además de una madre, tendría una hermana mayor. No era tan grave.

La oportunidad de hablar con el padre José se presentó cuando, una mañana, apareció en el puerto en una de las frecuentes visitas que nos hacía y que siempre eran bien recibidas por toda la tripulación. Nunca venía con las manos vacías: traía frutas que podían ser higos, naranjas o algunas bayas exóticas, totalmente desconocidas para nosotros. Aprovechando que era un día bastante tranquilo, le invité a dar un paseo por la costa hasta un pequeño montículo donde los colonos habían construido lo que ellos llamaban *un merendero*. Consistía en unas mesas de madera sobre unas piedras, y unos bancos, también de madera, cubiertos por parras salvajes que proporcionaban una sombra muy agradable. Desde el merendero se veía el puerto, la misión, el océano, y toda la bahía con la isla de Yerba Buena.

Cuando nos sentamos y el padre José dio las gracias al Altísimo *por ese paraíso en la tierra que había creado para nosotros, pobres mortales*, encontré el mejor argumento para mi exposición.

—Estoy de acuerdo con Vd. en que esto es una maravilla, como también lo es la labor que están Vds. desarrollando en esta tierra que, sin duda, es de las más bellas que jamás he visto, y le aseguro que he visto muchas. Y cuando digo la labor de Vds., me estoy refiriendo también al trabajo de la gente del presidio, empezando por el comandante y toda su familia de la que pronto formaré parte.

»Esto me lleva padre José, a algo que, desde hace tiempo quería comentarle. Pero como se trata de algo delicado —añadí— he estado meditándolo, despacio, para intentar exponérselo de la mejor manera y de forma que a Vd. no le quede la menor duda de la sinceridad de lo que le voy a contar. Las palabras que acaba de pronunciar bendiciendo al Altísimo por las gracias concedidas, me han dado la clave de por dónde debo empezar. Efectivamente esta es una tierra privilegiada, bella, fecunda y en la que dos pueblos ajenos, y lejanos, han tenido la fortuna de encontrarse. Yo, que soy poco dado a creer en predestinaciones, en este caso pienso que ese encuentro pueda no ser solo consecuencia de la casualidad.

Y así empecé a contarle la información que Rumyantsev me había trasladado, dejándole muy claro dos cuestiones que me parecían importantes. La primera, que yo había accedido a la petición del gobierno ruso porque estaba convencido de que era la mejor solución para los españoles, si querían mantener la colonia. La segunda, que mis órdenes eran exponer el plan al gobernador o al comandante del presidio, exclusivamente, y que la idea de comentarlo antes con él había sido solo mía. Tenía total confianza en su criterio, pero también en su discreción y sabía que lo trataría con el secreto con el que ellos tratan la confesión. Pero me interesaba conocer su opinión antes que la oficial.

Cuando terminé de exponerle todo el planteamiento, no pareció sorprenderse. Es más: cuando se lo hice notar, me respondió que, en líneas generales, esa era la situación real. Lo único que le había sorprendido era que los rusos estuviéramos tan bien informados. Luego añadió:

—Este es un tema que hace tiempo conocemos y que nos preocupa, aunque quizá no en el mismo sentido que a Vds. Después de la independencia de los Estados de América del Norte, se ha abierto un camino para que las colonias españolas se planteen hacer ellas lo mismo, empezando por Nueva España. Al ser la más antigua es la que tiene colonos más politizados y convencidos de las ventajas que tendría el país con la independencia. La realidad es que estas tierras han sido saqueadas y esquilmadas —quizá ahora menos pero mucho en tiempos pasado—, por la codicia de algunos, aunque también es cierto que la labor que la madre patria ha realizado entre los nativos ha sido, en muchos casos, beneficiosa. Y no quiero caer en el pecado de la vanidad, pero Vd. ha podido comprobar, y de hecho acaba de reconocerlo, que la Iglesia está haciendo una labor meritoria, y no solo entre los indígenas, sino entre los mismos colonos que han pasado de ser meros aventureros ávidos de riquezas, a convertirse en pobladores de esta tierra bendita que tanto les puede dar.

»Pero la duda que me asalta y me preocupa, y se lo digo con toda sinceridad —continuó— es si cuando se independice el país, estoy convencido que ocurrirá antes o después, seguiremos preocupándonos de los pobres indígenas. Porque mis noticias son que los nuevos amos de los estados del norte que se acaban de independizar y a los que tratamos de imitar, no parece que lo estén haciendo muy bien: los están aniquilando para ocupar sus tierras y su población está disminuyendo a grandes pasos.

»Cuando hace unos días estuve reunido en Monterrey con el obispo Del Haro uno de los temas que tratamos fue, precisamente, el futuro de los pueblos indígenas cuando esta situación se presente. porque es algo que de verdad nos preocupa.

Me pareció muy interesante lo que me estaba contando, así es que le pedí que me aclarara algo que no entendía:

—Dígame una cosa, padre José, ese afán de independencia ¿parte de los propios nativos, o de los colonos españoles? Porque si es de estos últimos, como supongo, ¿por qué emplean el argumento de la *explotación y de los malos tratos* para justificar la independencia, cuando han sido ellos o sus antepasados los que se los han infringido? A los que se quedaron en España, incluidas las autoridades, de poco los pueden acusar. No lo entiendo.

—Si, efectivamente. Su pregunta tiene mucho sentido porque parece haber una contradicción en esta postura, y en muchos casos, es así. Lo que sí puedo decirle es que en este pleito los nativos pintan poco, por no decir nada. Es cierto que muchos de los más rebeldes son mestizos, pero también lo es que entre muchos de los culpables de los malos tratos y del saqueo que sin duda se produjo y que, desgraciadamente, se siguen produciendo —hay que decir en honor a la verdad que en menor cuantía— se encuentran muchos de los que hoy defienden la independencia, argumentando, cínicamente, los malos tratos y el expolio de sus riquezas.

»En la actualidad hay en Nueva España una clase de ciudadanos, mayoría, no lo olvidemos, que merece todos los respetos. Me refiero a los *«criollos»*, es decir, a los españoles nacidos en estas tierras y que no son mestizos. Constituyen el segundo grupo en cantidad, después de los indios nativos. Hoy día, de cada cien blancos, más de noventa son criollos y solo cinco son de la península. Pero también le diré que nuestros gobernantes de la península desconfían de ellos, y la prueba son los pocos gobernadores y virreyes que hay criollos. Solo cuatro entre cerca de doscientos cargos. Algo parecido ocurre con los militares. El comandante Argüello y su hijo Luis, los dos criollos, son una excepción. El comandante está muy bien considerado en la península y ha recibido distinciones y condecoraciones por los servicios a la corona a lo largo de su vida profesional. Él fue uno de los fundadores de este presidio, y antes, lo había sido del de Nuestra Señora de Los Ángeles. Hace poco, el gobierno, en agradecimiento, le regaló el rancho *Las Pulgas* cerca de San Mateo, del que Vd. ya ha oído hablar.

»Pero volviendo a los americanos del norte le diré, embajador, que por lo que oí al propio virrey don José Iturrigaray, en una reunión que tuvimos hace tiempo en Guadalajara, él creía que los americanos aprovecharían la independencia de Nueva España para anexionarse algunas zonas por encima del paralelo 33°, es decir, al otro lado del Río Grande. Entre esas tierras se encuentra, como bien sabe, la Alta California además de algunos territorios desérticos, pobres y con poco interés como Arizona, Texas y algunos otros. Y eso es lo que nos preocupa ya que la Alta California sí nos interesa, tanto por su fertilidad y riqueza ganadera, como por su proximidad al océano.

—Perdone padre —interrumpí—. Cuando dice «nos preocupa» o «nos interesa» en plural, ¿se refiere también a las autoridades del fuerte, al comandante y al gobernador?

—Por supuesto. En esto coincidimos plenamente, por lo que creo que la propuesta de su gobierno la valorarán positivamente. Pero eso será algo que Vd. deberá preguntarle directamente al comandante. El gobernador, al vivir entre Monterrey y los Ángeles, es más difícil de localizar. Pero me costa que entre ellos dos hay un buen entendimiento.

—¿Y si mientras yo marcho a nuestra colonia para hacer entrega de las provisiones, Vd. les adelantara algo de lo que hemos hablado y tantea el terreno en mi ausencia? ¿Podría ser eficaz?

—Podría ser eficaz. Sería cuestión de sacar el tema, y aprovechar la primera oportunidad para exponerle al comandante cuál creo yo que es la posición de Vd., en esta cuestión. Por intentarlo no perdemos nada.

—Se lo agradezco. Se me ocurre que la forma de hacerlo podría ser informar al comandante de que, en algún momento, yo le había dado a entender que el gobierno ruso tenía noticias de los problemas del gobierno español por los movimientos independentistas, especialmente en Nueva España, y que eso preocupaba a nuestro gobierno por lo que pudiera pasar en la Alta California y en la franja del Pacífico, hasta Alaska. Y que Vd. me había oído decir que «era un asunto que, en mi opinión, deberíamos afrontar y resolver, conjuntamente». Pero añadiré algo, padre, que quiero que le quede muy claro. Vd. es español antes que nada, y aunque le agradezco su ofrecimiento para hacer lo que yo le diga, Vd. tiene que seguir su conciencia y decidir cuanto debe descubrirle al comandante de lo que hasta ahora hemos hablado.

—Le agradezco sus palabras —dijo—. Pero puede estar seguro de que haré lo que mi conciencia me dicte, como siempre he hecho. Pero la propuesta me parece muy interesante y un buen camino para que, cuando se reúna con el comandante, cada uno conozca la posición del otro.

»Por cierto embajador. Estoy viendo una nave que acaba de cruzar la Boca y que tengo la impresión de que es rusa, y muy parecida a la Juno.

Yo estaba mirando en dirección contraria mientras charlaba con el misionero, así es que, cuando me giré y miré hacia la entrada de la bahía vi una nave, rusa sin duda, que me pareció la *Avos*, un navío efectivamente de la envergadura de la Juno. Al principio me sorprendió, pero luego recordé que en algún momento Baránov me había insinuado que, si las cosas iban bien en la negociación con los españoles, podía ser interesante enviar otra nave como refuerzo. Seguramente al haber pasado casi cinco meses sin noticias, habría supuesto que las negociaciones iban por buen camino y que la ayuda de una segunda nave no nos vendría mal. Y como siempre, había acertado.

BARÁNOV, GOBERNADOR DE
LA RUSIA AMERICANA

La nave que acababa de atracar a unos metros del embarcadero era, efectivamente, la Avos. Mi sorpresa fue cuando apareció en cubierta, junto al capitán Izylmetiev, nuestro gerente Alexandr Baránov con su sonrisa bonachona y saludándonos con la mano.

Subí a bordo y antes de bajar a tierra, le dije que me gustaría charlar con él, tranquilamente y sin que nos molestasen. Quería ponerlo al corriente de la situación. Para no tenerlo intrigado mucho tiempo, le adelanté que las negociaciones habían sido un éxito total y que habíamos cubierto, con creces, todos los objetivos que nos habíamos propuesto. A continuación, le conté todo el proceso, muy positivo al haber encontrado a una gente dispuesta a ayudarnos. Le hablé, por supuesto, de los misioneros. Sabiendo que Baránov era profundamente religioso, le dije que, salvo el idioma y esa pequeña diferencia en la interpretación del cristianismo, eran como nuestros misioneros.

—Es una lástima —añadí— que no pueda conversar directamente con el padre José, una de las personas más interesantes y excepcionales que he conocido. Creo que tienen Vds. muchas cosas en común, desgraciadamente no el idioma. Pero yo estaré encantado de ser su interprete para lo que quiera preguntarle.

Cuando terminé, dijo:

—Se lo agradezco y estoy seguro de que será interesante hablar con él. Aunque lamentablemente no pueda permanecer mucho tiempo en este bello lugar, encontraremos tiempo para hacerlo. Ni se imagina, querido embajador, la tranquilidad que me da el saber que todo está marchando bien. Tengo que confesarle que cuando vi que pasaba tanto tiempo sin tener noticias suyas pensé, por un lado, que las cosas habrían ido bien y que por eso retrasaban su vuelta. Pero luego, acordándome de la desagradable experiencia de Japón, me puse en lo peor y, por si acaso, he traído algunas armas y los dos cañones que usamos contra los tlingits. Y le diré —me susurró— que entre la tripulación vienen algunos soldados camuflados. Pero no se preocupe. Todo está debidamente disimulado y nadie va a sospechar nada.

Me hizo gracia la preocupación y las precauciones de Baránov. A continuación me comunicó una excelente noticia. Hacía un mes que había recibido un escrito del ministro Rumyantsev con su nombramiento como «*Gobernador de los Nuevos Territorios, que incluían todo el arco de las Islas Aleutianas y las Tierras Continentales de América del Norte (Alaska), hasta el paralelo 55° que marcaría el límite sur de la colonia*».

Como gobernador, se convertía en el *Máximo Representante de la Corona Rusa,* en estos territorios. El documento, que me mostró con orgullo, venía firmado por el zar Alejandro. Le di un fuerte abrazo al tiempo que le transmitía mi enhorabuena.

—No conozco a nadie mi querido Alexandr —le dije, dando a mis palabras el mayor sentimiento de sinceridad posible— que reúna sus cualidades para este puesto: conoce el territorio, sus gentes y sus problemas mejor que nadie. Mi más sincera enhorabuena. Creo que el emperador y el ministro, que supongo que es el que le ha recomendado, han acertado plenamente.

Su respuesta me sorprendió.

—De Vd., embajador, es todo el mérito.

Ante mi expresión de sorpresa, continuó.

—En el escrito, el ministro me deja muy claro que la elección se ha debido, fundamentalmente, a la buena opinión que Vd. tiene de mi persona y del trabajo que estoy realizando. Algo por lo que le estaré siempre agradecido.

—Si es así —comenté con un deje de vanidad— me alegro. Solo se ha hecho lo que es justo.

Luego pasé a contarle todo lo relacionado con la adquisición de provisiones y de lo bien que nos venía el contar con otra nave: muchas de las mercancías que habíamos tenido que eliminar por falta de espacio, como eran ganado pesado y materiales de construcción, ahora los podíamos llevar. Le dije que, como sospechábamos, era una tierra muy fértil, especialmente los terrenos al sur de la colonia. Le hablé de la finca de *Las Pulgas* y de su importante ganadería, propiedad del fuerte y que contaba con un veterinario español. Y una buena noticia que no se esperaba. Podríamos comprar animales vivos, ya que la zona de Nuevo Sitka reunía, en opinión del ganadero y del veterinario, las condiciones climatológicas necesarias, además de buenos pastos.

Para que tuviera una idea más exacta de todo lo que, en principio, podíamos embarcar, le pedí a Ilia que trajera la lista que había confeccionado y que estaba prácticamente terminada, salvo las cosas que se habían eliminado por falta de espacio, pero que, ahora, al tener la nave *Avos*, podíamos incluir. En la lista aparecían productos conocidos, pero también otros propios de estas tierras, desconocidos en Rusia como maíz, cacao, una patata dulce llamada *batata*, plátanos —una fruta sabrosa y muy nutritiva— además de otras utilizadas para hacer harina como la yuca, el manioc y muchas más que le iban a sorprender por los nuevos sabores que iría descubriendo.

A Baránov lo que más le complació fue el saber que podríamos llevar algunas cabezas de ganado vacuno, ovejas, cabras, y cerdos, además de las aves de corral que quisiéramos, entre las que había una especie de gallinas de gran tamaño, que llamaban *gallipavos*. Esto suponía que, si los animales aguantaban bien el clima de la colonia, existía la posibilidad de que pudiéramos criar y mantener nuestra propia ganadería, garantizándonos el suministro de carne fresca, leche y huevos, algo con lo que nunca habríamos podido soñar. Añadí que el ganadero y el veterinario me habían recomendado que procuráramos tener el ganado en territorios lo más al sur posible, en zonas protegidas de los vientos y en los que las nieves se retirasen pronto.

En cuanto a las aves era algo que el veterinario no se había atrevido a dar un pronóstico de cómo aguantarían temperaturas tan bajas y durante periodos tan prolongados. La experiencia sería la que nos iría enseñando, concluyó. En cualquier caso, Baránov estaba exultante.

Cuando bajamos a tierra, el padre José, el teniente Luis Argüello, y una gran cantidad de curiosos nos estaban esperando.

Después de las correspondientes presentaciones, tuvimos un buen rato de conversación con el teniente y el padre José. Yo tenía especial interés en que a los dos les quedase muy clara la razón de la presencia de la segunda nave, ya que nunca les había hablado de ella: el teniente lo entendió y no le dio mayor importancia, al tiempo que nos comunicaba que su padre tendría mucho gusto en recibirnos, en el presidio, al día siguiente si era posible.

Procurando no llamar la atención, aparté al padre José y le expliqué el nuevo cargo de Baránov y que iba a aprovechar esa tarde, antes de la reunión del día siguiente, para ponerlo al corriente de lo que habíamos hablado sobre la situación en Nueva España y el escrito del conde.

—Ahora que es la máxima autoridad en la colonia rusa estará enterado de la gestión que se me ha encomendado —dije—. Si es así, sería una oportunidad para que hablásemos con el comandante. ¿Qué opina Vd.?

—Estoy totalmente de acuerdo —contestó el misionero—. Si mañana que están invitados por el comandante, pudieran acudir los dos solos, sería la mejor oportunidad. Yo por mi parte intentaré hacer una visita al comandante esta misma tarde y sacaré abiertamente el tema. No creo que debamos retrasar este asunto. Nos jugamos mucho. Espérenme mañana temprano en el barco. Vendré a buscarles y les contaré por el camino lo que haya averiguado.

Por la tarde llevé a Baránov a mi camarote y le conté lo que había hecho en relación con el «*Proyecto R*», y, por supuesto, mi charla con el misionero.

Me dijo que, desde el primer momento, había estado enterado del contenido del sobre que me había entregado Davidov y de la misión que me había encomendado el ministro Rumyantsev. Había recibido un tercer sobre del conde dirigido a su persona, en el que le explicaba todo el proceso. Aunque el conde no mencionaba su próximo nombramiento, sin embargo, ya se sabía que sería él la persona designada para gobernador. Ese había sido otro de los motivos de su visita.

Antes de despedirnos, aproveché para hablarle de mi relación con la hija del comandante Argüello y de mi determinación de contraer matrimonio con ella. Creo que le sorprendió, pero me dio la enhorabuena, aunque no se si muy feliz con la noticia.

Por la mañana temprano, apareció el padre José. Nos contó que había podido hablar con el comandante y que le había expuesto, de forma clara y directa, nuestra postura en este asunto y la conveniencia de que, sin demora y aprovechando que estábamos presentes el gobernador de la colonia rusa y el embajador del zar, tratáramos el tema porque sería difícil que se volviera a presentar una oportunidad como esta.

Cuando llegamos al presidio, el comandante Argüello nos estaba esperando en su despacho. Correctamente vestido, con su uniforme y unas pocas condecoraciones sobre el pecho le acompañaba el teniente López de Victoria, igualmente uniformado. Supongo que querían causar una buena impresión al nuevo gobernador de nuestra colonia y creo que lo consiguieron.

Después de las presentaciones de rigor, se planteaba el problema del idioma en el que íbamos a mantener la conversación. Baránov entendía un poco el francés, pero no lo hablaba, mientras que el padre José solo hablaba castellano —y latín, que en esta ocasión, no servía de mucho—, por lo que decidimos que el idioma sería el castellano y yo le haría la traducción a Baránov. Una vez resuelto este tema, me pareció correcto que fuera yo el que iniciara la conversación, ya que era el que había solicitado la reunión. Empecé repitiéndole lo que el día anterior había hablado con el padre José, pero sin entrar en detalles. En aquel momento me interesaba que al comandante le quedara clara cuál era la postura de nuestro gobierno y, por otro lado, convencerlo de que no se trataba de una actitud altruista por nuestra parte, por mucho que simpatizáramos con ellos y con su causa, sino de una acción que suponía un beneficio para ambos países.

Argüello escuchó atentamente y no me interrumpió. Cuando creyó que había terminado, nos expuso su postura que, según nos dijo, *no era exactamente la oficial.*

—Yo he nacido en Querétaro, en Nueva España, hijo de padres españoles nacidos en la madre patria —empezó diciendo—. Estoy casado con una española y todos mis hijos, excepto el mayor, han nacido en esta tierra. Es decir: todos, menos mi mujer y uno de mis hijos, somos lo que aquí llamamos «*criollos*», españoles, pero nacidos en América. Soy militar y he jurado total lealtad a mi patria que es España. Pero tengo en mi patrimonio algo que me parece importante: pertenezco a ese grupo que, siendo españoles, también nos sentimos americanos ya que nos unen muchos vínculos, tanto profesionales como sentimentales, con esta tierra. Por tanto, me considero en la mejor posición para entender muchas actitudes que están apareciendo entre mis compatriotas.

Dicho esto, también quiero dejar claro que mi fidelidad será siempre hacia España, mi patria.

»Pero eso no me obliga a actuar como un ciego que no ve lo que pasa a su alrededor. Y lo que veo, hace que no me sienta muy optimista con el futuro de Nueva España. Compruebo, día a día, como el nacionalismo y el sentimiento de independencia van creciendo dentro de muchos de mis conciudadanos, incluso entre muchos criollos, aunque este no sea mí caso, ni el de otros muchos, entre los que incluyo a toda mi familia. Pero hay también un buen número, no sé si mayoría o no —en cualquier caso sería una insensatez ignorarlos—, que apoya la independencia: algunos por idealismo y otros por motivos menos honorables, como pueda ser pensar que, cuanto más confusa y revuelta esté la situación, más fácilmente podrán sacar beneficios.

»A mí estos últimos, que me consta que son los menos, no me preocupan demasiado. Lo importante, en mi opinión, es que cada vez más esta idea de independencia se va convirtiendo en un sentimiento generalizado, en gran parte debido a la situación por la que está pasando nuestro país en estos momentos, con un monarca indeciso por la presión que está recibiendo de la vecina Francia, lo que hace que las colonias de ultramar se hayan convertido en «un asunto menor» frente a los importantes problemas que verdaderamente acucian a nuestros gobernantes, empezando por nuestro monarca que, al parecer, es el que peor lo está pasando. Y es precisamente esta zona donde nos encontramos, tan apartada y desconocida para ellos, la que más está sufriendo ese abandono.

»Por otro lado, embajador —continuó en un tono que me dio la impresión de resignación— tampoco podemos olvidar que hay familias criollas que llevan viviendo en Nueva España desde hace varias generaciones y en las que, muchos de sus miembros nunca han visitado la península. Y si a esto unimos que nuestros monarcas y nuestras máximas autoridades, nunca o en muy contadas ocasiones han pisado estas tierras, el resultado está claro que no puede ser el de un sentimiento de amor filial por un país que les queda tan lejos y que les es tan ajeno. Y seamos sinceros, a la mayoría de los españoles de la península lo que les interesa de estas lejanas colonias son los beneficios que puedan generar: oro, plata, especias… y otras riquezas que les pueda proporcionar. O, en el mejor de los casos, la oportunidad que les ofrece de ascender en sus respectivas profesiones y ganar más dinero con un empleo en ultramar.

»Pero la realidad, querido embajador y respetado gobernador, es que estas colonias cada vez son más autónomas y, como me decía hace unos días el teniente Victoria, necesitan a la madre patria menos que lo que ella necesita a la colonia americana.

Con su silencio y su mirada al teniente Victoria, pareció cederle la palabra.

—Efectivamente —comenzó el teniente—. Hasta ahora la minería había sido nuestra principal fuente de riqueza pero la agricultura y la ganadería, en la actualidad, han progresado de tal forma que ya exportamos más productos de los que importamos, sobre todo alimentos. Y los que importamos de España, no son artículos de primera necesidad, sino caprichos para los ricos, como aceite, aceitunas, embutidos, vinos y otras bebidas alcohólicas. Nueva España es, sin duda, un país próspero y cada vez más autosuficiente. Además de poseer unas tierras privilegiadas para la agricultura y la ganadería, los colonos que las habitan están dispuestos a trabajarlas. Ven lo agradecidas que son y lo pronto que responden a sus esfuerzos. Por eso son cada vez más los que llegan y se quedan. Ni yo ni mi mujer somos criollos —terminó el teniente Victoria—, pero queremos que los hijos que tengamos, sí lo sean.

El comandante, después de mirar complacido al teniente por el que, no cabía la menor duda, sentía aprecio y también admiración por su erudición, algo que quizá a él le había faltado, continuó.

—Sé que el padre José no es tan pesimista como yo y también sé, porque él mismo me lo cuenta, que dentro del clero prevalece el interés en permanecer dentro de la unidad nacional. Pero conoce, igual que yo, a compañeros, misioneros o clérigos seculares que dicen sentirse independentistas, aunque muchos añaden que «sin perder totalmente la vinculación con España». Pero también existen exaltados como el famoso cura Hidalgo que quieren la independencia y lo demuestran incluso de forma violenta. Nuestra postura, me refiero a la de los que somos más conscientes de la realidad, es conseguir más independencia, pero sin romper los lazos con España.

»Creemos que cuando la situación se normalice en la península, España podrá aportarnos cosas positivas, empezando por el contacto con el resto de Europa. Y esos lazos son los que intentamos mantener algunos con el proyecto que queremos llevar adelante. Pero estamos teniendo muchas dificultades, provocadas por la postura inflexible de los más radicales en ambos bandos.

Pregunté algo que me había sugerido, en voz baja, Baránov.

—¿Cuál es el papel de los nativos, de los indios como ustedes los llaman, en todo este proceso? Porque la realidad es que ellos son los verdaderos dueños de estas tierras, como lo son los isleños de las Aleutianas o los nativos de Alaska, aunque ahora los hayamos convertido, porque nos conviene, en súbditos rusos. —añadí.

Argüello volvió a cederle la palabra al teniente que pareció muy feliz de podernos hablar de un tema que conocía muy bien.

—El problema de los nativos, de los indios como los llamó Colón, cuando creyó que había llegado a Asia oriental, es su indolencia. Es una raza que, en su mayoría, está poco cualificada para el trabajo, especialmente si este exige esfuerzo físico. Son pacíficos, en general, y unos magníficos artesanos con un gran sentido artístico como puede apreciarse en las obras tanto arquitectónicas como escultóricas o de orfebrería que hemos podido ver. Pero tienen que trabajar a su aire. Para ellos el tiempo no existe. No tienen prisa porque las necesidades más elementales, como el alimento o el vestido, las tienen cubiertas con un mínimo esfuerzo. Pero esta postura no es de ahora —continuó—. Antes del descubrimiento, el pueblo azteca que, al contrario, era un pueblo guerrero y ambicioso, llegó a dominar un vasto imperio con poco esfuerzo y mucha crueldad. La explicación era simple. La mayoría de los pueblos, salvo alguna excepción, se sometían prácticamente sin luchar porque esto suponía un esfuerzo y un sacrificio que no les compensaba. Les daba igual quien les gobernase porque ellos, si no eran esclavizados o sacrificados en rituales religiosos, seguirían haciendo su vida normal.

»Desde la conquista, la situación ha sido la misma, pero con una diferencia: los nuevos amos querían hacerles trabajar, aunque no lo consiguieran porque la mayoría de los nativos mantenían una actitud pasiva, y sabían muy bien cómo hacerlo. Si lo habían conseguido con vecinos bastante más crueles que los españoles, como eran los aztecas, con nosotros les resultaba más fácil. Cuando nuestros antepasados se dieron cuenta de esta realidad, fue cuando empezaron a traer mano de obra de fuera: los esclavos de África. Mi opinión es que ha sido un proceso bastante simple, aunque muchos historiadores lo hayan querido complicar, con mejor o peor intención, buscando teorías de fuerzas maléficas traídas por los conquistadores. Yo diría que, en ese sentido, nos hemos portado bastante mejor que los ingleses en el norte del continente. De cada cien habitantes de las colonias norteamericanas, ochenta son blancos, los indios, prácticamente han sido exterminados para apropiarse de sus tierras. En Nueva España, sucede todo lo contrario: aquí los indígenas siguen siendo la gran mayoría. Pero tantos unos como otros hemos traído a estas tierras, por supuesto involuntariamente, el peor de los males: enfermedades cuyos organismos no son capaces de soportar y esas epidemias son las que están acabando con ellos.

Lo que el teniente iba contando, yo intentaba traducírselo a Baránov, lo que no me resultaba fácil porque el teniente, como todo el que tiene las ideas claras, hablaba deprisa, aunque el padre José le pidiera que fuera más despacio. Frenaba, obedientemente, pero en seguida se olvidaba y volvía a lanzarse.

Estaba impresionado del conocimiento que este oficial tenía de la historia de su país, de la situación actual de sus habitantes y de la manera tan sencilla y clara de expresarse. Incluso me preocupaba que estuviera revelando cosas de las que, más tarde, pudiera arrepentirse, aunque nunca noté en el comandante ningún gesto de desaprobación, Al contrario, daba la impresión de estar orgulloso con la exposición de su oficial. Sin embargo, en su siguiente intervención pareció como si hubiese adivinado mi preocupación.

—Muchas de las cosas que les estamos contando, espero que no salgan de esta sala. Si llegasen a ciertos oídos, podrían traernos consecuencias desagradables. Hasta podían formarnos un consejo de guerra —dijo medio en broma—. Pero lo que les estamos contando, el padre José, persona prudente donde las haya...

—No siempre —interrumpió este.

—El padre José, insisto, sabe que esta situación la conocen nuestras autoridades, aunque prefieran esconder la cabeza, y hacer como si no pasara nada, así se evitan la responsabilidad de tener que buscarle una solución. Y nosotros no queremos eso. Como decimos los españoles, si no puedes torear al toro, cógelo por los cuernos y enfréntate a él.

—Esa actitud de cerrar los ojos ante situaciones incómodas —intervine— la conocemos los rusos bastante bien. En nuestro país también es frecuente que los políticos resuelvan los asuntos incómodos, ignorándolos, o esperando a que se resuelvan solos. En cuanto al otro tema, comandante, puede Vd. estar tranquilo. Lo que aquí se ha hablado, aquí se quedará. Pero debe saber que, como le comenté al padre José, nuestro gobierno está bastante enterado de la situación delicada por la que pasa su país. Su embajador se lo ha comentado a nuestras autoridades, concretamente al canciller el conde Rumyantsev que es el que ha propuesto, de acuerdo con nuestro monarca, esta reunión que estamos celebrando.

Después de traducirle a nuestro gerente las últimas palabras, que él confirmó, continué.

—Como pueden suponer, nosotros no estamos autorizados a ofrecerles nuestra ayuda en los asuntos internos de su país, ni creo que nuestro gobierno, que últimamente y ante la situación en Europa intenta llevar, al menos oficialmente, una política de no intervención en los asuntos de otros países, nos autorizase. Pero otra cosa distinta es que nos ayudemos, mutuamente, para resolver el tema de esos territorios, y que les demos una solución que beneficie a ambas partes.

Para concretar más, añadí:

—En esta primera reunión, lo único que le pediríamos, comandante Argüello, es que nos permitiera comunicar a nuestro ministro que, por parte del gobierno de su país hay buena disposición a que las negociaciones se lleven a efecto. Creo que más adelante, podremos recoger en un documento el espacio geográfico al que se referirá la negociación, cuya definición cartográfica pueden realizarla ustedes que tienen mucha experiencia en este campo. Lo importante es que la delimitación del espacio quede suficientemente clara como para no dar pie, en el futuro, a interpretaciones distintas.

Todos estuvimos de acuerdo en la propuesta.

Terminada la reunión, el comandante nos pidió que nos quedáramos a comer en su casa para que el gobernador Baránov conociera a su familia. Creo que lo que más le importaba, aunque no había salido el tema, era que conociera a su *niña* Conchita, lo que me alegró, porque a mí también me interesaba.

Cuando subimos a su casa, doña Ygnacia, la niña Conchita y Elisa, la esposa del teniente Victoria, nos estaban esperando. El teniente Argüello estaba de servicio, por lo que no había podido asistir ni a la reunión ni a la comida. Por la tarde, ya anocheciendo y camino hacia el puerto, Baránov me reconoció que se había quedado impresionado de la calidad de los españoles y la sinceridad con la que habían expuesto el tema. Ahora se mostraba más optimista, en cuanto a que conseguiríamos nuestro objetivo. Y a continuación me endulzó los oídos, diciéndome que entendía mis sentimientos hacia la hija del comandante.

ÚLTIMO DÍA EN YERBA BUENA

La tarde del veintitrés de junio, Conchita y yo fuimos dando un paseo hasta uno de nuestros sitios favoritos: la *Punta de San Joaquín*. Estaba cerca del presidio y era el paseo habitual que dábamos al atardecer para contemplar, sentados en *nuestra piedra*, la puesta del sol, un espectáculo que nunca dejaba indiferente.

Pero esa tarde tenía algo de especial. Dos días después yo partiría en la nave *Juno*, dirección a Nuevo Sitka, con todo el cargamento de provisiones, casi seis toneladas, una carga muy superior a la prevista en principio ya que, entre otras cosas, transportábamos bastantes cabezas de ganado. A esta carga habría que añadir las tres toneladas, largas, embarcadas en el *Avos* y que había partido hacía una semana. Baránov y Davidov se habían adelantado para tener todo preparado a nuestra llegada, ya que nos preocupaba el desembarco de los animales.

El plan era que después de la descarga y un breve descanso, Langsdorff, Ilia y yo continuaríamos en el *Avos*, hacia Kamchatka para llegar, cruzando el mar de Okhotsk, hasta la ciudad del mismo nombre. Desde allí, iniciaríamos el viaje por tierra dirección hacia Irkutsk, para continuar a Moscú y San Petersburgo. Un largo viaje que luego prolongaría hasta España, donde tenía que entrevistarme con el arzobispo de Toledo, representante del Papa.

Solo había una cosa que me preocupaba: la meteorología. Con la llegada del Avos y la posibilidad de llevar más carga, se estaba retrasando la fecha de partida y aunque por un lado me hacía feliz poder disfrutar más tiempo de la compañía de Conchita, me preocupaba la climatología que pudiéramos encontrarnos en Siberia si retrasábamos demasiado la salida. Conchita, sentada a mi lado, callada, con su cuerpo muy pegado al mío, y las manos unidas, debió notar mi preocupación, porque preguntó si me pasaba algo. Yo, que no quería preocuparla más de lo que ya estaba.

—Claro que me pasa algo, mi vida. Por primera vez, nos vamos a separar.

—Verás, mi amor, como el tiempo se te pasará más deprisa si todos los días piensas un poquito en mí. Tú que sabes tanto de todas las cosas, cuando allí donde te encuentres, calcules que aquí se está poniendo el sol, piensa que yo estaré mirando el horizonte y esperando ver el barco en el que, un día, vendrás a recogerme. Y lo sabré porque habrás puesto una enorme bandera blanca en el palo mayor, con un corazón rojo que veré desde muy lejos. Y cuando entres por la Boca, le diré al artillero que dispare tantos cañonazos como días hayamos estado separados. Te juro Nikolai —añadió— que, a la puesta del sol, estaré aquí todos los días, sentada en esta piedra y esperando tu regreso.

Se me saltaron las lágrimas a mí también, porque nunca había oído palabras más bellas. Nos abrazamos y nos besamos. Así estuvimos no sé cuánto tiempo, pero cuando nos separamos el sol ya se había puesto.

Ese día, el último en la colonia española, había sido triste para todos; para los que partíamos y para los que se quedaban. En los meses pasados en Yerba Buena se habían creado verdaderos lazos de amistad entre las dos comunidades. Todos los marineros de la tripulación se despidieron de todos y cada uno de los soldados del presidio, de los colonos y de sus familias; hubo intercambios de regalos y más de una lágrima, disimulada o abiertamente derramada.

Unos días antes, Langsdorff, Ilia y yo, habíamos hecho la selección de los regalos traídos del fracasado viaje a Japón para distribuirlos entre la misión y las damas del presidio. Yo me había reservado algunas cosas para mis hermanas, mi madre y mi hija. También guardé algo para Natalia. A Conchita, a su madre y a Elisa, les di lo que consideré que les podía resultar más práctico: telas rusas de la mejor calidad y pieles de nutria seleccionadas, además de unas sedas y brocados de China y Mongolia, piezas de orfebrería hechas en Irkutsk y algunos iconos de Vírgenes rusas, patronas de ciudades o iglesias, conocidas y veneradas en mi país. A Conchita, como no tenía la posibilidad de regalarle una sortija de pedida, le di una medalla de la virgen de Kazán y una colección de *Huevos de Pascua*, una especialidad muy valorada de la orfebrería rusa. Curiosamente había muchos regalos de tipo religioso lo que nos extrañó porque no creíamos que fueran regalos muy apropiados para el mandatario de un país no cristiano.

El padre José, que había sido el más beneficiado con esta política de regalos religiosos, se quedó con algunos, preferentemente iconos. Nos dijo que él necesitaba pocas cosas. Guardaría algunos regalos y, en sucesivas Navidades, organizaría sorteos entre los colonos. Así tendrían un recuerdo de nuestra visita.

Ese día, el comandante y su familia nos invitaron a una comida a la que asistieron los oficiales del barco, además de los dos tenientes, Elisa y los dos misioneros. Conchita se sentó a mi lado y tuve la impresión de que no probó bocado. Aunque todos intentamos animar la comida, la realidad es que había un ambiente de poca alegría.

Al final, hubo brindis, felicitaciones a Conchita y a mí por el paso que íbamos a dar, los mejores augurios para mi viaje a España y el éxito de mi difícil misión…, y unas bellas palabras del padre José.

—Esta visita que nos ha hecho este puñado de ciudadanos de Rusia, un país lejano y que creíamos que sería tan diferente al nuestro, ha puesto de manifiesto algo que yo sabía desde el día en que decidí dejar la comodidad de una vida fácil en mi hogar de la bella Navarra, para seguir el ejemplo de Jesús y predicar sus enseñanzas: Todos estamos hechos iguales, poseemos los mismos sentimientos, tenemos el mismo concepto del bien y del mal, y nacemos con vocación de entendernos, por muy diferentes que nos creamos; algo que conseguimos cuando actuamos con amor y buena voluntad, Lo hemos podido comprobar asistiendo a este hermanamiento que se ha producido entre dos comunidades con idiomas y culturas diferentes. Incluso con diferentes religiones.

»La segunda enseñanza —dijo mirándonos a Conchita y a mí— es que el amor es la fuerza que siempre moverá al mundo. Un sentimiento que destruye todas las barreras por muy sólidas que parezcan. Esa verdad universal la expresó, con toda la fuerza de su juventud, esta criatura que tengo a mi lado cuando se enteró de que unas leyes, incomprensibles para su inocente razonamiento, podían impedir su unión con el hombre al que ama. Esta fuerza que es el amor, capaz de destruir, sin violencias, fortalezas y murallas, es la que podrá acabar con tanto odio, tanta codicia y tanta guerra inútil como padecemos.

»Que Dios bendiga y llene de felicidad a todos los aquí presentes allá donde vayáis, y mi bendición especial para Conchita y Nikolai, estos dos seres tan queridos que han tenido que recorrer medio mundo para encontrarse. Y es que, lo que Dios quiera atar en la tierra, no habrá fuerza que lo impida. Levanto mi copa y brindo por vosotros. Y, donde estéis, estad seguros de que mis oraciones siempre os acompañarán.

A la mañana siguiente, muy temprano y poco antes de nuestra salida, aparecieron en el puerto Conchita y su inseparable Elisa. Yo sabía que ella iba a venir a pesar de haber intentado convencerla —no con demasiada convicción— de que no se diera el madrugón. Acudió y me alegré. Elisa se puso a charlar discretamente con Langsdorff en francés, una lengua que, aunque no dominaba, se hacía entender. Además, el doctor ya se defendía bastante bien en español.

Cuando nos quedamos solos, estuvimos como media hora cogidos de la mano, pero sin decir palabra. En un momento dado, giró mi cabeza con su mano, e hizo que mirase a un punto lejano, detrás del presidio.

—Nikolai, allí estaré todas las tardes, sentada en nuestra piedra, cuando se ponga el sol, esperándote y pensando en ti.

Como ya íbamos a embarcar, me besó y se marchó. Cuando a la media hora la nave *Juno* partió vi, por última vez, su figura. Estaba abrazada a Elisa y me decía adiós con su sombrero.

Un fuerte e inaguantable dolor me oprimía de tal forma el pecho, que casi me impedía respirar.

EL ARCA DE NOÉ

La llegada de la *Juno* al modesto puerto de Nuevo Sitka, y el desembarco de la curiosa carga que transportábamos —parecía más el suministro para un zoológico que un barco de provisiones para hambrientos— fue un acontecimiento multitudinario que reunió a la colonia y a muchos nativos en la pequeña explanada delante del espigón del puerto. La nave atracó en la zona más profunda ya que, con la sobrecarga de varias toneladas de los animales transportados, temíamos por el calado de la embarcación.

El previsor Baránov había mandado acondicionar la plataforma de desembarque con unas rampas que se podían ajustar a la altura conveniente para que el ganado pesado pudiese desembarcar con relativa comodidad y seguridad. En Yerba Buena nos habían sugerido que llevásemos algunos pastores con nosotros para que se ocupasen del pequeño zoológico durante la travesía, y nos ayudasen en el desembarco de los animales grandes, que podía ser tan complicado como la subida a bordo. Así lo hicimos y no nos arrepentimos. Manejar animales de media tonelada de peso, no era una faena que pudieran desarrollar solos los marineros. Los pastores permanecerían un tiempo en la colonia para adiestrar a los colonos en las faenas ganaderas, un oficio nada fácil.

El desembarco se realizó ordenadamente. Con cada grupo de animales iban un pastor y un marinero como ayudante. Primero sacaron las jaulas con los conejos, gallinas y gallipavos. Luego desfilaron, bastante ordenadas y sin dar problema, cabras y ovejas. Sin embargo, la salida de los cerdos fue más complicada. Nerviosos, chillones y con ganas de correr después de tantos días encerrados, fue difícil mantenerlos en orden hasta llevarlos a la cerca donde, provisionalmente, se iban a quedar. Dos de ellos se escaparon y uno cayó al mar, pero se rescató. Fueron, sin duda, los que más éxito tuvieron entre el público y especialmente, entre los niños. Finalmente desfilaron los pesos pesados: bueyes, vacas y caballos. Cada vez que salía una nueva recua de animales, el público prorrumpía en vítores y aplausos.

La operación, que había comenzado a media mañana, terminó por la tarde después de ocho horas de trabajo. Pero nadie se movió de su sitio. Una vez que cada rebaño estaba en su correspondiente redil, los colonos desfilaban por ellos, con la curiosidad de quienes están viendo un espectáculo desconocido para la mayoría. Los cerdos para los niños —en especial los lechones— y los caballos para los mayores —sobre todo para los nativos— fueron los dos grupos que tuvieron mayor éxito. Todos los colonos reconocieron que había sido el mejor espectáculo presenciado en la colonia.

Cuando todo terminó, me fui directo a Baránov para felicitarle por la impecable organización algo que, conociéndolo, no me había sorprendido. Yo estaba feliz porque hubiese terminado aquel trabajo que durante los últimos años se había convertido en una autentica obsesión. Ahora tendría tiempo para ocuparme del viaje a San Petersburgo y a España, que tampoco era una tarea fácil. Me preocupaba que ya estábamos entrando en el otoño, y que el mal tiempo nos podía sorprender en cualquier momento.

DESEMBARCO DE GANADO EN NOVO SITKA.

Desembarco de ganado en Novo Sitka

V

UN LARGO Y GÉLIDO VIAJE

[Vv 293. —Adagio, molto adagio— (3º mov)

TAN LEJOS COMO ESPAÑA

El 7 de septiembre de 1806, el día que llegamos a Petropavlosk, la capital de la Península de Kamchatka estaba de un humor de perros. Hasta el paciente y comprensivo Langsdorff lo notó y me lo recriminó. Yo, para justificarme, dije algo que en parte era cierto: el dolor de estómago, que durante mi estancia en California parecía haberme dejado tranquilo, ahora volvía con más intensidad.

—Es que ha sido mucha la tensión que ha tenido que soportar estos últimos días, Nikolai, lo que unido al cambio de clima, son dos factores más que suficientes para ese empeoramiento. Si me lo hubiese dicho antes de salir de Alaska, hubiésemos hecho algo para evitarlo, pero no se preocupe, que lo haremos en cuando desembarquemos.

—Tiene toda la razón, doctor —contesté—. Debería haber tomado precauciones antes de salir. Con tantas cosas de las que tenía que ocuparme, en lo último en lo que iba a pensar era en mis tripas —dije de broma.

—Sí, estoy de acuerdo con Vd. Pero aparte de eso —continuó— su mal humor se debe a algo que le inquieta y creo saber de lo que se trata. Va a iniciar un viaje que supone la travesía de Siberia y de Rusia, y en la peor época del año. Sabe que, si todo va bien, llegará a Okhotsk a mediados de septiembre, y no podrá iniciar el viaje por tierra hasta octubre; tiene que buscar transporte, y en esta época del año no es fácil. ¿Y ha pensado como realizará el viaje hasta Irkutsk? Supongo que, desde allí, le será fácil continuar. Está más al sur, por lo que tendrá mejor tiempo. Y Vd. es alguien conocido en la zona lo que le permitirá encontrar mejores transportes. Pero, insisto: ¿cómo llegará hasta allí?

—Como todavía no habrá mucha nieve, mi idea es llegar a caballo. Según me han informado, siguiendo el curso del Lena encontraré bastantes stanitsas donde podré conseguir cabalgaduras frescas. Ilia me acompañará todo el viaje, lo que será una gran ayuda. Y si las nieves se adelantan, tendremos que ir en troica. En Okhotsk es fácil encontrarlas y tiradas por renos que son más rápidas. Tiene Vd. razón —continué— en que me preocupa el viaje porque la época no es la mejor. Pero confío en mi fiel Ilia y en mi voluntad de hacerlo. Y si es verdad que funciona lo de las oraciones —dije con una sonrisa, pero sin ironía— confío en la promesa del padre José.

—Procure no estar muchas horas seguidas, cabalgando —me aconsejó—. No sería bueno para *sus tripas*.

Aunque no le dije nada, para mí lo perfecto hubiese sido que él nos acompañase. Pero sabía que su idea era pasar el invierno en Petropavlovsk y unirse, en primavera, a una expedición científica por América del Sur, otro encargo del zar a propuesta del conde Rumyantsev. Bastante había hecho acompañándome a California, aunque yo sabía, porque me lo repetía cada vez que se presentaba la oportunidad, que había sido una experiencia de las más positivas de su vida, incluso me había dicho que algún día volvería. Le gustaría escribir sobre esa tierra y sus gentes.

Partí unos días más tarde después de pasar otro mal rato con aquella nueva despedida. Langsdorff era una de las personas más inteligentes y cultas que había tenido la fortuna de conocer. Recordaba con verdadero placer las muchas horas que habíamos pasado juntos, conversando sobre toda clase de temas. Siempre tenía una opinión o un comentario original y sensato que aportar. Había sido, sin duda, uno de mis mejores amigos y el que más me había ayudado. Y ahora lo iba a perder.

La travesía del mar de Okhotsk ya nos anticipó que el tiempo estaba cambiando y para peor. Por lo pronto tuvimos que esperar más de diez horas para poder acercarnos al puerto de la ciudad, ya que las fuertes ráfagas de viento nos impedían hacerlo con unas mínimas garantías de no estrellarnos contra el muelle. Ya en tierra, lo peor vino al poco tiempo con la llegada de intensas lluvias y vientos huracanados que hacían imposible el iniciar cualquier viaje. Nadie quería alquilarnos caballos mientras el tiempo no mejorase, y la impresión de los más entendidos de la localidad, era que la cosa iba para largo. Yo estaba desesperado porque veía, impotente, como pasaba el tiempo y permanecíamos anclados en aquel inhóspito pueblo, uno de los lugares más tristes y desagradables que he conocido, y sin poder hacer nada. Además, al ver mi obsesión por continuar el viaje, los lugareños nos habían tomado por unos de esos aventureros chiflados que de vez en cuando aparecían por la zona buscando oro o perlas y que, desilusionados, no tenían más opción que encontrar cualquier trabajo temporal o irse a las Aleutianas a trabajar en nuestra compañía de pieles, donde siempre se necesitaba mano de obra.

Aunque les expliqué que yo era uno de los propietarios de la compañía, al principio no me creyeron. Ante mi insistencia, buscaron a alguien que había trabajado unos años en la empresa y que confirmó lo que decía. La actitud hacia mí cambió, pero seguían insistiendo en que salir con ese tiempo era un suicidio al que nadie de la localidad estaba dispuesto a contribuir, y menos, a dejarnos unos caballos que sabían que podrían perder. Así es que solo quedaba esperar. Es curioso como Ilia, con su carácter tranquilo, resignado, y con un concepto del tiempo completamente distinto al nuestro, me ayudó a soportar las cuatro semanas que estuvimos sin poder movernos.

Al final la lluvia y los fuertes vientos se calmaron, pero fueron sustituidos por las primeras nevadas. La situación atmosférica indicaba, en opinión de los lugareños, que a medida que fuéramos entrando en el invierno, las condiciones meteorológicas irían empeorando, al tiempo que se reducirían las horas de luz. Pero yo quería convencerme —y convencer a los demás— de que según fuéramos descendiendo hacia el sur, el tiempo mejoraría. Nadie de la localidad estaba de acuerdo con mi pronóstico. Decían, con razón, que todavía tenía que subir más al norte hasta llegar a *Yakutsk*. Pero como ya sabían que era alguien importante de la empresa peletera, de la que prácticamente vivía el pueblo, estuvieron dispuestos a dejarnos unos caballos —necesitábamos al menos cuatro—, con los que poder atravesar la cordillera *Dzhugdzhur*, y continuar hasta *Uts Maya*, un pueblo donde podíamos renovarlos si era necesario. Y, si había nieve suficiente, que era lo más probable, continuar en troica hasta Yakutsk, por el helado río *Lena*. Desde allí, seguiríamos su cauce hasta Irkutsk.

En eso quedamos, si bien antes de partir me pidieron que les firmara un documento por el que, en caso de pérdida o muerte de alguno de los animales — supongo que pensaban en la nuestra también—, la Compañía se haría responsable de la indemnización. Como me pareció razonable, firmé el compromiso. Pregunté por las distancias y por el tiempo que tardaríamos en los distintos trayectos. Serían distancias aproximadas, nos dijeron, porque dependía, en cada caso, de la ruta que se tomara según el clima o el estado de los caminos, pero podíamos calcular entre Okhotsk y Uts Maya, algo menos de quinientas verstas y hasta Yakutsk unas trescientas más. Desde esta ciudad a Irkutsk, era difícil calcularlo con cierta exactitud, pero en ningún caso menos de mil verstas. En cuanto al tiempo que tardaríamos, nosotros teníamos la misma o más experiencia que ellos y sabíamos que era imposible predecirlo.

La buena noticia era que por el camino encontraríamos aldeas y stanitsas donde refugiarnos. Nos dieron una serie de nombres de localidades y direcciones de personas a las que nos podríamos dirigir en caso de necesidad o si queríamos cambiar de transporte, ellos recogerían nuestro transporte anterior, y no teníamos que preocuparnos de nada más, solamente de pagar, claro. Además, en cada punto de parada nos darían información de lo que nos esperaba en el trayecto siguiente, de la localidad más cercana y de la ruta recomendable.

Me sorprendió que, a pesar de las muchas dificultades geográficas y meteorológicas, el transporte estaba bastante bien organizado, seguramente por la importancia que había adquirido la zona al ser la más utilizada de las *rutas de las pieles*. Pero me habían advertido que las cosas, en invierno, cambiaban con la llegada de las grandes nevadas, los fuertes vientos y la necesidad de cerrar o trasladar cuarteles y stanitsas. El viaje, por supuesto, resultaba caro y nadie te garantizaba nada. Pero en ese momento esto era lo menos importante. Cuando le pregunté a Ilia si le parecía sensato lo que íbamos a hacer, solo contestó que, a donde yo fuera, el me seguiría y que siempre cuidaría de mí. Reconozco que sus palabras me conmovieron y me animaron a continuar.

ENTRE TEMPESTADES,
HIELOS Y STANITSAS

Siberia oriental puede presumir de tener dos marcas mundiales en dos puntos de su geografía. Una ya la conocemos: el lago Baikal que, como un día me explicara mí querida Anniuska, es el más profundo de la tierra. La segunda, en Siberia donde se encuentra la ciudad más fría del planeta: *Yakutsk*. Allí el termómetro puede bajar de los cincuenta grados bajo cero.

Acabábamos de llegar, precisamente, a esta ciudad, pero estábamos en octubre y todavía no había llegado, afortunadamente, a esos extremos. Hacía una semana larga desde que salimos de Okhotsk a caballo, cuando entramos en *Uts Maya*, un pequeño pueblo donde permanecimos dos días mientras descansábamos y nos preparaban las nuevas cabalgaduras. Lo peor de la primera etapa había sido, sin duda, la travesía de esa cadena montañosa de nombre impronunciable, *Dzhugdzhur*, pero de una belleza indescriptible con vistas únicas sobre el mar de Okhotsk y su capital. A la derecha, es decir, dirección sur vimos, en la lejanía —era un día muy claro— unas tierras que yo identifiqué como la problemática isla de Sajalin, al norte de Japón.

La travesía de la cordillera nos llevó tres días. Afortunadamente hizo buen tiempo, aunque por la noche el frío era insoportable. Gracias a las mantas que llevábamos y a los caballos que Ilia colocaba de forma que nos protegieran del viento helado, podíamos dormir.

En Yakutsk las cosas cambiaron y el tiempo empeoró con fuertes nevadas y vientos que introducían la nieve por el más mínimo resquicio de la ropa. Prácticamente no se podía caminar así es que, una vez más, nos tocó esperar resignados. Recordé que mi buen amigo el capitán Gerasim Izmailov —el que nos trasladó a Natalia y a mí a las Aleutianas y que había fallecido en un naufragio— era de esta ciudad, por lo que me entretuve buscando a alguien de ese apellido que seguramente sería familia. Encontré a un sobrino, un hombre agradable más o menos de mi edad, que casi no había conocido a su tío, pero bastaba que yo hubiese sido su amigo, para que se pusiera a nuestro servicio. Por lo pronto, nos buscó un alojamiento confortable hasta que pasara la tormenta. Nos dijo que no creía que esa inmensa nevada durase mucho y, efectivamente, solo fueron dos días. Cuando nos despedimos, me sorprendió que me preguntara que como estaba su tío: no sabía que había muerto. Nos pidió que no se lo dijéramos a su padre: era el hermano mayor de mi amigo, y estaba delicado. Me extrañó, de todas formas, que nadie se hubiese molestado en comunicárselo porque ellos eran, aparentemente, su única familia.

Continuamos con los mismos caballos pensando en llegar, siguiendo el curso del Lena, a una stanitsa llamada *Isit.* Pero estaba abandonada, algo de lo que no nos habían advertido, lo que nos obligó a seguir hasta *Oliókminsk,* un pequeño poblado fortificado ocupado por cosacos, lo que hizo feliz a Ilia.

Habíamos recorrido más de quinientas verstas y yo estaba tremendamente cansado. Además, con tantas horas a caballo me habían vuelto los dolores de estómago, y con más virulencia. Y estaba preocupado porque ya no había vuelta atrás. Descansaríamos unos días en el cuartel de Oliókminsk que el edecán puso a nuestra disposición.

El mal tiempo nos obligó a prolongar la estancia. Dos veces intentamos salir para llegar a *Lenz,* pero otras tantas nos vimos obligados a regresar. Los del cuartel nos lo advertían y ya hacían bromas. Cuando partíamos nos despedían con un ¡*adiós y hasta pronto!* y cuando regresábamos, formaban la guardia y tocaban una marcha militar. Como en esa época había poco trabajo en el cuartel, casi toda la tropa se dedicaba a aprender algún instrumento musical o se entretenían organizando coros, que igual cantaban música cosaca, cantos religiosos con el pope de la guarnición, como cantos populares subidos de tono que el pope hacía como si no los oyera. Yo, en correspondencia, sacaba mi violín y les daba algún pequeño recital. Pero mi ánimo no estaba para muchas fiestas por lo que empleaba la mayor parte del tiempo leyendo o descansando. El problema era que Lenz estaba lejos y no había ningún poblado entre las dos ciudades. Una stanitsa situada a unas ciento cincuenta verstas también la cerraban en invierno y su guarnición la trasladaban a Lenz, o a Oliókminsk, en donde ahora nos encontrábamos. La situación era desesperante. A veces me arrepentía de no haber hecho caso a tantos que me desaconsejaron emprender el viaje en estas fechas. Siempre supe que lo iba a pasar mal, pero no hasta este extremo.

Al cabo de unos días el tiempo mejoró así es que, después de una fraternal despedida de aquella gente que nos había acogido con tanta cordialidad, y tener que escuchar una vez más el consabido «*adiós y hasta pronto*», partimos para llegar a Irkutsk, donde pensábamos estar menos tiempo del planificado pues quería recuperar parte del retraso acumulado. Pero estaba deseoso de volver a ver a Natalia y, con un poco de suerte, también a Baránov. Los inviernos solía pasarlos en su casa de Irkutsk.

Hasta llegar a unas treinta verstas de la ciudad, no tuvimos incidentes destacados. Pero una mano maligna parecía dispuesta a someterme a una nueva prueba. Ese día tuve una hemorragia que me dejó al límite de mis fuerzas. Langsdorff me había advertido que, cuando esto me sucediera, la única solución era no moverme y tomar un buen trago del brebaje que me había preparado, asqueroso, pero me aliviaba el dolor.

Ilia improvisó una especie de refugio en una zona arbolada y algo protegida, atando los caballos cerca de mí para que me diesen calor. Luego, se encaminó a la ciudad en busca de algún medio de transporte. Tenía claro que yo ni podía ni debía cabalgar.

Apareció a la mañana siguiente con una carreta tirada por un caballo, llena de pieles y acompañado de dos cosacos, amigos suyos, que le ayudaron a subirme y a tumbarme entre las pieles. Por la mañana, después de una infame noche, me desperté con fiebre. Me encontraba en unas condiciones lamentables. Cuando llegamos a la ciudad, ya bien entrada la tarde y casi inconsciente, me llevaron a la casa de Natalia. Ella no estaba y no llegaría hasta el día siguiente. El mayordomo enseguida organizó todo para que me pueda acostar. A pesar de mi estado, mi mayor preocupación era ser consciente de que mis pantalones estaban sucios de sangre de la hemorragia, y de otras sustancias menos nobles, así es que, haciendo un esfuerzo, conseguí decírselo a mi criado, aunque creo que él ya lo sabía. Me tranquilizó diciéndome que él me limpiará antes de que nadie me pudiera ver.

NATALIA

La primera sensación que tuve de estar vivo fue cuando sentí
una mano suave acariciando mi frente y un olor agradable
y familiar. Por un momento pensé que era Anniuska, pero
enseguida reconocí la voz y el perfume de su madre. Me dijo
algo que no entendí, y de nuevo volví a entrar en un estado de
semiinconsciencia, pero sumamente agradable. Era como si
hubiese salido del infierno, de un infierno helado, y hubiese
entrado en el paraíso, y un ángel amoroso me pusiese sobre
la frente su mano protectora.

Cuando recobré la conciencia, reconocí la habitación: era
la de mi hija cuando vivía con su abuela. Allí estaban muchos
de sus juguetes y muñecas, algunos que le había regalado yo.
Todavía estaban las dos camas que yo recordaba. A veces mi
hija tenía pesadillas y pasaba miedo, y su abuela se acostaba
a su lado.

Pero me sorprendió que la segunda cama estuviera deshe-
cha, como si alguien hubiese dormido en ella. ¿Habrá sido
Ilia para estar cerca de mí? Cuando se lo pregunté, me dijo
que quién había dormido allí desde que llegamos dos días
antes, había sido la señora Natalia. El primer día, cuando
estaba inconsciente, se había pasado la noche sentada en un
sillón al lado de mi cama. Pero al día siguiente había decidido dormir a mi lado. Aquello me conmovió. Y reconozco
que, a pesar de mi estado deplorable, me excitó.

Al poco rato entró Natalia acompañada del médico de la
familia, que no era el que yo conocía. Este era más joven y
con un fuerte acento moscovita. Me lo presentó, pero no me
quedé con su nombre. Me hizo un reconocimiento general
y oí que le decía a Natalia lo que yo ya sabía: que había perdido mucha sangre y era imprescindible que hiciera reposo
absoluto, que evitara cualquier esfuerzo y que me alimentase
a base de carne roja, verdura y fruta, pero que, esta, no fuera

muy ácida. Y, por supuesto, que durante una larga temporada me olvidara de hacer ejercicio, montar a caballo o coger cosas pesadas. Otra hemorragia como esta —dijo muy serio— me podría mandar a la tumba.

—Que siga con la medicina que le ha preparado el doctor alemán y que me ha dicho su criado que le alivia —. Siempre dirigiéndose a Natalia, continuó:— Hay otros calmantes, pero si este le va bien, que siga con él.

Oía la conversación, pero no tenía fuerzas para decir nada. De vez en cuando miraba a Natalia. Era la primera vez que la veía después de recuperar la consciencia. Se le iban notando los años, el pelo ya con algunas canas, pero su cuerpo seguía como el de una mujer joven y atractiva. Cuidaba mucho su alimentación y llevaba una vida muy activa: ese era el secreto, según me confesaría cuando, después de un rato de postración, pude decir algo. Le transmití mi alegría por haber ido a parar a su casa cuando creía que llegaba mi final. Y el saber que estaba durmiendo en la cama donde había dormido mi hija, completaba mi felicidad.

Sin decirme nada, pero con una sonrisa en los labios, se dirigió a un armario cercano a la cama, lo abrió y empezó a sacar ropa, y más juguetes de cuando Olga era pequeña. Se me saltaron las lágrimas. Entonces se acercó a la cama y me cogió la mano.

—Nikolai, no te puedes figurar lo feliz que he sido estos años disfrutando de mi nieta. Tienes una hija que, además de ser preciosa, es buena como lo era su madre, e igual de cariñosa. Al principio, después de la desgracia, era como si tuviera un trocito de mi hija… y también una parte de ti.

Esto último lo dijo como de pasada, sin darle más importancia. Luego continuó:

—Como sabes, hemos abierto una oficina en San Petersburgo y mi proyecto es trasladarme allí, cerca de mi nieta que es lo que más me importa en este mundo. Llevo dos años separada de ella y no lo soporto.

Luego, con voz apenada, añadió:

—¿Te das cuenta Nikolai de que, en muy poco tiempo, he perdido a los que más amaba? Mi marido, mi hija, y ahora a mi nieta. Ni siquiera tú, lo último que creía tener, vas a estar cerca.

Entre lo aturdido que me encontraba, y lo que estaba oyendo, no sabía qué pensar ¿Me estaba diciendo que yo significaba para ella algo, más allá de ser su socio, su yerno o el padre de su nieta? Me costaba trabajo pensar porque me estaba muy débil y me dolía la cabeza. Lo más probable es que no haya oído bien y no haya entendido correctamente lo que ha querido decir. ¿Sabía Natalia que me iba a casar y que este viaje era, entre otras cosas, para resolver problemas relacionado con la boda? Aunque no me ha hecho ningún comentario, lo tenía que saber por Baránov. Pero como no me encontraba en las mejores condiciones para mantener una conversación tan delicada, preferí no decir nada y continuar en mi papel de enfermo poco receptivo, lo que era bastante cierto. Que sea ella la que hable. Yo me limitaré a escuchar.

Pero no volvió a sacar el tema, de lo que me alegré. Ya tendré tiempo de explicarle todo, y con detalle, cuando me encuentre en mejores condiciones. Si hay alguien que tenga interés en que conozca mi futuro, es ella.

Esa noche también durmió en la cama de al lado. No me dijo nada porque cuando se acostó, yo estaba medio dormido, pero antes de apagar los candelabros, sentí que me tocaba la frente, supongo que para ver si tenía fiebre. Yo, instintivamente, chasqueé los labios como mandándole un beso.

A la mañana siguiente sucedió algo inesperado.

Cuando me desperté, su cama estaba vacía. La oía en el cuarto de baño, una habitación que se comunicaba con el dormitorio. Me cambié de postura para ponerme en posición en la que viera la puerta. Estaba cerrada, pero no del todo, de forma que podría oír cuando terminara. Me quedé lo más quieto posible, haciéndome el dormido, hasta que salió envuelta en una gran bata. Miró hacia mi cama y como permanecí quieto y con los ojos cerrados, debió pensar que seguía dormido. Caminó unos pasos hasta un pequeño tocador al lado de la ventana. Cuando se sentó, me daba la espalda. A continuación, con movimientos lentos deslizó la parte alta de la bata, y sin moverse, la dejó caer sobre el respaldo de la silla, quedando desnuda la mitad superior de su cuerpo. Aunque estaba de espaldas, por el espejo podía ver su cara y sus pechos. Con disimulo y muy despacio, me giré un poco para mejorar la visión. Por el espejo debió de notar mi movimiento: giró la cabeza, y aunque cerré los ojos como si siguiera dormido, notaría que mi postura no era la misma. Y algo sospecharía cuando, a continuación, con la misma calma, volvió a subirse la bata hasta cubrir sus hombros. Luego se terminó de secar el pelo con una gran toalla, se colocó otra más pequeña cubriendo la cabeza, y sin mirar hacia mi cama, salió de la habitación.

Respiré profundamente, pero me asaltó una duda. ¿Su actuación había sido premeditado? El cuarto de baño se encontraba entre la habitación donde yo estaba, y su dormitorio, por lo que podía haber pasado directamente a él. Es cierto que podía haber otras muchas explicaciones para aquel comportamiento, pero mis *dudas* fueron una reacción espontánea y atractiva ya que me conducían a conclusiones gratificantes.

La historia terminó cuando, a media mañana, después de que Ilia me trajera el desayuno, entró la doncella, hizo la cama donde Natalia había dormido cambiando sábanas y mantas y se llevó su camisón y su bata colgados en un perchero. Al rato, entró ella, espléndida y sonriente, preguntando cómo me encontraba.

—Como veo que estás mejor —dijo risueña. Y sin esperar mi respuesta, añadió— he pensado, Nikolai, que cuando se está enfermo es más cómodo dormir solo. Pero al lado de la cama tienes ese cordón rosa con una borla de cuando tu hija dormía aquí. Si necesitas algo, tira de ella porque sonará una campanilla en mi dormitorio. Yo tengo un sueño bastante ligero y seguro que la oigo.

—Me parece muy bien Natalia —contesté serio.

Y dándole a mis palabras un tono que trasmitiera un sentimiento de culpabilidad, continué despacio.

—Y respondiendo a tu primera pregunta, te diré que estoy mucho mejor. Siento todas las molestias que te estoy causando, y te agradezco de corazón lo que estás haciendo por mí. Algo que no podré pagarte por muchos años que viva. Creo Natalia que, en pocos días, podré continuar el viaje.

Cuando pronuncié estas últimas palabras, su actitud cambió totalmente, y con la energía y la autoridad con la que ella podía actuar, dijo:

—¡Ni lo pienses Nikolai! De aquí no te mueves hasta que no estés totalmente recuperado. Ya has oído al doctor que una nueva recaída sería terrible. No me perdonaría que eso ocurriera en mi casa. Bastantes desgracias hemos tenido como para añadir una más.

Luego, medio en broma, añadió:

—Si hace falta poner un regimiento de cosacos en la puerta de la casa, ahora mismo le digo a tu fiel Ilia que vaya a buscarlo, pero de aquí no te moverás hasta que lo autorice el médico.

Y para no dejarse nada atrás, terminó:

—Estoy segura de que lo que tengas que hacer, podrá esperar.

A pesar de lo que le había dicho hacía solo unos instantes, la realidad era que me encontraba bastante mal, sobre todo, cansado. Pero aun siendo consciente de que no era el mejor momento para iniciar una discusión, también sabía que no podía dejarla continuar con su juego de ignorar cual era el objetivo de mi viaje, por lo que, haciendo un esfuerzo para darle a mis palabras cierta contundencia, me dirigí a ella.

—Lo que tengo que hacer Natalia, es arreglar los papeles para mi boda; entre otras cuestiones conseguir el permiso del zar, algo a lo que en mi calidad de embajador estoy obligado. Un diplomático necesita un permiso especial si se casa, como es mi caso, con una extranjera. Y para más complicación, también tengo que solicitar la autorización del arzobispo de España por ser una boda entre una católica y un ortodoxo.

Y concluí.

—Claro que puede esperar, pero no mucho.

Luego respiré hondo para recuperarme del esfuerzo.

Creo que mis palabras la habían sorprendido. Se puso lívida, miró a todas partes y aquella mujer tan fuerte y segura de sí misma, en unos segundos se vino abajo. Se echó sobre la cama vacía, y empezó a llorar: así permaneció un rato. Yo no esperaba esa reacción. Me sorprendió, y para tranquilizarla puse mi mano sobre su cabeza. No dije nada. Después de un rato, se levantó y se fue hacia el cuarto de baño.

Haciendo otro esfuerzo y antes de que se alejara demasiado, dije:

—¡No te vayas! ¿Por qué no hablamos?

Desde el baño, antes de cerrar la puerta, contestó:

—Enseguida vuelvo.

Tardó un tiempo en aparecer, lo que me permitió ordenar mis ideas. Cuando lo hizo, llevaba el pelo recogido en un moño, la cara resplandecía y una amplia sonrisa llenaba su bello rostro. Pensé que todavía era una mujer de una belleza espectacular y con una gran fuerza interior. Y, por lo que dijo a continuación, comprendí que ese cambio de actitud que ahora adoptaba no respondía a ningún subterfugio, sino que era consecuencia de una reflexión inteligente y sincera por mi último comentario. Sin duda la había herido, pero también la había hecho recapacitar.

Se sentó en el borde de la cama, y, con los ojos todavía húmedos, empezó a hablarme.

—Perdóname Nikolai. Perdóname porque me he portado como una niña pequeña, mejor diría, *como una estúpida niña pequeña*. Dudo que tu hija hubiese reaccionado de la forma en que yo lo he hecho. Sabía lo de tu boda desde que, hace más de un mes, Baránov me mandó un correo contándomelo con todo lujo de detalles, como a él le gusta hacer las cosas, sin escatimar elogios acerca de tu prometida. Reconozco que fue un golpe que no esperaba. También me decía que cuando le diste la noticia, la recibió con recelo que aumentó cuando se enteró de la edad de ella. Pero, más tarde, esa actitud cambiaría al conocerla personalmente. Empezó a enumerarme sus cualidades, su belleza, su juventud, su simpatía, su bondad…, sin darse cuenta de que cada una de sus palabras eran como dardos que se clavaban en mi cuerpo. ¿Celos? Por supuesto que lo eran. Pero no esa clase de celos que puede provocar el que te quiten a una persona a la que amas. Eran celos, pero por egoísmo, por despecho… y también rabia. En ese momento sentía que me estaban quitando algo que necesitaba, y desde lo que había sucedido en Kodiak, algo que, en cierto modo, creía que me pertenecía. Una reacción estúpida, ya lo sé, pero que no podía controlar.

Luego, con voz temblorosa, continuó:

—Me justificaré Nikolai confesándote que desde que se fue tu hija, me he sentido tan sola y desdichada que no he podido soportar saber que había otra mujer, joven, además, tan importante para ti como para jugarte la vida por ella. Sé que ya no voy a encontrar «*el gran amor de mi vida*», y si te soy sincera, ni lo deseo. El gran amor lo tuve y lo disfruté. Y no pienso unirme a alguien únicamente para evitar la soledad. Por eso tengo claro que mi felicidad solo la encontraré al lado de mi nieta. Y también de tu madre a la que aprecio de verdad, como también apreciaba a tu padre. Por eso quiero dejar esta tierra donde he sido muy feliz, pero donde ya no queda nada que me ate a ella. Solo recuerdos de seres que he amado, pero que ya no están.

»Nikolai, ahora me doy cuenta de que me he comportado como una estúpida y mal educada egoísta, que ni siquiera ha sabido guardar las formas y felicitarte por tu compromiso. Perdóname. De corazón te deseo toda la felicidad de este mundo.

Se inclinó y me besó en la frente. Luego se sentó más cerca de mí, cogió mi mano y esperó a que yo hablara. Todo lo que había dicho me había conmovido. Y no sabía qué decir. Pero ella esperaba una respuesta, y aunque supusiera un esfuerzo por mi parte, tenía derecho a que la complaciera. Y quería ser tan sincero como ella lo había sido conmigo, pero también quería evitar que mis palabras la hirieran.

—Quiero que sepas —comencé— que el recuerdo de lo que pasó en Kodiak sigue vivo dentro de mí y te diré que esta mañana, cuando te volví a ver después de casi dos años, te encontré tan atractiva y deseable como cuando estuvimos juntos en aquella cabaña helada. Y te mentiría si te dijese que, en muchos momentos, no he rememorado aquellos instantes de absoluta felicidad. Pero también quiero que sepas que, aunque me costó, respondí a tu deseo de bajar el telón y pensar que la función que acabábamos de disfrutar había terminado… y para siempre.

De vez en cuando paraba para recuperar fuerzas, pero si Natalia hacía ademán de decir algo, yo le hacía una señal para que me dejara continuar.

—Eres una mujer hermosa y muy deseable. Los años han hecho contigo como hacen con los buenos vinos: mejorar todas tus cualidades. Estoy seguro de que, si te lo propusieses, tendrías no a un hombre sino a todo un regimiento haciendo cola delante de tu puerta —sonrió y apretó mi mano—. Pero también entiendo que cada vez te sea más difícil encontrar a alguien que te satisfaga plenamente, porque cada vez vas a exigir más de la persona que esté contigo. La decisión que has tomado me parece perfecta, y reconozco que te lo digo también egoístamente. Mi hija, que es lo que más me importa, va a estar rodeada de personas que la quieren y a las que ella, y yo, su padre, también queremos. Ellos, Natalia, van a ser tu nueva familia, lo que me hace muy feliz. Primero porque te quiero y te deseo lo mejor, pero también porque te lo mereces.

Se quedó un rato mirándome con los ojos llenos de lágrimas que habían ido apareciendo mientras yo hablaba. Quería que estuviera convencida de la sinceridad de mis palabras, por lo que añadí:

—Te equivocarías si creyeras que mis palabras son solo palabras de consuelo. Y añadiré: no creo que tengas que avergonzarte por emplear las mejores armas que posees para conseguir lo que tu creías, pienso que equivocadamente, sería tu felicidad.

Quitó las manos de su cara y con el dorso, secó las lágrimas:

—Se que lo que hice exhibiéndome ante ti, fue una estupidez por mi parte.

Y entre risas y sollozos, añadió:

—Fui consciente de que estaba actuando como la serpiente del Edén ofreciéndote una fruta envenenada, y enseguida me arrepentí. Pero en aquel momento estaba tan desesperada pensando en que te marchabas, que no sabía qué hacer para retenerte.

Me echó los brazos al cuello. Yo le acariciaba el pelo y disfrutaba de su olor… así estuvimos un rato. Cuando nos separamos, los dos sabíamos que, entre nosotros, cualquier tipo de relación que no fuera de cariño y amistad, había terminado.

Al menos, eso creía en aquel momento.

ADAGIO MOLTO LAMENTOSO

La ciudad de *Krasnoyark*, nuestro próximo destino, se encontraba a algo más de ochocientas verstas de Irkutsk. Un trayecto largo e incómodo porque había que atravesar varios puertos de los *Montes Sayanes*, pero que podíamos hacer en varias etapas, parando en pueblos y stanitsas que conocía bien al ser una ruta que había hecho otras veces. Y algunos tramos, incluso los podríamos hacer en carruaje.

Nos advirtieron que el mal tiempo, aunque había mejorado, dejó muchos trozos del camino intransitables para un transporte de ruedas, especialmente más al norte en el que el clima era más frío y abundaban los suelos helados. Esos tramos había que hacerlos a caballo. La buena noticia era que pasaríamos por poblados y stanitsas donde podríamos adquirir cabalgaduras y donde nos informarían de la mejor ruta a seguir. Los tramos a caballo eran a los que más temía, por lo que procuraría que fueran los menos.

El doce de febrero, después de un mes largo de convalecencia, emprendimos el viaje. El médico moscovita estaba sorprendido por mi rápida recuperación que yo atribuía, además de a mi constitución sana, a los buenos cuidados de Natalia que puso su casa y a toda la servidumbre a mi servicio. Creo que quería convencerme de que, como en su casa, no iba a estar en ningún otro sitio, algo que yo ya sabía. Pero tenía que hacer un esfuerzo y continuar si no quería tirar por la borda todo lo que hasta el momento había conseguido.

No fue fácil convencerla. Quería que me fuera, pero no tan pronto. Al final lo conseguí cuando, después de enseñarle el calendario que había confeccionado y le expliqué que la meteorología era lo que más me preocupaba, entendió la necesidad de partir lo antes posible. Y eso hice, no sin antes tener que escuchar una retahíla de recomendaciones —consejos del médico, según me explicó—, muy importantes para mi total recuperación.

La expedición estaba formada por un carruaje tirado por dos caballos con dos cocheros, más un caballo de repuesto, y como equipaje, un baúl de considerables dimensiones y algunas bolsas de piel, entre los que Natalia había distribuido todas las provisiones que había preparado: ropa de abrigo, mudas interiores, pieles, medicinas, vendas… y mucha comida, como si por el camino no fuéramos a encontrar ningún sitio donde poder comer. Quería también incluir algunas botellas de vodka, pero el médico le explicó que eso era veneno para mi estómago. Le pedí que dejara algunas para Ilia y los cocheros; seguro que lo agradecerían. Personalmente, no tenía muy claro qué haríamos con todas estas provisiones cuando tuviéramos que ir a caballo. Necesitaríamos, al menos, dos o tres animales más, solo para el equipaje, pero cada cosa, pensé, se resolvería en su momento. Ilia prefirió ir a caballo, así yo tendría más sitio en el carruaje e incluso me podría tumbar.

A pesar de la comodidad del transporte, el viaje resultaba pesado porque avanzábamos muy despacio. Al principio nos costaba hacer treinta verstas al día.

A partir de la primera semana, los caminos estaban mejor y lo hacíamos con mayor rapidez, habiendo días que conseguíamos llegar a las cincuenta verstas. Cuando pasados los montes Sayanes llegamos a Tulun, un pequeño poblado de cosacos a algo menos de la mitad del camino, el escenario cambió. Una fuerte ventisca de nieve nos impedía ver, cegando también a los caballos. No tuvimos más remedio que esperar un par de días a que el tiempo mejorara. Por suerte, yo me encontraba bastante bien, aunque el carruaje me agotaba con los saltos que daba por el estado del camino. Esos días de descanso, por tanto, me vinieron muy bien.

Al tercer día continuamos intentando llegar a Kansk, a unas trescientas verstas. Sería la penúltima etapa antes de Krasnoyark. Si el tiempo nos acompañaba, podríamos llegar en cuatro o cinco días. Kansk es una de las *ciudades-fortaleza* más antiguas de la región, con varias guarniciones militares, en su mayoría integradas por cosacos. Ilia me dijo que allí tenía muy buenos amigos de la época en la que trabajó en casa de mis padres.

Desde Kansk a Krasnoyarsk había menos de cien verstas. Como era un camino muy frecuentado, solía estar bien cuidado. Pero cuando llegamos a Kansk nos dieron una mala noticia: el camino estaba cortado por los desprendimientos de rocas causados por las fuertes lluvias y el desbordamiento de uno de los afluentes del Yeniséi. Conclusión. Si queríamos continuar, no podíamos hacerlo con el carruaje y tendríamos que ir a caballo.

Fue un golpe de mala suerte, porque el viaje hasta ese momento estaba resultando relativamente bien. Y aunque todavía débil y cansado, me encontraba con fuerzas y, sobre todo, con ánimo para continuar. Por otro lado, fue muy reconfortante este nuevo descanso en la agradable ciudad de Kansk en la que Ilia disfrutó reencontrándose con antiguos compañeros.

El veinte de febrero reanudamos el viaje, a caballo, en dirección Krasnoyarsk, una ciudad que conocía bien porque alguna vez acompañé a mi padre a visitar a jueces y magistrados, entre los que tenía buenos amigos. El carruaje regresaría a Irkutsk con los cocheros y nosotros seguiríamos a caballo. Para poder llevar todo el equipaje, tuvimos que alquilar dos animales más, además de los cuatro que ya traíamos.

El viaje transcurría relativamente bien, aunque empezaba a sentirme cansado e incómodo sobre el caballo. Lo peor vino cuando, sin previo aviso, esa tarde cambió radicalmente el tiempo. Empezó a llover torrencialmente y el aguaviento no nos dejaba avanzar. Lo más grave era que no podíamos continuar, pero tampoco retroceder. La impresión era como si todo el cielo quisiera vaciarse sobre nosotros. Nunca me había sentido tan indefenso, tan impotente. Hasta Ilia, que siempre tenía una solución para cualquier situación, estaba preocupado. Nos encontrábamos en un paraje inhóspito sin una vivienda o un cobertizo donde refugiarnos. Ni siquiera un árbol donde poder resguardarnos y atar los caballos que empezaban a moverse intranquilos, por los truenos y los rayos que surcaban un cielo casi negro. Por eso me dejaron perplejo las palabras que pronunció mi criado:

—Menos mal que no hemos encontrado árboles. No hubiésemos resistido la tentación de protegernos debajo de ellos, y es lo peor que se puede hacer en una tormenta con rayos.

Enseguida reconocí la sensatez de sus palabras. Y el hecho

de que se lo dijera, pareció darle ánimos y esa seguridad que siempre tenía para decidir la próxima acción:

—En esta situación, lo único que podemos hacer es sujetar bien los caballos, trabando sus patas y atándolos entre ellos. Nosotros nos quedaremos donde estamos, nos cubriremos lo mejor que podamos con todo lo que encontremos en los baúles y que nos pueda servir, e intentaremos descansar. Estos vientos huracanados en esta época del año, y acompañados de rayos no suelen durar mucho.

Aunque pareciera un problema menor, el decidir cómo íbamos a pasar la noche para intentar descansar, no lo era. No nos podíamos tumbar en el suelo, un charco embarrado. Y aunque hubiésemos puesto pieles y ropas de abrigo, al poco tiempo estarían empapadas. Dormir encima de las bolsas era imposible: teníamos espacio para sentarnos, pero no para tumbarte en ellas. Una vez más Ilia dio la solución: sin ser buena, parecía la única posible.

—Lo haremos al estilo cosaco: sentados sobre las bolsas y espalda contra espalda. Nos echaremos por encima los capotes y trataremos de dormir. Al menos, descansaremos.

Y así lo hicimos: al estilo cosaco. Pero con la particularidad de que yo no era cosaco y, aunque estaba acostumbrado a situaciones incómodas, mi estado físico no me permitía adaptarme, en unos minutos, a esta extraña forma de descanso. Por otro lado, Ilia no acertó con el pronóstico del mal tiempo. Duró toda la noche. Cinco horas de tormento en aquella incómoda postura hasta que, ya amaneciendo, el huracán se calmó, cesaron los truenos y los rayos, y dejó de llover, al menos con la fuerza e intensidad que lo había hecho hasta entonces. Los caballos, afortunadamente, no se habían movido de la posición en que Ilia los había colocado: contraviento para que nos protegieran de las fuertes ráfagas.

Pero la noche fue de pesadilla. Destrozado física y mentalmente, imágenes horribles me asaltaban continuamente, pero con tal fuerza, y tal realismo, que tenía que esforzarme para convencerme de que eran imágenes creadas por mi mente enferma. Figuras enormes y grotescas se me aparecían, y me empujaban como si quisieran sepultarme en un inmenso charco de agua sucia. Gritaba e intentaba defenderme, pero las fuerzas no me respondían…

Lo único que deseaba era volver, regresar. Pero no a California… tampoco con mi familia. Mi obsesión me llevaba, siempre, al mismo lugar: con Natalia, a ese refugio cálido y seguro que era su casa que había abandonado hacía solo unos días. Y que ella me cuidara como lo había hecho entonces… pero tumbada a mi lado, no en la cama de mi hija, sino en la mía… y que me abrazase y pusiera su mano sobre mi frente… y que pudiera oler su inconfundible perfume y sentir su piel suave.

Esta pesadilla era la que me había estado asaltando toda la noche sin poder arrancarla de la mente… O quizá porque me producía tanto bienestar que, en lo más profundo de mí ser, quería que continuara.

Cuando por la mañana recobré la plena conciencia, estaba sudando y tiritando al mismo tiempo. Ilia me dijo que lo había despertado varias veces hablando fuerte, incluso dando voces como si me estuvieran atacando. No me atreví a preguntar si había entendido algo de lo que había dicho. Le pregunté si, a pesar de mis voces, él había dormido. Me contestó que lo suficiente. Pero había notado que yo estaba muy caliente; seguramente me habría vuelto la fiebre. Le confesé que me encontraba muy mal… que no sabía si podría continuar. Pero me convenció de que lo más sensato era seguir adelante y llegar a Krasnoyarsk que no estaba lejos: volver era imposible. Él se encontraba bien y me podría ayudar.

Cuando intenté levantarme, me di cuenta de que no podía moverme. Tenía el cuerpo entumecido y mis brazos y mis piernas no me respondían. Cuando se dio cuenta de mi situación, se acercó, me sujetó por los hombros, y doblado tal como estaba, despacio, me dejó caer hasta quedar tumbado en el suelo. Luego, con sus grandes manos me dio una refriega muy fuerte en la parte baja de la espalda. Sentía cómo crujían mis vértebras… pero me daba calor y aliviaba el dolor. Al mismo tiempo, estiraba mis piernas hasta que, al cabo de un rato de forcejeo, logré incorporarme. Finalmente me puse de pie. Apenas podía caminar, pero Ilia me llevó en volandas hasta una de las cabalgaduras en la que había echado unas mantas secas. Me arrimó a la panza de la bestia para que apoyara mi espalda en ella.

—Mientras recojo las cosas —dijo con voz tranquila— el calor del animal le aliviará el dolor de la espalda.

A continuación, empezó a preparar toda la carga y a montarla en los animales. La ropa mojada la colgó de una cuerda que, a modo de tendedero, había puesto alrededor de una de las monturas.

—Algo se secarán —comentó sin darle mayor importancia.

¡Que increíble persona! Lo miraba atónito preguntándome cuánto habría durado sin su compañía, sin su ayuda y sin esa seguridad que sabía transmitir.

Una vez terminada la operación, me ayudó a montar. Una faena bastante complicada porque cada movimiento era como una puñalada en la espalda. Al final lo conseguimos. Ilia montó, a su vez, y se colocó a mi lado para poder sujetarme en caso de que perdiese el equilibrio. En ese momento me sentía tan impotente e inútil como un niño recién nacido.

Lo que me había pasado por la noche, los sueños y las alucinaciones que me habían perseguido, no me los podía quitar de la cabeza, aunque lo intentaba con todas mis pocas fuerzas: siempre volvían. Y entonces me invadía un sentimiento de culpabilidad, como si hubiese traicionado a muchos seres a los que quería, empezando por la que iba a ser mi mujer. Y me dolía porque todas esas soñolencias, me conducían a un mismo sitio y a una persona de la que no quería separarme.

Era consciente de que cada vez me costaba más rechazar estos pensamientos, hasta que, finalmente, dejé de luchar, y me entregué a seguir pensando en Natalia porque era lo único que me producía bienestar, me calmaba el dolor, y me daba fuerzas para seguir vivo. Ni siquiera intenté analizar lo que me estaba sucediendo: presentía que no me iba a gustar lo que descubriera, y temí que acabara de hundirme. Tendría tiempo de hacerlo más adelante, cuando estuviera mejor.

Ilia, que estaba a mi lado pendiente de que no perdiera el equilibrio, me ayudaba a mantenerme recto. Parte de mi debilidad se debía a que había comido muy poco, y, al rato de cabalgar, casi todo lo había devuelto. Y esa era la situación hasta que…

Inesperadamente, sobreviene la tragedia... Tardo unos segundos en reaccionar porque todo sucede en un instante...; hemos pisado una placa de hielo que Ilia pendiente de mí, no ha visto...; su caballo resbala, y al intentar mantener el equilibrio, levanta los cuartos delanteros, al tiempo que el mío se inclina hacia el lado contrario...; para que no me arrastre en la caída, Ilia tira de mí con todas sus fuerzas, lanzámdome por encima de mi caballo...; en la caída, mi cabeza choca contra los cascos de su cabalgadura...; suena un fuerte crujido...

como cuando se parte una piedra de un martillazo... pero no siento dolor... solo indignación... ¡no es posible que esto me esté sucediendo!

¡No ahora ,Señor!... ¡no ahora!... tendido en el suelo sobre una placa de hielo, veo la mancha roja de mi sangre deslizarse debajo de mi cabeza, y extenderse por la fría superficie de cristal...; estoy plácidamente tumbado abstraído mirando la mancha fluir...; luego aparece un enorme pájaro negro que me cubre con su ala y un fuerte dolor me invade cuando picotea mi ojo...; noto la sangre que sale a borbotones de la cuenca vacía y que recorre mi cara...; al principio está caliente y es agradable pero en seguida se enfría y se pega a mi piel...; cuando levanta el vuelo me lleva entre sus garras hasta depositarme en la boca de un túnel...; el túnel no tiene salida porque no tiene fin...; oigo ruido de voces pero no veo a nadie...; ahora sí...; un grupo de personas mayores pero hay tres mujeres más jóvenes...; una parece una niña y me hace gestos con su manita para que me acerque...; me muevo pero no avanzo... doy voces para que vengan a ayudarme pero no se mueven...; entonces pienso que es un sueño que solo es un sueño... mañana cuando me despierte volveré a la realidad...; ahora estoy terriblemente cansado...; lo único que quiero es dormir...; dormir y descansar...; solo descansar... eternamente descansar...

KRASNOYARSK:
ÚLTIMO ACTO

Como hacía todos los días desde su jubilación, esa mañana el concejal Keller se pasó por los juzgados para saludar a sus antiguos compañeros de trabajo: hacía dos años que le había llegado la edad de retiro. Pero una persona activa como él, que había dedicado treinta años de su vida profesional al juzgado de la ciudad, y los cuatro últimos como concejal del ayuntamiento de su querida Krasnoyarsk, echaba de menos la rutina del trabajo diario: un pretexto para todos los días pasarse por los juzgados, esperando poder hacer algo útil por sus compañeros. Estos, por su parte, siempre encontraban alguna faena menor que encargarle. Sabían que lo que más le gustaba era ir al ayuntamiento a llevar o recoger algún papel. Keller era también muy conocido en este organismo; en sus cuatro años de concejal había hecho un buen trabajo y había dejado un buen recuerdo entre el personal de la oficina municipal y todos lo apreciaban; especialmente el nuevo alcalde que sabía que su nombramiento lo debía, en gran medida, a la recomendación que Keller había trasladado al gobernador a través de su buen amigo el presidente de la audiencia del oblast, el magistrado Rezanov.

Su vida de viudo con dos hijos ya casados, era tranquila, rutinaria, y según él mismo reconocía, bastante aburrida. Tenía una buena posición económica y vivía en un agradable palacete a orillas del río Yanisei, que este año bajaba muy crecido por el deshielo temprano de los montes Sayanes; Keller temía que volviera a inundar el sótano de su casa como ya había pasado unos años atrás, y por parecidas circunstancias.

La noticia —y la sorpresa— de esa mañana, fue la visita de un ujier del ayuntamiento que llegó corriendo en su búsqueda: en el ayuntamiento —contó muy sofocado— un individuo que decía ser el criado del juez Rezanov, *alguien con el que, sabía le unía una gran amistad*, contó que el hijo del juez había sufrido un grave accidente y estaba mal herido. Como el juez Rezanov era amigo del concejal Keller, había ido directamente al ayuntamiento esperando encontrarlo allí. Según el ujier, solo repetía que «*su jefe estaba muy mal herido y que temía por su vida*». Keller se quedó sorprendido y muy afectado. ¡Claro que se acordaba del joven y simpático hijo del juez!

Sin pérdida de tiempo dejó lo que estaba haciendo, y corrió hacia el ayuntamiento. Por el camino se encontró con un empleado municipal que, acompañado del criado, iban en su búsqueda. Ilia, que así se llamaba, estaba desolado temiendo no llegar a tiempo por la vida de su jefe. Keller y los llegados, marcharon directamente a las cocheras municipales, mientras el ujier avisaba al médico. Prepararon un carruaje, el más nuevo que también era el más cómodo, y lo llenaron de mantas y de pieles. Después de explicarles donde había ocurrido el accidente, Ilia partió a caballo.

Cuando llegó al lado de su jefe, habían pasado casi ocho horas desde la caída. Se encontraba en el mismo sitio y en la misma posición en que lo había dejado. Como no se movía, se temió lo peor. Pero al acercarse, comprobó que todavía respiraba. Y, aunque muy débil, todavía tenía pulso. Antes de ir en busca de ayuda había tenido la precaución de mantener a Nikolai en la misma posición en la que había caído, intentando no moverlo. Pero lo había arrastrarlo hasta sacarlo de la placa de hielo y depositarlo en una zona seca. Después lo había tapado con los dos caftanes y algunas mantas y había intentado encender un fuego, una faena nada fácil al estar la madera húmeda. No podía hacer otra cosa: sabía que cuando hay rotura de cráneo, algo evidente en este caso, lo mejor era no mover al herido y esperar a que pasaran las primeras horas. Nikolai tenía un ojo reventado y había perdido mucha sangre.

Una hora después, llegaron los demás, con Keller y el médico a la cabeza. Lo primero que hizo Ilia fue explicarles, detalladamente, lo sucedido, la caída y la terrible coz que había recibido en pleno rostro. Cuando levantó el caftán que lo cubría y pudieron ver el aspecto de su cara, quedaron consternados. El médico, después de un primer reconocimiento, muy superficial porque no se atrevió a mover al herido, comentó que su criado había actuado correctamente al moverlo solo para colocarlo en terreno seco. Esa noche lo dejarían en el mismo estado: mantendrían encendido el fuego y permanecería tapado tal como estaba. Era importante que no hubiese humedad, por lo que ordenó que, con cuidado, pusieran mantas debajo de su cuerpo. La noche no se presentaba muy fría, y no amenazaba ni lluvia ni nieve.

Y eso era, por el momento, todo lo que podían hacer. El doctor pasaría la noche al lado del paciente por si se producía algún cambio. Keller se ofreció también a quedarse: era lo menos que podía hacer —añadió— por el hijo de su amigo. Y por supuesto Ilia que se negó a separarse del lado de su jefe. Los demás deberían volver a la ciudad, descansar un poco, y regresar por la mañana temprano con más caballos. Sí al día siguiente podían trasladarlo a la ciudad, en el carruaje solo irán dos personas con el herido: el doctor y su criado.

Afortunadamente a la mañana siguiente seguía vivo: lo que era una buena noticia —había dicho el doctor—. Pero cada vez que miraba aquel rostro tremendamente desfigurado, le invadía un pesimismo que no quería transmitir a los demás. Sabía que, si sobrevivía, lo más probable era que no recobrase la consciencia y que se comportara como un vegetal incapaz de valerse por sí mismo. Una reflexión que, finalmente, decidió compartir con Keller y su criado Ilia. La reacción de este no dejaba lugar a la duda.

—Su obligación es salvarle la vida —dijo—. Y no se preocupe por su futuro. Yo estaré siempre a su lado; y mientras yo viva, nunca le faltará de nada.

Y añadió:

—Es lo que prometí a sus padres y es lo que haré.

Después de estas palabras del criado, tanto el doctor como Keller decidieron que lo mejor era trasladarlo a la casa del concejal. En opinión del médico, las ventajas de estar en la ciudad confortablemente instalado y con medios para poder ser atendido en condiciones, superaban los riesgos del traslado. Así lo hicieron, llegó vivo y el propio Keller se encargó de su instalación en la mejor habitación de la casa.

Pero el destino de Nikolai ya estaba decidido: cuatro días después, en la madrugada del día uno de marzo de 1807, el corazón de Nikolai Petrovich Rezanov dejó de latir. El día ocho del mes siguiente, habría cumplido cuarenta y tres años.

En ese mismo instante, a ocho mil millas de Krasnoyarsk y en el otro extremo del planeta, *la niña* Conchita Argüello, que como todos los días a esa misma hora, contemplaba la puesta del sol desde *Punta San Joaquín*, sintió un ligero estremecimiento y un escalofrío recorrió su cuerpo.

EPÍLOGO

1

El funeral de Nikolai Petrovich Rezanov se celebró tres días después de su muerte, en la *Catedral Voskresensky* de Krasnoyarsk. Fue enterrado en el cementerio de este templo. Ilia pidió que junto a su cuerpo, pusieran su violín.

Nadie de su familia asistió al funeral. La normativa religiosa y la civil prohibían demorar la inhumación más de un determinado tiempo que dependía de las condiciones climatológicas del momento. Sabían que mientras llegaba la noticia a sus familiares, en Irkutsk o en San Petersburgo, y acudían a la ciudad, podían pasar meses. Las únicas personas que asistieron al funeral y que Nikolai había conocido en vida, fueron el concejal Keller y su fiel servidor y abatido amigo, Ilia Sulima.

Pero la catedral estaba llena a rebosar. La noticia de la tragedia y la personalidad del fallecido, así como la de su padre, pronto se difundieron por todo el oblast. El concejal Keller, persona conocida y muy apreciada en todo el oblast, se dedicó a propagar la categoría y los méritos personales del hijo de su buen amigo el juez Rezanov, una autoridad también conocida y muy apreciada. Pronto toda la ciudad conocería la categoría del fallecido, embajador plenipotenciario del zar, y responsable de importantes misiones, tanto dentro del país como en el extranjero: un motivo más que suficiente para revolucionar una ciudad en la que no eran frecuentes acontecimientos tan destacables.

Natalia sería la primera en enterarse de la tragedia, aunque tardaría casi un mes en llegarle la noticia. En cuanto a su familia directa, su madre sus hermanas y su hija, lo más probable era que hasta que no se afianzara el buen tiempo y se restableció el tráfico regular, no se enteraran.

Al final sería Ilia el que les comunicaría la tragedia. Poco después del sepelio, había tomado la decisión de marchar a San Petersburgo. Su única familia, dijo a Keller, eran su padre, que no sabía si todavía vivía, y la familia del juez Rezanov, y su único deseo estar cerca de ellos y cuidar de la pequeña Olga, el ser más cercano a su entrañable jefe y a la que iba a dedicar su vida.

Aparte de Natalia, la primera persona relacionada con la Compañía de Pieles que tuvo conocimiento del suceso fue el gobernador Alexandr Baránov a su regreso a Irkutsk. Se quedó profundamente impresionado con la inesperada noticia. Cuando se recuperó, pensó en la familia Argüello y fue consciente de que debería ser él, el que les comunicara tan triste noticia.

¿Cómo lo haría? A lo desagradable de la misión, se unía la dificultad de la distancia.

En esa fecha ya se había restablecido el tráfico regular entre el continente y la colonia, pero sabía que por mucho que buscase las mejores opciones de viaje, que tardaría bastante tiempo en poder llegar a la colonia española. Lo que tenía bastante claro era que, cualquier acción, la llevaría mejor desde Novo Sitka, el puerto de llegada y salida del tráfico con la Alta California.

Después de darle muchas vueltas, decidió que con la persona con la que primero hablaría sería con el padre José, y que él fuera el que se encargase de transmitir la noticia a la familia. Conchita era la que más le preocupaba y no se sentía con ánimo para ser portador de algo que sabía que la iba a destrozar. Pensó que para el padre José, la desagradable misión sería más fácil; al formar parte de sus tareas habituales, sabría acompañarla de palabras de consuelo y de esperanza en la otra vida. Además, por el propio Nikolai conocía la especial vinculación que existía entre Conchita y el misionero. El bueno de Baránov pensó que había tomado la decisión acertada, y se quedó satisfecho pensando que a su buen amigo Nikolai, le habría gustado que así lo hiciera.

Baránov se quedó unos días en Irkutsk. No quería dejar sola a Natalia en el estado en el que se encontraba. Verdaderamente la desgracia se estaba cebando con esta mujer.

2

Después de la visita de los rusos, la vida en Yerba Buena había continuado con la rutina de siempre. Era cierto que la marcha de estos había dejado un vacío general que se notaba en todos los ambientes: desde la tropa del fuerte a los colonos, pasando por los misioneros. Lo positivo era que al haberse sentido útiles a otras personas y haberlas podido ayudar, se había despertado en el pueblo un sentimiento de solidaridad que había contribuido a incrementar, entre ellos, la sensación de formar parte de una comunidad viva y eficiente. Además, sabían que esta visita que tanto les había agradado y que, en ciertos aspectos, había cambiado sus vidas, se volvería a repetir; si no todos los años, si cada dos o tres como mucho; el acuerdo de comercio entre ambas colonias tenía que funcionar en ambos sentidos: los rusos se habían comprometido a proporcionarles pieles para que ellos las pudieran comercializar. Incluso habían trasportado nutrias vivas, y de la mejor especie, para poblar las márgenes de la bahía y las costas del Pacífico: al padre José no le faltó tiempo para organizar, de acuerdo con las autoridades del presidio, una especie de cooperativa para desarrollar el comercio, de forma que todo el pueblo se beneficiara de esa nueva actividad.

La familia Argüello estaba un tanto alterada porque después de la muerte del gobernador Arrillaga, se hablaba del comandante José Darío para sustituirlo como gobernador de la provincia, lo que la obligaría a trasladarse a Monterrey. En este caso, su hijo Luis le sustituiría en la dirección del presidio, algo que alegró a la niña Conchita que así no tendría que salir de Yerba Buena: el padre José siempre la había dicho que, para él sería una bendición del cielo tenerla a su lado como *brazo derecho y persona de confianza*.

—¿Qué va a ser de los niños de la colonia y de los inditos ohlones, si tú te marchas? —le preguntaba, medio en broma, pero sabiendo que era cierto.

Ella se reía y le contestaba que se acordase de sus palabras cuando le dijo que *«Dios a todos nos había hecho necesarios, pero no imprescindibles»*; a lo que el padre José replicaba:

—Sí, pero no en tu caso —y se reían.

—Padre, no sé si se da cuenta, pero está Vd. alimentando en mí uno de los peores pecados capitales: el de la vanidad —decía ella, continuando la broma.

El padre José soltó una carcajada.

—Pues que Dios me perdone —contestó simulando arrepentimiento.

Todas las tardes, lloviese o hiciese bueno, la niña Conchita subía a Punta *de San Joaquín,* se sentaba en *su piedra,* y esperaba a la puesta del sol como había prometido a su amado, segura de que, en ese momento, él estaría haciendo lo mismo allá donde se encontrase. Aunque Nikolai le había explicado con todo detalle, incluso le había dibujado un mapa indicando los lugares por donde tenía que pasar en su viaje hasta España, eran nombres tan difíciles de pronunciar que, aunque los escribió con caracteres latinos y no con esas enrevesadas letras rusas, desistió de memorizarlos. En el fondo le daba igual: ella siempre lo sentiría a su lado; como el ultimo día que estuvieron allí mismo, sentados, y él la besó. Ese instante, maravilloso, jamás lo olvidaría por muchos años que Dios le diese de vida.

El día que el padre José se decidió a cumplir esa difícil y triste misión de comunicarle la terrible noticia, fue a buscarla por la tarde, a donde él sabía seguro que la encontraría. Y allí estaba, sentada y contemplando, plácidamente, la puesta de sol detrás de aquel inmenso océano. No se movió cuando él se acercó y se sentó a su lado: Solo dijo:

—Sé, lo que me va a decir, pero no es cierto: él vendrá y lo reconoceré porque en el palo mayor habrá una gran bandera blanca con un corazón pintado.

El misionero, sorprendido, solo alcanzó a decir:

—¿Y tú cómo sabes lo que te iba a decir?

—Porque era lo que usted venía pensando: cómo contármelo para que no sufriera. Pero no tiene que hacerlo. Un día, hace mucho tiempo, estando Nikolai todavía aquí, soñé que moría; pero a la mañana siguiente seguía vivo. Y hace unos meses, cuando ya llevaba mucho tiempo de viaje, soñé lo mismo. Creía que esa vez era de verdad y estaba muy triste; pero después he soñado muchas veces con él: está vivo y un día vendrá por allí a buscarme —dijo señalando al horizonte por el que acababa de desaparecer el sol.

Al principio el misionero temió por su cordura y así se lo comentó a sus padres más tarde. Y fue la madre la que dijo que ella no estaba preocupada por su hija; al menos en ese aspecto: era su forma de reaccionar, una manera de defenderse, precisamente para no caer en la locura. Lo que tenían que hacer —añadió— era dejarla tranquila y no hablar del tema, si ella no lo sacaba.

La niña Conchita siguió haciendo su vida normal, dedicada a sus niños y yendo al poblado indígena a ver a *sus* pequeños ohlones. Casi siempre la acompañaba su fiel amiga Elisa. Algunas veces también doña Ygnacia, que acabó implicándose en la actividad de las dos jóvenes. Y consiguieron que el comandante y su hijo Luis, antes de dejar el presidio, fueran un día a visitar el poblado indio: pero tuvieron la delicadeza de hacerlo de paisano para que supieran que iban como amigos y no como conquistadores.

La niña Conchita siguió subiendo a la roca todas las tardes, aunque consiguieron que, con el mal tiempo, no lo hiciera.

Cuando el comandante y doña Ygnacia se trasladaron a Monterrey para tomar posesión de su nuevo cargo como gobernador, *la niña* Conchita los acompañó en el acto de la toma de posesión; pero unos días después regresó a Yerba Buena. Se quedó a vivir en el presidio en casa de su amiga Elisa y nunca pensó en abandonar el pueblo. Allí era donde él vendría a buscarla.

Unos años después, cuando el padre José murió por el golpe que recibió al caer del caballo regresando de la misión de San Mateo, también *la niña* Conchita lo supo antes de que la noticia llegara a Yerba Buena. Entonces fue consciente de que su amado Nikolai ya no estaba en este mundo: el padre José había emprendido el mismo viaje que él, y los dos estarían juntos hasta que ella se les uniera. Esa noche, y por primera vez desde que Nikolai partió, *la niña* Conchita se durmió sin llorar.

Nunca más volvió a subir a la piedra.

ANEXO I

EN EL QUE SE ACLARAN HECHOS
Y SE CIERRAN HISTORIAS

1

Los Romanov instituyeron una dinastía de emperadores y emperatrices —zares y zarinas— que dirigió los destinos de Rusia durante más de trescientos años.

El día trece de marzo de 1613, en el *Monasterio de Ipátiev*, a orillas del Volga, a cuatrocientos kilómetros al N O. de Moscú y donde el joven de dieciséis años Mijail (Miguel) Romanov y su madre se habían refugiado huyendo de la guerra civil y de la invasión de los polacos, fueron despertados a media noche por un grupo de militares, de popes y de paisanos e invitados a trasladarse a Moscú. En la capital, una compañía de boyardos encabezados por algunos obispos metropolitanos que portaban el *Icono Milagroso de la catedral de La Dormición* en el Kremlin, los recibió con una solemne inclinación de cabeza mientras comunicaban al joven Romanov que acababa de ser nombrado *Soberano de Moscovia*, es decir, *emperador de todas las Rusias,* al tiempo que le suplicaban, fervientemente, que aceptara el cargo. El joven Mijail aceptó, convirtiéndose en el primer zar de la dinastía Romanov con el nombre de *Mijail.*

Trescientos cuatro años y ciento veinticinco días más tarde, en la noche del 17 al 18 de julio del año 1917, en una casa de Ekarenburgo que también llevaba el nombre de *Ipátiev,* y a mil trescientos kilómetros al este de Moscú, en plenos montes Urales, el zar del imperio ruso Nicolás II, junto con su esposa Alexandra, sus cuatro hijas Olga, Natalia, María y Anastasia y su hijo el Zarevich Alexei de trece años, y enfermo de hemofilia —enfermedad heredada de su bisabuela, la reina Victoria de Inglaterra—, junto a tres criados y dos perros, fueron sacados violentamente de la habitaciones donde se encontraban prisioneros de los bolcheviques, trasladados al sótano de la casa, y fusilados. El jefe del pelotón que dio la orden, Yakov Yurovski solo obedecía lo dispuesto por el comité local que, a su vez, seguía la máxima del camarada Lenin —el nuevo zar— de que *«no podía haber revolución sin fusilamientos».*

Entre estas dos fechas y estas dos efemérides, curiosas por su similitud en muchas de sus circunstancias, se desarrolló el agitado, tumultuoso y a veces trágico imperio de los *veinte Romanov* que decidieron el destino del imperio ruso durante más de trescientos años. Un periodo en el que se entremezcló la crueldad con la compasión, la fuerza con la inteligencia y la exaltación de las más nobles cualidades de los humanos con la bajeza de sus más viles instintos. Pero no lo olvidemos, años en los que se forjó el más grande imperio que ha conocido la humanidad —solo igualado por el imperio español de los siglos XVI y XVII— que ocupaba todo el territorio que se extendía desde Alemania hasta Alaska, en América del Norte. En total, una sexta parte de todas las tierras conocidas de nuestro planeta.

El título de *zar,* una derivación de la palabra latina Kaesar (*Cesar*) lo tomaron del primer emperador romano, a cuyo imperio trataron de emular.

El gobierno de los Romanov fue el de una auténtica autocracia donde los emperadores/as eran dueños/as de cuerpos y de almas —curiosamente a los esclavos se referían como *«almas»*— y durante muchos periodos ejercieron la autoridad con la dureza y la impunidad que les otorgaba su indiscutido poder, mientras en las altas esferas de esa Rusia imperial se ensayaban todas las formas posibles de asesinato, desde el veneno hasta el estrangulamiento, pasando por la horca o el fusilamiento. Madame de Staël, con su inteligente ironía, escribió que *«el gobierno de Rusia era una autocracia, atenuada por el estrangulamiento».*

A la nobleza, la única clase con cierto poder y con posibilidad, por tanto, de convertirse en *enemiga peligrosa,* supieron mantenerla fiel a la corona otorgándole toda clase de privilegios, pero mostrándole, al mismo tiempo, que el zar era el que tenía todo el poder. En cuanto al pueblo llano, este veía al emperador como a un ser superior por el que sentía un gran respeto, incluso una reverencia especial, casi teológica. Pero también terror. Por eso decía: «*amo al emperador... y cuanto más lejos está, más le amo*».

Después del asesinato del zar Pavel I en marzo del 1801 —golpeado con saña, y estrangulado hasta la muerte con el cordón de su batín— las cosas cambiaron algo. Ese brutal suceso pareció despertar la conciencia del pueblo y especialmente la de sus gobernantes, empezando por el propio emperador. Fue como una catarsis que sacó a Rusia de la oscuridad de la edad media y la acercó al siglo XIX.

El zar Alejandro I, hijo y heredero del malogrado Pavel, asumió el mando con otro talante; incluso vimos que intentó renunciar a la corona atormentado por el sentimiento de culpabilidad causado por el asesinato de su padre. Aunque bien aconsejado por los asesores que había escogido, le tocó la papeleta —y el honor— de enfrentarse —y derrotar— a Napoleón Bonaparte. Pero ahí no acababan sus problemas: volvió a chocar con la barrera infranqueable de los vicios del pasado personificados, para no variar, en la intransigente nobleza: tan deseoso estaba de abandonar la jefatura del estado, cuando oficialmente muere en Crimea en 1825 se extiende el rumor de que es una muerte ficticia, que el emperador está vivo y se ha retirado, de incógnito, a un monasterio. La leyenda tiene tanta fuerza, que al subir al trono su sobrino nieto el zar Alejandro III, con el fin de acabar de una vez con la leyenda, manda abrir el sepulcro donde había sido enterrado: lo encuentran vacío.

Fuera o no cierta su muerte, al haber dejado Alejandro solo hijos bastardos, correspondía sucederle a su hermano Constantino, que siempre ha manifestado su decisión de *nunca ser emperador,* un síntoma más de que se había entrado en un periodo en el que el ansia de poder de algunos Romanov había decrecido. Y si esto no fuera indicio suficiente, sucede algo que acaba de confirmarlo. Al negarse Constantino, su sucesor natural era su hermano menor Nicolás. Entonces se produce un hecho insólito. El más pequeño de los hermanos *tampoco tiene interés en recibir la corona* e intenta convencer a Constantino para que la acepte, ya que es a él a quien corresponde según la ley. Y entre discusiones y la persistente negativa de Constantino, iban pasando los días y el imperio seguía sin emperador. La situación llegó a un punto en el que Nicolás, presionado por todos los estamentos del estado, se ve obligado a ceder, siendo coronado zar con el nombre de Nicolás I.

Hubo más Romanov en el trono de San Petersburgo: Alejandro II (1855-1881) Alejandro III (1881-1894) y Nicolás II (1894-1917). Los tres, siguiendo la tradición, se casaron con extranjeras centroeuropeas: dos princesas de Hesse-Darmstadt (Alejandro II y Nicolás II), y una danesa: la princesa Dagman de Dinamarca (Alejandro III). Y también se produjeron magnicidios: el asesinato de Alejandro II al que lanzaron varias bombas en el mismo lugar de la capital en el que, más tarde, se construiría la bella basílica de *La Sangre Derramada*. Y continuaron las tribulaciones y los abusos de poder. El espíritu de moderación y modernización que parecía haberse instalado en los descendientes del zar Pavel, empezó de nuevo a relajarse con los últimos zares, y a pesar de su cercanía con los países europeos, y de su evidente influencia a partir de los enlaces matrimoniales, los monarcas y la nobleza siguieron sin querer asumir que Rusia tenía que incorporarse, plenamente, a un mundo que estaba cambiando. El resultado de esta falta de contemporización fue la creciente separación entre el pueblo y sus gobernantes que conduciría a la revolución de 1917 y a los trágicos acontecimientos que acabaron con la vida del último zar, con toda su familia... y con la dinastía Romanov.

2

Siberia, el *infierno blanco* o *infierno helado*, saltó a la notoriedad cuando, después de la revolución bolchevique, el alma sensible de sus protagonistas descubrió que estas lejanas y tranquilas tierras podrían ser el lugar idóneo donde pasasen largas temporada los *enemigos políticos del pueblo* y *los disidentes ideológicos del nuevo régimen comunista*. Al calor de confortables chimeneas, tendrían tiempo para poder meditar sus crímenes y rectificar sus errores, mientras se les proporcionaban lecturas que les informarían, sin engaño, de las necesidades reales del pueblo. Mas tarde, si rectificaban, hasta podrían saborear los esplendidos habanos que sus custodios recibían del *fidel* camarada Castro desde el otro extremo del planeta. Ciudades y territorios como Yakutsk —famosa por ser la localidad más fría del planeta con temperaturas que podían bajar de los 50°— Okhotsk,

Lensk o la península de Kamchatka, invisibles al mundo occidental durante decenios, pasarían a la modernidad por incluir, entre sus obras arquitectónicas, los más sofisticados *gulags* de la Rusia soviética.

Este mismo espíritu y esta sensibilidad, fue el que impulsó al camarada Khrushchov a demoler, a mediados de la década de los cincuenta del siglo pasado, algunos templos ortodoxos y católicos. Uno de los elegidos fue *la catedral Voskresensky* (de la Resurrección) en la ciudad de Krasnoyarsk, en cuyo cementerio reposaban los restos de nuestro protagonista Nikolai Rezanov. En su solar se construiría un local de esparcimiento para las juventudes comunistas.

Durante un tiempo, la tumba y los restos de Nikolai estuvieron desaparecidos hasta que, después de unos años, se localizaron y se trasladaron al cementerio de la ciudad. En el año 2000 pasaron, definitivamente, al *Cementerio de la Trinidad*. Sobre su tumba se colocó una cruz de mármol blanco con inscripciones en cada uno de sus brazos. En el de la izquierda puede leerse: *Nikolai 1764-1807*. «*Nunca te olvidaré*». En el de la derecha: *Maria Concepción Argüello. 1791-1857: «Nunca volveré a verte»*.

3

La Compañía Ruso Americana se mantuvo activa durante sesenta años. Desde su aprobación mediante *ukaz* firmado en 1799 por el Zar Pavel I, hasta su desaparición a final de la década de los cincuenta del siglo XIX, se produjeron dos renovaciones del contrato, lo que dio pie a que, con la justificación de los acuerdos verbales comprometidos con las autoridades —entonces españolas— de la Alta California, el gobernador Alexandr Baránov estableciera nuevos asentamientos a lo largo de la costa americana, en la llamada *tierra de nadie*, llegando hasta cien kilómetros al norte de San Francisco. Allí fundó el todavía existente *Fuerte Ross*.

En toda la costa de Alaska y más al sur, abundan toponímicos de nombres rusos como *Estrecho de Shelikhov, Archipiélago Alexandr*—con islas como *Chichanov, Baránov,* donde se encuentra Sitka-*Krauzov…*etc.— y pueblos como *Nikiski, Kupreanov o Kasilov* y se pueden encontrar familias con apellidos como

Petricov, Panamarov o *Krasnikov,* descendientes de los rusos que allí habitaron.

En plena Alaska y al pie del *Monte San Elías,* el más importante de la región con sus cerca de seis mil metros de altura, encontramos el *Glacial Malaspina,* testimonio de que el marino italiano al servicio del rey Carlos III de España, navegó por la zona en sus viajes científicos. Y muy cerca de él, el pequeño pueblo marítimo de *Córdova,* el más septentrional de los muchos toponímicos en el continente norteamericano que recuerdan esta bella ciudad andaluza.

Con la muerte de Alexandr Baránov en 1819, la actividad de la Compañía empezó a declinar al faltarle el empuje y la dirección de la persona que, con energía, pero con justicia, mejor la había dirigido. La única persona que hubiese podido continuar su labor, Natalia Shelikhova, había muerto en 1810. El negocio de las pieles de nutrias marinas tuvo su esplendor en los primeros años de ese siglo, en el que se consiguieron más de un millón de capturas. Pero cuando Baránov cesó como gobernador, comenzó de nuevo la caza indiscriminada de este mamífero semianfibio, caza que continuaría después de la adquisición de los territorios por los EE. UU., provocando su desaparición. (Ver anexo II: *Nutrias*).

En 1858, el nuevo conflicto en Crimea entre Rusia y Turquía, en el que intervinieron los ingleses a favor del país eslavo, puso en evidencia la inferioridad de la armada rusa frente a la británica. Rusia, sabiéndose vulnerable frente a los posibles ataques británicos para conquistar los estratégicos territorios del norte del Pacífico, tomó la decisión, en 1867, de vender todo el territorio de Alaska (incluidas las islas Aleutianas) a los americanos, en la famosa cantidad de *seis millones de dólares.* La realidad es que fueron algo más de siete millones. En cualquier caso, una cantidad ridícula si se tiene en cuenta que se trataba de *millón y medio de hectáreas de terrenos,* situados en un lugar estratégico desde el punto de vista geopolítico, por no hablar del valor posterior al comprobarse su potencial como reserva de energía fósil. Pero prefirieron optar por esta solución ante el peligro de tener a los ingleses controlando *la puerta de atrás* de su imperio. Entonces los americanos no suponían ninguna amenaza.

La independencia de *Nueva España* fue un final anunciado, e inevitable, desde el momento en el que el país se hizo autosuficiente económica, administrativa, cultural y anímicamente, y en el que el interés de la corona española pasó a un segundo plano, preocupada por el mayor problema que suponía la invasión de los vecinos franceses. Esta situación compleja condujo a que fueran reduciéndose, lenta pero inexorablemente, los vínculos comerciales y sentimentales que habían unido, durante tres siglos, a la colonia con la corona. España, aunque se la siguiese llamando «*la madre patria*», se había convertido en un país lejano y desconocido para la mayoría de los ciudadanos americanos. Los movimientos de independencia, que se habían iniciado en 1810 en Nueva España con revueltas localizadas que solían ser sofocadas por los realistas, cada vez se iban haciendo más frecuentes e importantes hasta que, once años después, en 1821, estas revueltas se convierten en un levantamiento generalizado cuando el cura Hidalgo inicia la rebelión total con el llamado «*Grito de Dolores*»: el tañido de las campanas de la parroquia del pueblo *Dolores*, cercano a Guanajuato, señalaría a la hora convenida del día 27 de septiembre, el momento de la rebelión. El cura Miguel Hidalgo sería el organizador, o quizá solo la mano visible, de esta revuelta. En su honor, el pueblo Dolores pasaría a llamarse *Dolores Hidalgo*. Poco después, el ejército Trigarante entraría en la ciudad de México y proclamará la independencia del país que pasará a llamarse *México*, como su capital: una ciudad con una población cercana a los ciento cincuenta mil habitantes. La independencia se extenderá a todos los territorios de la antigua *Nueva España*, incluyendo los situados al norte de *Río Bravo del Norte:* la Alta California, Arizona, Texas y Nuevo México.

Pero el destino de estos territorios tomará una deriva distinta. Los norteamericanos, consolidada ya su independencia, tendrán claro que *los territorios al norte del Río Grande, les pertenecían por razones geográficas.* Después de una corta contienda militar que comienza en 1846, se firmará el *tratado de Guadalupe-Hidalgo,* por el que los Estados Unidos se los anexiona. Entre ellos se encuentra la bella bahía de San Francisco y nuestro pequeño poblado de Yerba Buena que empezará a llamarse San Francisco, mientras que, paradójicamente, la misión cambiará su nombre por el de *Misión Dolores*.

María Concepción Argüello Moraga —la *Niña Conchita*—
permaneció en Yerba Buena el tiempo que su hermano Luis
Antonio fue jefe del presidio. Entregada en cuerpo y alma a
ayudar a los misioneros en su labor con los niños de los colonos
y con los pequeños indios, fue entonces cuando la empezaron
a llamar «*la Bendecida*».

Siguió tan bella como siempre, aunque de sus ojos había
desaparecido ese brillo que cautivó al embajador ruso. Y tuvo
muchos pretendientes, pero como una moderna Penélope, se
mantendría fiel a la memoria de su amado Nikolai poniendo,
como hiciera la heroína de Homero, la misma excusa: «*Mi
amado está navegando por esos mares inmensos del planeta, descubriendo nuevas tierras y ayudando a la gente que las habita. Pero un
día aparecerá por la Boca de la Bahía, portando una bandera blanca
para unirse a mí; y ya no nos separaremos nunca*».

Cuando unos años después de su muerte se descubrió el
diario del doctor Henrich von Langsdorff, el mejor amigo que
había tenido Nikolai, se supo que, desde el momento en el que
el doctor conoció a la niña Conchita, el mismo día que Nikolai,
quedó cautivado por su belleza y personalidad. En el diario la
describe como «*una mujer excepcional que llamaba la atención por
la belleza de sus ojos, su magnífico pelo rizado, su perfecta dentadura y
su porte mayestático… Una de esas bellezas* —concluía— *que solo se
pueden encontrar en España o en Italia y no con mucha frecuencia*».

Reconocía que, por respeto a su amigo, nunca había dejado
translucir sus sentimientos, pero cuando se enteró de la tragedia y tuvo oportunidad, fue a visitarla a Yerba Buena. Y aunque
ella fue extremadamente receptiva con sus muestras de afecto
y de consuelo, nunca le dio señal alguna que indicara que
deseaba algún otro tipo de relación con él, aparte de amistad.
Cuando Langsdorff habló con el padre José para exponerle sus
sentimientos hacia Conchita, y pedirle consejo, el misionero
le recomendó que dejara pasar el tiempo. Quizá cuando ella
asumiera que su amado había muerto, las cosas cambiarían.
Un año después, Langsdorff regresó a Yerba Buena enterándose de que Conchita, después de la muerte del misionero, se
había ido a vivir con sus padres a Monterrey, con la intención
de ingresar en un convento, cuando estos faltaran. Intentó
conectar con el teniente López de Victoria y con su esposa
Elisa, pero tampoco tuvo suerte. El teniente, ya comandante,

acababa de ser nombrado profesor instructor de la academia militar de México. Triste y desanimado, Langsdorff se marchó de Yerba Buena, en donde había pasado momentos verdaderamente felices. Nunca regresó.

La *niña* Conchita se trasladó a Monterrey para vivir con sus padres, cuando su hermano Luis dejó el presidio en 1829. Más tarde los acompañaría a Santa Bárbara y a Loreto, cerca de la ciudad de Guadalajara. En 1828, al morir don José Darío, y su madre doña María Ygnacia Moragas, un año después, Conchita regresó a Monterrey, donde vivió unos años hasta que ingresó en el *Convento de las Dominicas* con el nombre de *Sor María Dominica*. Un tiempo después, la comunidad se trasladó a Benicia donde la hermana María Dominica —en el mundo María Concepción Argüello Moraga—, murió a la edad de sesenta y seis años, siendo enterrada en el cementerio del convento. Posteriormente, cuando este se clausuró, sus restos se trasladarían al cementerio de *Santa Catalina*, donde se colocaría una modesta lapida en su tumba, con su nombre, la fecha de su muerte —28 de diciembre de 1857— y una pequeña inscripción, en inglés, que informaba de que había sido «*la primera monja dominica nacida en California*».

El capitán Luis Antonio Argüello permaneció al mando del presidio hasta 1821, año en el que se consolidó la independencia de Nueva España. Al igual que su padre el comandante José Darío, seguiría en el ejército sirviendo a su nueva patria. Unos años después se convertiría en el primer gobernador mexicano de la Alta California, con lo que volvería a vivir en Yerba Buena, donde moriría en 1830, siendo enterrado en el pequeño cementerio al lado de la *Misión de San Francisco* —posteriormente rebautizada como *Misión Dolores*— donde todavía existe y puede verse su panteón de mármol blanco, con un modesto obelisco donde aparecen su nombre y sus créditos.

Algunos de los descendientes de los Argüello viven en la actualidad en la ciudad de Los Ángeles, fue fundada el 4 de septiembre de 1781, por el comandante José Darío y cuarenta y cuatro españoles más. Al parecer —no lo he podido confirmar—, algunos de sus miembros todavía conservan regalos de los que Nikolai trajo de su fracasado viaje a Japón y que entregaría, más tarde, a su amada, a su familia y a los misioneros.

Hace unos años, a la *Primera Avenida* de la ciudad de San Francisco —*Yerba Buena* cambió su nombre por el actual en 1847— se le puso el nombre de *Boulevard Argüello*. Y, quince millas al sur de la ciudad, entre San Mateo y San Carlos, el antiguo *Rancho de Las Pulgas,* propiedad de los Argüello, se convirtió en un precioso parque público con el nombre de *Argüello Park.*

En la orilla oriental de la antigua Yerba Buena, donde se construyó el modesto puerto en el que atracaría la nave *Juno* que trajo a Nikolai Rezanov a estas tierras, el mar se ha retirado bastantes metros del viejo litoral, o si queremos expresarlo de forma más real, la tierra ha avanzado ganándole suelo al océano. En cualquier caso, lo que sería la *explanada de piedra* del antiguo muelle se encuentra ahora lejos del mar. Se correspondería con la que en la actualidad es la Portsmouth *Square.* Pero tanto *el Presidio* como la *Misión,* aunque muy reformados, continúan en su ubicación original. El presidio se encuentra dentro de un gran parque —uno de los parques urbanos de mayor tamaño en los EE. UU.— el *Golden Gate Park*: un espléndido lugar y un área de recreo con zonas frondosas, un museo y magníficas vistas sobre el puente del Golden Gate, el Océano, y la bahía.

Las puestas de sol que se pueden contemplar desde el parque siguen siendo tan espectaculares como las que contemplaran Conchita y Nikolai sentados en *su piedra* de *Punta de San Joaquín,* aunque esta piedra se encuentre enterrada desde 1933, debajo de uno de los asientos del famoso puente. Durante muchos años, el Golden Gate tuvo el privilegio de ser, con su vano —sin soportes intermedios— de mil doscientos ochenta metros, el mayor puente colgante del mundo. Yerba Buena, o San Francisco, continuó siendo un pueblo pequeño que crecía despacio. Las nutrias de su bahía, el último regalo de los rusos, se esquilmaron debido a su caza incontrolada.

Pero esta situación de estancamiento cambiaría cuando, en 1847, se descubrió oro en algunos de los ríos que desembocan en la bahía. Al correr la voz del hallazgo, más de cien mil buscadores y aventureros, contagiados por *la fiebre del oro,* acudieron desde todos los estados de la federación. La población de San Francisco crecería espectacularmente en poco tiempo, convirtiéndose en el puerto más importante de la costa oeste de los Estados Unidos.

En esta vorágine de acontecimientos, la romántica historia de amor entre una bella española/californiana, y un apuesto embajador ruso, se iría diluyendo en la memoria histórica de la gente de esta gran metrópolis. Y los nombres de la *niña* Conchita Argüello y del *embajador* Nikolai Rezanov solo serán, para las nuevas generaciones, unos personajes que no sabrán situar, si en la realidad, o en la ficción. Pero este olvido o esta ignorancia, no será exclusiva de la ciudad americana. En España ni siquiera se conocerán los nombres de sus protagonistas, aunque, como escribiera Raymond Cartier en su libro, el romance que vivieron, *podía haber cambiado la historia de la costa occidental de los Estados Unidos si hubiese tenido un final distinto al que tuvo.*

6

Nikolai Rezanov fue una figura de cierta relevancia en el periodo en el que Rusia fue dueña de los territorios del Pacífico Norte. Su valor personal, su iniciativa, sus dotes diplomáticas —incluida su facilidad para los idiomas y su dominio de las más importantes lenguas que se hablaban en Europa— y su conocimiento de los territorios que rodean al Pacífico Norte, le hicieron ver la importancia geopolítica de esta zona que expresó con una frase que, posteriormente, muchos quisieron adjudicarse: *«Quien controle Alaska, controlará el Pacífico».* Una afirmación cuya veracidad comprobaría Estados Unidos siglo y medio más tarde.

Con su muerte, desapareció la persona que más fe tenía en esta operación y la que reunía las mejores condiciones para llevarla a cabo. Rezanov estaba plenamente convencido de que estos acuerdos entre Rusia y España serían ventajosos para ambos países.

ANEXO II

DONDE SE REFRESCA LA MEMORIA DE «QUIEN ES QUIEN» EN ESTA HISTORIA

Los personajes que aparecen están ordenados, alfabéticamente, por su nombre más usual, que puede ser el nombre, el apellido familiar, el titulo o cargo. Otros términos importantes pero que no se refieran a personas, van en *cursiva*.

Cada nombre se encuentra en la *«Estación»* en la que aparece por primera vez. Los personajes ficticios, van marcados (f).

VERANO

CATALINA II. (1729-1796) Emperatriz de Rusia (1762-1796). Esposa de *Pedro III*. Subió al trono cuando este murió asesinado. Nacida alemana (Prusia) como *Sofía Augusta von Anhalt- Zerbst*. Murió de muerte natural en 1796.

D'ALAMBERT (Jean le Rond...) Gran matemático y enciclopedista francés. Responsable de la parte científica de la Enciclopedia que dirigía Diderot.

DEZHNIOV (Semion...). Marino y héroe ruso del s. XVII. El primero que navega por el mar Ártico y atraviesa el que luego se llamaría estrecho de Bering.

DIDERÓT (Denis...). Enciclopedista francés, compañero de D'Alambert. Juntos confeccionaron la gran obra *L'Encyclopedie*. Vivió en San Petersburgo una temporada invitado por Catalina II, que intentó nombrarlo tutor del zarevich Pavel. Cansado del clima de la ciudad y de las contradicciones de su anfitriona, volvió a Paris para concluir la enciclopedia que se publicaría, después de muchos inconvenientes y prohibiciones, entre 1751 y 1772.

KRUSENSTERN (Capitán Adam Johan von...) (1770-1846). Navegante ruso de origen alemán, amigo de Nikolai, al que acompañó en varios viajes. Fue el capitán de la nave *Nadezhda* («Esperanza») en la expedición rusa que circunvaló la tierra. En 1815, viajó a las Aleutianas buscando la tumba de Bering como había prometido a Nikolai. Como muchos otros marinos, también buscó el paso del Norte entre el Pacífico y el Atlántico, sin conseguirlo. Como almirante, organizó nuevas expediciones para el *Comité Científico de la Marina Rusa*. En 1827 publicó un *Atlas del Pacífico*. Murió en Estonia y está enterrado en la catedral de Tallin. Actualmente, el velero ruso más grande del mundo lleva su nombre.

LE BLOND (Ann Marie) (f.) Hija del arquitecto Jean Baptiste Le Blond, profesora de francés de Nikolai Rezanov y su primer amor.

LE BLOND (Jean Baptiste). Arquitecto de la corte, intervino en el proyecto y construcción de la primera fase del palacio de Peterhof, que continuaría Bartolomeu Rastrelli.

MARÍA FIODOROVNA. (Sofía de Gutemberg Stuttgart) Segunda esposa del zarevich Pavel y madre de todos sus hijos.

MUSTAFÁ III. Sultán Otomano. Guerras de Crimea de 1768 y siguientes.

NATALIA ALEKSEIEVNA. (Guilhermina de Hesse Darmstadt) Primera esposa del zarevich Pavel. Vivió poco tiempo.

ORLOV (Conde Grigori). (1734-1783) Amante de Catalina y cómplice en el asesinato de su marido el zar Pedro III.

PANIN (Nikita). Administrador de la emperatriz y tutor del zarevich Pavel. Amigo de Piotr Rezanov.

PAVEL (Zarevich Pavel —Pablo— Romanov) (1761-1801) Hijo único de Catalina, sucederá a su madre como zar de Rusia (1796-1801). Amigo desde la infancia de Nikolai Rezanov. Murió asesinado en un complot de palacio en 1801.

PEDRO I EL GRANDE. (1672-1725) Considerado el creador del Imperio ruso y fundador de la ciudad de San Petersburgo (1703), la nueva capital del imperio. Su labor de expansión del imperio y de mejora de la capital, la continuará Catalina II.

PEDRO III. (1728-1762) Esposo de Catalina. Asesinado en un complot de los hermanos Orlov en 1762, posiblemente con la complicidad de su esposa, amante de Grigori Orlov.

PONIATOWSKY (Stanislas). *(1732-1798)* Amante de Catalina quién lo nombró rey de Polonia como *Stanislas II*.

POTIOMKIM (Grigory). *(1739-1791)*. Mariscal de campo, destacó en la guerra de Crimea. Amante de Catalina y posiblemente el único hombre al que verdaderamente amó.

RADITCHEV (Alexandr). Escritor conocido por su libro «*Viaje de San Petersburgo a Moscú*», una feroz crítica de la situación de los siervos, esclavos y campesinos en la Rusia de Catalina II. Condenado a muerte, su pena fue conmutada por cadena perpetua en Siberia, debido a la presión de otros escritores, rusos y extranjeros. Cuando el Zar Pavel sube al poder, lo indulta y le restituye todas sus propiedades.

REGIMIENTO IZMAILOVSK — Regimiento de artillería en el que Nikolai Rezanov realiza su formación militar y donde conoce a Platon Zubov, futuro príncipe, y último amante de Catalina.

RASTRELLI (Francesco Bartolomeus) (1700-1771). Arquitecto italiano.

Trabajó para Catalina. Obras importantes: Palacio de Invierno, ampliación Palacio Peterhof, Palacio Tsarkoye-Seló, etc.

REZANOV *(Piotr Gavrilovich).* Padre de Nikolai. Juez y magistrado en Irkutsk.

SALTIKOV *(Sergei)* (1726-1765) Diplomático ruso y primer amante de Catalina, estando esta ya casada con el Archiduque Pedro, que todavía no es emperador. Le adjudicaron la paternidad del zarevich Pavel.

SULIMA (Pantelei). *(f)* Yegüero cosaco en el palacio de Oranienbaum; guardián de *«la colina deslizante».* Padre de Ilia.

SUVOROV (Alexandr). *(1729-1800)* Héroe militar y gran estratega.

VERSTA Medida de longitud rusa, equivalente a 1070 metros. La braza, otra medida de longitud muy utilizada, equivale a 70 centímetros, aproximadamente.

VOLTAIRE (Francöis Marie Alouet) (1694-1778) Filósofo y escritor francés, durante un tiempo amigo y admirador de *Catalina II* con la que mantenía correspondencia.

ZUBOV (Platon). (1767-1822) Último amante de Catalina. Nombrado conde y luego príncipe por la zarina, intervino en el complot contra el zar Pavel I. Conoció a *Nikolai Rezanov,* como cadetes de la guardia de la emperatriz, coincidiendo en el viaje *triunfal* a Crimea. Inteligente y ambicioso, proporcionó a Nikolai su primer empleo civil como secretario de *Derzhavin,* director de la *Oficina de Peticiones.*

OTOÑO

ANNA SHELÍKHOVA Hija de *Natalia y Grigori Shelikhov,* esposa de Nikolai Rezanov. Murió cuando dio a luz a su hija Olga.

BARÁNOV (Alexandr) *(1747-1819)* Comerciante en Siberia oriental, entró en la *Compañía Ruso Americana* en 1790 y en 1799 se nombró como *Director Gerente* de la misma, siendo el mejor director que tuvo la compañía. Más tarde fue el *primer gobernador de Alaska,* teniendo una actuación muy destacada. En el tiempo que vivió en la colonia, tuvo una amante *aleutí,* y varios hijos mestizos. Cuando enviudó de su mujer rusa, se casó con ella y reconoció a todos los hijos.

CHICHERIN. (Conde Alexandr...) Gobernador de Siberia. Jefe directo de *Piotr Rezanov* siendo este magistrado en Irkutsk.

COSACOS. De origen incierto —existen diferentes teorías— habitaban distintas zonas del sur de Rusia, Ucrania y algunas áreas de Siberia cercanas a los grandes ríos —Don, Volga, Yeniséi o Lena—. Presumían de ser libres, y de no tener amos, aunque sí un jefe o un patrón. En general eran labradores, pero muchos se alistaban en el ejército formando las famosas *Stanitsas* que se dedicaban a la protección de pueblos, caminos u otro tipo de enclave en zona peligrosa. Famosos por su valor y lealtad a quien los empleaba, eran magníficos jinetes. Pedro el Grande les concedió un escudo y un lema: *Heridos, pero jamás rendidos.*

DERZHAVIN (Gravilia) (1743-1816) Humanista, escritor y poeta, uno de los más relevantes en ese periodo, conocido por su admiración hacia Catalina II a la que dedica una oda. Muy crítico con la influencia de los escritores de la *ilustración francesa* entre los jóvenes escritores rusos. Nombrado *director de la Oficina de Peticiones del Senado,* a su vez nombra secretario particular y hombre de confianza a Nikolai Rezanov. Es entonces cuando este toma contacto con la *Compañía Ruso Americana.* En 1803 se retira a su *hacienda Zvanka,* donde sigue escribiendo hasta su muerte en 1816.

GOLIKHOV (Iván Atanasius) Amigo y socio de *Grigory Shelikhov,* fundan la *Compañía Ruso-americana para* obtención y comercialización de pieles.

ILIA SULIMA. (f) Criado, guardaespaldas, mayordomo y hombre de confianza de Rezanov, permaneció con Nikolai hasta el final.

Nota: Se sabe que cuando Rezanov muere, y en todo el viaje, le acompañaba su criado al que algunas veces denominan *mayordomo,* aunque no he podido averiguar su nombre. Pero fue muy importante en los últimos años de la vida de Nikolai.

LISYANSKY (Capitán Yuri…) Marino, capitán de la nave *Neva* en el viaje de circunvalación junto a la nave *Nadezhda,* gobernada por capitán Krusenstern.

NATALIA SHELÍKHOVA. (1762-1810) Esposa de *Grigori Shelikhov,* siempre siguió muy de cerca los negocios de su marido propietario y fundador de la *Compañía Ruso Americana.* A la muerte de este en 1795, continuó al frente de la compañía, asociada con su yerno *Nikolai Rezanov.* Murió en 1810 a los 48 años.

OFICINA DEL MEMORIAL DEL SENADO. Comúnmente conocida como *Oficina de Peticiones,* informaba sobre las peticiones y solicitudes de empresas y ciudadanos, antes de que pasaran al senado para su aprobación o rechazo.

QUARENGHI (Giacomo) Arquitecto italiano, trabajó durante bastante tiempo, en Rusia: fue contratado por Catalina II, para la construcción de la *Academia de Ciencias* y el *Teatro del Ermitage,* entre otros edificios de San Petersburgo. En Irkutsk, contratado por el ayuntamiento proyectó el *Centro Comercial* y el edificio llamado la Casa *Blanca.*

SHELIKHOV (Grigori) (1747-1795) Fundador, junto con *Golikhov* de la *Compañía Ruso Americana,* consiguió, a través de su yerno *Nikolai Rezanov,* que el *zar Pavel I* firmara un decreto (*ukaz*) concediéndoles el monopolio de la caza y comercialización de las pieles de nutrias y otros mamíferos en las islas Aleutianas y Alaska. Cuando murió en 1795, le sucedieron en la dirección de la compañía su esposa Natalia y su yerno Nikolai.

INVIERNO

ALEUTIANAS (Islas) Archipiélago de más de mil islas e islotes volcánicos, descubiertas por Bering, que se extienden entre la península de *Kamchatka*, al este de Siberia, y *Alaska*. Navegantes rusos descubrieron que en sus orillas vivían unos mamíferos con una piel de gran calidad, iniciándose así la cacería y comercialización de estos animales.

ALEJANDRO I. (1777-1825) Hijo de Pavel I. Le sucede a su muerte en 1801 y gobierna hasta 1825. Cuando muere en Crimea, le sucede su hermano Constantino.

ARGAMAKOV. Ayudante y mayordomo del zar Pavel, se pasará a los conspiradores e intervendrá en su muerte.

ANA LOPUKHINA (La Gagarina). (1777-1805) Amante de Pavel I; famosa por su belleza, estaba casada con el príncipe Gagarin. El famoso barbero turco *Fígaro*, propició el emparejamiento.

BENIGSEN. Comandante y jefe de los militares conspiradores contra el zar Pavel I.

BERING (Vitus). (1681-1741) Marino danés al servicio de la Corona Rusa, exploro el Pacífico Norte y descubrió el estrecho entre Asia y América que lleva su nombre. Murió de escorbuto después de un naufragio, en una isla de las Aleutianas (grupo de Islas del Comandante) que actualmente lleva su nombre. Parece ser que fue el primero que dio noticias de la existencia de una clase especial de nutrias que vivían en estas islas y en el norte del continente americano. Durante mucho tiempo no se pudieron localizar sus restos hasta que finalmente, en 1991, un transporte ruso-danés los localizó, junto a los de cinco marineros más. Fueron enterrados en una tumba en la misma isla.

BRADLEY (James) - (1693-1772) Geógrafo del *Observatorio Geográfico de Greenwich*. Estableció el meridiano 0° en el que pasaba por esta ciudad, y a él se referirían los restantes meridianos.

CHALIAPIN (Teniente Igor). **(f)** Oficial del Nadezhda, acompañó a Nikolai a Japón.

CONSTANTINO y NIKOLAS Romanov Hijos del zar Pavel y María Fiodorovna. Constantino sucedió a Alejandro I, pero renunció a favor de su hermano Nikolás.

DAVIDOV. Capitán de la armada, retirado por lesión, acompaño a *Nikolai Rezanov* a California.

GUTIERREZ DE LA CONCHA. Médico español de la expedición de Malaspina.

HARPE (Federico Cesar de la...) (1754-1838) *Erudito* suizo, elegido por el conde Rumyantsev preceptor del zarevich Alejandro y de sus hermanos.

HERSCHEL (William). *(1738-1822)* Astrónomo, mejoró la óptica de los telescopios.

IASVILI. Georgiano al servicio de los conspiradores. Él será el autor material del asesinato de Pavel I.

ISABELLA ALEKSEIEVNA. De origen alemán, fue esposa del zar Alejandro I.

IVAN KARTOV.- (f) Comandante del puerto de Petropavlovsk en Kamchatka, le comunica a Nikolai la muerte de su padre.

IZMAILIEV (Capitán Iván...) Capitán de la nave *Avos* —Aurora— que ayudó a trasladar las provisiones desde San Francisco a Nuevo Sitka.

IZMAILOV (Capitán Gerasim...) Capitán de la nave San Pedro que llevó a Natalia y a Nikolai a Aleutianas. Nacido en Yakutz —Siberia— (considerada la ciudad más fría del planeta), murió en un naufragio.

Dr. JAMES LIND. (1716-1794) Médico ingles que relacionaría el *escorbuto* con la falta de algunos elementos que poseen algunos frutos, especialmente los cítricos. (Más tarde se supo que era la *vitamina C)*. Curaba a los enfermos exprimiéndoles limón o naranja, directamente en la boca. Después del descubrimiento, la mortandad por escorbuto bajó significativamente.

KATALINA NELÍDOVA. Amante *perversa* de Pavel I.

KONIAGS y ALEUTAS — Tribus pacíficas de las islas Aleutianas, cazadores de nutrias.

KUTAISOV (Iván) Apodado Fígaro, era el peluquero turco de Pavel I; ganó su confianza y lo nombró conde. Actuó como alcahueta proporcionándole algunas de sus amantes.

LA ATREVIDA. Nave española de la expedición científica de Malaspina, capitaneada por el capitán José Bustamante. Estaba preparada como nave-laboratorio y sirvió de modelo para la rusa, *Neva,* que circunvaló la tierra. Su compañera, *La Descubierta,* estaba capitaneada por el propio Malaspina.

LANSDORFF (Barón Heinrich von...) (1774-1852). Médico, naturalista y político nacido en Wolstein, Alemania. Pertenecía a la aristocracia alemana y vivía en Rusia. Amigo de *Nikolai Rezanov* lo acompañó en su viaje a California. Hablaba latín. En 1813 al recibir el nombramiento de *Cónsul General de Rusia* en Río de Janeiro, aprovechó para explorar y estudiar la rica flora y fauna brasileña, invitando a su rancho «Mandioca» a naturalistas y botánicos importantes. Por encargo del zar Alejandro I organizó una *expedición por el Amazonas.* Adquirió la fiebre amarilla y estuvo al borde de la muerte. Sus estudios científicos incluyen trabajos sobre plantas, animales, minerales, lenguas y medicinas locales. Regresó a Europa y murió, de tifus, en Friburgo, Alemania, en 1852. Algunas especies botánicas llevan su nombre, latinizado.

MAKI (Tadao) (f).- Naufrago japones salvado por los rusos. Muy inteligente, ayuda a Nikolai en Nagasaki.

MALASPINA (Alexandro) (1754-1809) Capitán italiano al servicio de España, emprende con *La Descubierta* y *La Atrevida,* la expedición científica española patrocinada por Carlos III.

NIKOLAI ZUBOV (El Coloso) Hermano de *Platon.* Conspirador en la muerte del zar Pavel.

NOVO SITKA. Capital de la *Alaska Rusa.* Fundada por Baránov cuando se destruyó el antiguo poblado en la batalla con los nativos *Tlingits.*

NUTRIAS MARINAS. La nutria marina del norte (Enhidra lutris kenyoni), la más valorada por la calidad de su piel, habitaba en Alaska, en las islas Aleutianas y en la costa oeste de Canadá. Al carecer de una capa gruesa de grasa, ha desarrollado un pelo que por su calidad y cantidad —más de 150 000 filamentos por cm^2— la hacen única dentro de su especie. Después de su desaparición por la caza indiscriminada a la que estuvo sometida a lo largo del siglo XIX, en la actualidad los canadienses se han preocupado de su reintroducción en las costas de la Columbia Británica. Especie protegida en la actualidad.

PETROPAVLOVSK. Capital del oblast de la península de Kamchatka en Siberia oriental.

RUMYANTSEV (Conde Nikolai Petrovich...) (1754-1826). Nacido en San Petersburgo, pertenecía a la nobleza rusa; gozaba de una buena situación económica y destacaba por su sólida cultura. Como *Canciller de la Corona* viajó por otros países, interesándose por sus costumbres y cultura y coleccionando piezas de arte, monedas y documentos valiosos. Vivió temporadas en Moscú y allí creó su fundación. Su magnífica biblioteca, sería el germen de la *Biblioteca Lenin* después de la revolución. Muy cercano a la familia imperial, y leal amigo de la zarina *María Fiodorovna,* (esposa y viuda del zar Pavel I), influyó en la educación del *Zarevich Alejandro* que lo convirtió, al subir al trono, en uno de sus hombres de confianza, nombrándolo *Ministro de Comercio* (1802-1811) y presidente de su *Consejo de Estado* (1811-1812) En 1808 fue nombrado *Ministro de Asuntos Exteriores,* puesto desde el que intentó una alianza con Napoleón, que fracasó. Fue el gran impulsor de los viajes científicos rusos, y en su honor, algunas de las nuevas especies florales descubiertas, llevan su nombre. Murió en su palacio de San Petersburgo en 1826.

SHOGUN; SHGUNATO. El *shogunato* o *bakufo* (*Gobierno militar sobre la tierra),* fue una forma de gobierno que se instaló en Japón durante algunos periodos. *Shogun* era el grado más importante dentro del ejército que solo lo podía conceder el emperador. Su fuerza y poder llegaron a estar por encima del mismo emperador, al que respetaban, igual que ignoraban. Tomaban sus propias decisiones, lo que se prestaba a continuos abusos En 1868, cuando subió al trono el emperador *Meiji* y con él se instaló la dinastía del mismo nombre, el emperador recuperó el poder perdido y abolió el shogunato.

TLINGITS. Nativos del oeste de Alaska e islas adyacentes: muy hostiles, se enfrentaron a los colonos rusos por el control del negocio de las pieles. Causaron la *Batalla de Sitka* en la que hubo muertos por ambos lados.

TUKUNAWAS. Gobernantes de Japón en el S. XVII. Partidarios de la expulsión de los extranjeros.

VON DER PALHEN Gobernador de San Petersburgo de origen alemán, y uno de los organizadores del complot contra Pavel I.

PRIMAVERA

ARGÜELLO (José Darío) (1753-1828) Militar de carrera, nacido en Querétaro (Nueva España) comandante del Presidio de San Francisco entre 1787-1791, y entre 1796-1806. Fundador, con otros militares y misioneros, de la ciudad de *Los* Ángeles en 1781, formó parte de las llamadas «*Diez Familias*» de esta ciudad. Desde 1807 hasta 1814 fue gobernador de *Las Californias*, sucediendo a Don *Joaquín de Arrillaga*, cuando este se jubiló. En 1795, el gobernador *Diego de Borica* premió a Argüello por los servicios prestados a la corona, regalándole el *Rancho de las Pulgas*, la propiedad privada más extensa de la península de San Francisco, entre San Mateo y San Carlos. Actualmente es un parque público: el *Argüello Park*. Casado con *María Ygnacia Moragas*, tuvo siete hijos siendo «*la niña* Conchita», la penúltima. Su hijo Luis Antonio le sucedió en el mando del presidio de San Francisco. Murió en Guadalajara (México) a la edad de setenta y cinco años.

ARGÜELLO (Luis Antonio) (1784-1830) Hijo de D. José Darío, militar como su padre, tuvo su primer destino como teniente en el Presidio. Cuando a su padre se nombró gobernador, le sustituyó al frente de este. Al enterarse de la ocupación rusa de algunos territorios al norte de California en 1821, siendo ya Nueva España independiente con el nombre de México, emprendió algunos viajes de exploración. Como el gobierno mexicano no podía controlar toda la costa y realmente había habido un acuerdo con Rusia siendo su padre comandante del presidio, las cosas siguieron como estaban, incluso autorizo que, a cambio de la ayuda que los rusos estaban recibiendo de los españoles, aquellos, en agradecimiento, mandasen nutrias para que poblaran la bahía de San Francisco y toda la costa californiana lo que supuso un gran negocio para los mexicanos. Cuando la *Alta California* pasó a manos norteamericanas, estos hicieron lo mismo que habían hecho en Alaska y en las islas Aleutianas: una caza incontrolada que esquilmó la población.

En 1822/23, publicó una memoria de los viajes de exploración con el título de «*El diario del Capitán Argüello: última expedición en California, Octubre noviembre de 1821*». Fue el primer gobernador mexicano de California. Heredó de su padre el *Rancho de las Pulgas*, y vivió en San Francisco donde murió en 1830 a la edad de 46 años. Está enterrado en la Misión de San Francisco, actualmente Misión Dolores, en un modesto panteón con un pequeño obelisco donde hay una inscripción con sus créditos.

ARGÜELLO (María Concepción: «la niña Conchita») (1791- 1856) Hija menor del comandante Argüello y protagonistas de esta historia.

ARRILLAGA (Joaquín de…) (1750-1814) Natural de Guipúzcoa, fue *el primer gobernador español de la Alta California* y el único enterrado en suelo norteamericano, en un panteón, (abandonado y degradado) en la *Misión de Nuestra Señora de la Soledad*, sesenta kilómetros al sur de Monterrey. Acompañó a Argüello en las conversaciones con *Nikolai Rezanov* sobre los suministros a la colonia ruso-americana de Alaska. Según el historiador Bancroft, «*fue una excelente persona y muy eficaz en el cumplimiento de sus obligaciones».* En ningún caso se merece el abandono de su enterramiento y el olvido de su persona.

EL PRESIDIO. «*Presidio*» era el nombre de los asentamientos militares que se establecían en la América Hispana para controlar y proteger las tierras que se conquistaban o se ocupaban. Normalmente iban acompañados de la fundación de una Misión ya que existía un acuerdo de ayuda mutua: protección a cambio de que los misioneros se encargaran de la intendencia del fuerte. Los presidios estaban separados una distancia que podía recorrerse en una jornada a caballo y siempre buscando áreas estratégicas y, a ser posible, con poblados indígenas cercanos.

El Presidio de San Francisco, fue fundado en 1776 por *Juan Bautista de Anzá,* su primer comandante. Contaba con una guarnición treinta y tres soldados. Unos meses después se fundaría la Misión del mismo nombre. El camino que unía los presidios y las misiones era el «*Camino Rea*». En la actualidad se conservan algunos tramos.

INDIOS OHLONES. Era la etnia que ocupaba los territorios que rodeaban la *Bahía de San Francisco,* y era el asiento de distintas tribus. Los Yelamú serían los que tomaran contacto con los misioneros y colonos. Eran tribus retrasadas pero pacíficas que subsistían de la caza y de la recolección. Los españoles les enseñaron ganadería y agricultura.

DON JOSÉ ITURRIGARAY. (Cádiz, 1742- Madrid, 1815) Uno de los últimos *virreyes de Nueva España,* aprovechó su puesto para enriquecerse traficando con objetos y mercancías y sin pagar impuestos. Pero se conquistó a los mexicanos al permitir las corridas de toros en la *Plaza del Volador.* Por razones políticas se encarceló, pero liberado al poco tiempo.

PADRE JOSÉ... (¿) Misionero franciscano (cuyo apellido desconozco), pero que existió y acompañó a *Fray Junípero Serra* en la expedición de Portolá y en la fundación de varias misiones, incluida la de San Francisco de Asís, donde se quedó a vivir. Fue el primero que habló con los rusos (en latín con el Dr. Langsdorff) cuando llegaron a *Yerba Buena* en la nave *Juno.* Tuvo una gran influencia sobre la *niña Conchita,* que le ayudaba en la misión con los niños de la colonia y los indios Ohlones.

PUNTA DE SAN JOAQUÍN (Batería de la...) Un pequeño fuerte instalado en la punta norte de la península, cercano al presidio, armado con dos piezas de artillería. Construido unos años después que el presidio, protegía la «boca» de la bahía, actualmente el *Golden Gate.*

La novela *Los viajes del capitán Rezanov* se terminó de imprimir en su primera edición, por encargo de la editorial Almuzara el 9 de octubre de 2020. Tal día del 1446, en Corea, se publica y presenta por primera vez ante la corte real, el alfabeto coreano que sustituye a los ideogramas chinos.